宣告

（上）

OTohiko
KAGa

加賀乙彦

P+D
BOOKS
小学館

目次

第一章　春の吹雪

1

鉄と石とが響き合う。コンクリートに嵌《は》め込まれたレールを重い車が行く。食事運搬車である。青衣の雑役囚がいやいやながら押す様子が目に見えるようだ。看守が鍵を取り出した。鍵先が油染みた音をたて、鉄扉《てっぴ》が開くと、鋭い錆《さび》の軋《きし》みが耳底をひっ掻《か》いた。

その一刻を待ちうけていた人々がにわかに動きだした。さわがしく物音が立つ。足音、声、とりわけて水の音だ。食器を洗い、便所をつかい、洗濯をする。壁の中を盛んに水が流れていく。まるで壁が生きていて、腸液、血液、粘液を複雑な内臓の中に通わせているようだ。しかし、ひとしきりの盛りをすぎると騒音は徐々に鎮《しず》ってきた。人々が各自の部屋の中でおのがむきむきに時間を使い始めたのだ。噂話《うわさばなし》にふける者、将棋をさす者、請願作業にはげむ者、短歌をつくる者、手紙を書く者、そして読書する者。

他家雄《たけお》は畳の上に毛布を敷き、積みあげた蒲団《ふとん》を机に見立てて坐った。読みさしの『自然の中の人間の位置』を開き、目を馴《な》らすため数行読んで、気乗りせぬことに気付いた。視線が文字に弾《は》ね、先へ進めない。

不吉な予感がする。今朝こそ自分の番だという気がする。自分が風にゆらめいている蠟燭《ろうそく》の小さな焔《ほのお》のように頼りなく思われる。不意に扉があき、それで吹き消されてしまう。一切が終りになる。

明け方に長い夢を見た。夜通し風雨の荒れる音を聞いていると思ったが、夜が明けてみると乾いた中庭に日光が当っていて、それが夢であると分った。しかし、夢が現実を予告することはよくある。いつかも隣房の者の不幸を夢で見たあと、その者が本当に不幸に会ったことがあった。あの嵐が実際の予兆でないという保証はどこにもない。

黒い未来が確実に忍び寄ってきている。この予感の鮮かさはただごとではない。

彼は窓の方角を見た。そこは一畳ほどの板敷で、窓の真下に洗面台、右手に水洗便所、左手に戸棚がある。洗面台には木の板が渡してあって机を兼ね、水洗便所は蓋《ふた》をしめると椅子になる。戸棚には荒目の金網戸がつき、中が透かしで見える。それはここではどこでも同じ設備であり、彼には見慣れて何の変哲もない。

が、いま、彼はそれを死者の部屋の光景としてひとごとのように見た。男たちが声高に話している。

「はあ、これがさっき処刑された楠本《くすもと》他家雄の部屋か。なかなかよく整頓されているじゃないか」

「綺麗好きだったらしいねえ」

「おや、辞書が一杯あるね。勉強家だったんだな。カトリック大辞典、聖書、基督《キリスト》信者宝鑑。あいつは信者だったかな。そういえば壁に、カトリック・カレンダー、マリア像、トラピスト修道院の絵葉書」

「下着は全部洗濯してあるよ。やっぱり相当の綺麗好きだね。この段ボール箱の中は手紙でぎっしりだ。輪ゴムできちんと束ねてある。掃除も行き届いている」

「花が好きだったんだねえ。チューリップと菊がインスタント・コーヒーの空瓶にさしてあるよ」

男たちは部屋の中を片付けていく。彼の持物は集められ、持ち去られる。裸の部屋には住んだ者の痕跡《こんせき》がもはや何も残らない……

ところで、いま、何かが異常だ。彼は我に返って大辞典や聖書の並ぶあたりを凝《じ》っと見た。一直線に整頓しておいたはずの書物に明らかな乱れが見られる。そして、カトリック・カレンダーが変な具合に傾《かし》いでいる。

毎朝起き抜けに昨日の日付を鉛筆で抹殺するため、けさもそれに触れはしたが、彼の性分として正しく垂直の位置にそれがないと気がすまず、こんな変な具合に傾けた覚えはない。これでは日本二十六聖殉教者が、十字架の上で昼寝でもしているふうに見えてしまう。

「風のせいだろう」と彼はひとりごちた。

「そう。風はあるがそれほど強くはない」と、彼の中のもう一人の彼が言った。

「しかし、おれのほかに誰もいやしない。むろん昨夜から今まで房内の捜検もなかったし……」

「誰かが入ったんだよ」

「いったい誰が」

彼は立っていき、注意深く戸棚の上を眺め、石膏《せっこう》の聖母子像が心持ち位置を変えているのに気付くと身震いした。一直線に並べた筈《はず》の書物の背にも凹凸ができている。ファイルから一枚の美濃紙《みのは》が食み出ていた。押し込もうとしたが、かえって美濃紙は皺《しわ》くちゃになってしまった。舌打ちして引き出すと、タイプ文字が皺の間で嗤《わら》っていた。

本件上告を棄却する。

判決謄本《とうほん》である。六年前の一月二十五日、最高裁第二小法廷でこの宣告がおりた。最高裁の場合被告は出廷しないので、母は法廷から直行していちはやく彼に結果を知らせてくれた。母は泣いていた。彼は、まだすぐ処刑されるわけではないと母を慰めた。母の希望どおりすぐ判決訂正申立書を書いた。翌日弁護士の並木宙が来て説明してくれ、彼は法律の条文が強力な鉄鎖となって自分を縛りつけたことを知った。

「いいね、最高裁の判決は文字どおり最高の決定で、もうきみ個人の力では動かすことはできない。判決後十日目に死刑は自動的に確定し、きみは死刑確定者という身分になる。刑の執行は確定の日から六箇月以内に法務大臣の命令によっておこなわれる。それがいつだということは分らない。ある日突然に命令が出される。しかし、刑の執行は種々の理由によって延期される。上訴権回復の請求、再審請求、非常上告、恩赦の出願などがあると、手続が終了するまでは延期されるんだ。ただし……」

弁護士は不意に言葉を切った。その先を彼は聞かずとも知っていた。一切の手続を踏んでも結局は刑の執行はまぬがれ難いのである。

「しかし延期の公算はゼロではないのだから」と弁護士は言い直した。「科学的に言ってね」

日頃、情状だとか心証とかを重視していた弁護士が科学という言葉を口にしたのは初めてである。彼はいくらか照れているように思えた。他家雄はきびしい表情で弁護士の笑を消そうとした。しかし弁護士はなおも笑顔をくずさず、肩でもたたきそうな親しげな素振で近付き、恋文でも手渡すように判決謄本を差出した。そこにたった一行、

本件上告を棄却する。


とあった。わずかこの一行の言葉は、鋭利な剣となって、彼の命脈を断ち切った。その絶大な力を誇るかのように言葉は、いま、嗤っている。

「こんなものが、いったい、いつ、どうして飛びだしてきたのか」と彼は自分に尋ねた。

「だから、誰かのいたずらだよ」ともう一人の彼が答えた。

彼は美濃紙の皺を伸ばし、大型のカトリック大辞典の下に押えこみ、聖母子像の顔を正面に直した。坐って『自然の中の人間の位置』に入りこもうと、何行か文章を追ってみる。百万年か二百万年前か、正確には分りませんが、大分の大昔、地球上には現在とほぼ同じ動物が発生していました。狼、狐《きつね》、鼬《いたち》、穴熊《あなぐま》、鹿、猪《いのしし》などがいました。ただしかし、人間のみが見当らなかったのです。ほとんど現在の私たちの世界なのに、人間のみが見当らないのです。まったくのところ、人っ子一人見当らないのです。なるほど、そういうことか。人間は誰かが急いで製

造したように唐突に出現し、全地球にひろがっていった。その不思議な生物が数えきれぬ交配を重ねた末、この自分、楠本他家雄が生み出された。なるほど、なるほど、そういうことか。人間が唐突に出現したものなら唐突に消滅するかも知れぬ。それは彼には朗らかな空想であった。人々はみんな死に絶え、二百万年前と同じく動物だけが地上に残る。狼、狐、鼬、穴熊、鹿、猪の世界。かれらだけの世界。

「こいつは愉快だ」彼は声高に言うと笑ってみた。笑い出したところ、思いがけなく笑が溢《あふ》れ出、ついには下腹から痙攣《けいれん》がおこり、止らなくなった。規則によって禁止されていなければ、床を転げまわりたいところである。壁に向って後頭部を打ち当てた。頭蓋骨《ずがいこつ》には一種の弾性があって硬い壁の上でバウンドをする。あまり強くすると骨を砕くだろうが、そこはよくしたもので一定の強さ以上に打ち当てると目の底を赤い火が走り危険を知らせる。その手前でやめれば、頭の血が降りて、昂《たかぶ》っていた気が休まる。何回かそうしていると、壁のむこうから鈍い衝撃が答えてきた。隣の河野が抗議しているのだ。他家雄がやめるとむこうもやめた。始めると始めた。しばらく繰返したあと、彼は河野と話をしたくなった。

把手《とって》の螺子《ねじ》がゆるんでいて、窓がうまく開かない。金網に遮《さえぎ》られて螺子まで手はとどかず、二度ほど修理を願い出たが官のほうでは受け付けてくれぬ。やっと押し開いた磨硝子《すりガラス》窓の下の隙間《すきま》から中庭の一部が見えた。枯小芝の中をアスファルトの道が貫いている。風音に混って、人々の雑談が流れこんできた。「3八歩」「4三角」と隣房同士で将棋を指している。看守の悪口、女の噂、まずい飯の苦情、高笑、ひそひそ声が飛び交っている。

仲間うちの会話だ。この四舎二階の一角に集められたゼロ番囚たちである。収容番号の末尾がゼロのゼロ番囚は、当拘置所がもっとも重要視する囚人である。他家雄のような死刑確定者が十数人、無期刑が確定して他の刑務所に移送を待つ者が数人、一審で死刑や無期が宣告され上訴中の者が二十人ほど、それにまだ一審中の被告が十人ほどいる。共通していることは全員が殺人犯で死刑か無期の重刑を将来科せられるか、既に科せられていること、そして全員が特別頑丈な独居房に収容されていることである。いきおいお互い同士の話は窓ごしとなる。

他家雄は河野を呼んだが返事がない。窓を閉めているらしい。拳《こぶし》で四点打の合図を送ってからもう一度呼んだ。返事があった。押殺した低い声である。相手の三角形の鋭い目付を感じさせる声だ。この男は、いつも何かを警戒する様子である。

「べつに用事はないけど、ちょっと話したくなってね。いま、なにをしてるの」

「読書だ」

「勉強中か。じゃあとにするよ」

「かまわん」河野は恩恵をほどこすように言った。「話してもいい。話せよ」

「そうだな」他家雄は考えた。「話せよ」と言われてみると別に改まって話す話題も見当らぬ。

「おれのほうで聞きてえことがある」河野は尋問口調で言った。「お前、このまえ、所長に面接つけたそうだな」

「ああ、そのことか」他家雄はぎくりとした。まだ誰にもその事を打ち明けていないのに、この男はどこから聞き付けたのか。彼は用心深く言った。

「つけたんじゃない。呼出しを受けたんだ。まったく突然、呼出されたんだ」

「ふむ、お前、何をしゃべりやがったんだ」依然として尋問の口調だ。所長が何の用事で呼びだしたかと尋ねず、何をしゃべったかがこの男の問題である。河野は処刑の順番が所長の思惑で決まると信じている。ゼロ番囚中にいるスパイが、確定者の動静を一々通報しているに違いないと推測している。

「おれが雑誌に連載している獄中記が、あんまり露骨にここの実態を書きすぎると注意されたんだ」

「そのくらいなら、区長が注意すりゃいいだろうに」

「それがさ」他家雄は言い淀《よど》んだ。所長という言葉が出たときから、急に付近の話声が小さくなり、みんながそれとなく聞き耳を立てたのがわかる。発言を慎重にしなくてはならぬ。「執筆の自由、発表の自由を制限して人権問題にされてはこまる、ここは所長じきじきにやんわりと注意しておこうと思ったんじゃないか」

「ふむ、ぜんたい何を書いたんだ」

「それが、わからない。こっちには思い当るふしは全然ないんだからね」

「むこうが言いやがったろう。具体的にこの箇所だとか」

「それが、何も言わない。ただやんわりと曖昧《あいまい》に注意しただけなんだ」

「おかしいやな。それだけの用で呼出すなんて、おかしいや」

「おれもおかしいと思ったよ。第一、雑誌の原稿なんて、書信係が検閲してるんだろう。検閲済みの原稿が問題なら、書信係が責任をとらなきゃ、論理の矛盾じゃないか」

〝論理の矛盾〟は河野の口癖で、他家雄はわざとここに使ってみた。果して河野の声から角に刺《とげ》が消えた。

「まったくなあ、やつらおかしいんだよ。自分たちが何やってんだかわからねえんだ。しかし、気をつけろ。所長じきじきの呼出しってのはおだやかじゃねえ」

「どうして」他家雄は自分の不安を隠して弾んだ声で言ってみた。

「わかってらあね」

「わからないよ」

「まあその話はやめよう。おたがい気持のいい話じゃねえからな」

「構わないよ。教えてくれよ」他家雄は付近の者にも聞えるようにきっぱりと言った。

「所長がさ、ここにいる誰かのことを尋ねやがらなかったか」

「いいや」

「じゃ、お前自身だけのことを尋ねたのか」

「そうだ」

「それでお前何にも思わねえのか」

「思うさ、変だと思う」

「それだけ思えば充分さ」

他家雄は黙った。河野も黙っている。するとみんなも黙りこんだ。みんなが二人の話を聞いていたことは明らかである。雀《すずめ》が鳴いている。とつぜん、遠くの方で大欠伸《あくび》をした者がいる。犬の遠吠《とおぼえ》そっくりに長く尾をひき、いかにも退屈そのものというふうだがわざとらしい。舟本為次郎《ためじろう》である。通称〝くそったための為さん〟といわれる老人で、不意に剽軽《ひょうきん》なことをやってみせる。三人ほどが笑い、そのうちの一人が為次郎に話しかけた。それをしおにみんなのお喋りが再開された。近所の話声がはっきりきこえる。河野の隣房の大田の声である。

「困ったよう。けさよ、文鳥がエサ食べないだ。何だかピンポン玉みたいに丸くなって元気がないだ」

「鳥は丸くなるといけねえっていうぞ。おれの雛《ひな》も丸くなって死にやがった」と河野が言った。

「こいつも死ぬのかなあ」

「糞《ふん》でるか。糞詰りがいけねえっていうぞ」

「出たか出ないかわからないだ」

「ようく調べてみな。糞詰りなら肛門《こうもん》のとこ、指でなでてみると硬くなってる」

「ああ、ああ、死にそうだよ。もう駄目だなあ。こいつが死んだら、きっとおれも駄目になるんだ」

「まず糞詰りを調べろよ」河野がいらだった。

「わからないだ。こいつは死ぬよ。予感だよ、わるい予感だよ」

大田は切なげな震え声となった。泣く前兆である。いったいに平生は陽気すぎるほど陽気な男のくせに、些細《ささい》なきっかけで咽《むせ》び泣きをするので、みんなの物笑の的となっている。

「ほら泣くぞ」と誰かが言ったとき大田は泣き始めた。方々で失笑がおこった。為次郎がすかさず泣き声を真似《まね》た。

「突っついても動かねえよ。死ぬんだよ、こいつ。助からねえだよ。おれも駄目だよ」

「おれも駄目だよ」と為次郎が真似た。大田は続ける。「ああ、死ぬだよ。お前も死ぬだよ。みんな死ぬだよ」

と、ずっと端のほうで大音声《だいおんじょう》が立った。片桐《かたぎり》が読経《どきょう》を始めたのだ。時空を稠密《ちゅうみつ》に充たすような声は、気まぐれに始まって気まぐれに終る。ほんの一分ほどのこともあれば、二時間にも渡って声が潰《つぶ》れるまでは終らぬこともある。

……ブツゴウアナン、ギュイーダイケー、ニャクヨクシシン、ショウサイホウシャ、セントウカンオ、イチジョウロクゾウ、ザイチスイジョウ……

その面構《つらがま》えを髣髴《ほうふつ》とさせるいかつい声である。顎骨《あごぼね》が太く張出し目の上の骨が庇《ひさし》のように突出している。ひとたび彼が読経を始めたら何人も制止することは出来ぬ。ずっと以前事情を知らぬ新前看守が咎《とが》め立てしたことがある。片桐はその場は従順に沈黙したが小一時間ほどして房内で大暴れを演じた。素裸になって、ばりばり歯軋《はぎし》りしつつ窓硝子を破り、破片で全身の皮膚をひっかきまわし、赤ペンキの缶を体にぶちまけたように血をしたたらした。ゼロ番区で窓硝子の内側に金網を張るようになったのは確かそのあとからである。そして、彼の読経もそれ以後黙認されることになった。

この読経を聴いていると、革の鞭《むち》で打ちのめされたように痛みと疲労が全身に浸《し》みてくる。あのように肉を蕩《とろ》かす熱い祈りは、自分には不可能だと思い知らされ、その敗北の念でやりきれなくなる。他家雄は窓を閉め、蒲団机に向った。開いたままの『自然の中の人間の位置』がこんどはごく自然に彼の意識を吸い込んだ。どんな物事でも本当の発端は把《とら》えることができないのです。人間の起源も同じことです。最近二百万年間にこの地球という遊星の上で人間の発生以外に新しい事実は何もおきていません。人間はまったく新しいのです。人間が地球上にもたらしたことは、地球のながい歴史において初めてのことだったのです。たとえば刑罰は動物にはありません。刑法を作り刑務所や絞首台を案出したのは人間です。懲役と死刑は人間的事実です。それは地球にとってまことに新鮮な出来事だったのです。

「おれは地球にとって新鮮な囚人だぞ」と彼は言ったが、それが独り言だとは自覚しなかった。彼の読書を中断したのは遠くから近付いてくる足音である。

2

囚人は足音に慣れている。巡察の看守の足音だけは耳ざとく聴きつけるけれどもそれに対する反応は習慣的だ。一応は気にするがそれに特別の心構えをすることはない。そのほかの足音となると、多くは聞き流すのみである。出廷、接見、運動、受診、入浴、転房と絶えず出入する囚人の足音を一々気にしていてはたまらぬ。

しかし、これら日常的な足音とは違う種類の足音に対しては極度に敏感となる。夜間興奮患者に注射するため駆け付けた医官、監獄法の実際を学びに来る司法修習生、特別許可を受けたアメリカの学生などには食器口の上にある空気抜けの隙間から聞き耳を立てる。そしてもう一つ決定的な関心の的となる来訪者がある。

彼らは大抵七、八人で来る。特別警備隊の看守たちを従えた保安課長が現われれば処刑はその日の朝である。この時はそのものものしい雰囲気ですぐ分る。しかし教育課長か区長あたりが一人か二人の看守を従えてそっと来訪する場合は大抵、処刑が翌日で、保安戒護の上から前日に告知しても安全と拘置所側が判断したことを意味する。この場合は足音だけでは分りにくい。

いま、他家雄が耳にしたのは三人の足音である。廊下の中央に敷かれた消音用の絨毯《じゅうたん》の上でわざとのように歩度を乱しているが、どこか忍び足でしかも決然とした足取で、それらしいと分る。どうやら夜来の予感は的中したらしい。先頭の一人は重い体をちょこまかと運ぶところから推して、肥満矮軀《わいく》の人、教育課長らしい。真宗の坊主で制帽が何となくそぐわぬ丸顔で愛想笑をする。

「さあ、楠本他家雄、所長がお呼びだ」

「いよいよ、お迎えですか」

「いや、わたしは何も知らない。とにかく所長室に来てくれ」

独房から大分遠くへ離れたところで彼はもう一度いう。

「教えてくださいよ。そうなんでしょう」

教育課長は軽く頷《うなず》く。それから自分のした仕種《しぐさ》を打消すような勢で帽子をとって汗を拭《ぬぐ》う。剃《そ》りあげた禿げ頭《は》一面から湯気が立つ。この善良だが小心な坊主は、囚人の恐怖を恐れている。囚人が自分のために恐怖心をいだくのが耐えられない。それでもう一度汗を拭う。いや、いま、彼は自分が嫌な役目のため歩いていることですでに全身汗ばみ、息を切らし、あんなに歩度を乱している。

あとの二人は、特警の若い看守か、ことによると一人は区長かも知れない。急ぐようなためらうような、踵《かかと》を縺《もつ》れさすような刻み足だ。いま、彼らは担当台の前でちょっと立ち止った。教育課長は敬礼を交わしながら担当看守に目くばせし、担当は一目で事情を察し、鍵束を持って彼らを先導し……おや、むかい側に行った。他家雄は溜息《ためいき》をつき、おれが目当てではなかったと思った。予感ははずれたがかすかな喜悦の思いがしたのみで、なおも足音に耳を澄ましている。それは、むかい側に並ぶ房の左手、高橋、砂田、安藤のあたりで停った。扉ごしの隠《こも》り声はどうやら安藤らしい。ゴム草履で床をたたくような歩き方はそれだ。安藤だ。安藤修吉におむかえが来た。坊っちゃんと綽名《あだな》されているように、安藤にはどこか子供っぽい面影が残っている。ほっそりした体には毛が少なく、長い脚には少年のような色艶《いろつや》があり、浴場で運動場で人々の熱っぽい目に愛撫《あいぶ》される。看守の隙をみて誰かが彼の小さな尻を撫でると、彼は内証事を囁《ささや》かれた女の子のように肩をすくめて笑う。

彼は神田末広町に生れた。父は青物市場のバナナの卸商で、暮し向きは裕福であった。一人っ子として大切に育てられ、富士見町のミッション・スクールに入れられた。生徒には金持の子弟が多く、小学校から高校までの一貫教育のため、受験勉強の必要もなく、校内にはのんびりした気風があった。父は彼のねだるものを何でも買ってくれたが可愛《かわい》がってはくれなかった。小学校の夏休の宿題に昆虫採集が課せられたとき、父は捕虫網や三角紙や展翅板《てんしばん》などの道具はすぐ買ってはくれた。しかし、昆虫のいる場所へ連れて行くことはしてくれなかった。彼は捕虫網をもって神田明神と湯島の聖堂を一日うろつき、結局一匹もつかまえずに帰ってきた。そんな彼を見て父は腹を立て、恩知らずと詰《なじ》り、彼の夕食を禁止した。多忙のため家を明けがちの父は、息子の顔を見ると平生の無沙汰を取戻すようにあれこれと文句を言った。とばっちりは母親にも及び、「お前が甘やかすからこうなんだ」と母親の責任を追及するのだった。勝気な母は、「あなたがもっと子供の面倒をみないからよ」と言い返した。父は誰であれ己への少しの反抗も許せぬたちで、母の一言で逆上し、膳《ぜん》を返し茶碗を割った。いちはやく二階へ逃げだした彼の部屋に、やがて母も逃げてきた。

学校の成績がおもわしくないため家庭教師が雇われた。父が自分で東大へ出掛けて探してきた学生は、週に三回、勉強部屋に来た。勉強が終ると彼が下に知らせ、母は洋菓子と紅茶をのせた盆を自分で運んできた。不断客がみえても接待を女中にまかせっきりの母のこれは大奮発の奉仕であった。洋菓子は三越の本店へ出店をもつ〝カドオ〟というフランス菓子屋のもので母は週三回わざわざ自分でそれを買いに行った。

中学生となった年に不意に母がいなくなった。代りに母となったのは無器量だが若い女で、彼はどうしても彼女を母と呼べなかった。すると父がひどく怒った。彼は彼女を「お母さん」と呼ぶことにしたが、その時決して顔を見なかった。一年ほどして、彼女も不意にいなくなった。それからは半年から一年ごとに母が消え、新しい母が現われた。あとで名前も忘れてしまったそれらの女たちの一人が勉強部屋で彼を誘った。それは二十歳前の痩《や》せた小娘で彼に丁寧に男女のいとなみを教え、「お父さんより余程上手だ」と褒めた。父のいない夜は彼女が寝床に入ってきて彼を褒めるのが常となった。しかし、この密会は女の妊娠によって露顕した。父は女たちの妊娠をおそれ、自分の輸精管に無精手術をしていたのである。

父の監視は厳しく、夜は階下に降りることが禁止された。そのため二階に彼専用の便所と風《ふ》呂《ろ》場《ば》がつくられた。階段口に扉が取付けられ、鍵はかけられなかったが、父に忠実な女中が交代で見張に立った。彼は学校からの帰宅の時間をおくらし、ついには毎晩遅くまで盛り場を遊び歩いた。小遣銭に窮したため女たちの財布から盗んだり、倉庫の古物を売り払ったりした。

制服を駅の便所で背広に着替え、鞄《かばん》を荷物預所にあずける方法もおぼえた。映画館や遊戯場には仲間の少年がいたし、トルコ風呂には馴染みの女もできた。

中学三年の期末テストが落第点で親に呼出状が来た。床屋へ行き新調の背広を着込んで学校へ出向いた父は、息子の成績のみならず出席率が極度に悪いことを知らされ、転校をすすめられて気落ちして帰ってきた。父は息子にむかって「お父さんが小学校出なもんだから莫迦《ばか》にしやがるんだ。あんな学校はやめてしまえ」と言った。四月から彼は群馬県の山奥にある錬成道場に送られた。そこは元職業軍人の老人が場長で、二十人ばかりの少年が板敷の小屋に寝起きしていた。午前中が道場で正坐《せいざ》して学科、午後は農耕作業で、雨天は剣道と柔道であった。正坐の出来ぬ彼は、学科中足の痛みに苦しみ、午後は農村出の少年たちの間にあって体力負けして嘲笑《ちようしよう》された。といってバスも通わぬ山奥で逃亡もままならず、病気になる以外の逃げ道はないと悟った。生水を飲んで下痢したり、蒲団無しで寝て風邪をひいたりしたがそんな病気は永続きせず、或る日決心して、作業中に倒れてくる樅《もみ》の木の下にかけこみ肩を打った。前橋の医大に入院したところ、鎖骨の骨折のほかに肺結核が発見された。

浅間山麓の療養所で過した一年間が彼の一生でもっとも平穏な日々であったろう。裸木であった唐松が芽吹き、緑濃く茂った頃、彼は思いがけず生母の見舞を受けた。千ヶ滝の別荘に来ているという母は夫を紹介した。その男は彼が何度も想像したようにかつての東大生ではなかったけれども、商売人風の野暮ったさを持つ父とくらべると勤め人らしい垢抜《あかぬ》けした挨拶や微笑を心得ていた。襟《えり》に金の縫取のある制服を着た小学校時代の彼を見掛けたと言い、とすれば母と男の知り合いは母と父の離婚する前のことであった。夏の間、母夫婦は頻繁に見舞に来てくれ、来るたんび何か見舞品を置いていった。しかし果物は腐り、書物は埃にまみれた。母はほかに何か欲しいものはないのと尋ねた。彼はお金と答え、群馬の山奥でいかに不自由な生活を送ったかを憐《あわ》れっぽく訴えた。母は涙を流し、大金のオヒネリを置いていった。夏の終りに母たちは東京に引揚げた。病が癒《い》えたら是非いらっしゃいと置いていった男の名刺には本郷元町とあった。それは神田末広町の父の家から歩いても十分ほどの距離であった。

唐松の葉が黄ばみ、やがて落ちつくすと高原は冬である。療養所の周りは裸木と枯草のみで、陽光は無遠慮な視線を病室にさしこんだ。元々定員の半数に充たなかった患者のうち多くが暖い地方に移ってしまい、ものぐさな数人の老人たちと彼のみが残った。終日テレビを見続け、飽きると長々しい欠伸《あくび》をし、夕食後はすぐ眠ってしまう老人たちと違い、彼は無聊《ぶりよう》に苦しんだ。東京へ脱出することを何度か考えたけれども、むろん父は彼を受入れてくれる筈もなかった。父は前橋の病院から浅間の療養所に移るとき葉書で指示して来たのみで、ついに一度も見舞に来てくれず、手紙すらもくれなかった。

冬は長かった。東京の桜の写真が新聞に載った頃も、浅間は白く、道は凍《し》み、林は黄一色であった。或る日、散歩に出た彼は、駅に向うバスを目にすると飛び乗った。財布をたしかめると母のオヒネリが数個押しこんであった。駅に着くとためらわず東京までの切符を買った。

東京は暖かく、人々は明るい軽装で、彼の外套《がいとう》姿はいかにも時期はずれの田舎者に思えた。持金の大半で流行の春の衣裳を整えると、勝手知った浅草上野の繁華街で遊び、山谷で一泊したら一文無しになっていた。翌朝、二日酔で痛む頭を時々振りつつ御徒町《おかちまち》駅に降りた彼は、神田末広町へ歩き、自分の家の前を頭を大きく振って通り過ぎ、幼年時代の遊び場である神田明神の裏階段を登った。眩暈《めまい》と嘔《は》き気が襲い、体の芯《しん》まで疲労が沁《し》みこんでいた。登り終えると生暖かい汗が目に痛かった。

元町に差掛ったところで便意をもよおしたが母の家まで我慢しようと思った。しかし道に迷いあちらこちらと探すうち、交番を見付けた。高校生の年頃としてはあまりに派手な服装をしていたし、盛り場で何度も補導されたこともあってお巡りに尋ねるのがいやで、手前の横丁をまがった。登り坂で、再び眩暈と嘔き気に悩まされた。しもたやばかりで便所は見付からず、街は彼の本能の要求を拒絶していた。シャッターをおろし、雨戸を閉めた家々の前を彼はあえぎつつ歩いた。小学校を見付けた時、何の考えもなく中に入った。子供用の便所は戸が低く立ち上ると外が見えたが、そのことは別に障碍《しょうがい》とは思えなかった。排泄《はいせつ》と嘔吐《おうと》によって肉体から苦痛が脱落していった。あれほどの苦痛がわずかな物質の放散で解消したことがあっけなかった。安らかに静まった心に子供たちの澄んだ声が聞えてきた。国語の授業らしい。まだ幸福だった小学生の頃を思って、やさしい気持になった。三年生の時寝小便をして母にお尻をつねられた時のことを不意に思い出したが、それはあたりに漂っていた小便の臭いのせいかも知れない。お尻をつねった母の指先は細くて、妙になまめかしかった。彼は羽目板に描かれた小学生らしく稚拙な性器の絵を見詰め、自分も同じような絵をいくつも描いたことをなつかしがった。用はすんだが、立ち上るとそこに閉じこめられている幼年時代の快い空気が逃げ去るように思え、彼は凝っとしていた。

足音がした。彼は急いで身繕いし、身構えたが、ふと自分の逃亡の姿勢に苦笑した。別に逃げるべき悪いことは何もしていない。が、遠くに晴れやかな萌黄《もえぎ》の衣裳を認めたとき、戸の下に身を沈めた。強い期待の念は、足音が軽くせわしなく、子供のらしいと気付くと淡い失望に変った。足音はまっすぐに彼の戸へきた。戸の鍵が二、三度動き、やがて足音が隣へ移ったとき、彼は立上った。驚かすつもりで突き出した顔の前には、しかし、女の子の細い項《うなじ》があった。レースの縁取りをした萌黄の襟の上に、それは花の芯のように伸びていた。女の子はつと横顔を見せたが、見られていることに全く気付かぬ瞳は、開ききった窓のように無防備で、内側の柔かい秘密な部分をのぞかせているようだった。女の子は隣の便所に入り、すぐ用をはじめた。思いつめたように一途《いちず》な勢いで終結へと走る音が彼にも快かった。同時に彼は、女の子が戸の鍵をしめなかったことを聞き分けながら自分の鍵をあけるほどには落着いていた。女の子が用を済ませたとたん彼は外におどり出、隣の戸を引いて中に飛びこんだ。

ほんの一刻、女の子は驚愕《きようがく》のあまり石化したように動かず、ついで悲鳴をあげて暴れだした。やさしく話しかけようと思っていた彼にとって、それは意想外の出来事であった。消防夫の手を離れたホースのようにのたうつ首を、彼は両手でにぎり、水を停める具合に力一杯握り絞めた。水は停りホースは勢を失った。女の子の頭が重い西瓜《すいか》のように彼の胸を押した時、彼は「おれは人を殺した」と思った。そのことは何の感情も起さなかったが、次に「へえ、人間て実に簡単に死ぬもんだな」と思った瞬間、快感が彼の胸から腹へと蜜《みつ》のように下ってきた。まださげたままだった赤いパンティを抜き取ると女の子の下半身は裸になった。稚《おさな》いが、すでに女らしい脹《ふくら》みを持った太腿《ふともも》や腰の線が彼の欲望を誘い出した。欲望が萎《な》えた時、はじめて彼は女の子の顔を見た。赤やいだ皮膚はまだ暖かく、横顔を見たとき想像したように整った美しい顔であった。彼は女の子の体を丁寧に紙で拭い、坐らせると倒れてくる上半身を壁に倚《よ》り懸らせた。戸をしめ、振り返りもせず春の日差の中に出ていった。

「それからぼくはね」と安藤修吉は言った。「公園に行ったんだ。小学校の隣に公園があったんだね。八重桜が満開で不思議な気がしたよ。なぜ不思議かっていうとね、それが美しく見えたからさ。あんなことをしたあとでも花が美しく見えるなんて、人間て何ておかしいんだろうと思ったよ。それから、こんなに花が美しいなら、自分のしたことなんてどうでもいいと思ったね。で、ぼくは安心して母親の家へ行ったのさ。二度ほど道を尋ねてね、この道を尋ねたことがあとで逮捕のきっかけになるんだ。母親は喜んでくれてね、おれはそこに十日いたのさ。十日間、本当におれは楽しかった。毎日御馳走を食べ、母親と一緒にデパートに行ったり、遊園地に行ったりした。母親はぼくを小学生みたいに思ってたらしいね。まるで子供あつかいでね……」

「いまだってお前は子供さ」と他家雄は言った。「お前ときたら、いつも無邪気で陽気なんだからなあ」

「ハハハ、そうだな」と安藤は肯定して笑った。「要するにおれは莫迦で気にしない性分なんだよな」

二年前、安藤の刑が確定した日は、月に二度の大運動場での野球の日で、顔を揃えた仲間たちはしきりと彼をからかった。

「坊っちゃん。いよいよ確定だってな、おや笑ってやがる。お前さん、度胸あるぞ」

「もってえねえな、おめえみてえな可愛い少年《あんこ》がよ、ただで首しめられるっちゅうのはよお」

何を言われても笑顔を返し、不断と変らず野球に興じていた。出を待つあいだ、彼はふと他家雄に言った。

「死ぬってどんな気持かなあ」

「それだけは誰にもわからないね」

「そりゃそうだろうな。でも、死んだあと人間はどこに行くのかなあ」

「それも誰も知らないことさ」

「でも、死んでから生れ変るっていうだろう。あれは本当かなあ」

「それは本当かも知れんぞ」他家雄は賢《さか》し顔で言ってみた。安藤の希望を知りたいと思ったからである。「えらい人がそう言ってるからな。お前は何に生れかわりたい」

「そうだなあ」安藤は笑を消し、真顔で考え込んだ。「こんどはぼくはチューリップに生れたい。赤いチューリップに」

二人の会話を聞いていた連中が吹き出した。一人が「チューリップだとよ、それも真赤なやつだとよ」と言うと、他の一人が「坊っちゃんは赤がお好きだからな」と被害者の女の子が赤いパンティをはいていたことを当て擦《こす》った。

「どうしてチューリップなんだ」と他家雄が尋ねた。彼は安藤の表情に笑えぬ何かを感じていた。

安藤は他家雄の目をまっすぐに見詰め、一語一語を手渡すように言った。

「ぼくは、もう、人間は、いやなんだ」

さっき笑った連中がまた笑った。連中にとっては意外なことは何だっておかしいのだ。しかし他家雄は笑えなかった。安藤の絶望は彼自身の絶望でもあった。もう人間でありたくないと何度彼も思ったことだろう。

たったいま、安藤は赤いチューリップになるための一歩を踏み出した。軽やかにゴム草履で床をたたきながら、もう笑ってはいないだろう。いや、彼はまだ何事も知らないかも知れない。無邪気で無頓着《むとんじやく》な彼だったらありそうなことだ。所長がなぜ彼を呼び出したかなどと気にしない。時折、太っちょの教育課長は汗を拭うために立ち止る。実は安藤の様子が気になるためだが、安藤は湯気を立てている課長の禿頭《とくとう》をにこにこと眺めるのみだ。所長室の、あの暖房の効いた大きな部屋を彼は珍しげに見回す。ソファをすすめられると、スプリングのきくシートの中に沈みこみびっくりする。そんな彼を微笑《ほほえ》ましげに見ていた所長は、ごく当り障《さわ》りのない話題を差出す。

「この頃、元気かね。担当から大体話はきいているが」

「はい」

「両親は面会に来て下さるかね」

「はい、母親が」

「お母さんか。たしかきみのお母さんは再婚しておられるんだね」

「はい」

「戸籍上はお母さんはもう他人になってるんだね」

「ええ、母親は父親にかくれて面会に来てくれるんです」

「いいお母さんだねえ」

所長はいかにも感心したように言う。しかし彼はすでに自分が知悉《ちしつ》していることを質問するだけだ。彼はあらかじめ囚人の身分帳を通読しており、身分帳には家族関係、裁判の経過、獄内での動静、書信や面会の記録の一切が綴《と》じられてある。

「ところで、きみはいくつになったんだっけね」

「二十一です」

「ほう。まだ二十前に見えるが。成人式は過ぎたんだねえ。みんなに子供扱いにされないか」

「されます」安藤はにっこりと少年のような顔で笑う。

「すると……」所長は考えるふりをする。「事件のときはいくつだっけね」

「十八です」

「ああ、それでも十八にはなっていたのか」十八歳未満ならば死刑は無期に減刑される、そのことを所長は考えたのだが安藤は気付かず笑を続けている。

「きみ、宗教は」所長はすこしく真面目に言う。

「まったく無信仰です」安藤は明瞭に答える。

「ほう、珍しいねえ」所長は残念そうにいう。信仰のあったほうが何かと気楽に話がすすめられると思っている。ゼロ番囚の中には信仰に入る者が多い。入らぬまでもどこかの宗派の集会に出る者がほとんどで、安藤のように〝まったくの無信仰〟を表明する者は〝珍しい〟のである。

「しかし、きみはキャソリックの学校にいたんだろう」

「ええ、中学まではそうです」

「神父さんや修道女がまわりにいたろうに、宗教に関心を抱かなかったのは不思議だね」

彼は微笑している。答えようがないからでもあるし、所長が彼の過去を精査していることに敬意を表するためでもある。傍《そば》から教育課長が口を出す。

「安藤は一度だけわたくしの教誨《きようかい》に出たことがあるんです。親鸞上人《しんらんしようにん》の和讃《わさん》の解説でしたが、こいつは終始いねむりをしてました」

「ああわかった」と所長は安藤をからかう。「きみは学校でも終始いねむりだった。そうだろう」

彼は肩をすくめる。それだけはフランス人の神父から移った癖である。所長と教育課長は笑う。釣込まれた安藤も笑う。ところで、笑いながら頃合を見計らった所長は、何げないように言う。

「実は、あす、きみとお別れせねばならぬことになりました」

その刹那《せつな》、安藤は笑いやめるだろうか。たぶんそうするだろう。いや、いささかの見栄《みえ》で笑いやめはしないが、笑は顔に凝結し表現としての意味を失うだろう。いや、まったくその逆もおこりうる。彼はむしろ一層高らかに笑い始める。

「ハハ、いよいよですか。いよいよ出掛けるんですね。ハハハ」

彼は遠足を前にした小学生のようにはしゃぐ。まあ、たしかにそのほうが安藤らしい。

教育課長が説教慣れした口調で、必要な事務的通達を素早く言う。両親には電報を打った。お母さんからはすぐ来所すると電話があったが、お父さんからは返事がない。まあ、お母さんが見えるまではわたくしが親代りできみに御馳走しよう。昼食に何が食べたいか遠慮なく言いなさい。お菓子か。よしよし、用度課長に買いに行かせよう。

明朝、十時、彼は白布で目隠しされ、両腕を看守に押えられて刑壇に立つ。首にロープの金輪がひんやりと触れたとき、落ちていく。彼に殺された女の子のように、何にもわからずに……。

いま、ゴム草履の音が消えた。三人は階段を降り始めたらしい。脹れあがっていた時間が急にすぼみ、他家雄は溜息をついた。明け方の夢の中から持続していた不安が、いま、メスで摘出された思いがする。しかし取り残された癌《がん》細胞がどこかに潜んでいるように、胸中にはなお何かが蟠《わだかま》っている。

たしかに、今日のところは助かった。しかし、明日、こんどは彼が安藤の立場になる可能性は強いのだ。この拘置所では、それは日曜日にはないことになっている。しかし、それは単なる慣習に過ぎず、監獄法によれば、大祭祝日、一月一日、二日、十二月三十一日しか除刑日となっていない。つまり、一年中、ほとんど毎日、それが訪れてくる可能性はあるのだ。「とにかく、今日のところは……」と他家雄は思った。

足音が消えるとすぐ、付近が急にざわめきだした。他家雄だけではない。誰も彼もが耳を澄ましていた証拠である。彼は深い吐息をついた。すると体の張りが無くなり、坐っているのがやっとの有様で、前の蒲団へ凭《もた》れ掛かった。『自然の中の人間の位置』が畳に落ち、ページがやけを起したように閉じられた。心は気を抜かれた容器のように空虚で何も考えられぬ。そうして力無く頭を蒲団に埋めた彼の耳に「ウンドオオ」という遠い呼び声が別世界からの呪文じみて響いてきた。日に一時間の運動時間である。彼はひょろめきながら立上り、壁で肩をしたたかに打った。その痛みがかえって彼をすこし元気付けた。彼は壁から壁へと三歩歩き、また三歩、また三歩と同じ動作を繰返した。それから青い運動着に着替え、運動靴を持って、開房されるのを待った。

独房から出された囚人たちは廊下に並ばせられた。前後から看守に見張られながら一列縦隊で行進させられる。囚人たちの服装はまちまちで、他家雄のような運動着姿はほかになく、背広やジャンパーのままの者や青い囚人服の者もいる。

一行は七人で、現在いる確定者の半数である。舎房（監房の並ぶ建物）の裏手にある運動場まで駆け足で五分とかからない。それでも狭い部屋に閉じ籠《こ》められていた者にとっては階段や廊下や渡廊下を通るということが随分の距離を行くように感じられる。運動場は高いコンクリート塀《べい》に囲まれ、扇型という妙な形をした狭い場所だ。それでもここには天井のない広い所に来たという解放感がある。

到着するとすぐ他家雄は安藤を誘ってボールなげを始めた。ほかの者は日溜《ひだま》りにかたまって動かない。二人だけが運動場のまんなかに出た。

さっき安藤が連れ去られたと思った他家雄は、廊下に出されたとき目の前に安藤がいるので驚いた。が、この種の錯覚は、獄内ではよくあることなので、彼は自分の間違いに苦笑する気持になった。そして連れ去られたのは誰だったのかとあれこれ推測してみたが結局分らなかった。安藤の房の近くの者だから彼に訊《き》けば分る、そんな気持で安藤を誘ったのである。

ボールはズックに綿を詰めたもので、力一杯抛《ほう》ってもいくらも飛ばない。それでも風に流されて相手の頭上を抜くと壁側の青黒い影の中へ転がりこんだ。相手はほとんど体を動かさず、まるでゲームの観客ででもあるようにボールを見送っている。

「おい。はやく拾えよ」と他家雄は催促した。

安藤は片手をジャンパーのポケットに突っ込んだまま、のろのろとボールを拾い、面倒くさそうに投げ返してきた。ボールは他家雄の数メートル前に落ちて停った。彼は手ばしこくボールをつかみ、相手の顔に狙いを定めて再び力一杯に抛った。腕に当った。

「おお、いてえ」安藤は腕をさすった。

「なにがいてえものか、こんなもの」他家雄は続けさまにボールを相手の肩や胸に投げつけた。安藤は逃げも抵抗もせずに笑っていた。ついに他家雄はあきらめて、手の埃を払った。

太陽はまだ低く、二人の脚は塀の影に漬っていた。青空はどこか薄汚れ、雲は澱《おり》のように浮いている。一塊りの灰色の雲が太陽に迫っていく。他家雄は逆光に立つ安藤を眩しげに見た。

「おれはな、さっき、お前に、お迎えが来たと、思った」

安藤は一層笑った。冗談だと思ったらしい。

「そりゃいいや。もうこんな所飽きちゃったからな。どこからかお迎えが来て欲しいよ」

「教育課長が来たろう」他家雄は遮るように言った。

「教育課長だって」安藤は、笑をひっこめつぶらな目をしばたたいた。さすがの坊っちゃんも教育課長とお迎えとの関係を理解はしているのだ。

「そうさ。足音でわかるよ。お前のあたりを訪問した」

「いつ」

「ついさっきだよ。十五分ぐらい前になるかな」

「気がつかなかったな」

「課長と区長と、それからもう一人、三人で来て、誰かを連れていった。お前だと思ったが、違うとすると、砂田か……」

「だって」安藤は目くばせした。日溜りには砂田がいた。

「だからさ」他家雄はじれったそうに言った。「誰だか分らないが、誰かが連れていかれたんだ。そいつを知りたいんだが」

「だって、ついさっきのことだろう。誰も連れてかれやしないよ」

「そうかな。おれは確かに足音を聞いたんだが」

「おかしいねえ」安藤は口をとがらした。いくらか心配げな顔付でもある。

「おかしいね」と他家雄も言った。「まったくおかしい。いや、おかしいのはこのおれかも知れないな。一晩中夢を見続けで、さっぱり眠れなかったから、寝惚《ねぼ》けてたんだ。きっとそうだ」

「いや、ぼくだってぼんやりだからねえ。砂田にきいてみようか。あいつは敏感だし、耳がいいから」

「まあいいさ」他家雄は安藤の肩をたたいた。「お前が無事でよかったよ。さっきはなあ、すっかりお前のことを考えた」

「やられるってことをかい」安藤は右手で頸《くび》を絞める恰好をすると笑った。「ぼくは早くやってほしいよ」

「いいや」他家雄は陰気に言った。「お前の一生のことだ。前に話してくれた神田の家のことやお母さんのことや、群馬の道場のことや、いろいろさ。お前の一生は何だったかと考えたのさ」

「で、何だったの」

「さあ何だったかな」

二人は顔を見合せ、誰か死んだ人の生涯を追憶するかのように、ちょっとの間考えた。安藤はすぐ目をそらし、日なたぼっこしている仲間たちや、空や、遠くの街のビルへと、絶えず視線を動かした。彼は考えることが苦手なのだ。

「なあ」と他家雄は親しげに話しかけた。「いつだったか、こんど生れてくるときは赤いチューリップになりたいって言ったろ」

「赤いチューリップ。へえ、誰が」

「お前がだよ」他家雄はあきれて言った。「お前が言ったんじゃないか」

「言わないよ、そんなこと」安藤は口をとがらした。それは不意に笑に変った。くすぐられて我慢していた者が笑い出すような具合である。

「どうかしてるよ、楠本さん。あんた、きょうはおかしいや。本当に寝惚けてるみたい」

「そうかな」他家雄は笑っている青年を痛ましげに見た。「そうかも知れんな。でもお前、もしこんど生れてくるとしたら何になりたい」

「人間はいやだよ」安藤はクイズを解くように面白がって言った。

「ほれ見ろ」他家雄は微笑した。「じゃ、何に生れたい」

「何にもなりたくない。もうこんな世の中は二度と見たくないから」

「そうか。そこへ来たか」

「どこへ来たって」

「お前の思想がだよ、そこまで来たのかと言ったんだ」

「思想だって。そんな難しいもの、ぼくは持ってやしないよ」

「ちゃんと持ってるんだよ」他家雄は眉を顰《ひそ》めた。

「ははあ、あきれたなあ、もう、あんた、きょうはどうかしてらあ」

安藤は笑った。色白で大きな目の美しい顔が笑っている。皮ジャンパーにコールテンズボンのこの青年は、街のビル群を背景に、ごく平凡な姿で立っている。しかし、彼が殺人者であり、死刑囚であることを他家雄は思った。目の前に立つ美しい青年の肉体と、彼を外側から形容している状況とがちぐはぐで、うまく結びつかない。ひとが見ればこの自分もそう見えるに違いない。硬い物を突き破りたい衝動に駆られ、彼はアスファルトを爪先《つまさき》で蹴った。地面は何の反応も示さず、ただ青黒く乾いて、壁のように彼を弾《はじ》き返すのみであった。

3

日当りのよい塀際《へいぎわ》に、五人の男が何やら怠惰な形でいる。せっかく運動場まで出ながら、佇《たたず》んだり蹲《うずくま》ったり雑談したり将棋を指したりで、いまさら体を鍛えても無駄だと居直っているかのようだ。

他家雄と安藤が近付くと、塀に倚《よ》り懸っていた砂田が身をおこした。浅葱《あさぎ》の囚人服を着た体格のよい男である。

「やあ、坊っちゃんや。おらと相撲をとれよ」

「やだよ」と安藤はしりごみした。「負けるに決ってるもん」

「じゃ、キャッチボールをやれよ」

「もう疲れちゃったよ」

「何こきやがる、まだ何もしてねえじゃ。楠本の野郎と話してただけだ」

「それでも疲れたんだよ」

「駄目だ。おらとやるんすよ、坊っちゃん」

砂田は安藤の手首をつかみ、暴漢が女を襲ったように、乱暴に腰を締めつけた。腕は長くしなやかで、ラオコーンの少年たちを巻いた大蛇を思わせた。安藤は苦しみ踠《あが》き、大声で看守を呼んだ。砂田が看守を気にして振返った隙《すき》に安藤は逃れた。ジャンパーの前がはだけて袖で縛られたような恰好だった。見ていた一同が笑った。

「待て、こいつ」砂田は呶《ど》鳴《な》った。しかし追ってはいかず、遠くに逃げた安藤をにらみつけた。

安藤は、鬼ごっこの鬼をいなすように手をたたいた。

「あんたにはできないよう、キャッチボールなんか」

「こいつ」砂田は他家雄の手からボールを奪うと掬《すく》うように投げた。玉葱《たまねぎ》でも手渡すといった無造作なやり方である。ボールはそれた。砂田が拾いにいく隙に安藤は逃れた。再びボールはそれて、河野と将棋をさしていた為次郎の足元に転がった。為次郎は「イッテッテ」と仰山らしく跳び上り、砂田を人差指で威《い》嚇《かく》すると、すばやく投げ返した。ボールは正確に砂田にとどいたが、彼が取ろうとしなかったので胸板に当って落ちた。

「いっちょ、おれとやらかすか」と為次郎が言った。

「てめえじゃ、相手にならん」砂田は太い腕を組んだ。四人服の肩から二の腕のあたりが割けそうに張り切った。

「そりゃ、おれのセリフだあな。お前みてえな神経の鈍いやつはおれたあ相手にならん。それを相手になってやるとおっしゃるなあ、この為様のとんだ御慈悲よ」

「こいつ」砂田はボールを拾い、力まかせに抛った。ボールは上へ伸び、為次郎の頭上を抜くかと見えたが、為次郎は跳んで摑み、軽快に投げ返した。それは再び砂田の胸に当り、鈍い音をたてた。くやしがった砂田が抛り返す。こうして二人のゲームが始まった。

分厚い外套を着て襟巻までしているくせに為次郎の身ごなしの軽さは驚くほどで、まるで二十代の青年なみだが、染みのついた禿頭と皺だらけの顔を見れば相当の老人だと知れる。監獄の粗衣粗食こそがおれの若さの秘訣だというのが口癖の彼は、前科は十数犯といい、ほんの小わっぱの頃より生涯のほとんどを刑務所で過してきた。つい一月ほど前、彼は褞袍《どてら》を着たまま運動場でとんぼ返りをしてみせ、みんなを驚かせた。

ちょこまかと飛び回る為次郎にくらべて、砂田は鈍重で、初めのうちまるで不釣合なゲームであった。が、次第に砂田は意外と敏捷《びんしょう》な動作を見せ、投球も正確になってきた。そうなると力があるだけ有利で為次郎も押され気味である。

「へえ、砂ちゃん、ほんとうは運動神経あるんだな」と安藤が言った。

「ふむ、あいつ。猫っかぶりてところがありやがるんだ」と河野が呟いた。彼は将棋相手の為次郎を砂田に奪われて、手持無沙汰にひとりで詰将棋をしていた。「こわいんだよ。あいつを莫迦にすると不意をつかれて大変なことになる」

「何しろ〝おせんころがし〟の市松だからなあ。すごい絶壁を身軽につたわって降りて、突き落した女の息の根を止めたっていうからなあ」

「第一、あの事件のはじまりもそうだったろう。女のほうじゃ、ちょっと鈍いくらいの男だと思って信頼していたところ、不意に兇暴《きようぼう》になって襲いかかったっていうぞ。あいつ、自分でそれを自慢してやがった」

「それにくらべりゃ、くそったれの為さんはメッキだなあ。見てろ、いまに息を切らすから」

安藤の言うとおり為次郎には疲労の色が見え出した。ボールを取りそこね、拾おうとしてつんのめる。投げたボールも相手まで届かない。ついにゲームをあきらめて肩で息をしつつみんなの所へ帰ってきた。外套がゆがみ、坊主頭が油で磨いたように光っている。

「おい、為、まだおわっちゃいねえぞ」と砂田が呼んだ。

「もう駄目や。ふう疲れたわ」

「為、こっちへこい」

「かんべんせいや。年寄をそういじめるもんじゃねえ」為次郎は襟巻で汗を拭った。

「だらしがねえぞ。為、来い。くそったれのくそ野郎」砂田は肩を怒らし、上着とシャツを引きちぎるように脱ぐと上半身裸になった。いま彫りあげたばかりの仁王像を思わせる逞《たくま》しい肉体である。髪の毛が風に逆立った。

「まったく、あいつにゃまいった」為次郎は、河野のやりかけた詰将棋を勝手にくずし、駒《こま》を並べ始めた。

「やい、為、来ねえと首根っ子をへし折るぞ」砂田はリングの上のレスラーよろしくわざと両腕に力瘤《ちからこぶ》を作ってみせた。

「やなこった。おい、河野、お前の番だぞ」そう言ったとたんせっかく並べた紙の駒が風に飛び散ったので為次郎は舌打した。

「来いったら」砂田は駆け寄り、為次郎を襲うとみせて、巧みに安藤の手首をつかみ、あらがう青年を裸の腕で締めつけると唇を吸った。青年はすぐに動きをとめ、男の愛撫に応じて体を柔かく変えた。「よう、いいぞ」と為次郎が囃《はや》し立てた。しかし看守に気付かれぬよう小声で言うだけの配慮があった。安藤の白い肌になまめいた朱がのぼった。その情景に為次郎は心たかぶり、もう一度「いいぞ」と言った。看守が振向いた。砂田は安藤を突飛ばすようにして放した。

逃げてきた安藤を後にかばった他家雄の前に砂田は来た。裸の厚い胸が量感をもって迫り、太い顎が拳《こぶし》のように突き出されてくる。

「何か用かい」と他家雄は言った。

「何でもねえよ」砂田は粘っこい視線で他家雄を撫でまわした。胸毛が風になびいた。この寒さに汗をかいている。この男は強い体臭を持っているのだが、それが、いま、風に流れてしまい、何だか濡れた屍体《したい》のように、そこに冷たく存在している感じがした。

「何だってそんなに見るんだ」

「何でもねえすよ」砂田は薄笑を浮べ、腕組みした。「おめえさん、落着いてるね。うらやましいすよ」

「どういう意味だ」

「何でもねえすよ。ただちょっとそんな感じなんす」

「きょうはおかしいな、あんた」他家雄は笑った。

「おかしかねえんすよ。ちいとばか、おめえさんの顔を見たくてね」

「気味が悪いな」砂田が顔を接近させたので他家雄はのけぞった。

「やめろよ」他家雄は相手を押し返した。冷たい皮と固い肋《あばら》が後に退いた。何か気持が悪く、彼は掌を運動着の袖で拭った。砂田は展覧会の観客のように隣へ移動し、垣内に顔を近付けた。蹲っている大田の背中を撫でていた垣内は気配に顔をあげた。

「てめえ、瘦せてるな。それにちっぽけだな。まるで栄養わるいな」

垣内は身を起し、薄い背広の肩を風に煽《あお》られたように動かした。元大工の彼は右肩が発達して左肩がさがっている。その顔を砂田は自分の顔で追い、視線で包んだ。

「ひげを伸ばして、あんまりいい男じゃねえな」

「そうかい」垣内はおだやかに言った。

「そうだ。てめえは吹けば飛ぶようなやつよ。そんなやつが歌をつくるなんておかしいがら。お前の下手くそな歌がよ、新聞で入選するってのは、へ、わかんねえけどよ。何ならすぐ歌をつくってみろってえんだ。おい、作れよ」

「いまは作りたくないよ」

「おらが頼んでるんだぞ」

「そう言っても……」

垣内は角張った頭を振った。瘦せた体に較べて大きい頭が重たげに動いた。顔は無表情である。

「まあいいさ」砂田は両腕を交叉《こうさ》させ胸や腕をこすった。「寒い」という。それから蹲っていた大田の真ん前に飛びこむようにしてしゃがみ、びっくりした大田が立上ると一緒に立上った。

「何だよ」大田は目を見開いて一歩退り、塀に背中を当てた。

「てめえ、泣いてんのか」砂田は大田の頬を平手で軽く打った。

大田の頬は濡れていた。目が赤い。のみならず全身を震わしている。洗晒《あらいざら》しの囚人服の肩に白糸がそそけて出ているのが寒そうで、裸の砂田のほうが、かえって暖かげに見えた。

砂田は二、三歩後から勢いをつけ、大田の頭を打つとみせてコンクリート塀に両手をついた。大田は悲鳴をあげた。

「よせ」と垣内が鋭く制し、砂田が離れると目付で押しのけるようにして大田の前へ割って入った。砂田はにやりとして両腕に力瘤をつくった。それから隙を見て、大田の頬を平手で、こんどはかなり強く打った。

「こいつが泣いてやがるからよ。なあ大の男が泣くなんてよ」

「彼はな」と垣内が言った。「いま、ちょっと気が滅入《めい》ってるんだ。文鳥が死にそうなんだと」

「文鳥」砂田は胸や肩を両の掌でこすった。

「そう、飼ってた文鳥が死にそうだって、心配してるんだよ」

「そんなことか」砂田は両腕を水車のように廻した。「なら、おらの飼ってるのをやらあ。心配すんな」

「だって、それは、あんたのだろう」

「ああ、おら、もういらねえんす」

「どうして」

「飼うのがもう面倒になった。丁度いいや、誰かにやろうと思ってだがら。長助よ、おらのをやるがら泣くでねえ」

大田は垣内の体を楯《たて》に砂田を盗み見た。

不意に日が翳《かげ》った。風の冷さが急に身に滲《し》みた。砂田は肩をゆすると、ボールを拾い、力まかせに塀に投げつけた。紙袋が弾けたような音をたて、ひしゃげたズックの塊が落ちた。もう一度繰返すと看守が振向いた。砂田は一層乱暴に続けた。まるで塀に恨みがあるかのような動作であった。

「お前が先だ」と為次郎が言った。彼は安藤と将棋を始めていた。垣内は大田を端のほうに連れていき、しきりと慰めている。残された二人、他家雄と河野は並んで壁に倚り懸った。剝身《むきみ》の貝のような雲が太陽を遮《さえぎ》っている。西のほうからは鯰《なまず》の背のようにすべらかな黒雲が迫ってくる。

「さむい」と河野はセーターの亀襟《かめえり》に首を沈めた。

「天気がおかしいな」と他家雄は小鼻をうごめかした。「雪が降るぞ、この分だと」

「どうしてわかるんだ」と河野がセーターの袖の中に手をかくしながら言った。

「空気が湿ってるんだ。湿ってるときは何となく頭がくらくらしてね、わかるんだ」

「ふむ、便利なんだな。ほら、何てたっけ、晴雨計か……晴雨計みたいだ」

地鳴りのような音がした。砂田がコンクリート塀に肩を打当てているのだった。数歩退《さが》っては再び力一杯に衝突している。

「体当りだあ」と為次郎が言った。「あのコンクリートは罅割《ひびわ》れてやがるからなあ、砂公の怪力でぶっこわれるかも知れねえぞ」

「すると逃げられるぞ」と安藤が笑った。

「だめだあ。あのむこうは、やっぱあこことおんなじ運動場だからなあ。なにもかもここおんなじだからなあ」

「でもよ、そこの壁をこわせばさ」

「その先も運動場なんだぞ。お前だって知ってるんだろ、ここはこんな風な運動場が六つ続いて半丸になってるんだ」

「それを全部こわしちまうんだよ。そうすれば……」安藤はわざとのように子供っぽく笑った。

「ばかばかしい」と為次郎があわれむように言った。「お前なんかてんで子供だ」

看守が砂田に注意した。体当りをやめた砂田の顔は看守の帽子に匿《かく》れている。背は看守のほうが高いが肩幅は砂田が広く、看守は砂田の肉体の心棒のように見える。もう一人の看守が警戒気味にゆっくりと歩み寄ってきた。

「やっつけろ。あいつらをやっつけろ」と安藤が言った。叫ぶような口調だが小声である。

「やっつけろ、砂ちゃん」

「何を言ってるんや、この子は」と為次郎が駒を動かした。「お前の番だぞ」

「やっつけろ」安藤はなおも砂田の方を見て言った。

「なんやろねえ、この子は、ひとりで興奮しとって」

「みんなやっつけろ、砂ちゃん、みんなぶっこわせ」安藤の白い頬に朱がのぼった。その美しい顔は母親似だ。いつであったか、他家雄は安藤の母を見たことがある。接見所の金網のむこうにいたのは黄八丈の奥様然とした婦人であった。出口へ行きかけて振返った顔が安藤にそっくりであった。屈託のない笑顔も、雪肌も、敏感に色のつく頬や巴旦杏《はたんきよう》を思わせる眼蓋《まぶた》も。

もしもあの時、母に会いに行かなければ安藤の犯罪はなかったと思う。

女の子の細い、ホースのような頸を、あの白い華奢《きやしや》な手が絞めた。そして、いつか、明日でなければ、来週にでも彼の細い、白い頸はロープで絞められるだろう。その瞬間、突然彼は思い出すだろう――自分が赤いチューリップに生れ変りたいと思っていたことを。そして自分の白い肉体を嫌悪していたことを。

看守の帽子がずれて砂田の顔が現われた。看守たちはゆっくりと左右へ去っていった。安藤は「チェッ」と舌打ちして、駒をとりあげた。為次郎がすぐ応じた。

砂田は塀に沿って肩をゆすり、威張りくさって歩き始めた。まるで誰かに向って、おれはおせんころがしの砂田市松だと誇示するように大袈裟な肩のふりよう、戦争中の兵隊の歩き方、砂田は敗戦の年に秋田で歩兵聯隊《れんたい》にとられたが夜尿症のため二ヵ月で除隊になった。今でもオネショの常習で、夏など尿がむれた毛布の匂いがあたりの房までむんむん漂ってくる。「あいつはゼロ番でよかったんだよ。雑居房じゃ同囚がたまらんからね。ゼロ番の唯一の贅沢は独居だってことさ」これは誰が語った言葉であったか。為次郎の言いそうなことだが。

「なにが、チェッだよ」と為次郎が尋ねた。

「あいつをやっつけなかったからさ」と安藤が答えた。

「あいつって、二瓶《にへい》看守のことかい」

「ああ、あいつ、嫌なやつなんだ。いきなり入ってきてさ、お前、ホモの気はあるかなんてきくんだから」

「あいつもホモの気があるんじゃろな。ホモの看守は多いってことよ。大体、看守になろうてやつは多少はホモっ気があらあな。だけどお前にはその気がねえかい」

「ないよう」

「そいつは残念だな。もし、一緒に娑婆《しやば》に出られたらよ、おれはお前の紐《ひも》になってたんと稼ぐがな。髪を長くさせて、女の子の服装をさせてよ、三光町あたりを歩かせらあ」

為次郎がまくしたてているうちに安藤は笑いだした。別に嬉しいからというより、それが常態となって顔に染みついている笑いである。

二瓶看守は腕時計を見、砂田ははじめの角を曲り、安藤は笑顔を他家雄に向けた。

「ねえ、楠本さん、あいつ大学出たんだってね」

「あいつって誰だ」わかっているくせに他家雄はわざと尋ねてみた。

「二瓶だよ」

「ああ、そうらしい」と他家雄は答えた。

「ねえ、大学出って、どんな気持」

「おかしな質問だね。なぜそんなことをきくの」

「ちょっとね……親爺《おやじ》がしょっ中、お前は大学に行くんだって言ってたからね。けっきょくさ、行かなかったけど」

「おい、お前の番だ」と為次郎が催促した。

「待ってよ。ぼくはお話中なんだ」

「お前と将棋すると気が散ってだめだよ」と為次郎がぼやいた。

「なに言ってんだい、そっちだってお喋りばかりじゃないの」安藤は、為次郎に手を振り、他家雄を見上げた。笑を消した真面目な顔付である。

「ちょっと得意な感じ。それとも、ひとより少し勉強した感じ。それとも……」

「そう言われても困るな」他家雄は苦笑した。「別に何も感じないさ。お前がミッション・スクール出たのと同じさ。ミッション・スクール出たって、どんな感じだ」

「さあ」安藤は考えた。それから急に笑いだした。「なんにも感じない。変だねえ、何にも感じない」

「おれだって同じさ。別になんにも感じないよ」

「嘘だ」と不意にきつい声がした。河野がセーターに埋れていた首や手を、亀が動きだすように出すと、他家雄を睨《にら》み付けた。

「大学出というのは」河野は中空に言葉を探すように三角の目を光らせた。「ここでは、この監獄の、囚人仲間では、その……」言葉を見失って彼は地踏鞴《じたたら》を踏んだ。

「特殊な存在だと言いたいんだろう」と他家雄が助けた。数十人のゼロ番囚のうち、大学出は多くはない。たしか十人には達しないだろう。

「違うさ、すこし、いや、ぜんぜん違うよ、断じてそんなことを、言おうとしたんじゃない。彼らの感覚が、問題なんだ。やつらは、その、特権的感覚を、持ってやがるのさ」

「特権的感覚ってどんなの」安藤は河野に尋ねたが、彼の笑顔は河野の仏頂面の前ではすこぶる軽薄な印象を与えた。

「えらぶってやがるのさ。自分が特別な人間だと、思いこんで、自分以外の人間を、軽蔑《けいべつ》している。いや、大学を出ない人間なんて、人間と思っちゃいねえのさ」

「大学出てのは何も特別なことじゃないよ。今の世は大学出で溢れてるんだ。大したことじゃないよ」他家雄は、河野の白髪まじりの髪を凝っと見詰めた。まだ二十八なのにかなり髪が白いのは、三年ほど前から急に睡眠時間を切り詰めて本を読み続けたせいである。直接のきっかけは、学生運動家の唐沢が隣に入り、マルキシズムの話をしたことにある。「犯罪は革命的行為である」という思想は、河野の全精神生活を一変した。『共産党宣言』からはじまって『マル・エン選集』『レーニン全集』『毛沢東選集』と彼は読破していき、『資本論』に究極の真理があると信じた。彼は他家雄が大卒者と知ると、機会あるごとに近付いてきては何か議論をしかける。それは何よりも他家雄という大学出身者の〝圧迫者としての正体〟を明るみに出すためであり、おのれの〝差別された中卒者の革命的弁証法〟を鍛えるためなのである。

「しかし、それは」河野は角のように白髪を逆立てた。ちょうど頭のてっぺんに一塊りの堅そうな白髪があり、常には水刷毛《みずはけ》で撫でつけてあるのが、何かの拍子にぴんと突立つのだ。握り拳をタクトのように振りながらの演説調だ。「この監獄では、断じて通用せん、論理だ。いいかい、おれたち犯罪者に、どうして大卒が、少ねえか、わかるか。それは、特権的な人間だから、こんなところに入れられねえからだ。まず犯罪をおこすのは、大学教育を受けられぬ、無知で貧困な、人間どもだ。こいつは統計が、証明する。さて、裁判となると、裁判官、検事、弁護士、すべて大卒だ。どうして、中卒の、裁判官を採用せぬか。答は簡単で、被告が、中卒だからさ。そして判決が下る。拘置所の長は大卒、管理部長も、医務部長も、要するに幹部はすべて、大卒で占められていやがる、そうじゃないか。それがどうして、おれたち中卒の、心を、理解出来るんだ。断、断じてできない。そこで、言いたいんだが、おれたちの中に、大卒の、異分子が、入っている、それがお前よ。お前の心から、特権的感覚は、抜けやしない。それを拘置所側が利用して、スパイに使おうってんだ。そうだろう、所長が、お前をじきじき、呼び出した真の理由は、そこにあるわけさ。だめだよ、社会で大卒が多いなんて、一般論をこんな特殊地帯で振り回しても。お前は、ここでは、特別な人間なんだ。特権的意識の、塊りなんだ」

「いやおどろいたね」と他家雄は噴出した相手の雄弁の切れ目を見付けやっと言った。「スパイは誤解だよ。さっき言ったように、おれの原稿の内容が曝露《ばくろ》的でありすぎると注意をうけたんだ。いま監獄が密行主義、つまり秘密主義を建前としてることは、お前も知ってるだろう」

「誤解かどうか知らんが、論理的にいえば、お前は、スパイだ。もし自覚しとらんなら、潜在的スパイだ」

「よせよ。人聞きの悪い」他家雄は左右を見廻した。河野が何かを主張しだしたら、反対しても無駄なのだ。が、その一途に押してくるところに猪突豨勇《ちよとつきゆう》の滑稽味《こつけいみ》もあって、つい笑を誘われる。しかし河野は、生真面目な顔付で力み返り、そのあげく二、三歩ほど前へ出、丁度歩いてきた砂田とぶつかりそうになって飛び退《の》いた。砂田は河野を無視し、ダンプカーのように肩を震わしながら通りすぎていった。

「なんだい、ありゃあ」と河野が言った。

「運動してるんだよ」と他家雄が言った。「あの裸じゃ寒いからな、あいつは今うんと運動したがってるんだ」

「何かにぶつかっちゃあ曲って、また何かまでまっすぐ進んでいく、そんなオモチャがあったろう、あれだな、あいつは」

「運動したいんだよ。させとけよ」というと他家雄は縄飛び用の縄を拾って飛んでみたが、三回ほどで足にからませてしまった。

「かしてみろ」将棋に飽いたのか為次郎が立上ってきた。縄を取上げ、さっき疲れ果てたとは思えぬほどあざやかに数回飛んでみせ、続いてひょうひょうと風を切ると二重廻しをしてみせた。安藤が拍手した。為次郎は得意になって腕を交叉させたり、力一杯に飛びあがったりしたが、いずれも鮮かな飛びっぷりである。

「気味がわるいな」と河野が言った。「あれで還暦過ぎの爺さんだってんだから」

「あの体で稼いでたんだ」他家雄が言った。「あいつの前科《まえ》はほとんどビル専門の窃盗《のび》だからな。高いところへ平気でのぼるだけの身の軽さが必要なのさ」

「立派な窃盗師のくせに何で人なんか殺したんだろう」

「ドジを踏んだのさ。あれでもやっぱり衰えてきてるんだろう、見付かって騒がれたというな」

「とにかく」と河野は急に腹を立てたように言った。「ひでえ野郎だよ」

「ひでえって、おれのことかい」と他家雄は言い、苦笑を顔からひっこめずに、河野の言葉を締めだすように目をしばたたいた。

「あいつだよ」河野は歯痒《はがゆ》そうに口をゆがめた。

「あいつって誰だよ」

「お前ったら」河野は笑い出した。「てんで鈍いんだから。二瓶じゃねえか。はじめっから二瓶の話をしてるんじゃねえか」

「ああそうか」他家雄も笑った。

「あいつは、おれを憎んでやがるのさ。(二瓶看守は腕時計を見、金の時計バンドを光らせた。）夜勤のときは、かならず大きな鍵束を、持ちこみやがってさ、おれは知ってるが、そいつは二十個からの、鍵がぶらさがってて、インドの鈴みたいで、舎房じゃ不必要な、代物なのさ。おれが寝ようとすると、房の真ん前でそいつを、力一杯に振るんだから、たまらん。おれは飛び起きる、報知機をおろす、文句をつける。が、あいつは知らん顔さ。『お前は夜おそくまで勉強して頭に血がのぼっとるんだろう』てなことでごまかす。おれが、睡眠時間を節約して、読書しとるのを、あいつは叛乱《はんらん》でも、起したととっとるんだからな。いつかも『資本論』の第三巻の〝剰余価値率にたいする利潤率の関係〟のところがわからんから、あいつに質問したら、『いまは暇がない』でごまかしやがった」

「本当は読んでなかったんだろう」

「あいつは大学出てるんだぜ」

「ああ、今の大学生で『資本論』を通しで読んだ人間なんかごくわずかだよ」

「何しに大学に行ってるんだ。じゃお前も、読んでないのか。お前は法科出身だろう」

「おれも読んでないよ」

「お前みたいな、インチキ大学生のために、社会が金を使ったなんて、無駄な話だな。おれは学校に行きたくても、金がなくて行けず、勉強したくっても暇がなかった。金も暇もあるやつは、勉強しない」

「まあその点は謝るから」他家雄は話をそらすため、こちらに向って来る二瓶看守の方へ顎をしゃくった。「あいつが何をしたか話せよ」

「要するに、裁判行為の妨害と、基本的人権の圧迫さ。睡眠妨害、勉強の邪魔、裁判官への密告と中傷、接見制限、書信検閲、ありとあらゆる奸計《かんけい》をおれに集中し、死刑の判決へ持っていった。しかしそれはまあ、刑務官としてのあいつの職務なんだから許せる。しかし控訴をあきらめた、おれの刑が確定してからも、同じ妨害と圧迫を続けるのは、なんのためだ。まるで、おれを苦しめ、苦しみのあまり、おれが処刑を願い出ざるをえない羽目に、追いこもうとする。卑劣だ」

丁度二瓶看守が傍に来たとき、河野は〝卑劣だ〟と叫んだので二瓶は驚いて立止った。

「何のことだね」二瓶は長身を利して河野を見下ろした。真新しい紺の外套を着込んではいるがワイシャツの襟は垢染《あかじ》みていて、下宿先で無精な生活を送っている独身男とわかる。まだ学生と言ってもよい若い顔にそぐわぬ、年寄じみた緩慢な動作はおそらく誰かの真似らしい。威張った形に肩をあげ、そこから寸足らずにぶらさがった腕をほんの少しだけ振る。まるで電圧の落ちた電動人形のようだ。

刺すようなまなざしを二瓶に向けた河野が口を開く先にと、いそいで他家雄は答えた。

「なんでもありません。こいつと或る男の噂をしてたんで……」

「そうか」二瓶は頷いてゆっくり行き過ぎたが、意表を突くように回れ右をして、それで河野と向き合う形となった。二瓶が老練な、たとえばゼロ番区に二十年の余も配属されている田柳看守部長のような看守であったなら、河野の目付きの意味に気がついたろうし、巧みに相手の気持をほぐす手管《てくだ》を考えたろう。ところが二瓶看守はこの場合最も拙劣な反応を示した。相手を不審尋問の警官のように取扱ったのである。

「どうしたお前、その妙な顔は」

河野は歯軋りした。目が血走っている。二瓶はまるで無頓着に言った。

「おかしなやつだよ、お前は」

河野は唇を震わせ、二瓶を睨んだ。何かおこると見た一同が、二人を見較べたとき、為次郎が素頓狂《すっとんきょう》な声をだした。縄飛びをしながら呶鳴ったのだ。

「センセーイ、あと何分ですか」

二瓶は為次郎を珍品でも吟味するように口を開けて見た。外套を着たまま縄飛びしている姿は、なるほど、奇妙である。

「あと十五分だ。為、お前、よく息が続くな。疲れないか」

「なあに、このくらい」

為次郎は飛びやめ、襟巻で汗を拭い、それで間に合わぬと気付くと、ポケットから薄汚れた手拭を取出した。それから身軽に駆け、ひょいととんぼを切ってみせた。禿頭から汗が散った。「うまいもんだなあ」と二瓶が言った。彼はもう一度、金の腕時計を眺め、「あと、十五分。みんなすこし運動したらどうだ。寒くないか」と言った。

その時、あたりが小暗くなった。黒雲が灰色の空を塗り潰していた。さっき鯰の背と見えた雲は、いま、無数の襞目《ひだめ》に分れ、巨大な鯨が群れているように見えた。他家雄は、けさ、目覚めがたに見た紺青《こんじょう》の空を思い出した。あの澄んだ湖を思わせる空が、ほんの三時間後にはこうも変ってしまう。彼の心に忘れていた不安が甦った。きょうのところ、安藤は助かったけれども、明日はわからない。助かったことは一日不安を引延ばしただけに過ぎない。彼はもっとも思い出したくない部分に意識が向いていく不愉快に顔を顰《しか》めた。足音を聴いたとき、けさは自分の番だという思いに彼は圧倒されていた。「もう駄目だなあ。文鳥が死んだらおれも駄目になるんだよ」「予感だよ。悪い予感だよ」大田は、いま、垣内と何か話している。「困ったよう、けさ、文鳥がピンポン玉みてえに脹《ふく》れてよう、死にそうなんだよ」大田は青いだぶだぶの囚人服の下で薄い肩を震わせて訴える。垣内は答える。「悪い予感なんて思い過しだよ。文鳥は偶然に死んだんだよ。お前の運命とは関係はないよ。さあ元気を出せよ」しかしいくら元気を出しても無駄なことだとは言うほうにだって分っている。明朝、足音がお前の房の前で停らぬと誰にも保証はできない。けさ、足音を聴いた時、おれは自分の番だと信じていた。そう信ずるに足るだけの兆候はこの一週間に集積されていた。所長の呼出しがあった、ピション神父がバッハのロ短調ミサ曲のレコードをかけてくれた、母が喪服のような黒い服を着ていた、恵津子が突如面会に来ると書いてきた、そしてきょうが金曜日である。そこには明らかな系統と筋書があって、おれの番をおれは信じざるをえなかった。しかし、あの足音が結局幻であったとすると、おれの確信はまったくの錯誤、思い過しどころではなくて、まったくの妄想だったということになる。おれは気が狂ったのか。いったいいつからそんな迷路に入りこんだものか。はっきり言えることはおれには河野を気違いと極《き》め付ける資格がないということだ。この看守に迫害されていると信じこみ、大卒者を敵とみなす男はおれの同類なのだ。

「あいつの目付に気がついたかい」と河野が言った。

「ああ」と他家雄は二瓶の後姿を見送りながら言った。

「おれを、おれだけを莫迦にしてやがったろう」

「そうだな」他家雄は肯定した。河野に反対する根拠は自分にはないと思った。

「お前を刑場に、一刻も早く送ってやるって目だ。あいつ、おれより、年下のくせしやがって」

「お前、いくつだ」

「二十八だよ。もうすぐ三十だ、おれは三十までは生きてえよ」

「大丈夫だよ。おれなんか、ここで十六年生きてるんだから」

「じゃあ……」河野は幾分尊敬の念を面に出した。

「そうだ。いま三十九だ。この四月で四十になる。事件の時が二十四だった。この点は大体お前と同じだよ。今に獄中生活のほうが長くなりそうだ」

「で……」河野の目は何もかも知りたがっていることを示していた。しかし、日頃、尋問口調でしか人に話せぬ彼にはおだやかに質問するのが気恥ずかしいらしく、言い出せないでいる。

「つまりさ」他家雄は優しく言った。「事件後二ヵ月で逮捕、それから三年経って一審の判決、さらに四年後に二審の判決、二年後に三審の判決、それが六年前さ」

「すると……すると……」河野はしきりと暗算を繰返した。

「そうだよ」他家雄は微笑した。彼は優しい気持になっていた。「確定後、六年生きているやつもいるってことさ。もっとも確定者としておれより古いのは為だけしかいないけどな。あいつは確か、八年じゃないか」

「あんたは確か、助命歎願書が出てたってね」

「ああ、おふくろがカトリック信者三千名の署名を集めてくれた。しかしどのくらい効果があったかしらんねえ。おふくろが集めてくれるっていうのをことわる気にはなれなかった。なぜっておふくろにはそれが喜びなんだから、断っちゃ可哀相《かわいそう》だった」

「為は……」

「彼は、再審中立、抗告、即時抗告といった執行延期の理由になる手続を絶えず繰返す方式だね」

「ふむ、そういうことなら、おれみたいに、何もしない人間は、駄目だってえことだな」河野は自嘲的に呟いた。「おれは、一審判決でおりた。つまり、早く殺せという、意思表示をした。そいつは、今から思えば、あの二瓶の野郎の詐術《さじゅつ》に、かかったんだ。おれが、自分の間違いに気が付いたのは、確定して一月もあとなんだからな」

河野は他家雄の顔を親しげに見、しばらくすると瞑目《めいもく》して考えこんだ。頭の真中で白髪が力無く寝ている様子が、疲労しきった男という印象を与える。

「裁判の虚偽をあばくためには、法廷でこそ徹底的に闘うべきだったんだ。控訴もせず、死刑を願った人間が、今頃そんなことを言うのは、論理の矛盾だがな。しかし、その点でおれが間違ったことは、確かなんだ。今じゃむろん、おそすぎるさ。しかし、おれは闘わなくちゃならねえ。断じて裁判、監獄、刑罰の虚偽をあばかなくちゃならねえ」

「何のためにさ」どす声がした。砂田が、半身にかまえ分厚い肩を突出していた。その肩には岩の塊りのような量感がある。

河野は薄目を明け、素早くそれを三角形に収縮させた。彼は小さな体全体に力をこめた。

「何のためか、教えてやろうか。プロレタリアートの、解放のためさ」

「へ、ばかにするねえ」と砂田が言った。「プロレタリアートなんてどこにいるんだ。そいつを出してみろい」

「おれがそうだ。お前もそうだ」

「笑わせるねえ、てめえはおれじゃねえよ。全然ちがう人間だよ」

「お前も、おれも、プロレタリアートだ」

「ばかだよ、てめえは、そういうのをさ、論理のよ……」

「論理の矛盾」と為次郎が嬉しそうに言った。笑声がおこった。いつのまにか為次郎も安藤も、物見高くこちらを見ている。

「何だって、てめえはプロレタリアートなんて言うんだ。てめえはてめえのためにやってやがんだろう。つまり、てめえはてめえの命が助かりてえから闘ってやがんじゃねえかよ。命が惜しいんだよう、要するに」

「違う」河野は砂田の無精髯《ぶしょうひげ》の伸びた頬を、頬を支えている頑丈な顎骨まで射通すような目付で見詰めた。

「どこが違うんだよ。言ってみな」

「命なんか惜しくねえんだよ、おれは。おれは、自分の使命に忠実でありたいと、そう思うだけだ」

「使命だって、てめえ、また妙な言葉つかうじゃねえかよ」

「プロレタリアートの使命であるぞ」為次郎が河野の声音を真似て言った。安藤がけたたましく笑った。

「じゃなにかい、てめえは人を殺したのも使命のためだってのかい、プロレタリアートのためだってのかい」と砂田。

「まあそうだ」河野は三角の目をいかつく光らせた。

「おらだば理窟はわからねえ。しかし、そんな卑怯なことは言わねえす。おらが人を殺したのは女が欲しかったからよ。てめえの場合は金が欲しかったからだろう。それでいいじゃあ」

「お前は、自分の陥っている状況が、わかってねえんだ」河野は沈んだ声で言った。

「なぜ女が欲しかったか、なぜ女を殺さなきゃならなかったか。そいつが問題なんだ」

「そんなことは簡単だよ。女の首をこう絞めてみねえ、嫌がって暴れるらあ。それから体中が震えだす。ホッペもオッパイも茂みもケツも震えだす。それが、おめえ、こたえられねえいい気持なんだ」

　聞いている者たちの間から溜息が洩れた。砂田は太い腕を巧みにくねらせ、そこに女が横たわっているかのような所作をしてみせた。みんなの心に白い女の裸形が現われ、柔肌一面に玉の汗を吹き出すと、悶《もだ》えてぬたくった。彼はたちまち、おせんころがしの市松の形相となって、一声「オオオ」と叫んだ。その奇声は、運動場を震わしたかと思うと、塀をこえた彼方《かなた》へと伝わっていった。二瓶看守がぎくっと肩を刺立《とげだ》たせ、こちらに向って走り寄った。

「どうしたんだ」と二瓶が尋ねた。

「なんでもありませんよ」と為次郎が答えた。

「お前に聴いてるんじゃない」看守は為次郎を払いのけ、砂田に迫った。「どうしたんだ」

砂田は相手にせず、にやりと笑うと赤い舌で唇を拭った。濡れた唇が、汗に濡れた額や頬とともに曇天を映していた。

「妙な声を立てるんじゃない」と看守はたしなめた。

「オオオ」と砂田はなおも奇声をあげてベンチに坐った。そこで汗も拭わずにシャツと囚人服を身に着けた。

「どいてください」と河野が看守を押しのけるようにして砂田に迫った。「で、どうなんだ」と言った言葉は上擦り、最前の湿った落着いた声音とは明かに異なっている。

砂田は答えず太い腕を重たげに振った。河野は頭を垂れると、くるりとくびすを返し、脳天の白髪を掻《か》きむしり、しきりと頭を振った。

「あと八分」と二瓶看守が言った。「おかしいな、きょうはみんなさっぱり運動せんじゃないか」彼は欠伸を押殺すと涙を手の甲で拭きとり、その手をあげて同僚に何か合図を送った。為次郎は安藤を誘ってバドミントンを始めた。

「ねえ」と河野が他家雄に言った。「おれは間違ってるだろうかね」

「何がだい」

「その……おれが闘ってることだ」

「お前がそう思い、そう信じ、一所懸命に闘っているんなら、それは正しいことだろうよ」

「おれは神を信じない。しかしお前は信者だ」

「信者といってもいろいろあるよ。おれは自分が正しくお前が間違ってるなんて言わない」

「なぜ」河野は闘争的な身構えで肩をはった。「おれは神様なんか信ずる、ブルジョワ的偏見は、はっきり間違っていると思う。だったらお前だって」

「おれにはそう割切れないだけさ。おれは一応神を信じてるが、まあはっきりいって、神を信じていることになってるが、しかし、神を信じていない部分もある。そいつは一人の女を愛しながらどこかで疑っているようなものさ」

「そんなのは、本当の信仰じゃない。信仰てのは全くのところ、絶対に信ずることだ」

「立場が逆になったな」他家雄は苦笑した。「しかし、ひょっとするとお前のほうがおれより信仰が厚い人間かもしれんよ」

「おれはな」河野はなおも闘争者の口調で言った。「お前の、そういう妥協的なとこが、いやなんだ。大学出は、そこがこすっからい」

「それとこれとは関係がないよ」

「砂田は、間違ってるよ。おれは、正しいよ」

「だからそれでいいじゃないか」

「よくないんだ。お前が、砂田は間違っているといわなければ、駄目なんだ。お前、それが言えるか」

砂田を見ながら他家雄は視野の端に河野の光った目を見た。彼は自分の曖昧な気持がそのまま口から洩れていくのを感じた。

「おれは、お前も砂田もどちらも正しいが何かが欠けている、もう少し言えば少しずつ間違っているような気がするんだ」

「どこが間違ってるんだ」

「それはおれには分らんよ。だがこれだけは言える。おれも人を殺したがそいつは何かの使命のためじゃないし、欲望のためでもないな」

「じゃ何のためなんだ」河野は苛立った。

「よく分らないが。生きるためだ。その時はおれはそれ以外の生き方が出来ないように思ってたんだな」

河野はペッと唾《つば》を吐いた。

「欺瞞《ぎまん》だよ、そんなのは。インテリの詭弁《きべん》ていうやつだ」

濃密な雲が切れて一刻日が照った。日の温りは体がすっかり冷え切っていたことを覚らせた。他家雄は足踏みをしながらキャッチボールの相手を物色した。もう一度思うさま体を動かしてみたくなった。為次郎と安藤はバドミントンに興じている。風に飛んだ羽根を大童《おおわらわ》で拾うのが結構楽しげに見える。ふと、しゃがんだ安藤の尻の窪みが他家雄の欲望をそそった。けさ、夢に現われた女の柔かな尻の感触と、女に背後からいどんだことを思い出した。あの種の夢に登場する相手といえば、宮脇美納《みやわきみの》が多く、それに誰だか判然とせぬ女や少年だが、けさのは明らかに女だった。それが昔の女美納なのかきょう来所する筈の玉置恵津子なのかは不分明だ。むろんおれは恵津子を直接知らないが、彼女に対してすでに何か欲望めいたものを抱くとは何と不埒《ふらち》なことだろう。

大田が叫んだ。為次郎が反射的に走り寄った。垣内がかがみこみ大田をなだめている。為次郎はこちらに走って来た。

「どうした」河野が尋ねた。

「また発作だ」

「いつものやつか」

「ああ、そうらしいや」

「ふむ、あいつ、おとぼけがうまいからな」河野は気に入らぬというふうに頭を振った。為次郎も全く同じ速度で頭を振り、二人は向き合って笑った。

他家雄は大田の傍《そば》に行った。急に萎《しぼ》んだようで囚人服の背がだぶだぶである。しきりと叫んでいるが意味は不明だ。

「どうしたい」他家雄は垣内に言った。

「さっきまで泣いてたのが、急にこんなになっちゃった」垣内は大田の右手の甲をさすっていた。

「いつものやつだろう」他家雄は大田の顔を覗き込んだ。瞑《つむ》った目の周りも鼻の下も濡れている。それが大口あいて叫び続ける。泣いているようでもあるし、ふざけているようでもある。この男が泣き喚《わめ》くのはゼロ番区ではお馴染みになっている。しかしそれを眼《ま》の当りにしたのは他家雄にも初めてだった。

「いつもこうなのかい」と彼は尋ねた。

「さあてな」垣内は眉根《まゆね》を寄せた。「おれも初めて見るんでね」

安藤が来た。バドミントンのラケットを空振りさせながら面白そうに大田を見ていた。砂田も来た。それが癖の腕組みをほどき、大田の背中を軽く撫でた。と大田は弾かれたように前につんのめり地べたにひしゃげてしまった。

「よせ、あんたの莫迦力じゃ背骨を圧《へ》し折っちまうぜ」と垣内が言った。

「へ、てめえに何がわかる。下手な歌読みは、すっこんでろい。おらはこいつをようく知ってんだから」

大田は、やおら起きあがり、再び叫び出しそうに口を開いたが、こんどは大きく息をつくのみで砂田を見た。何か奇態な動物に襲われたように、目を見開き、じりじりと後ずさりした。

「やい、長助、心配すんな。おらの飼ってるのをやらあ。ちゃんと生きてるだぞ。わかるか、イ、キ、テ、ル、ダ、ゾ」と砂田は幼い子を諭すように言った。

「イ、キ、テ、ル」大田は口を尖《とが》らせ、そこから一塊ずつ空気を押出すように言った。

「やあ、喋ったぞ」と安藤が嬉しげにラケットを振回した。

「そう、イ、キ、テ、ル、だからさあ、泣くでねえ。わかっか。ナ、ク、デ、ネ」と砂田。

「ナ、ク、デ……」と大田は頷いた。

「そうだす。ようくわかったすな。ちゃんとせい、な」

砂田が顎先《あごさき》をしゃくると、それが鏡に映ったように大田も顎先をしゃくった。

「たいしたもんだよ、砂ちゃん」と安藤が言った。砂田は振向きざま手をのばしたが、安藤はそれを予期していたらしく身を躱《かわ》した。

「え、坊っちゃん、こっちきな。可愛がってやるがら」

「やだよ」安藤は遠くへ逃げた。

急にまた、大田が叫び始めた。手放しで泣いている。涙が頬へ鼻の下へと流れ出た。全身の筋肉が麻痺したようにぐったりと両膝をつくと、そのまま俯せになった。額がアスファルトに当たって鉛玉を落したような音をたてた。

「えい、しっかりしろ」砂田は大田を引起した。埃まみれの白い額から血が流れていた。大田は答えず、相変らず泣き続けている。砂田が揺さぶっても反応はない。看守たちが駆け付けてきた。為次郎も河野も来た。みんなが大田のまわりに集った。

「お前たち、むこうへ行け」と二瓶が命令した。囚人たちが塀際に並ぶと、彼は大田を仰向けにし、仔細《しさい》らしく脈をとった。大田は叫び続けている。「アアア……」と息を吐くたびに叫び、泣いている。

「おかしいな。いつもの声と違うな」と他家雄が言った。

「何だか、毀《こわ》れちゃったみたいだ」と垣内が言った。

「毀れたか。ハハハ」と安藤が笑った。彼は「毀れた」という言葉が気に入ったらしく、しきりと繰返し笑った。

もう一人の看守が医務部に電話をかけた。あたりは一層暗い。鯨の大群を思わせる黒雲は、いまやすっかり空を覆っている。いつのまにか水銀燈が点《とも》り、運動場の塀の上に迫出《せりだ》した高いコンクリート塀を水平線のようにくっきり照らし出していた。さらに、そのむこう、街のビルの群も夜景を思わせるように内部が明るく照明されている。冷い風が勢よく吹き渡った。

「こりゃさぶいや」と為次郎が言った。「先生、早く帰して下さいよ」

相変らず大田が叫んでいる。が、いま、その声は、空に充ちた風声に消されがちだ。他家雄は仄暗《ほのぐら》い地面に転がっている小さな大田の小さな青白い顔を見守った。

大田は被告の時から落着かぬ男で、お喋りに明け暮れる生活を送っていた。誰でもする女や他人の噂話のほか、好んで自分の事件を話した。要するに良作という伯父に騙《だま》されて事件をおこしたというので、はじめは殺意はなかったという。

そこは長野県の山沿いの農村である。素封家の一家四人、夫婦と二人の子供が殺された。犯人として逮捕されたのは大田長助と伯父の良作である。

良作は、戦後の農地改革前に田畑と家を継いだ兄と財産を争っていた。兄は良作が結婚した場合に百坪の土地と家一軒をくれると言ったが、良作はそれでは納得せず、酔って兄の家に暴れこんだり、盆暮の祝儀に親戚一同を前に派手な口論をした。

良作は、弟の息子で遊び人の長助とは、仲が好かった。彼は兄の家の仏壇の抽出《ひきだし》に小金がある、それを二人で盗《と》ったら山分けしようと日頃から冗談のように言っていた。「その日もな、伯父貴と酒を飲んでいるうちその話になっただ。おれはてっきり冗談だと思ったさ。伯父貴が日本刀を出す、おれは薪割《まきわり》に使っていた刃広を持つ、そんな恰好で出掛けるのが何だか芝居じみてよ、面白かっただ。先方はもう寝てた。おれの村じゃ戸締りなんかしないから簡単にあがりこみ、仏間まで入れた。ところが仏壇を探ってるうち気付かれて、中学生の男の子が電燈をつけ、顔を見られちまった。困ったと思ってると伯父貴が男の子の胸を刀で刺した。一度血が出ると血が血を呼ぶ。四つの女の子と夫婦と、そう、警察でも言ったがね、気がついたらみんな死んでただ。ところが抽出にゃ金なんか無かった。金はどこにも無かったね。けっきょくよ、その時あちこち探した跡の指紋やら血痕《けっこん》で足がついたわけだから間抜けな話よ。盗ったのは腕時計と懐中時計と地下足袋一足とシャツ三枚とズボン四着なんだから、さんざ苦労して働いたわりは合わないよ。だけどよ、おれのやったことが強盗殺人で死刑になるなんて、検事の求刑のときまで全然思わなかっただよ。六法全書なんか読んだことはないし、大体おれは活字ってのを見てると頭がこうしぼんで痛くなるだ。警察では、お前が正直に喋らねえと死刑だぞっておどかしやがった。つまりよ、正直に喋れば死刑じゃないと思って何でも全部喋ったただ。ところが裁判が始ってみると何だか様子がおかしくてよ、おれが主犯で伯父貴をそそのかして犯罪を計画したってことになってるでねえか。伯父貴がそう言ったらしいが、やつのほうが弁が立つし、おれのはあわてて喋ったで、まとまらなくてよ、けっきょく嘘を言ってるってことになった。きみは未成年だし、被害者に怨《うら》みはないし、ほんの従犯で、まあ無期か十五年相当だなんて言ってた弁護士まで、裁判じゃおれが出まかせの嘘つき、何とか言っただな、そう虚言症だって言うじゃねえかよ。どうして何もかも正直に言ったおれが虚言症なんだ。そりゃおれは頭は悪いよ。言うことがまとまらねえし、事件のことだってよく覚えてねえだよ。だから被害者の家に入るとき、おれが先だって言って、あとで伯父貴だと言って、疑われただね……」

大田はそんな調子に話した。しかも同じ繰り言を蒸し返すので、最初のうちは多少興味を持った者もうんざりし、しまいには彼が口を開くやあちらこちらで音高く窓が閉められた。周囲の者に相手にされなくなると大田は看守を呼んだ。報知機を頻《しき》りにおろし、それでも看守が来ない場合は視察口に口をつけ禁制の大声を出す。看守の不親切を訴えるため区長や保安課長に面接をつける。それが許可されない時は医務部に出向いて診察を受け、そこでながながと訴えた。ついに彼は自分に相応《ふさわ》しい相手を探しだした。それは、一年半ほど前、医務部に赴任してきた近木《ちかき》という若い精神科医で、大田の蜿蜒《えんえん》たる愁訴を辛抱強く聞くだけでなく時々は監房まで訪ねて来るのだった。

「もうたまらないだよ、先生。うん。もういやになっただよ。今ね、裁判の不当を訴えようと思ってね、再審中立てでのを書こうと思ったらね、書こうと思うことが頭から出てこねえだよ、うん。昨日寝てないでしょ、先生の薬でも眠れなかったよう。あれ本当の薬なの。それは先生は信用するけどよう。とにかく寝てないんだから頭働かねえやね、それで文書くなんてできっこねえやね。書こうとすると夢が出てくる。うん。いやあな夢だよ。天井から女のなまっちろい首が落ちてきて、ぎゃあっと飛び起きた、そんな夢だからねえ。まあ、先生、きいてよ……」

しかし、中途で唐突に口調が変る。いままであわれっぽかった声が、演説調の張りのあるのに移っていく。

「先生、冗談じゃねえだ。おれは死ぬのなんかこわくねえだよ、ぜんぜん。先生だって、いま、おれに短刀をさ、こう胸に突きつけられてよ、さあ殺すぞって言われりゃ、こわくねえと思うだよ。逃げられねえっと思うと、頭がぼうっとして、体がふにゃっとしてこわくなくなるだよ。同じだよ。おれだって、ぜんぜん、平気だよ。おれ、けさ夢、見ただ。ぶらさがってるだよ、おれがな。うん。ところが死なねえだな、いつまで経っても死なねえもんだから、立会いの検事がもう一度やれって命令するだよ。肉屋の肉みてえに釣りあげられて、もう一度どすんと落される。一度ぐきっと折れた首がもう一度ぐきっと折れるんだが、ほら魚の骨折ると白いスジが中から糸をひくだろ、あんな具合になるんだが、それでもちっとも痛くねえだよ。こわくねえだ、ぜんぜん」

大田は笑う。その笑は薄紙を燃やした時の炎のようにどこか上っ調子で、急に消え、再び泣き声まじりの愚痴へと返っていく。

「もうたまらねえだよ、おれは。うん。二度殺される夢なんて縁起でもねえ。だから先生に特別診察願を出したのによ。こんど来た生っちろい担当が、本でも読んで気をまぎらせろというだから。本なんか読めりゃ診察なんかつけねえ、ちくしょう、ゼロ番なんて人間じゃねえと思ってやがるだ。おれだって死ぬのはこわいよ。そこが動物と違うとこじゃねえか。おれは人間だもの。うん。おれは牛を殺したことあるけどよ、あの動物はよ、釘《くぎ》を脳天にぶちこまれる直前まで平気で草を食《は》んでやがるだ。おれは牛じゃねえ。そうじゃねえ。ねえったらよう……」

あとはよく聞き取れない。医師の囁きが嗚咽と混じるばかりだ。医師が帰るとすぐ他家雄は大田に話しかける。

「どうしたい」

「なんでもねえだよ」大田は快活に言う。それから照れくさそうに言う。「いまの聞えたか」

「聞えたとも。ドアをあけっぱなしで、あんな大声で叫んでりゃ、いやでも聞えちまう」

「あの若僧医者のやつよ、びっくりしやがってよ」

「お前も雄弁じゃないか」

「なあに」

「わざとおどかしてやったのか」

「半分そうだな。いや、そうじゃねえだ。あいつの前で喋ってるとよ、知れねえうち、ああなっちまうだな」

「泣いたかと思うと笑う。笑うかと思うと泣く。お前は忙しいやつだ。いったいどっちが本当のお前だ」

「わかんねえだよ……」

不意に大田は沈黙する。他家雄があきらめた頃、泣き声が聞えてくる。

「アアア……」

「泣くな長助」と誰かが茶化すと、それは大抵の場合泣き声を助長させる効果を持つ。大田は駄々っ子のように声を張上げるのだ。

「アアア……」

いま、大田の叫びは風にまぎれ、その体は闇に融《と》けてしまいそうだ。

「あいつ、おとぼけや」と為次郎が言った。「あんまりさぶいんで、入院でもしたくなったに違いねえわ。う、さぶい。先生、早く帰して下さいよ」

二瓶が急に立上った。見ると地面に這《は》いつくばった大田が吐いていた。

「やった」為次郎は躍り上がって両手を擦《こす》り合せた。「畜生め、おとぼけじゃなかったらしいぞよ。もっともおとぼけでもよ、反吐《へど》ぐらい吐けるわな」

「為、うるせえすよ」砂田が言った。「すこしは黙ってろい」

「お生憎《あいにく》だが、おれの口はひとりでに動くんす。おれの自由にはならねえんす」

二瓶は両手にべとつく吐瀉《としゃ》物を洗おうと水道の栓をひねったがそれは凍結していた。仕方なしにハンケチで拭う様子が何かおかしい。

安藤が笑った。すかさず為次郎が真似た。大田は吐き続け、せわしい息づかいが肩に見え、上衣の端から裸の背中が露出している。

担架を持った看病夫と医務部の看守が姿を現わしたとき、塀際に並ぶ囚人たちは凍《こご》えきって、身を寄せ合ってはただ震えていた。

4

「何だかやけに冷えこむじゃねえか」

「妙チクリンな天気だよな。けさはあんなに照ってやがったのによ。急にかげってきやがった」

「ちくしょう、寒いや。ひでえ風が吹くぜ」

「暗いねえ」

灰色の空の底で黒雲がせかせかと動き、壁の狭間《はざま》で風が笛を吹き始めた。何となく怪しい気配である。

「ううさぶい。窓をしめるぞ。あばよ」

「ちょっと待てよ。まだ話があるんだよ。チェッ、もう閉めちまったのか」

あちらこちらで窓を閉める音がした。次第に話声が鎮《しず》まり、風声のみが高低《たかひく》に流れた。他家雄は、しかし、ひやひやとした風を顔に受けているのが気持がよく、空を眺めながらじっとしていた。ここ数日、妙に春めいた日が続いたあとで、俄然《がぜん》寒さがぶりかえしてきた。冬の間暖房のない房内は、まるで冷蔵庫そっくりで、自分が貯蔵された肉塊のように思えた。そのひどい寒気に冬中苦しめられたにかかわらず、彼は寒さが嫌いではない。夏の防ぎようもない暑さと違い、厚着をすればともかく防ぐことができたし、それに自分の置かれた困難な状況にとって寒さはむしろ相応しいものと思うからでもある。寒さには破滅への希求と連なる何かがある。何もかもが冷えきり、凍り、死滅してしまえばいい、そんな彼の望みに符合する特質が寒さにはある。

吹け、風よ、嵐よ、吹雪よ、と彼は寒気立ちながらも思った。風の音に乗って彼は塀の外を街を空を駆け巡る。この堅固なコンクリートの容器から抜け出て、自由に旅立つ。どんな出来事でもよい。たとえ自分が死んでも、この監獄さえ毀れてしまえばよいと思う。嵐、地震、火事、そして戦争。

ふと彼は炎上する都会を思い浮べた。夜空の半ばを赤く染めるほどの巨大な焔が吹きあがっている。敵機が鮫の腹のように光った。燃えろ、燃えろと彼は思った。中学生の彼は蒲田《かまた》の工員寮の庭にいた。工員や学友は逸速《いちはや》く壕《ごう》に逃げてしまい、彼一人だけが空虚な庭に立って迫り来る敵機を眺めていた。敵機から数十の赤い光の糸が絨毯を織るようにしてさがり、地上に達するとそのあたりがひときわ輝き、街を染める巨大な焔の根元に新たな活力を送りこんだ。その光景がなぜか無性に彼を奮い立たせた。やがて至近弾が落ち始めた。一メートルの距離に六角形の鉄柱が突き立ち髪の毛を焦がすほどに焔を吹きあげるのを彼は喜びに体を貫かれる思いで見た。燃えろ、燃えろ、みんな死んじまえと思った。「ああ、みんな死んじまえ」

「何をほざいとる」と河野が言った。嗤《わら》っているようだ。

「なに、ひとり言だ」他家雄は苦笑いした。

「ふむ、わかるよ、お前の気持。みんな死んじまえばいいんだ。みんな死ね」河野も叫んだ。

「一緒に叫ぼうか」他家雄は面白がって誘った。

「よかろう」

二人は叫んだ。このくらい大声で叫べば、ふつうはむこう側の建物に反響する筈だがきょうは風音のなかに吸い込まれてしまった。足早な靴音がした。視察口が開き、田柳看守部長が咎《とが》めた。

「叫んだのはお前か」

「はい」

「どうしたんだ」

「何でもありません」

「待て、おかしなやつだ」

鍵音がして扉が開き、田柳看守部長の丸っこい体が現われた。太り肉《じし》だが決して脂肪太りではなく、内側には硬い筋肉が充塡《じゆうてん》されている感じだ。人なつこい笑顔の中で目付は鋭く、何げなく立っているようでいて両脚を開き柔道でいう自然本体の形で構えている。それは永年の間に培《つちか》った開房時の用心である。

「楠本、お前には珍しいの。なんであんなでっかい声を出した」

「すみません。風のせいです。何となく喉《のど》がむずがゆくなって……」

「注意せいよ。ほんとに何か寒くなったの。窓をしめりゃええ」

「はい」

田柳は房内へすばしこく視線を走らせ、蒲団の上の書物に留めた。

「相変らず勉強だの。何を読んどる」

「はい」他家雄は『自然の中の人間の位置』のページを閉じ、逆さにまわしてうやうやしく差出した。

「難しそうだの」田柳はすぐ返して寄こした。煙草《たばこ》の匂いが強くした。彼は大の煙草好きである。

「部長さん」他家雄は相手の機嫌がよいのを見て取って尋ねた。「大田は入病になったんでしょうか」

「知らん」田柳は言下に答えた。

「あいつは」他家雄は目で相手の目をとらえて言った。「おかしかったんです。まるで赤ん坊みたいになっちゃって」

「赤ん坊」果して田柳は好奇心をひかれたらしく顔を突き出した。「どんなふうの赤ん坊なんだ」

「そうですね」他家雄はきちんと仕舞込まれた記憶をそっと取出すようにゆっくりと言った。自分の言うことを隣近所の者が聞いていることも意識した。「あいつはあいつなりに耐えようとしてたんです。それが耐えきれなくなったんですね。それで何にも分らない赤ん坊になったんです。何にも分らなけりゃ耐えられますからね」

「ほう、まあそういうことかの」田柳は幾分よそよそしく言った。他家雄は、少し理窟が勝ちすぎたと思った。

「けさ、あいつの文鳥が死にそうだったんです。あいつは文鳥に自分の運命を賭けてたもんだから、それが頭に一杯になって狂っちゃったんですよ。よだれを垂らして、吐いたんですよ。まるで文鳥が死んだときみたいな恰好でね、倒れちゃった」

「気が小さいからのう、あいつは」田柳は頷いた。その顔には率直な同情の念が滲み出していた。他家雄は大きく溜息をついてみせ、相手の同情をのがさぬよう、湿った声で尋ねた。

「入病ですか、あいつは」

田柳はそっと頷いた。他家雄はそれを見なかったように目を瞑《つむ》った。一度盲腸炎で入病したときのことが思い出された。病舎の雰囲気はここ監房とはまるで違い、病院めいた安らぎがある。終日横になるのも自由だし、食事も上等だ。そして医師たち、この拘置所のなかで制服を着ない唯一の人種が出入りして社会の空気を伝えてくれる。それに、おそらくこれが最上の恩恵だろうが狂気に陥っている間は刑の執行がない。執行のとき正気であること、それが死刑という刑罰の最大の要請なのである。浅黒い近木医師の顔付きを、その若い生真面目な顔を脳裡《のうり》に描き、おれは大田を羨《うらや》んでいると彼は思った。

扉が閉められた。すぐ河野が話しかけてきた。

「何だっていうんだ、やつは」

「聞いてたろ、長助が入病だそうだ」

「入病。ふむ、で、やつはどうしようてんだ」

河野の口調は奇妙にとげとげしていた。

「やつって長助のことか」他家雄は慎重に尋ねた。

「ばか。じじいのことだ。やつは何を企《たくら》んでやがるんだ」

「あの爺さん、別に企みなんかないさ。おれ達が大声出したんで飛んできた、それだけだよ」

「いや、気をつけろ」河野は風音にまぎれるほどに低く言った。「やつは、探りに来たんだ、おれとお前の、会話の内容をな。運動場でのこと、きかれたろう」

「きかれないよ」

「きいたさ。お前隠す気か。知ってるんだ。やつは、おれの動静を、知りたがってやがるんだ。報告書をつくる、必要があるからな。おれがどんなに危険な人物で、一刻も早く抹殺すべき対象だかを、報告する。なに、当て推量だって、何だって、かまやしない。文章になれば、それは事実と認定されるのが、この世界だからな。報告書という事実に基づき、やつらは命令を下す。つまり、どんな非人間的な命令でも、下せるんだ。で、お前何を喋ったんだ」

「何も喋りゃしないよ」

「本当か。いや、お前が本当のことを言う筈はないな。いずれ、分ることさ。明日にでも……」

「よせ。自分の運命を口にするのはよせ」他家雄は思わず声に力をこめた。

遠くで声がした。為次郎だ。「よせ。自分の運命を口にするのはよせ」と言っている。

「ちぇっ、聞いてやがった」と河野が呟いた。「くそったための為か。あいつこそスパイなんだ。知ってるか、あいつがスパイだってことをよ」

「知ってる」他家雄は呟くように答えた。

以前、地方の刑務所で、看守に房内備え付けの溜桶《ためおけ》の糞尿《ふんにょう》を投げつけたというので〝くそったための為〟と呼ばれる舟本為次郎は、前科十数犯と自称するだけあって、監獄の表裏に通じ、看守の泣き所も知悉し、それに物怖《ものお》じせず弁も立つものだから、囚人一同の代表格として自他ともに許し、何かと言うと出しゃばる。しかしそれが実は怪しいという噂は時々流れてくる。現に去年の秋に刑死した男が、ある日、他家雄に語ったことがある。

「あの為っての、気をつけたほうがいい。さっき区長に呼ばれて注意されたが、それってのが昨日の運動でおれが話したことがけしからんていうんだ。驚いたことに、あの時、みんなが言った所長や保安課長の悪口が全部むこうに洩れていた。それだけじゃなく、悪口を言った元凶はおれだということになっていた。あの時、おれはむしろ聞き役だったのだから、全くびっくりした。思い当るってことは、おれが為と先週喧嘩したことだ。夜おそく洗濯を始めて水の音がうるさいから注意したら、為のやつかっとなりやがった。新前が古参に対して生意気だというんだな……」

その男は確定後、わずか六ヵ月で処刑された。ところが為次郎は、確定後八年も生きている。この不公平はどこから来ているのか。〝官〟のほうで為次郎を必要としている証拠ではないか。

「あいつの仕事は、空気を入れやがる（密告する）ことさ」と河野は言い、不意に大声をあげた。「おい、くそったための為、聞いてたろう」

「ほいほい、聞いてるよ。寒いねえ。風が出て来たねえ」

「おい、為。長助は入病だそうだ」

「あいつは、おとぼけだよ、病気の真似してるだけや。おりゃ知っとるんだ」為次郎は陽気に言った。

「今、おれ達が話してたこと聞いてたろう」

「うんにゃ、風で聞えなかったわ」

「うそつけ。ちゃんと、聞いてやがったくせに。言っとくけどな、お前が、いくら空気入れやがっても、こっちは平気なんだ。おれの日記にゃ、お前の喋ったことが、全部記録してあらあ。

そいつは、誰にも解《わか》らねえ暗号で、書いてあるから、今んところやつらには読めねえで、だからよ、お前は安全だがな。いよいよとなったら、やつらに、ばらしてやらあ。何月何日に、どこでどんなふうに、やつらの悪口言ったか、やつらに筒抜になるのさ。そうなりゃお前なんか、あっという間に御陀仏《おだぶつ》さ。おぼえてろい」

「なんのことだかわからんね」

「ふむ、わかってるくせに」

「風で聞えねえわ」

「お前の声はこっちにようく聞えるぞ」

「ほいほい」為次郎が陽気に言った。「雪だ。雪だ」

白い条《すじ》となって風が見える。不意にこぼれ落ちてきたような豊かな降りである。三層に格子《こうし》窓の並ぶ向いの建物に幕を垂らしたようにして、アスファルトの中庭に消えていく。他家雄はもっとよく見ようと机にのぼり、磨硝子と金網に遮られた窓の最上部に目を当てた。そこだけが横に細長く素通し硝子になっているのだ。

大きなヒマラヤ杉のあいだ、丁度、目の高さにコンクリートの塀の縁があって、近くの繁華街の下半分を切り取っている。広告塔や煙突を載せた大小のビルはおたがいが鈍色《にびいろ》に融合して、攻め寄せてくる大艦隊を思わせる。

銀鼠《ぎんねず》の虚空《こくう》から墨色の粉が染みだし、見る見る大きくなり、魚のように身をくねらせて泳いで来ると、壁を背景とする所から急に白い死骸《しがい》に変身した。硝子に当った雪は、一瞬のあいだ結晶を輝かすとすぐ水滴と化した。

ひとしきり吹き荒れたあと、ふと、風が休む一刻がある。そんな時雪は急に秩序を取戻し、幾条もの紐にまとまって垂れた。それが風に崩されるあいだの束の間の光景が好ましくて、他家雄は目を凝らした。

風が立った。さきほどより強い吹きで視野一杯が白に渦巻いた。これでは吹雪である。けさの晴天が嘘のようだ。ふと彼は夢で、夜中嵐が続くのを見たことを思い出し、雨と雪の違いはあるが夢が正確な予知能力を持ったことを不思議に思った。

机からおりると衣裳戸棚から毛糸のセーターを出して着こんだ。そうしてから、さっき風よ、嵐よ、寒さよと望んだ自分がセーターなど着込んだ矛盾に気付き、苦笑いした。と、それが始まった。

神経が一本どこかで切れたように足元が定まらず、壁につかまろうとすると壁がそのまま後に倒れたような気がし彼は倒れていた。じっとしていると床は静止してはいるが、起きあがろうとすると揺らぎ始め、下へ下へと落ちていくようだ。やっと起きて彼はどの程度のそれかを確めたくて強いて立ってみたが、耐えられず椅子に腰かけ、机に俯せになって喘《あえ》いだ。それの正体は不明である。何度か医務で診察をうけたが医者にも診断がつかないらしく、いつも一日分の鎮静剤をくれるだけだ。それは病気ではなくて、何かの予兆だと彼は思っている。何もかもが変ってしまう。壁はゴムのように彎曲《わんきょく》し、電燈は針の束のような光を落す。体は骨を抜かれたように軟かく、立ち上るのが億劫《おっくう》となる。そして世界は地震の揺り返しのように、断続的に揺れる。

しかし何かといっても、何の予兆なのかは分らない。ただ、それがよいことでないことだけは分る。彼は喘いだ。為次郎が悲しげに叫んでいた。どう聞耳を立ててみても陽気な笑声なのだが、そうであることは頭では理解できるのだが、それが切ない悲鳴に聞えてくる。そして風の音は、死者たちの呻《うめ》きのようだ。彼がここに来てから数十人の男たちが殺されていった。彼の聖書の扉には小さな十字架が印されてある。年に数個のことが多い。全くゼロの年もある。しかし、十を越えることもある。去年の暮には実に十五を数えた。一日に二つという日もあった。正月以降は跡絶《とだ》えているが、またいつ始まるかも知れぬ。あの風の音はまさしく殺された死者たちの呻きのようだ。が、彼にとっての慰めは、それが処刑の予兆ではないことだ。現に暮の大量処刑の前にもそれはおこらなかった。

「なぜさっきから返事しねえんだ」と河野が言った。

「ごめん、ちょっとメマイが来たんだ」と他家雄は弱々しく答えた。「ときどきおこるんだ。

こいつがおこるとおれはてんで駄目になっちゃうんだ」

「とにかくだな」河野は他家雄の事情には何の関心も示さずに続けた。「おれは、田柳ってじじいが、大きれえなんだ。ゼロ番地のヌシみてえな、面《つら》しやがってな。あいつの笑顔にゃ、裏に針があらあ。あいつの笑顔に比べりゃ、二瓶の仏頂面のほうが、正直なだけまだましだあな。おい、聞いてんのか」

「聞いてる」

「おれはな、長助のやつが、あんなになったのも、元はじじいのせいだと思う。いよいよ裁判が始まるとき、やつは警察での供述を、ひるがえそうとしたんだ。あの事件は、強盗殺人じゃねえ、本当は強盗致死なんだ、殺す気はなかったんだ。それを主犯の良作がさ、〝殺《や》っちまえ〟て言ったんで、殺っちまったわけよ。あいつはわけが分らず、めっちゃくちゃになったんだな。何もちっぽけな子供まで殺らなくったってよかったのに、殺っちまいやがった。悪いのは良作だ。おれは一時期、良作と隣り合せになったから知ってるが、良作は、裁判官を騙《だま》したのを、得意になってやがった。長助を死刑に追いこんだのを自慢してやがったんだぜ、おい、聞いてんのか」

「聞いてる」

「それってのがよ。じじいが、長助に入れ智恵《ぢえ》した。裁判で警察での供述をひるがえすと、裁判官の心証を害するぞって忠告した。やつはその通りしてたら、いつの間にかやつが主犯で、良作は従犯ということにされてよ。求刑の蓋をあけたら、やつが死刑で、良作が無期じゃねえか。さすがにやつも気がついて、警察で言ったことは嘘だったと、初めて言張ったんだが、時すでにおそしさ。裁判官ばかりか弁護士まで、やつの言うことを本気にしねえ。良作のほうは無期でもうけたと、控訴もせずにそのまま刑務所行き、やつ一人がとうとう三審までいって、死刑確定囚だ。こいつは完全な陰謀だよ。良作のやつが、じじいに裏で何かつかませた、そうとしか思えねえじゃねえか。おい、聞いてんのか」

「聞いてる」と答えたのは為次郎だ。

「畜生」と河野は怒った。「お前に話してるんじゃねえ」

「ところが聞えたから聞いてるわ。おれは耳がえろういいんや。早耳の為さんやからなあ」

「ちぇっ、さっきは風で聞えねえってぬかしやがったくせに」

「おめえ、ばかに長助さんの肩あもつじゃあおまへんか。やっぱあ、長助さんにいくらかもらったかいな」

「なにをこのくそっ為」河野は引き裂くように言った。語尾が震えているのは彼が本気で怒っている証拠である。

「おめえはよ、おれが長助に空気を入れたと言いたいとちごうか」

「ばか」河野は爆発的に言った。「お前のことなんか、言っちゃいねえよ。お前なんかあ、問題外なんだ」

「ほいほい。ありがとさんよ。おめえに問題にされちゃあ、あぶないわ。スパイだなんて言われちゃあ濡衣《ぬれぎぬ》もええとこやぞ」

「ちぇっ、さっきも、聞いてやがったな」

「聞いてたんじゃあないわ。聞かされたんや。そうおめえ、かんかん腹立てるなってことよ。そいじゃあ神経が破れちまあ。は、長助さんみてえになっちまあ。なあ、ええこと教えたろか。とっておきのニュースやぞ。何で黙っとるんや。聞きてえかよ。黙ってるなら教えねえわ」

風がひとしきり荒れて、雪が数片室内にも舞い込んできた。しかし冷えびえとした空気が他家雄には快い。寒気がそれを凍らせてくれるようだ。壁が硬度と直線を取戻し、電燈の光が柔かい黄に返った。昼日中から電燈が点いていることに彼は気が付いた。が、なおもそれは続いている。肘《ひじ》をついている机が傾き、彼は前のめりに落ちていく。それを追い払おうと首を振ってみた。叫びだしたい。

「舟本」と彼は叫んだ。

「ほいほい、何だ、楠本かい。革命家のおあにいさんじゃあねえのかい」

「とっておきのニュースてのを教えろよ」

「ただじゃあ教えられねえなあ。ビッグ・ニュースだからなあ」

「何が欲しいんだ」他家雄は大声を出した。そうすると少しそれが鎮まる気がした。

「そう怒るない。おめえだったら牛缶三個やぞ」

「高いよ。そんなら、聞きたくないね」

「おめえは時どきお袋が来てくれる身分やろ。牛缶三個なんか何でもねえ筈なんやが」

「いやだよ」他家雄はきっぱりと言った。

「なら、二個、牛缶二個」

「いやだと言ったらいやだ」

「仕方ねえな。なら、革命家のおあにいさん、河野さん、ニュースこうたりませんか。ううさぶい、さぶい」風がまたどっと吹き寄せた。「ええよ、誰も買わねえなら。言っとくけどなあ。こんなかの誰かにあしたおむかえよ」

「為。でたらめ言うな」他家雄は呶鳴った。

「本当やぞ。信じねえなら賭けてもいいぜ。牛缶一個賭けるなら、誰だか教えてやらあ」

「よし、面白い」他家雄は陽気を装って言った。「賭けるよ、一個」

「そいつはなあ、おせんころがしよ」

「ばかな」他家雄は驚きを隠して、そそのかすように言った。「やつは運動に出てたじゃねえか」

「あいつが自分で希望して出たのや。大方、あいつにゃ遺書なんか書く相手がいなくてよ、退屈してたんだろうかや。へ、さっきよ、あいつの様子おかしかったろうが」

「そういえばなあ。しかしそのことを誰が言った」

「あいつが自分で打明けたのやぞ。自分でな、為、おら、あした、おだぶつだとなあ。てんで平気な顔じゃったなあ、あの男は。どんな気持だってきいたらよ。あの世へ行くときゃ自分が犯されるみてえでさぞ気持よかろうってさ。さあ、これで教えたから牛缶一個やぞ。明日あいつが逝《い》ったら一週間以内にお前のおふくろに差入屋へ注文させ、おれに届けさせろや。忘れるな」

他家雄は、運動場での砂田の様子を逐一思い出した。壁にそって忙しく歩き廻っていたが、それは彼がよくやることで、そのこと自体は別にことあたらしくはない。しかし、あの狼の遠吠えのような声は異常だったと思う。あの男にとってあれは最後の全力をこめた演技であったのか。

「あいつ、どうしてるかな」彼は呟き、廊下のむこう側の砂田の房のあたりに耳を澄ましてみた。寒さで空気が引締まったせいか街の音が風音をすりぬけて、鮮明に聞えてくる。高速道路の轟音、警笛、どこかで鋲《びょう》を打つ音、エンジンをふかす音、子供たちの歓声。近所の学校の小学生たちらしい。街は近い。塀の外には街がある。しかし塀の内側は全くの別世界だ。片桐が、例によって出し抜けに、読経を始めた。

……グウキョウダアイジーシュウシートウ、ジョウサイムーヘンゴクジョクアク、ドウゾクジーシュウグウドウシン、ユイカーシンシーコウソウセツ
ナーモアーミダーンブー
ナーモアーミダーンブー
ナーモアーミダーンブー……

他家雄は窓を閉めた。畳の上に坐ってみると、体にはまるで力がなく、自然に寝そべった形になった。しかし許可なく体を横にすることは禁じられている。彼は起きあがると壁に倚り懸かった。垣内の側の壁うちから水音が激しくした。朝の洗濯を始めたらしい。こんな天気の悪い日には洗い物の乾きがおそいだろうと思うのだが、垣内は毎日毎日、几帳面に洗濯をする。おれなど日曜日にいやいやながら洗うだけなのに。しかしこの前の日曜日にはおれは半日かけて熱心に洗濯した。今週中にお迎えがあるという強い予感に支配されて、下着の一切を根限りの力をこめて洗ったのだ。自分の死後、垢染《あかじ》みたパンツなどが発見されたらいやなことだと思

った。

砂田市松が明日処刑されるとするとおれは助かったわけだ。明日は土曜日、日曜日にはそれがないから、月曜日までは安全である。まる二日間の束の間の安全にすぎないが、それでも時間が非常に豊かに与えられた気がする。あきらめて手をつけずにいた『あこがれ』の原稿を少し書き進めようか。母に、神父に、誰彼に手紙を書くか。それとも『自然の中の人間の位置』を読みおわるか。やりたいことが山積していて、忙しい。それが起ったためにこうして何もせずにいるのがもどかしい。

「しっかりしろよ、お前」と彼は自分に言聞かせ、それを追い出そうとするかのように頭を壁に打当ててみた。すぐ河野が壁を打ち返してきた。そのうち拳の四点打で話をしようという合図を送ってくるだろう。他家雄はそれをいま、面倒なことだと思った。河野と話をしていると時にはひどく疲れ、話すのが面倒になることがある。あの男は棘《とげ》だらけの神経で物事をとことんまで考え詰める、それがこちらをも疲れさせてしまうのだ。ところが、他の人間、たとえば垣内だとそういうことがない。この年少の友は決してむこうから話しかけてはこないが、何となく和やかな気分にさせてくれる。垣内の洗濯の音に他家雄は聞き入った。

「何をぼんやりしてる。時間が無駄だよ。本でも読めよ」と彼は大声で自分に言った。

「それもそうだな」と言い、彼は『自然の中の人間の位置』へ目を走らせた。数行読んで、何一つ読めていないことに気付き、読み直した。二百万年前に人間が忽然《こつぜん》として出現した話、それに、いま、何の興味も持てない。彼は、ほんの二時間ほど前にそうしたように、人間のいない地球を想像してみた。狼、狐、鼬《いたち》、穴熊、鹿、猪がいて、現代とそっくりの樹木が立ち栄えてはいるけれども、人間だけが欠如している世界を思い描いたが、少しも面白くない。本はまるでつるつるの陶器のように彼の視線を弾ね返してしまった。

相変らず床や壁が揺れ動いている。彼は手をのばし、衣裳戸棚の上の聖書をとると、何かを占うときよくやる方法で、勝手なページを開き視線の落ちたところを読み始めた。

ああ、われ悩める人なるかな、この死の体よりわれを救はん者は誰ぞ。

まるで自分の内心をぴたりと言い当てられたようで急いでその前後を読んだ。それから、いつもするようにその句のある章を読み通してみた。それはロマ書第七章であった。視線を活字の列が柔かく吸いこむ感じがして難なく読め、幾分心が和んだ。もう一箇所、どこかを読みたくて、壁の亀裂をにらみながら、聖書を開いてみた。

愛には懼《おそれ》なし。まつたき愛は懼を除く。懼には苦しみあればなり。懼るる者は、愛いまだまつたからず。

この句には赤鉛筆の傍線がついていた。疑問符も書きこまれている。いつ読んだものか、鉛筆のかすれ具合からみると十数年前、聖書に読みふけった頃らしい。愛という聖書で多用される言葉に他家雄はまだ躓《つまず》く。むろん頭では何とか分る。が、それは知識に過ぎない。彼は人を殺せば死刑になると知っていながら人を殺した。そのことを考えるたび、単なる知識の虚しい力をしみじみと思う。なぜ人は愛さねばならないのかを彼は昔洗礼を受けた頃は分っていたと思った。しかし、その信念をいつの間にか見失ってしまったのだ。

「愛なき者は、神を知らず、神は愛なればなり」と読んで彼は思った、おれは神を見失ってしまったと。

「カイシーン」と雑役夫が叫んでいる、医務部の回診で、保健助手の看守部長が手押車と一緒に巡ってくる。簡単な傷の手当をし、定期服薬者には薬を配る。医官の診察を受けたい者が申し出れば受付ける。他家雄はボタンを押して報知機をおろした。あちらでもこちらでも、黒い木のシグナルが廊下に飛びだす音がした。

やがて扉が開き、担当の田柳部長と並んで医務部の看守部長が姿を見せた。髪が真白で肌が皺だらけで赤いので狒狒《ひひ》が制服制帽に身をかためている滑稽さがある。

「どうした」と狒狒部長が言った。

「はい」他家雄は正座すると「メマイがするんで診察を受けたいんです」と答えた。

「前にも受けたことがあるのか」部長は疑わしげに言った。

「はい、五、六回診ていただきました」

「ようし、どんな具合だ。もっと詳しく話してみろ」

「いつも急に発作が来るんです。目が回って立ってられないんです。頭が痛くって、吐き気がして、体中の力が脱けて……」

「トウカンはないか」

「はあ」

「盗汗《ねあせ》だよ」面倒くさそうに説明する。

「ああ、それはかきます」他家雄は急いで言った。

「よし。六一〇番、楠本他家雄と」狒狒部長は囚人服の看病夫に称呼番号と氏名を書き取らせ、扉を閉めようとした。それを他家雄が呼び止めた。

「あのう、お願いがあります。精神科の先生に診ていただきたいんですが」

「精神科、そりゃまたなぜだ」部長はいぶかしげに目を細めた。皺のため複雑な表情で、嘲笑《あざわら》っているようにも見える。「何だ、前も精神科に診てもらったのか」

「いいえ」他家雄はよい口実が思いつかず口籠《くちごも》ったが、田柳部長の方を見てとっさに言った。「気持がいらいらして、急に大声でギャアッと叫んじゃうんです。さっきも……」

田柳部長が頷き、狒狒部長にそっと何かを囁いた。「そういえばさっき、こいつ、何だか大声で叫んでの。いつもはおとなしい男だが、ちょっと瘋癲《ふうてん》くさいの」とでも言っているらしい。「ようし、わかった、精神科の先生に連絡しておく。あとで呼びだす」

扉が閉められると、他家雄は息を放った。引続きそれがおこっている。報知機のボタンを押したときからずっと自分の意志以外の何かに動かされているようだった。精神科の受診だって、まあ何ということを思いついたものだろう。

5

医務部の待合室は台形の狭い部屋である。いったいにこの拘置所の建物には妙にモダニズム的志向があって、角《かど》部屋が八角形や五角形だったり、運動場が半円をいくつかに仕切った扇形だったりする。そういった設計はたしかに監獄という四角四面の紀律の場を心理的に柔らげる効果を持ってはいるが、他方、日常世界とかけはなれた何か異様な世界を強く印象づけもする。いまも他家雄は、台形の空間に不規則に並べられたベンチの端に坐り、落着かぬ気分でいた。

室内は満員で、席のない者は壁際に立っていた。背広、ジャンパー、セーターと人々の服装だけは一見普通の医院の待合室とそう変らない。しかし自弁服を建前とする被告たちのなかにも、青い官製の囚人服を着ている者がいて、それが場所柄を示していたし、入口の扉にはちゃんと錠が降りて、廊下には看守が見張っていた。時折扉が鍵音とともに開くと数人が中に入りこみ、扉が叩き付けるようにして閉められた。拘置所内のすべての扉と同じく、それは閉めれば自然に鍵がかかる仕掛なのだが立付が悪く、勢いをつけてぶち当ててやっと施錠されるのだ。人熅《ひといき》れで蒸暑く、彼はセーターを脱いだ。独りでの房内暮しに馴れているので大勢が肌触れ合うほどにいる空気が腥《なまぐさ》く、息苦しい。吐息に腋臭《わきが》と汗の臭いが混っている上に、隣室から煙草と薬品の臭いが加わり、まるで有毒ガスのように鼻を刺戟《しげき》する。が、不思議なことにこの部屋ではそれがおこらない。独房の不安定な感覚は消えて、いま、床も壁も天井も、一つのがっしりとした容器として静止している。

医務部は大廊下によって舎房とは隔てられた、東南の一角を占め、窓からは中庭のむこうの調所《しらべしよ》がのぞまれた。各自手錠をはめられ腰縄で数珠繋《じゆずつな》ぎにされたのは出廷の被告たち、風呂敷や鞄を持ってきょろきょろ見回しているのは新入りたちだ。男くさい拘置所内で珍しいのはここでは女区へ出入りする女たちが見られることだ。赤ん坊、つまり〝携帯乳児〟を抱いた若い女やズボンの尻を丸く張り出した若い女看守となると、みんなの視線が熱っぽくあとを追う。

「見ろよ、女区行きとはもったいないことするよなあ」
「ねえあなた、今晩、ひとりぼっちなの」
「むらむらするねえ、看守さんじゃ惜しいねえ」
「ちょっと、おねえちゃんの先生、抱かしてちょうだい。あたしが見てるからって、そんなにさっさと逃げないでよ」

窓際の三人が声高にふざけている。いずれも若者で、これでも病人かと疑われるほど元気よく笑いこけ、廊下の看守から注意されて幾分静まったもののなおも忍び笑を続けた。が、中から、「てめえらうるせえぞ」と胴間声が飛ぶやぴたりと沈黙した。

声の主は、案外にも、上品な顔立の老人で、チェック模様の上着に赤シャツという派手な風体は芸能人かとも思われる。ただ若者たちの恐れ入りようがあまりに徹底しているので不審に思って他家雄がそれとなく窺うと、老人の左手には指が二本しか無かった。指詰めをしたヤクザの親分と判明すると、一種の威厳が老人に備わってきた。

拘置所に滞在期間が長いゼロ番囚仲間では、服装から外での職業を推定することは難しい。しかし、いま、ここにいる被告たちはまだ外の風を身辺に漂わしている者が目につく。店員、事務員、土工、工員、浮浪者、遊び人、愚連隊、三下奴《やつこ》、学生と何となく見極められる。するとヤクザの親分が話しかけてきた。

「失礼だがあんたは、いつこちらに来られた」

十六年前だと答えればこちらの身分が割れてしまう。他家雄は曖昧に「もう大分になります」と答えた。

「実際、いまどきの若いもんは行儀がわるい」老人は聞えよがしに言った。「いやしくもここは監獄なんですからな。もっとシャンとせんといかん。あっしは十五年前にも一度来たが、あの頃からみると風紀が乱れたでさ、ここは」

「はあ」他家雄は、最前の若者の一人が笑を嚙みしめているのを横目に見た。

「こんど出たら、あっしはやりまさあ、きっと、監獄改革について経験者の立場から上申書を書きまさあ。お上はここで何がおこなわれとるかを御存知ねえ。今のままじゃ御国《みくに》の損失ですからなあ。血税の無駄使いでさあ」

「はあ」

「あっしのとこにも若いもんがいるけどね。辛抱できねえのが多いねえ。指切り一つやる度胸がねえ」老人は指二本の左手を差出した。「あっしは指一本で少くとも三人の命を救っている。若いもんの不始末を指で肩替りしたんでさあ。つまり三三の九と、九人は救ってるねえ」

「はあ。その、指一本で三人てのはどういうわけです」他家雄はいささか興味を覚えて尋ねた。

「あんた」老人は急に熱心になった。「指一本に関節が三つある。指ってのは関節から切り落すものだからね、一本の指が三回に使える」

「切り落すって、何でやるんですか」

「庖丁でさあ。庖丁をよく研いでね、関節のところにこう当てて、すぱっと一気に切る。切ったあとは繃帯《ほうたい》をぎゅっと巻いて止血する」

「痛いでしょう」

「痛い。しかし、あんた、それを恐れてちゃ男じゃねえ。大事なのは切り落した指をよく洗って、塩漬けにして、先方へとどけることでさあ」

「先方って」

「あんた、組同士の争いを丸くおさめるために指を切ったんだよ。相手へ届けなくちゃ切った甲斐《かい》がねえじゃねえか」

「あ、なるほど」

室内の者がみんな自分の話を聞いていたという自信のせいか老人はそり身になって一同をじろりと睨《ね》め回した。

老人が呼ばれた。立ったところを見ると小男である。看守の前には莫迦丁寧《ばかていねい》に頭を下げて去った。

「何だい、ありゃあ」と若者の一人が言った。

「どっかの親分だろう」

「変にえらぶるじゃねえか」

「なに、したっぱだよ、あんなあ。本当の親分てのはもっと腰が低いもんだ」

「楠本」と呼ばれた。他家雄が立ってみるとそれがすっかり去って、足元も確かになっていた。それでも彼はよろけた振りをして、一度ベンチの背につかまってから看守の前を頼りなげに歩いてみせた。


近木医官は、他家雄の訴えを一通り聞き終ると二、三補足的な質問をしたうえで考え込んだ。年の頃は、二十六、七であろうか。房々と立つこわい髪の毛はポマードでぐっと押えられたようで結構艶《つやや》かである。浅黒い整った顔立ちにはまだ少年の面影がのこり、何かというとすぐ現れる笑顔には育ちのよい坊っちゃんといった善良さが見てとれるものの、医者としてはどこか頼りない。

「あのね、きみ、夢見ないかしら」近木は大きな目をくるくるさせた。

「見ます」他家雄は質問されたことを喜ぶように微笑してみせた。

「どんな夢」

「こわい夢が多いです。追っかけられたり、殺されそうになったり……」

「殺されるってどんなふうに」そう言ってからはっと他家雄の身分に気がついた近木は真剣な面持になった。その正直な様子に他家雄は親しみと失望とをおぼえた。

「絞首刑の夢なんか見ます。いよいよ刑の執行まぎわというのなんかですね。これはわたしども置かれた状況じゃ仕方がない夢なんでしょうけど」

「きみ、確定者なんだね」近木はカルテを返して表紙をちらと見た。そこに被告か受刑者かが印されている。死刑確定者というのはどんな記号で書かれているのだろうか。死刑確定者は処刑されたときに初めて受刑者となるのだから、それまでは一応被告並の待遇を受ける。法規上は被告でも受刑者でもない、中間的な身分なのだ。特別な記号、たとえば十字架印でもついているのか。他家雄は近木の目の先を注視した。近木はカルテを置き、茶表紙の分厚い書類に手をのせた。それは他家雄の身分帳であった。

「これ読みましたよ。きみは、ずっとながいことここにいるんだね。入所時の身上調書によると、T大学を出ている。実はぼくも同じ大学なんだ。いや怒らないでください。同学の大先輩に向って恥をかかせようって思ってこんなこと言うんじゃない。ただきみが、うんと苦しんだんだろうと思って」

答えようがなく黙っている他家雄の気持に無頓着なのか無邪気なのか近木はかまわず続けた。

「結局、外の人間であるぼくなんかには、とても分らない苦しみなんだろうね。そいつが分ればと思う。あのね、床が傾いで落ちていきそうになるとき、さっきの恐怖、死の恐怖が感じられないだろうか」

何と単純な解釈――他家雄は拍子抜けして言った。

「いいえ、何にも感じません。もう少し複雑な感覚なんです」

「そうなんだろうねえ」近木は溜息をついた。

「先生」他家雄はこの青年に幾分の軽蔑を覚えながら言った。「高いところから落ちた経験がおありですか」

「いや、ないなあ」患者から逆に質問された医者の常として、近木は幾分不快な表情で身構えた。

「わたしは昔あるんです」他家雄はちょっと微笑み、物静かに続けた。「北アルプスの剣岳にのぼりましてね、岩場の崖で落ちたんです。さいわい下に雪溜りがあって足をくじいただけでしたけど、落ちていく間、てっきり死ぬと観念しました。ふと下を見てあの岩に当れば死ぬとはっきり分ったんですね。あの時の感じは恐怖じゃないですね。もう恐怖を通り越して、一種の諦めと一種の、奇妙なことですけど歓喜の念がおこって、それにここがもっと奇妙なところなんですが、自分がふつうに生きてるんじゃなくて、もう死んじゃって死人の目でこの世を見てる感じなんです。晴れてましてね、雪はキラキラ輝いていたし空は水晶みたいに透明で、ひ

ど く綺麗でしたが、ふつうの綺麗さじゃなかったですね」

「それで……」近木は不思議そうな顔をした。

「その時の感じと、いまの発作とよく似てるんです」

「ああそうか、そうか。そこで繫がるのか」近木は安心したように頷いた。

「ええ、そうです、そこで繫がるんです。これは死の恐怖じゃないんですね。うまく言えませんが、あの世に入った感じ、自分が死んだ感じなんです。これ病気でしょうか」

「そう。まあ病気の一つには違いないだろうが……どう、いまも変かしら」

「ええと」他家雄は、背筋を伸ばし部屋を見回した。ここは元来診察室ではなく、倉庫に使われているらしく壁際には薬品の名前を印刷した段ボール箱が積みあげてある。太い数本の鉄パイプが天井の下に吊り下げられ、それが時々カラカラと鳴った。隣室は内科の診察室で、そこから絶えずざわめきが伝わってくる。

「いまは何ともありません」と他家雄は言い、急いで「でも何だかまた、おこりそうな気がします」と付加えた。

「そう」医官はカルテと処方箋《しょほうせん》にペンを走らせた。几帳面な書体の横文字である。「横臥《おうが》許可と薬をあげるから。まあ、徐々に治していくんだね」書きおえると医官は看病夫に処方箋を渡し、こちらへ向き直った。「ところで、きみ、ちょっと聞きたいことがあるんだけど」

「はあ」他家雄は相手が何やら恥じているのを敏感に感じ取った。「なんでしょう」

「きみは大田長助の房の近くにいないかな」

「一つ置いて隣です」

「そんなら知ってるね、日頃、彼がどんなふうだか」

「知りません」他家雄はにべもなく言った。「運動のときちょっと会うだけですから」

「そうだろうね。きみには言えんだろうね。いやそんならいいんだ」近木は囚人に仲間の告げ口を強いるような質問をしたことで明かに恥じていた。「あの男はこんところぼくが診てるんだが、何だかわざとらしいことが多くてね。それでちょっと、日頃の生活はどんなかなあと思って」

「これだけは言えますよ」他家雄は態度を柔げて言った。「先生の前も、そうでない時も、あの男は変りません」

「そうかね。そうだろうね」近木は呟いた。

不意に居心地の悪さが他家雄を襲った。いったい自分がここに何をしに来たのかという疑問が、胸の底から不快な粘液のように滲み出してきた。大田が泣いていた姿が自分のいまの姿に重なった。おれはこの医者に何を求めているのだ。診察、援助、忠告、救い、すべて無駄なことではないのか。それはおれだけの、おれ一人で解決すべき問題だ。つい報知機のボタンを押したが、その時、おれにはかすかながら大田への羨望《せんぼう》の念があった。いや、断じておれは大田の真似をしたくない、してはならぬ。

「先生、わたし、薬いりません」

「へえ」医者は不意打を食らって目を剝《む》いた。

「自分で治してみたいんです。自分で何とか努力すれば治るような気がするんです」

「ええ、それはまあそうかも知れないが、きみ」医者は隣室に消えた看病夫の方へ目をやった。

「まあ、せっかく出したんだから薬は飲みなさいよ」

「さっき病気の一つとおっしゃったけど、こんな奇妙な病気ほかにあるんですか」

「それはね、きみ」若い医者は頼りなげに口籠った。「まあ、そうだね、こんな病状は、まれだろうな。でも、皆無というわけじゃない」

「じゃあ病気ですね。そうすると大田とわたしとは同じ病気ですか」

「それは、きみ、ぜんぜん違うよ」

「でも、どっか似通ってるんでしょう」

「ううむ、そういう点もないことはないが……」若い医者は言葉に詰った。

その時隣室との間の扉が開き、件《くだん》の狒狒部長が入って来、近木に耳打ちした。

「すぐおわるから、待たせときなさい」と医官が言うと、看守部長は「待合室も満員ですし、ちょっとあそこじゃ戒護が行きとどきませんので、何しろ……」と言った。

「きみ、今の話だけどね」と医官は他家雄へ向いた。「いずれもうすこし突っ込んで話をしましょう。こんどきみの房を訪ねますからね」

他家雄が室外へ出たところで入れ違いに入って来たのは砂田であった。看守二人に左右から付き添われ、重要人物の御入来《ごじゅらい》という風である。看守の一人は二瓶で、他家雄を見ると、おっと声を立てた。室外といってもそこは内科の診察室である。医師の前には順番を待つ患者が上半身裸となって列を作り、まるで学校の集団検診といった賑やかな光景であった。

「こっちへ来い」と狒狒部長が言った。室内で帽子を脱いでいるため短く刈りこんだ白髪が彼をますます狒狒らしく見せている。彼は他家雄を待合室に連行したが、そこは満員のためやむなく診察室に戻ったところを内科の医官に呼ばれ、顔を顰《しか》めた。皺くちゃの赤ら顔が濡れ雑巾のように光っている。

「ええと忙しいなあ。お前をどうするかなあ。いま、舎房へ電話をしたから迎えに来るが、それまで、どこで待つかなあ」

狒狒部長は再び倉庫部屋へ引返すと近木に頼んだ。

「先生、いまの楠本ですが、舎房から迎えが来るまでここに置いといて下さい。どこもかしこもみんな詰まってるんで」

近木が答えぬうちに扉は閉められ、中に取残された他家雄はベンチの看守と看守の間に仕方なく腰をおろした。一人は二瓶看守、もう一人は老人の、見慣れぬ看守である。

「困るなあ」と近木が呟いた。「精神科てのは一対一でないと診察できないって言ってあるのになあ」

「先生、いいすよ」と砂田がどす声で言った。「おらだばこの男よく知ってるんすから。別にいまさら秘密はねえす。よう」砂田は他家雄に手で挨拶した。「よう」と他家雄も応じた。

「要するにだす、おらはもうやることが何もねえすよ。この監獄てやつは退屈で退屈ですっかりめえったす。おらは本は読まねえ、信心もしねえ、手紙も書かねえ、そんなこたあ好がねえだからよ。さっきも教育課長が、手紙でも書け、何か言い残すことがあるでねえが言うがら、書く相手がねえって言ったす。そうよ、兄弟は十一人も沢山《ずっぱり》いるし、かっちゃも生きてるけどよ、もう事件後は赤の他人で書いてねえし、いまさらあ」

「だけど、きみ」近木は口を挿《はさ》んだ。「何か誰かに言っておきたいってことがあるんじゃないの」

「なえんす」砂田は首を振った。「おらだば誰も言う人もねえし、言うこともねえんす」

「しかし……」近木は口籠った。

「何もやることがねえから早く殺してけれて言ったども、あしたの朝まではどうしても殺してくれねえって言うだがら」と砂田が言うと近木は顔色を変え、二瓶は身を固くした。砂田は他家雄を流し目に見、太い肩をゆすって笑った。「でえじょぶよ。この男はちゃんと知ってるだがら。こんな話はゼロ番区じゃ、あっと言う間に広がらあな。おらが運動に出た時にそうなるってわかったはずだよ。そりゃ約束しだよ。黙ってだよ。一言も喋りやしねえよ。んだどもみんなにわがらあな。そういうもんだよ。おらの体から、何かよ、屍体《したい》の臭いみてえやつがぷんぷん吹き出すだ。なあ、楠本、おらが明日ばったんこだって知ってたろう」

「知ってたよ。みんな知ってた」他家雄は頷いた。

「ほうら、なあ、みんな知ってる、そういうわけよ」砂田は嬉しげに笑った。彼が腕を組むと、それは太いパイプを積み重ねたように硬く盛り上った。彼は骨格と筋肉が完全に発育した肉体を持っている。何だか丹精に飼育された家畜を思わせるくらいだ。そのせっかくの肉体を、明日、殺してしまうことがまことに無駄なことに思える。この健康な男を家畜なみに殺す、しかも殺人を厳禁した国の中で合法的に殺すことが許されている、そのことが他家雄にはすっきりと納得できない。国がなぜ彼を殺すかといえば、彼が国が殺していけないというのにさからったからだ。しかし殺してはいけないといった国はさからった彼を殺さねばならぬ。国が彼を殺せば彼が殺した人のほかに国に殺された彼が加わって殺された人の数は増大する。いったいにこの算術はどこかがおかしい。どこがおかしいかをおれははっきり言うことができないが二つの矛盾だけは明らかだ。第一に、殺してはいけないといった国が殺さねばならぬこと。第二に、彼を殺すよりも彼を殺さないでいるほうが国にとっては有利なのにあえて彼を殺すこと。他家雄は思惟《しい》の綾《あや》を追っていてめまいを覚えた。するとそれが再発した。彼は下っていく床の感覚に耐えようと、砂田の、目の前に確乎《かっこ》として存在する完全な肉体を見詰めた。何もかも逞しく太い、腕も腰も首も。そしてぷりぷりと痙攣《けいれん》し、笑っている、顎も胸も肩も腹も。

「きょう運動に出たっての、どういうわけなんだろう」と近木が不審顔に言った。翌日執行と決った者は同囚とは別にされ、特別房に隔離されるのがここの決りである。

「おらのほで願ったす。みんなにそれとなく最後の別れを告げてえからって願ったんす。房にたったひとりでいたって退屈だがらねえ。おらの場合前の日に知らせてくれと所長に頼んだからよ、だから教えてもらって感謝はしてるばて、退屈だよなあ。よう、先生、頼むんすよ。仕方ねえから、横臥許可もらって睡眠薬のんで明日の朝まですとんと寝て待つと、これがおらの望みなんだす。ほんとに最後の願いなんだす」

「それはいいが、そうしてあげるのは簡単だが、もっとほかに有効に時間を使ったらと思うんだけどね。例えば好きな物食べるとか」近木は生真面目に言った。

「冗談こがねえでけれよ、ええ、先生。おら御馳走なんか食ったことねえすよ。いまさらあ。ほりゃ、酒をのませて女抱かしてくれるなら別だばて、そりゃいげねえちゅうし。おらあ、どうせ明日死ぬ人間よ。いま何したっていい。ええ、そうじゃねえが。酒と女がいげねえがたら、先生、おめえさまをぶっ殺してやろうか」

砂田は〝ぶっ殺す〟と〝っ〟を発音して唾《つば》を飛ばすと、まるで不意に岩が転がりだしたように立上り両手を近木の首に伸し、飛び上った看守二人を振向くと、さっと手を後に組んで哄《こう》笑《しょう》した。

「ぶっ殺さねえよ、安心しろってば。おらだって頭はあるがらな。おめえら二、三人、殺すのは簡単だし、そうするのは平気の平左だがよ。そうすりゃ足のしばれるよな裁判だろ。また生きて検事だ証人だてのは、ざわざわしてもう辛気《しんき》くせえや。早く死ぬためには殺せねえわげだ」

「まあ坐りたまえ、きみ」坐ったままだった近木が言った。頬が心持ち蒼いけれども元来が浅黒い肌でよくわからない。が、取乱しもせずに凝っとしていた青年の沈着に他家雄はすこし感心した。

「おう、坐るんすよ、坐るがらよ」砂田は腰を下すと両側から囲んだ看守を見較べ、にやりとした。「でえじょぶだってば。先生はぶっ殺しゃしねえよ。おめえらは別だが。そうおっかながんな。冗談だってことだよ。おらあ早くぶっ殺して欲しいだけなんだよ」

「それが分らないな」近木はなおも生真面目に尋ねた。「きみ、いったいなぜそんなに死にたいのよ」

「はあ、先生は冗談いわねえだな。先生と二人だけなら教えてやるだども。いいす。言うんす。それはな、こう手足を縛られてよ、首をぐいっと締められるとき、うんと気持がいいって知ってるがらよ。おらが首絞めた女たちはみんなうんと気持よさそうに死んだすよ。こりゃおらが言うから間違いねえよ」

砂田は笑い出したが、近木が表情を崩さないのを見て、ふと笑いを嚙み殺した。

「きみが望むなら」近木はペンを取った。「横臥許可と眠剤をあげよう。しかし、やっぱりよくわからないな。明日の朝まで眠ってしまって、ほんとうにいいのかね。あとで後悔しないのかな」

「しねえすよ」砂田は真面目な顔付で頷いた。

「しねえすって、簡単に言うねえ」近木はペンを置いて砂田の逞しい体を下から上へと視線で撫でた。ふと微笑が頰のあたりに現われてすぐ消えた。「なにかねえ、きみは全然平気なのかねえ。その、あしたの朝のことさ、だってとにかく……とにかくそいつは大変なことじゃないの。それをきみのように平気でいるってのは、なぜなんだろうね。きみはあしたの朝、なにかいいことがあるみたいに言うけどさ、その気持がぼくにはよくわからないのさ。ねえ、きみ、率直にきくけど、こわくないの」

砂田は近木の若い顔を、まるで若い女でもあるように観賞していて、質問されたことに気付かず、二瓶看守に肘《ひじ》で押されて、はっと目覚めたように両手で目をこすり、近木が繰返した質問に注意を向けた。

「こわくねえのって、先生、そりゃこわいすよ。殺されるってのは、殺されるのを待つってのはこわいんすよ。だから待たねえですむように、それまで、おらぐっすり眠りてえよ。目が覚めたら待つ暇もなく殺してもれえるように願いてえよ」

「ああ、それならわかる。それならいいんだ」近木は頷いてペンをとった。そこへ砂田が急いで言った。

「あの、先生。ぐっすり眠れるだが、そのかわり、時間になったらぱちって目が覚めるって具合なのを願いますよ。朝、睡《ねむ》けがちとでも残るのは、おら困る。いくときは、すっきりとした頭でいきたいがらね。つまりよ」砂田はクリスマスに欲しい玩具《おもちゃ》を親に向って説明する子供のように熱心に言った。「ぐっすり眠れて、ぴんぴんした体になれて、頭がすっきりする、そんな薬くださいよ」

「むつかしい注文だなあ」近木は苦笑した。

「ねえ、先生、そんな薬はねえかね」

「あることはあるが、薬の量と排泄速度ときみの体重と、三つのファクターをうまく考えて作らんとね」

「うまく考えてくださいよ、な。一生の最後のお願いなんだ」

「よしわかった。考えてみよう。調べて計算して、きみの望みどおりのを調剤してあげよう」

「ありがてえな、恩に着ます。ここに来てよかったよ。ねえ、先生。先生はいい男だなあ」持前のどす声が湿りを帯びて、咽喉の奥に柔かくこもった声になった。何だか泣きだしそうな気配もある。近木はびっくりして顔をあげ、二人の視線が合さった。二人の視線はお互いに引っぱり合っているかのように一直線を保っていた。

「いや、もういいだろう。帰りたまえ」と近木が言った。

「先生」立ち上りながら砂田が情をこめて言った。「あしたは、先生、立ち会ってもらえるんすかね」

「いいや、立ち会いの医官はぼくじゃない」

「誰だよ。医務部長」

「さあ、ぼく、よく知らないんだ。ぼくでないことは確かだが」

「それなら、まあ、いいす。お世話になりました、先生。んだら、さいなら」

「ああ、さよなら」と近木が言ったとき、頃合いよく、他家雄を護送するためのもう一人の若い看守が入って来た。

診察室や薬局の並ぶ廊下を行くと、左右の部屋が消えて大廊下となる。大廊下に並ぶ鉄扉《てっぴ》のむこうが、いわば本当の監獄で独房や雑居房をそなえた場所である。大廊下は窓があるため明るく、まぶしさに細めた目に外の雪景色がとびこんできた。桜の植わった中庭がはるか下のほうに見える。下のほうにと言うのは大廊下は二階にあるからだ。

いったいにこの拘置所は奇妙な構造で、すべての重要な機関、所長室、庶務課、保安課、教育課、医務部などはすべて二階にあり、監獄の二階と同じ高さでそこへ平らにつながるようにできている。監獄は三階建てで東西に走る大廊下から北に櫛《くし》の歯のように伸びる六つの〝舎房〟で構成されている。〝舎房〟は東から一舎、二舎、三舎というふうに呼ばれている。他家雄のいるゼロ番区は四舎の二階であり、それが四なのは死の語呂《ごろ》合せだし二階なのはこの拘置所でもっとも重要な場所を意味するわけである。むろん位置の上から言っても四舎は大廊下の中央に近く、保安課の特別警備隊本部にすぐ通じる場所なのである。

いま、砂田と他家雄の一行は監獄の大廊下へ行く鉄扉の前に立停って二階から医務部の中庭を見下ろしていた。

風は今のところおさまり、粉雪《こゆき》が無数の線を描くようにして降っている。地面はすでにあらかた白く、その白の上に大振りの桜の数本が銀色に引立って見えた。小さな枝の先まで、万遍なく雪が積っている。雪は稠密《ちゆうみつ》な降りで、空間を白でうずめつくそうとするような勢いが感じられた。

「これは積りそうだぞ」と二瓶看守が呟いた。

「ここ数日、莫迦陽気だったから、冬がぶりかえしたんだな」と老看守が応じた。

「おい、市松。お前の郷里は雪国だろうが」と二瓶看守が話しかけた。

砂田は答えず、景色を見ようと窓辺に寄った。看守三人と他家雄も後からのぞいた。何だか四人が砂田の従者のような恰好である。

「おらあ雪コというやつ好がねえよ。ガキのとき、寒《さび》くってひもじくって、雪の中で泣いだことばがり、思いだすがらなあ」

「しかし雪合戦とか雪達磨《ゆきだるま》とかで遊んだろうが」

「おらは弱虫《けねこ》だったがら、泣かされでよう、誰も遊んでかもてくれねがった」

「お前が泣かされたって。信じられねえな」二瓶は砂田の広い肩を視線でなぞった。

「ほんとだよ。ほんとに弱虫だったんだ」砂田は肩を落し、揉手《もみで》をした。「とうちゃんは網作りで、ほんのちょっとしか魚とらねがたからなあ、兄弟はずっぱり多いがら、着る物も食べ物もねえで、冬はそれは寒がったよう。で、夜しょんべんを洩《ま》げると、みんなが小便垂れ坊《ぼ》ッコって泣かしたよ。そいつが始まりでよ……」

砂田はお国なまりまるだしで喋った。不断彼はなまりをかくすようにわざとべらんめえ調に話したりするのだが、きょうは心の張りがとれたように、あけすけに田舎言葉を話す。もともと彼が生い立ちを話すのは機嫌のいい時と決っていた。子供の頃の自分をまるでなにかの物語に登場してくる妙チクリンな子供といったように、半分莫迦にしながら面白そうに話すのが彼の流儀であった。

兄弟十二人の四番目である。姉一人、兄二人だが、上の兄は三つの年に池に落ちて死んだので砂田市松は男では二番目である。小さい時から着る物一切は兄のお古であった。継接《つぎはぎ》と綻《ほころ》びの目立つ、しかも小便臭いズボンをはいた小柄な子、それが市松だ。垢染みた頭には白禿瘡《しらくも》が地図をつくり、いつも鼻汁の二本棒を垂れ、それを舌先でなめている。「いちまつ、いちまつ、小便垂れ坊ッコ、くそたれ、へたれ、わあくさい」みんな鼻をつまんで彼の前を走り去った。腕白どもがなぐったり蹴ったりする相手としては彼は汚なすぎた。彼を見るとみんなは逃げていくだけであった。自然、学校も休み勝ちとなり、隣村の農家の手伝《やろつこ》を振り出しに、転々とすることになる。どこへ行ってもすぐに寝小便癖がばれ、露骨に嫌な顔をされ、追い出されるのが常だった。幼い時に寒さでやむをえず始った粗相はいつのまにか抜け難い病気となっていた。それが評判になると誰も雇ってくれない。家は幼い妹や弟が飢えていて安住の場所ではない。彼は次第に遠くの町へでかけることになった。

町のせんべい屋に住みこんだとき、市松は十四になっていた。主人は「気の毒な子《わらし》だなあ」と言って彼を医者へ連れていった。「どご見ても異常はねえ。気持がゆるんどる」というのが医者の見立であった。主人は漢方薬を買い与えた。日に三度苦い煎《せん》じ薬を飲んだが夜尿は相変らず続いた。主人は市松を裸にすると鼠蹊部《そけいぶ》に艾《もぐさ》を盛って火をつけた。彼は熱さに耐えられず艾を払うと主人を突きとばした。主人を守ろうと飛びかかってきた先輩の店員を殴り倒した。彼は初めて自分の腕力が人並よりすぐれていることに気付いた。着物をつけ荷物をまとめると、彼は悠然とそこを出た。数歩行って引返すとみんなの目の前で店の手提金庫から売上金を盗《と》ってポケットへねじこみ、今度は全速力で走った。

新しい土地へ出向いて住込店員となる。寝小便がばれると売上金を奪って逃亡する。金のあるうちは旅を続け、無くなれば住込店員となる。これが彼に定着した生活法である。こうして数年後に彼はいっぱしの常習窃盗犯に育っていた。

「……んだからな、雪コなんかおらはだいきれえだあ。おらの村だば、二メートルがも積るてがよ」砂田は大きな子供のようにさかんにいやいやをした。

「学校までスキーで行けるな」と二瓶が言った。

「スキー」砂田はのっぽの看守を胸から足先まで見下ろし、にやりと笑った。「あんだば金持の遊びじゃねえが」

一瞬、風が立ち雪脚が乱れた。廊下にも吹きこんで来た。窓の上部が開いている。

「な、ちとばか頼みがあるんす、あの雪を摑んでみてえんだがよ」

砂田の頼みに、二瓶と老看守は顔を見合せた。老看守が頷くと、二瓶が言った。

「よかろう。ただし、ちょっとの間だけだぞ」

「ああ、いいすか、ありがてえ」砂田は神前で柏手《かしわで》を打つように手を鳴らし、合掌すると頭をさげた。その顔はすばらしい贈り物を手にした幼い子のように喜びに充ちている。

「お前、そんなに嬉しいのか。やっぱり雪国の人間だよな」と二瓶が言った。「いま外に出してやるがなあ、ひとつだけ条件がある。いいか、さっき運動場でしたみたいに、おっかしなわめき声立てねえことだ。ここは病棟が並んでるからな、あんなことやられると困るんだ」

「わかってるんすよ。大丈夫……」

「まあ信用しよう」二瓶は他家雄付きの若い看守に言った。「そっちは先に連れてってくれ」

「お願いです」他家雄は二瓶に向って言った。「わたしも雪に触ってみたいんですが」

二瓶の顔を拒否の表情がすばやく走った。が、彼が口を開いたとき、それはとってつけたような微笑に変っていた。

「駄目だ。お前ら二人も中庭に出すわけにいかん。保安課長の許可がないとな」

「はい」他家雄は従順に頭をさげた。

「来い」と若い看守が言った。戒護の責任者である自分を無視して他家雄が二瓶にことを頼んだのを怒っているようなきつい声である。

「はい」他家雄は、若い看守にも従順に頭をさげた。体格は立派だが、まだ二十前の若さと見えるなめらかな頰が雪明りで白い。

「待ってくださいよ」と砂田が言った。「おらの一生のお願いだ、楠本を一緒に出してやってもれえてえだよ。おらと楠本とはいくらも違いねえ、おらだば、あした逝《ゆ》くがよ、楠本も先は長くねえんすよ。もういつ雪に触られるかわかんねえ」

二瓶は舌打ちをした。それに応じて若い看守も居丈高に「なに言ってやがる」と叫んだ。しかし老看守が「まあいいじゃないか。大したことじゃないよ」と取り成したので、二瓶は頷き若い看守は口を閉じた。

階段を降りると、そこは宿直室や検査室だ。廊下の端にある鉄扉を二瓶はながい鍵で巧みに開いた。冷たい風が一時に一同を包む。砂田はゴム草履のまま雪の中に歩みいり、それから急に飛びあがって軒端《のきば》の雪を掠《かす》め取り、口に含んだ。「はあ、うめえ」彼は今度は桜の下枝《しずえ》に積った雪を両手で掬《すく》っては貪《むさぼ》り食った。「はあ、うめえもんだよ。んだ、泣けてくる」砂田は手の甲で目頭を押えた。涙と雪とが混じり合い頰に光った。

「おらは雪コ好がねえけどもよ、ひもじくてひとりぽっちで淋しい時は、こうして雪を食ったもんだよ。そうすれば何となく治ったもんだよ」

「今日は、天が、砂田のために雪を降らしてくれたかしんねえぞ」と老看守がからかった。

「ほんとだ、んだんだ。親爺さん、ひとつどうだ食べねえか」砂田は枝の上の方の雪をそっと掬い取った。

「おれはいいよ。いいからお前、好きなだけ食べな」

「もうたらふくくったからいい。さて、家へけえって寝るか。明日の朝までよ、薬でぐっすりだよ」

砂田は両腕を伸ばして欠伸した。本当に睡たそうである。

「お前って健康だなあ。薬なんかのまねえだって睡たそうじゃないか」と老看守が快活に言った。

「いいあんべえに睡くなってきたよ」砂田は肩をゆするともう一度大欠伸した。両眼から涙の糸が垂れた。それは泣いて出た涙を欠伸でごまかしているようにも見えた。

「おい楠本よ、雪合戦やろう」と砂田が急に思いついたように言った。

「ううん」他家雄は生返事をした。この中庭は病棟に面しており、窓からは白衣の患者たちがこちらを見ていたし、うしろにいる若い看守の許可をうける必要もあった。すると砂田の投げた雪の塊が顔に当った。顔全体が凍《し》みつくような気がし、砂田の笑声がした。

「やっていいですか」他家雄は若い看守にきいた。若い看守は二瓶の顔を見た。

「やっていいよ」と老看守が励ました。彼は顔一杯に笑をひろげて「やってやれよ」と言いなおした。

他家雄は雪の上に飛びだした。運動靴の中に雪が侵入して靴下が濡れてくる。凍えた足腰がうまく動かない。と、首に砂田の第二弾があたり、シャツの内側に融けた雪が流れこんできた。

「ようし」他家雄は陽気に言った。雪を掬うとしびれるような冷たさが掌に伝わってきた。乾いた粉のような雪で団子を作っても形がくずれてしまう。粉をばらまくようにして投げると砂田の肩にあたった。こうして二人は合戦を始めたが、運動で体が暖まるにつれて子供のようにはしゃぎだした。砂田の投げる弾は、力強くて正確で他家雄はたちまち雪まみれになってしまった。さっき運動場で砂田にボールをなげつけられた為次郎の状態に自分がなったと彼はさとった。「くそったための為さんはメッキだなあ。見てろ、いまに息を切らすから」と言った安藤の言葉が思い出された。

「まいった」と他家雄は音をあげた。そこへ大きな塊が落ちてきた。頭の真上から雪に覆われ、しばらく息が出来ないほどだ。

「まいったよ」と他家雄が言うと砂田はどす声をきかせて叫んだ。

「なあに、まだすよ。もっとやるんす」

「駄目だよ。もう駄目だ」

「なあに、この野郎」砂田は血走った目で迫ってきた。腋臭が強く臭う。頬が血袋のように赤らんで、そこに一条《すじ》斜めに走る創痕《きずあと》が無気味な割れ目のように見えた。ふと他家雄は恐怖を覚えた。そして砂田に襲われた女たちの恐怖がわかった。そこには何かあらがうことのできぬ病的な力があった。生命の一部が肥大し癌のような異常な力を得て襲いかかってくる、そんな感じがあった。他家雄の心に悪という文字が浮びあがり、その文字がそのままの形で砂田の体に変化した。

「なんだよ、そのつらは」と砂田が睨んでいた。

「まいったと言ってるだろう」他家雄は顔をそむけ、軒端で待っている看守たちのところへ行こうとして、羽交締《はがいじ》めにされた。

「やめろ」他家雄は振りほどこうともがいた。

「ええ、この野郎」砂田の声には怒気が含められていた。

　他家雄は肘鉄《ひじてつ》をくらわし、相手がひるむところを逃げた。追って来た砂田は足をすべらし雪煙をたてて尻餅《しりもち》をついた。看守たちが笑った。立上った砂田はきまりわるげに苦笑いしたが、次の瞬間、何か爆発したように笑い出した。他家雄だけが硬い表情のままこの莫迦笑を見ていた。

砂田の浅葱の囚人服はすっかり濡れて、ネイヴィブルーの水兵服のように変り、袖口から雫《しずく》がしたたっていた。彼が笑いこけ体を震わすたびに雫は量を増して落ちていった。

「さあいこう」と老看守が言った。「砂田、お前、風邪ひいたら大変だからな」

「んだ、んだ」と砂田が陽気に答えた。「なにせ、大事な体だからな」

「砂田」と鉄扉を開いた二瓶がうながした。そのあとから他家雄も中に入った。

再び二階にあがり、廊下の突き当りの鉄扉を通ると、そこは幅が十メートルの余はある長い大廊下である。右側に鉄格子のはまった入口が六つうがたれ、その一つ一つが舎房への入口となっている。四つ目の入口の前に来て二瓶看守が鍵をとりだした。医務部の庭からこれで三つ鍵のある関門を通ることになる。さらに房扉の鍵があるから四つである。いったい外部の世界から房の中にたどりつくまでいくつ関門があるのかと他家雄は考えた。少くとも五つ、いやもっとかも知れない。

何か殊更《ことさら》めいて太く感じられる鉄格子が後で閉められると、そこは廊下の左右に黄色い房扉が等間隔に並ぶゼロ番区である。廊下の中央が吹抜けとなり、そこに張ってある自殺予防の金網を透してこの二階と同じ構造の一階の舎房が見下ろせる。天井も同じく金網張りの吹抜けで、そこから三階の舎房が見渡せる。つまり他家雄たちの立つ場所からは、上下に重なった三層の房扉が見渡され、その鉄とコンクリートで構成された整然とした透視図が監獄の秩序を見る者の心に印象づけるのだ。

秩序の象徴は各階に配置された担当たちで彼らは廊下の中央（二階と三階の場合は吹抜けの中央に渡された橋の上）にある担当台という教会の説教台のように斜めの板をつけた高机に向っている。担当には多く古参の看守部長がなるが、時には若い看守の場合もある。とにかく担当は監獄という権力機構の末端にいて囚人たちを監視し統轄している。担当の上には区長、保安課長、管理部長、拘置所長、矯正管区長、矯正局長、法務大臣とはるかな高みへ——まことに雲上の高みへ——登っていく権力者の系列がある。担当はこの厖大《ぼうだい》な系列の最下部にいるが、そのさらに下に囚人がいて、自分がその囚人の一人だという事実を痛感させられる、それが太い鉄格子の内側のこの場所なのだ。

担当台で何か書類に記入していた田柳看守部長が顔をあげた。若い看守は他家雄を右側の房の方へ追った。砂田は左側の房で、ここで別れねばならぬ。

「んだら、ここでな」と砂田は手をあげた。他家雄が手で挨拶を返そうとした時、砂田はもう自分の房のほうに歩み去っていた。それを二瓶と老看守があわてて追いかけていく。

自分の房扉の前に立つと、鍵束の音をさせて田柳が近寄ってきた。四つ目の（いや、実際には五つ目か六つ目かの）鍵があいて、他家雄は狭い、暗い、穴蔵のような房内に入った。

6

他家雄はただちに蒲団を敷き、崩れるように横になった。横臥《おうが》許可をもらっている以上合法的な行為であるが、習慣で何か気が咎めた。

手足を伸ばしてみると、疲労が指先まで詰まっていることがわかる。膀胱《ぼうこう》が溢れそうに張っているが小用に立つ気もおこらず、いつまでも動かずにいたい。

目を瞑る。静かである。雪が落ちていく。沈みいく無数の青白い死者となって、落ちていく。落ちていくはるかな底には闇がある。底知れぬ、奥深い闇である。

鏬割《ひびわ》れの隙間から光が洩れている。或る日そこが卵の殻のように割れて新しい別世界が生れ出る、そう思っていると鏬割れが急に遠のいた。それは、遠近法の法則に従って壁が窄《すぼ》まった先へと遠のき四角い天井の一部となった。金網のむこうに裸電球が光っている。昼間から電燈を点《とも》すとは余程外は暗いのだ。

思ってみる、或る日、あの鏬が実際に割れて、丁度籠から取出される小鳥のように、誰かの大きな手が自分を救い出してくれることを。それが不可能な望みだと知りつつ、おれは執拗《しつよう》にそれを祈らずにはおれない。それは全く、幼稚な願いで祈りの名に価しない。しかし一片のお菓子を祈る貧しい幼な子を嗤《わら》えようか。おれはちっぽけな幼な子だ。小さな裸の者だ。

小鳥が死んだから自分も死ぬ。大田はそう言って狂った。あの小さな裸の者。ヨブ記一ノ二一だ。〝われ裸にて母の胎《たい》を出《い》でたり。また裸にてかしこに帰らん〟大田は小鳥の死に耐ええなかった。「ああ、死にそうだよ。もう駄目だなあ。こいつが死んだら、きっとおれも駄目になるんだ」と泣く。泣きながら吐き続ける。「何だか毀《こわ》れちゃったみたいだ」と垣内が言う。おれは笑う。笑ったとも。そう、笑ってしまった。

垣内という男、あの痩せた大工の歌人は、不断は無口で何を考えているかわからぬが、いったん喋り出すとなかなかの雄弁だ。いつか神はあるかないかで河野とやり合った。いや、神はあるかないかという単純な問題ではない。河野はこう切出したのだ。

「神はあるとしてもだね、神への愛と、人民への愛とどちらが大切だろう」

垣内は、穏かに答えた。

「その二つは比較ができないよ」

河野は怒った。この男はすぐに激する。

「神への愛が、すべてに優先すると、いいてえんだろう。わかってるさ」

垣内の声は相変らず柔和であった。

「人民への愛を、それを成り立たせてる根拠みたいなものがあるんだなあ。きみ、なぜ人民を愛するの」

「理由なんかねえよ。人民が新しい世界を創《つく》り出す原動力だ、それだけさ」

「それだけの理由じゃ人民を愛せないだろうねえ。きみは人民のために命を捨てようと思ってるでしょ」

「ふむ、まあそうだ」

「そういう気持をおこさせる元は、人間ていう生命が好きだってことだろうねえ」

「ふむ、まあね」

「ほら、生きてるものが好きだっていうことが、命が大事でいとおしいってことが、すべての先にあるわけでしょ。そうじゃないかなあ」

「待て。おかしいぞ。どっかに、論理の矛盾があるぞ」河野は鋭く叫んだ。角のように立つ白髪を一層立てて、三角の目で睨《ね》めつける。垣内のほうはそんな河野の視線を弱々しい微笑で受止めている。

そう。弱々しい微笑の男だ。この男も長野県で大田長助と同郷の筈だが、長助と違ってほとんど故郷のことを語らない。いちど母親が面会に来たとき林檎《りんご》を持ってきて、それはゼロ番区の者に一個ずつ裾《すそ》分《わ》けされた。アダムとイヴ。蒲団机の上には聖書が開かれたままだ。「ヨハネ第一書第四章」と欄外の見出しに読める。

愛には懼《おそれ》なし……懼る者は、愛いまだまつたからず。

金網のむこうに裸電球が光っている。まるで夜のようだ。まだ昼食前だというのにもうとっくに午後五時十五分の仮就寝許可の時刻を過ぎた気がする。この世は暗い。暗いなかを無数の青白い死者たちが落ちていく。この世の底の底へ。命を与えられた者は結局は奪われる。〝……また裸にてかしこに帰らん。主あたへ主とりたまふなり〟おや、また風が吹き立った。闇の彼方《かなた》より押寄せた冷い風の石を擦《こす》る音。無機質の音。酷薄な音。死の音。

寒い。畳を透してコンクリートの床の冷えが伝わってくる。獄中の暖房のない冬には慣れたつもりが、時として堪《こら》え切れぬ思いにもなる。真夏の酷暑よりもまだ防ぐ手立てがあると思いながらも震えている自分がみじめになるのだ。毛布の中で両脚を縮め、母の胎内に浮く胎児の形をしてみる。〝われ裸にて母の胎を出でたり〟

片桐が読経を始めた。寒いのだろう。長く曳《ひ》く語尾がこころもち不安定だ。考えてみればけさの運動班の組分けがいつもとちょっと違ったため、きょうはまだこの男に会っていなかった。片桐のいかつい面立ち。太い顎骨《あごぼね》が角張り、庇《ひさし》を思わせる骨が目の上に張り出している。皮膚は骨によって引き延ばされたように薄い。

片桐はどうしても生きたいと思っている。彼のように堅固な肉体が亡《ほろ》びると信じたくないのだ。

片桐の読経は、生キタイ生キタイタダ生キタイと絶叫しているかのようだ。

「おれがなぜ真宗かちゅうとだな、なにせこう御経を力一杯に読めるからな。キリスト教じゃあ、どうして聖書を力一杯に読まねえのか。だめだね、讃美歌《さんびか》なんてえ、ふにゃふにゃしたもんを唱《うた》うのは、まっぴらだね」

　生キタイ生キタイ
　生キタイ生キタイ

片桐は山形県にいる妻子宛にさきゆき十年分の葉書を書いて教誨師《きようかいし》にあずけてある。家を継いだ長男には毎月十五の日に一通、妻と娘には年末年始の挨拶と寒暑見舞の年四回、以上を十年分、というと計二百通の葉書となるがそれを三年ほどかけて書きあげたという。これでたとえ今処刑されても家族にとって彼は十年間は生き続けることができるわけだ。

「とくに苦心したのは長男あてのやつだな。毎月の季節感を入れ、しかも十年間の野郎の成長に合わせて内容を変えにゃなんねえ」

一度だけその葉書を見せてくれたことがある。娘あての年賀状というその一枚は二ミリメートル四方ほどの胡麻粒《ごまつぶ》のような文字が縦横にびっしり几帳面に並び、まずは便箋数枚分の文面が書きこまれてあった。

生キタイ生キタイタダ生キタイ……

食器口が開き、週刊誌と新聞を入れた岡持が差入れられた。あまり読む気がしないが習慣で手を伸す。一日おくれの新聞だ。見出しだけ目を通すがすべてに何の興味もない。

「米軍の演習に地元の反対」「N大学総長が辞任」「株――優良株から一段高」「野党××問題について政府の責任を追及」「相も変らぬ天下り官僚――関連企業へ」「梅だより・春の足音

——偕楽園《かいらく》は下旬が見ごろ」「あきれた血税の無駄づかい」「大学改革に学生の参加——学生代表声明」すべてに何の興味も覚えぬ。すべての出来事がおれとは無関係だ。そして多少関心のある犯罪記事のところは黒く抹消されていて読めない。

食器口から郵便物が投げこまれた。下手くそな文字の葉書はピション神父からだ。

あのね。らいげつはいけません。つごうわるいのです。らいらいげつはもくそうかいでだめ。こまったわね。ごがつにはいけますわ。やくそくだからFauré：Requiemもっていくわよ。

Ave Maria　　　　　　　　　　　　　　　かしこ。

おれは微笑する。ピション神父の灰味青の眸《ひとみ》と善良な赤ら顔を思う。女子修道院付きの司祭をしていると同時に、各地の講演会にでかけたり、アテネ・フランセや日仏学院でフランス語を教えたり、大層多忙な人だ。その多忙な人が、たとえ不規則ではあるが、拘置所まで通って来てくれる、そのことは感謝している。

が、この人は、おれにはどこか物足りない。心底からの信服の念が抱けない。なぜだろう。

話は面白い。南仏の出だそうで、タルタラン・ド・タラスコン的に陽気で雄弁で、大仰な仕方話で、修道女のがうつったらしい女みたいな言葉遣いで、とにかく笑わせるが、笑いの奥におれの心と響き合うものがない。さんざん笑わせられて、すこし上機嫌で房に戻ると、何だか欺《あざむ》かれたような気になる。別れると同時に神父は、外部の安全な場所にいる人になってしまう。ピション神父がフランス人だということはこれは仕方がない。たとえ来日して二十年以上経ったとしても神父はフランス人であり続け、それをおれは当然のことと思う。が、彼はフランス人の視点のみからしか物が見えないところがある。たとえば挨拶だ。神父の挨拶は握手と抱擁で、そのこと自体はおれにも許容できるのだが、ただ彼が日本風にお辞儀をするとふざけたように見えるのは困る。それどころか神父はおれを笑わせるためわざと日本式の作法をしてみせるので、彼自身はお辞儀を滑稽な習慣とみなしているらしいのだ。

封書はシスター国光からで〝極刑囚を慰める会〟の霞《かすみ》さんという主婦が、あなたにも会いがっているので、お会いして悩みや希望をお話しするようにとある。これはペン習字の模範文字のように揃った文字で書かれている。

〝極刑囚を慰める会〟というのがどんな会かは知らない。しかしこの名前にはどことなく、世のおえら方があわれな囚人を憐れむという語感がある。極刑は死刑より婉曲《えんきょく》だが、それだけに昔風の処刑法を連想させる。獄門、牛裂、車裂、放討、坑殺、臥漬《ふづけ》、投水、鋸挽《のこひき》、串刺《くしざし》、火焙《ひあぶり》、磔《はりつけ》、切腹、縛首、刎《ふん》、斬《ざん》。そのような極刑を受ける囚人を慰めるとは何を意味するのだろう。慰める、気をまぎらわす、慰安する、慰問する、ねぎらう、いたわる、からかう、もてあそぶ、あざける。〝極刑囚を慰める会〟とは何となく不愉快な名称だ。

被告のあいだ、新聞雑誌の記者たちがよく面会に来た。〝最高学府を出た青年〟が殺人犯となったことが余程珍しかったらしい。それは煩《わずら》わしいことだったけれど彼らの動機が好奇心という単純なものなのでそれなりに扱いやすくはあった。いちど好奇心さえ満足させれば彼らは二度と現われなかったから。しかし、死刑が確定してからは別な種類の人々が手紙をくれたり訪れてくるようになった。それは死刑囚という状況に置かれた人間へ同情や憐みを示す人達で、しかも同情の下に好奇心が仄見《ほのみ》える人々が多かった。彼らはいわゆる慈善家たちで、自分の腹は何一つ痛めずに他人にほどこしをする。霞さんという人がその種類の人でなければよいが……

シスター国光は「その方は近々会いに行くと言っておられます」と書いている。「近々」とは曖昧な言い方だ。いま、おれは「その方」に会いたくない。安全な高みから好奇のまなこで観察されるのはまっぴらなのだ。そう言えば、玉置恵津子も、きょう、会いに来ると書いてきた。「午前中で冬の期末試験が終るので、その足ですぐいきます」あまり突然なので驚いた。

悪い知らせを聞いて彼女が最後の面会に来るなどと勘ぐったほどだ。が、この雪では来られないだろう。残念だ。彼女にはぜひ会いたい。この一年、ほんとうに楽しい文通を続けてきた。いま、彼女だけがおれを理解してくれ、愛してくれている。どんな女の子なのだろう。いや、彼女には会いたくない。年とった死刑囚の姿に失望するに違いないからだ。この希望と不安、まるでお見合にでかける青年のようではないか。おれは笑う。笑を確かめたくて、手で顔を撫《な》でてみる。

「ハイトオオオ」と雑役夫が叫んだ。十一時半の昼食である。谺《こだま》が籠《こも》っているのは空気が重く湿っているせいだ。まったく食欲がないが、おれは起きあがり、盆に並べたアルミ食器と薬缶《やかん》を食器口の出っ張りに載せる。やがて蓋が開き、手早く飯と菜が配られる。薬缶には湯が灌《そそ》がれた。

おれは腹這《はらば》いとなり、まだかすかに湯気を立てている〝ツキメシ〟を、何か珍しいもののように眺める。おれには見馴れて変哲もないものだが外の世界にはこんな妙なものはない。円錐《えんすい》の上部を切取ったような形で、上の面に五の字が浮き出している。これは米と麦を半々に混ぜた麦飯を特製の柄杓《ひしやく》でつき固めたもので、五の字は五等食を意味する。収容者には一等から五等までの〝食等〟があり、五等食は、おれみたいな〝不就業〟つまり房内で別に〝請願作業〟

なんかしない者に与えられる最低のツキメシで、一日一六〇〇カロリーとなっている。これでは腹が減るので、以前〝軽労作者〟に支給される四等食を上申したが、房内で読書と執筆のみの生活は軽労作に相当せずという理由で不許可になった。不足分は、母の差入れてくれた缶詰や菓子で補ったり、時々は領置金で差入屋から自弁の弁当をとる。しかし、そんなことが出来るおれはまあ恵まれているので、このゼロ番区では十年の余も官給の糧食だけで我慢している者が多い。

それは考えようで、国は監獄の在監者を養う義務があるのだからツキメシをおれたちの当然の権利と考えるか、均一化された食事をあてがわれることは生存の自由を剝奪《はくだつ》されたことだと考えるかで、気分が違うことは確かだ。おれ自身はツキメシを見て、二律背反の気持になるが、こんな気持を外の人達に分らせるのは難しい。お嬢さんの恵津子には、多分想像もつかぬことだろう。

麦飯を一口食べてみる。菜皿の塩鮭を一つまみ。食べてみると空腹であることがわかる。起きあがると、全部をきれいに食べ、湯を飲み、再び横になった。

それが始まった。暗い暗い下の世界に引摺《ひきず》り込まれるようだ。天井の罅割れが、電燈が、遠のいていく。足音も食事運搬車の軋《きし》みも遠のいていく。が、宇宙が息衝《いきづ》くように吹いては止む風声のみは、不思議に間近く聞えてくる。風声は荒く冷たく、そして相間の静寂は地中に埋められた棺《かん》の中のように暗く静もっている。

世界の冷たい暗黒に囲まれて、おれの肉体が、食べ残しのビフテキのようにかすかなぬくみをおびてここに横たわる。いま、五等食を柔かな管の中に摂《と》ったこの奇妙な蛋白質《たんぱくしつ》の塊、そいつがおれだ。

そいつは生きていて、絶えずエネルギーを放出し、その代償として絶えず摂取し、暖かい柔かなまとまりを持って意識に食い付いて離れない。

それが始まったと意識せよ。腹が減ったと意識せよ。嘔き気があると意識せよ。彼女を犯せと意識せよ。疲労を、睡気《ねむけ》を、肉体を、意識せよ、せよ、せよ。この柔かい、気味わるい蛋白質の塊は、意識にべったりと貼りつき、命令してやまない。意識は全く応接に暇《いとま》がない。しかもそれが何のためかといえば、そいつを、この肉体のぬくみを保持し、そいつをめでたく絞め殺させるためなのだ。

おれの肉は家畜の肉に劣る。家畜の肉はともかくも食用として役に立つのにおれの肉は無駄な塊にすぎない。

おれのわずかな喜びは、おれが〝解剖用遺体提供承諾書〟に署名したことだ。

おれの肉体は、医学生たちの解剖台上に横たえられるだろう。彼らは、首に縄の条痕《じようこん》がある屍体を、おぼつかない手付きで切り刻む。皮を剝ぎ、肉を割き、内部を日に曝《さら》す。おれの肉体はともかくも彼らに利用されるという有用さを獲得するのだ。

おれが署名すると言ったら母は反対した。母は遺体をひきとって通常の火葬に付したいと言った。そのために府中のカトリック墓地に墓を買ってあるとも言った。

しかし、おれは母のおだやかな希望に反して〝承諾書〟に署名した。そうすることによって、おれが自分の肉体を生かし続ける理由を見付けたことを分ってほしいと母に書いたあとで。

〝解剖用遺体提供承諾書〟のことを教えてくれたのは砂田だ。そのために彼は元々見事な肉体をなおも鍛えた。〝ずっぱり〟という彼の常套句《じようとうく》が示すようにその肉体をゆたかにしたのだ。毎日一時間は房内で体操をするという。

「死刑囚てえもんにはボディビルの道具使用を許可すべきと思うすよ。そうすればだな、医学生たちがびっくりするような人体標本を提供してやれるんで。ふと聞いだことだけど、解剖用の屍体てのは、行き倒れの老人ややせっぽちの病人ばかりてゆうからな」

「あんたの体なら立派なもんだよ」とおれは本気で言った。「医学生ども、びっくりすること受け合いだよ」

「そんだすかなあ」砂田は嬉しそうに笑った。その時、おれは自分も〝承諾書〟に署名すると決心した。

砂田はその立派な体で人を殺した。

起訴された事件では七人殺している。

しかし彼の話では十数人を殺している。被害者はほとんどが女たちだが二人の子供もいる。

彼は自信をもって言う。

「おらが殺した女たちはみんなうんと気持えさそうに死んだす」

殺すという言葉は砂田の話の中ではまるで旧約聖書の中のように無造作に使われる。

〝アビメレク、オフラにある父の家に往きてエルバアルなるその兄弟七十人を一つの石の上に殺せり。ただしエルバアルの末の子ヨタムは身を潜めしによりて生き残れり〟（士師記九ノ五）

或る冬の午後、彼は女と沼津の海岸を歩いた。女がもう一人の女と手を切るよう迫った時、彼はすでにその女を殺したと答えた。女が驚き、彼を警察に訴えると口走るのをなだめ、砂浜で姦淫《かんいん》中、その首に手拭を巻きつけて絞め殺し、さらに蘇生《そせい》を恐れて石で頭を打ち、砂の中に女を埋めた。

或る夏の夜、栃木県のとある町を歩いていると、窓より蚊帳《かや》の中で一人寝している主婦を見、あがりこんで主婦を抱き、主婦が驚き叫ぶと傍《そば》の晒布《さらし》を首に巻いて失心させつつ犯し、主婦の死をたしかめたうえで、自転車、酒、反物を盗み、近くの林中に入って酒をあおった。

或る冬の夜、千葉市内の民家に盗みに入ったところ、寝ていた主婦が気がつき騒ぐので、主婦の首をタオルで絞めつけた。ところが隣室で寝ていた主婦の叔母が目を覚したので出刃庖丁で突き殺し、続いて虫の息となっていた主婦を犯したうえで絞め殺した。

或る秋の夜、女と千葉の海岸を歩いた。彼は自転車の荷台に五つほどの男の子を乗せ、女は赤ん坊をおぶい七つぐらいの女の子の手を引いていた。前の町の駅で偶然会った子連れの女を、隣町まで送っていく途中なのである。時刻は午前一時頃で、人通りは絶え、上弦の月が西の海に沈もうとしていた。虫の声を圧して波音が高い。そこは通称おせんころがしという断崖《だんがい》であった。

彼は自転車を倒し、荷台から転げ落ちた男の子の首を手で絞め、殴り、崖下へ放り投げた。

物音に怯《おび》えて女の子が母にすがるのを引き離し、やはり崖下へ投げ落した。命だけは助けてくれと懇願する女を犯し、その首に紐《ひも》を巻いて絞めると動かなくなったので、崖っぷちまで押し転がし、蹴落《けおと》した。泣いている赤ん坊の頸《くび》をにぎるとぐったりとしたので、やはり投げ落した。こうして女と、男の子と、赤ん坊は殺された。女の子だけは、崖の途中の棚に落ち重傷を負っただけで命は助かった。

「おらは何人もぶっ殺してるうぢ、どうせとっつかまりゃ死刑だと気づいたよね。何人ぶっ殺しても死刑ならよ、沢山《ずっぱり》ぶっ殺して楽しんだほうが得だと思うようになったよ。で、機会をねらってた、いつ女をやろうかとな。あそこは国道からちょっくら入った旧道だったよな。町までは近道だからそこへ行こうというと、女は暗いからいやだと吐《ぬ》がした。だが真夜中で、子供《わらし》は睡たがってるしやっぱし近道がええって誘いこんだ。山が両側から迫ってよ、道が悪くてよ、自転車に乗せてた男の子が尻がいてえってゆうから、傍の家の軒下にあった莚《むしろ》を拾ってやったのよ。おらの目的は女だから、子供は殺す気はなかった。それが崖っぷちの道に来たら気が変った。あそこはおせんころがしと言ってな、すげえ絶壁なんだ。風はあんまし無かったけどよ、波の音がしてたよなあ、そこへ落ちれば磯に落ちて誰だってくだばてしまう。おらはなぜあんなことしたかね、男の子を締めたんだよな。あんましその子が泣いだがらだと思うね。少しあわてて、あわてるとかっかときて、変な夢見るみたいになるなあ、おらの癖だ。んだほら、女とやる気がなくてもやり始めるとやる気がおきて止めようがなくなる、あんなのとおんなじだものな。始めたら止まらねえ。ぜんぶぶつ殺しちまえ、どうせおらは死刑なんだと思ったよ。

四人を崖からぶん投げたあど、おらは後悔しとったよ。また、ばかくせえことやらがしたと思って、岩の上に寝てたらよ、月が沈んで真っ暗でよ、星がいやらしいほどピカピカよ、虫もうるさく鳴きやがって、おらも死にたくなったよな。この先何人ぶつ殺したらおわりになるやらわがんねえし、いま追っ手でもくりゃ崖から飛びおりてみせらあと思ったよ。だけど、ひとりじゃ死ねなかったな。おらは叫んだよ、波にむかって、だけど山びこはなくてよ、波の音ばかり知らん顔して響いてよ、本当におらはひとりぽっちだったよなあ」

人を殺した砂田は自分も殺される。世間は、それで事件が終ったとする。なぜなら物事には終りが必要だし、砂田市松という一人の男が物事を始めた以上、それを終らせるためには砂田の死が必要だからだ。世間はそう考える。そしておれもそう考えてきた。おれが自分の処刑を正当な罰と認め、自分が社会と法律によって憎まれ断罪される必然を受入れたのはそう考えたからだ。

芝居にだってpoetic justiceということがある。この言葉をおれは何か演劇の解説書で覚えたと思うのだが、要するに劇中の悪人は罰せられねばならぬということ、それによって劇が均衡を保つことだ。犯罪についてもこの種の均衡が必要なのだ。人を殺した者は殺されねばならぬ。砂田が死ねば事件は均衡を保って終る。世間は一件落着として安堵するのだが、この均衡が心情の中でのみ保たれていることに気がつかない。砂田は十数人を殺したという。ならば真の均衡を保つためには十数人の砂田を殺さねばならぬ。おのれ一人しか罰せられぬことで、砂田はいつも得をしている。より多く殺した人間ほど得が大きい刑罰、それが死刑だ。死刑は殺人者を増やす。死刑があるために殺人はいくらでも増えていく。

おれは黒板の前に立たされて数学の問題を解けと命じられている。いくら数式を書き連ねても解答が出てこない。教師はおれの不勉強と無能を責めるのだが、おれは数式をながったらしく書き連ねて混乱するばかりだ。すると一人の生徒がつかつかとおれの前へ出てき、黒板に大きく書きつけた。

x = poetic justice = 0

みんなが笑った。すると教師が正解と告げた。教室の中は不意に鎮まった。正解した生徒が振返った。何とそれは垣内である。

「どういう意味だね」とおれは問う。垣内は微笑して答えない。微笑そのものが何かを解説するかのように彼は微笑し続ける。

「どういう意味だね、口で言ってみろ。おれの欲しいのは微笑じゃない。言葉なのだ。言葉をくれ」

垣内は微笑を消し口を開いた。秘事を託宣する巫女《みこ》のように荘重な口調で言う。

「数学に答えるのは人間の問題だ。しかし、数学では解けぬ問題がある。それは神の領域だ」

「そんなことはわかってるんだよ」とおれは言う。「神を信じられぬ者はどうしたらいいのか、それを言ってくれ」

垣内は微笑する。彼はふたたび言葉を失って微笑し続ける。

眠っていたのか。たぶんそうだ。時間が過ぎ去った。どのくらいの時間かはわからない。この房内には時計が無いのだ。時間は一種の感覚である。何時何分と細分された物理的な時間の区分は監獄では無意味であるし不可能である。

いつか隣に学生が入った。彼はときどき報知機をおろしては「いま何時ですか」と看守に尋ねていた。日に三度か四度そうせずにはおられぬ日が一週間も続いたあと、彼はぴたりと問うことをやめた。彼も監獄の時間に慣れたのだ。時計なしで過ぎていく時間のこまやかな感覚を知ったのだ。

時には重さがあるし質感もある。軽やかでさらさらと乾いた粉のような時もあるし、水藻のようにぬるぬる両腕にからみついてくる時もあるし、蜜《みつ》のようにねっとりした時もあるし、鉛のように重く充実した時もある。

いま、時は氷のように冷たく下へと沈みこんでいく。下降する時。地獄の時。そういえばそれは時間感覚でもある。いや、それの一部には時間感覚があると言うべきだ。

時には形と動きがある。まん丸に静止する時もあれば、一直線に前へ伸びる道のような時もある。輪を描いて循環する時もあれば、いまのように遥か下へと深い井戸のように落ちこんでいく時もある。


雪が落ちていく。深い井戸に沈みいく無数の青白い死者となって、落ちていく。底の知れぬ深い井戸の底には闇がある。それは本当の完全な黒だ。わずかの光すらない純黒色だ。それは沈黙であり悪であり不吉であり地獄である。

おれはたった一人でエレベーターに乗っている。下へ下へと降りていく。果しない下降、下へ下へ下へ……ついにどん底に着いた。稠密な水の層に幾重にも覆われた深海の底を思わせるほどに静かである。誰かが耳もとで揶揄《やゆ》している。

「ここが地獄だぜ」

おれは底にいると思う。そこは、この世の真底でそこより下にはもう何もない正真正銘の底であると思う。おれは誰か女の人に手をひかれている。まるで小さい子供だ。女の人があまりきつく握るので痛い。手をひっこめると、おれは一人だ。さびしくなって泣き出したい。ふと左側の隅に鉄扉を見付けちょっと押して見るとそれは簡単に開いた。

茫洋《ぼうよう》とした芒原《すすきはら》が地平までひろがり、前にも来たようだがどこかは分らない。雪恥ずかしげな白に、白を幾重にも重ねてきらめいている。分け入ると下草は黄金色で、それが白と映り合って美しい。ふとそこが墓場で、尾花の一つ一つが死者の霊だと気付く。暗鬱《あんうつ》な虚空《こくう》から死者たちは雪のように降り、雪のように降り積っていく。

「そうさ。降り積った霊は芒になるんだ」

亡霊は雪となり、雪は降り積り、積った雪は芒に変化《へんげ》していく。

「これが地獄だぞ」とおれは言う。

「よく見る夢じゃないか。もう数えきれぬぐらい同じ夢を見たね」ともう一人のおれが言う。

いつであったか、おれは真面目くさった顔でみんなに質問したことがある。

「地獄の夢を見た者があるかい」

みんなは冗談だと思って薄笑いしていた。為次郎が素頓狂に言った。

「あほらし、女の夢なら毎晩見るわ」

みんなは同意し、ひとしきり女の夢を披露し合った。話が露骨になると一同の痴《し》れ笑いはひどくなる、そこへ垣内が、顔を突っ込むと低い声で言った。

「おれは地獄の夢を見るよ。それから悪魔の夢も」

みんなは今度は笑わなかった。垣内の言い方に真味があって笑う気になれなかったのだ。おれは、あとで二人っきりになった機会に、垣内に尋ねた。

「悪魔ってどんな姿をしていたの」

垣内は微笑し、曖昧に答えた。

「うまく言えないよう。ただそれはそんなに変てこな姿をしていなかったな。ごく普通の人間だ。地獄だってそうだ。ごく普通の場所と見えたよ」

「それが悪魔だとどうしてわかったんだい」

「ただ感じたんだよう、悪魔の力が自分に伝わってくるのがねえ」

悪という見苦しい字そっくりの形に見えた砂田の体。邪悪なるもの、それはどこから来たのか。いいや、おれは悪魔を信じない。しかし、もし悪魔がいなければ、悪はどこから来たのか。

ふと思う。地獄とはここのこと、悪とはおれのことだと。なぜならここは監獄であり監獄にいる者は悪人であらねばならぬからだ。想像の中の、夢の中の地獄よりここは一層地獄であり、想像の中の、夢の中の悪よりおれが一層悪人である。

人は「お前は悪人なのだ」と言う。だから「お前は殺されねばならぬ」と言う。おれは一切の人間的な情念を抱いてはならず、四六時中死刑囚であることを要求されている。おれは楠本他家雄ではなく一人の死刑囚だ。安藤修吉は坊っちゃんではなく一人の死刑囚だ。大田長助も砂田市松も舟本為次郎も死刑囚だ。あらゆる個別性は剝奪されて、たった一つの死刑囚という名前に要約されねばならぬ。死刑囚、すなわち画一的な最期を持つ囚人に単純化されねばならぬ。明治六年の太政官布告《だじようかん》のあの一節に記されたとおりの死を予告された者に成りきらねばならぬ。

凡《オヨソ》絞刑ヲ行フニハ先《マ》ツ両手ヲ背ニ縛シ紙ニテ面ヲ掩《オホ》ヒ引テ絞架ニ登セ踏板上ニ立シメ次ニ両足ヲ縛シ次ニ絞縄《コウジヨウ》ヲ首領ニ施シ其咽喉《ノド》ニ当ラシメ縄ヲ穿《ウガ》ツトコロノ鉄環ヲ項後ニ及ホシ之《コレ》ヲ緊縮ス次ニ機車ノ柄ヲ挽《ヒ》ケハ踏板忽《タチマ》チ開落シテ囚身地ヲ離ル凡一尺空ニ懸ル凡二分時死相ヲ験シ

テ解下ス

思わずおれは起きあがっていた。脳髄が電極に触れたように痙攣しているのが感じられる。蒲団を蹴飛ばして歩きはじめる。

三畳ほどの狭い部屋。白く塗られた壁と埃のない通気口と磨かれた把手《とって》と、これら衛生的な設備に加えて精巧に造られた鉄扉と入念に網を張られた格子窓が空間を人工的に限定している。一、二、三歩で壁に突当たる。一、二、三歩で壁、三歩で壁……動くたんびに壁が行手を阻む。

壁、壁、壁が次々に前を限る。

何という狭さだ。何という不自由さだ。

空気を圧縮する堅固な容器の中の虫、おれ、裸の者。

三歩で壁、三歩で壁、せめて四歩あったならば……壁が空気を弾ねてくる。堅く平らで無愛想なこんな代物を作りだしたのは人間だ。人間以外の誰がこんな不自然な形を考案しえよう。壁は人間の文明がおそらくは最初に作り出した発明品だ。あくまでも平らで、ただただ堅く、空間を切っている。人間は外敵に対して身を守るために壁を考えだした時、同時に敵をとじこめるためにそれを応用したのだ。城には牢獄がある。牢獄のない城はありえない。『自然の中の人間の位置』によれば百万年か二百万年前に突如発生した人類は、ついに壁を発明する文明に到達したのです。

三歩で壁、三歩で壁。おれは誰かに号令をかけられたように動きやめる。何かに体をつらぬかれたような気がして身震いする。見られている。視察口から二つの目が窺っている。おれは壁に額をつけ、考えこむような姿勢をとる。もう見られなくなった。真鍮《しんちゅう》の蓋をこっそり閉め、忍び足で廊下を去っていくのは田柳看守部長にちがいない。

おれは額で、額だけで壁を押す。強く押す。いつ頃から見られていたかを思い出してみるがはっきりしない。狂った鼠《ねずみ》のように壁から壁へと動き回っているのを見られてしまった。それが少しいまいましい。囚人である以上、絶えず見られ、監視され、視線で刺し貫かれるのは仕方がないが、それだからこそあられもない恰好はなるべく見せたくない。

そうするのは見栄のためだとも言える。そう言われても否定はできない。その点安藤修吉はおれとは違っている。あの坊っちゃんときたら見られるのが嬉しくて、平気で視察口の前でオナニーをするので看守のほうが恥じて視察口の蓋を閉めてしまうほどだ。

「いいじゃないの。どうせ何もかも見られてるんだから。うんと見せてやったらいいじゃないの。ね、あのときもチンボは立つんでしょう。どうせあのときは見せてやるんだから、いま見せてやっても同じじゃないの」

それはそうだ。何もかも見られてしまうのが、おれたち死刑囚だ。おれの肉体は医学生たちのメスで切り刻まれ、性器の奥底まで観察されてしまう。

が、だからこそ、かえって、いま、おれは見られたくない。匿《かく》せるだけは匿しておきたい。うっかりして、いまさっき、こちらが知らぬうちに見られていたことがいまいましいのだ。おれはおれを盗み見た田柳を憎む。憎まずにはおれない。

ここに何かの文字が見えてきた。幾重にも塗られた漆喰《しっくい》の下から透けているうっすらとした文字だ。この房内の落書は大体見尽したと思っていると何かの拍子に新しいのを発見する。これは初めて見る文字だ。薄れた鉛筆の軌跡……昭和二十一年七月三日茨城県××郡……敗戦の翌年とすると当時この監獄に収容されていた戦犯かもしれぬ。……小梅組関東××一家舎弟×××……この数字の列は前からカレンダーだなと思っていたが、よく見ると1から19までに鉛筆で斜線がひかれた痕跡がある。なぜだろう。何らかの境遇の変化が彼の行為を中断した。転房、いや、おそらくは刑の執行である。このあわれな男は二十日の朝、前日の日付を抹殺した直後に殺されたのだろう。27のところに面会とあるが、彼はその人にも会えず、まったく不意に殺されたのだ。おれは自分のカトリック・カレンダーの、抹殺された所を見る。おれも、いつかは、ひょっとすると二、三日後にはこの男と同じようなカレンダーを残すことになるのだ。それはちょっとした墓碑銘だ。

今までにいったい何十人、いや何百人の男たちがこの房に入れられたことだろう。日付、名前、イニシァルをボールペンや爪や鉛筆で刻みこむと、漆喰で塗り潰される。その上にまた誰かが刻みこみ、その上をさらに塗り潰される。何層にも重なる共同墓地がこの壁である。辞世らしきものも見出《みいだ》される。ここだ。戸棚の上、カトリック大辞典の後側だ。

いましがた今日その日なりと知らされて四角き空に雲湧きおこる

稚《おさ》ない鉛筆のこの文字を見ると、すぐ思い出す歌がある。それは垣内から教わった、或る死刑囚歌人の作だ。

幻聴の処刑迎への靴音を折々とらへ吾が耳寒し

いまも靴音がしているが、あれは田柳部長のだ。しかし、けさ聞いた靴音が幻聴であったかどうかがいまだによくわからない。教育課長とあと二人、たしかに三人の靴音がして安藤修吉の房の前で止ったと思った。が、安藤はそんなことはなかったという。とするとおれの聞いたのは砂田の房を訪れた音だったかとも思うが、砂田の隣房の安藤はそんな音は聞かなかったという。ところで砂田に、けさ、お迎えが来たことは事実なので、安藤がぼんやりしていたのか、それともおれがその前に砂田の房を訪れた靴音を聞きもらしたのか、そこがはっきりしない。おれは、いま、田柳部長の靴音を聞いている。廊下に敷かれた消音用の麻の絨毯の上を、ひっそりと移動していくあの音が、幻聴だという可能性は否定できない、もしそうだとすれば、おお、おれは狂っている。

おれは視察口に近寄り、その縦五センチ横十五センチほどの銃眼のような穴に耳をつける。そこには細かい目の金網が張ってあり、更に外側は真鍮の蓋に覆われているが、それでも隙間からは廊下の寒気と靴音がはっきりと流れこんでくる。それは現実なのだ、とおれは自分に言う。もう一度声を出して言う。

「おい、お前、それは現実だよ」

おれは、現実である房内を見回す。が、何とそれは、夢の中の地獄のように非現実的に見えることだろう。

裸電球の黄色い光が照らしているのにかかわらず、すべては灰色に見える。白く塗られた壁も灰色と言ったほうが正確だ。畳も磨硝子も机も灰色だ。鉄と石とで組立てられた灰色の牢獄を、その灰色に見合う黒服の看守が巡回している。(さっきの地獄の夢に出てきた女の人は誰だったのか。あの女の人がおれを地獄まで連れてきたのだ。)彼は田柳看守部長という個別性を失った黒い看守だ。牢獄の灰色を引き締めるようにことさらに黒い制服を着て、国家権力の代表者として囚人たちを管理している。房扉には囚人の名前はなく一枚の番号札がかかっているのみだ。おれは楠本他家雄ではなく六一〇番である。その番号札は黒塗りの板に水で融かした白墨で書いてあり、水で拭けば簡単に消えてしまう。おれがいなくなればすぐさま次の者の番号に書き替えられる仕組である。つまりそこに書かれたのは、実験動物のモルモットにつけられたような単なる整理番号にすぎない。おれは六一〇番ですらない。おれの本質は薄っぺらな黒塗りの板にあって番号にはない。

おれは一枚の板である。

おれは一枚の板のようにならねばならぬ。息さえもひそめ、たえず眼を下に向けて、一枚の板のように完全な受身の状態に徹せねばならぬ。

おれは人間ではない。

おれは人間であることを許されてはいない。法律規則という人間の作った文章が、おれから人間の属性を一つ一つ剝ぎとっていった。刑法、刑事訴訟法、監獄法、数多くの訓令、通牒《つうちょう》、通達、判例が、眼に見えぬメスとなっておれから人間の属性を削《そ》ぎ落していった。

しかし……しかし、それでもなおおれは考える、おれは死刑囚でも番号でも一枚の板でもなく、人間でありたいと。なぜならばおれは絶望することができるから、一枚の板のように従順に静かに平和に存在するのではなくて、おれには絶望する自由が残されているから。絶望するという自由をもつかぎりにおいておれは人間であるのだから、おれは絶望しなくてはならぬ。絶望によってのみおれは人間に復帰できる。

それでは絶望とは何か。それは未来に立ちはだかる処刑台に怯え、再び実社会に帰りえぬことを嘆くことではない。そういったことは絶望の外面的条件にすぎない。もし何らかの機会におれが減刑され、あるいは実社会に戻れた場合でもなお消えぬ絶望、それが真の絶望である。ああ、しかし、このことを人はなかなかに理解してくれない。人はおれの陥っている外面的な条件ばかりを見、分析し、おれの真の絶望には目を向けてくれない。はっきり言おう。おれは悪人だ。おれは殺人者だ。おれが死刑囚であることは殺人者であることにくらべればとるに足らぬ些事《さじ》なのだが、同囚たちも看守たちも、そして新聞記者も善良な神父や修道女たちも理解してはくれない。

それでは……それでは、悪とは何か。悪はどこから来て、なぜおれは悪人なのか。すでにおれは『悪について』という分厚いノートをひそかに書き記してきたのだが、それでもなお、それは未解決だ。多分そのノートを発表する機会は来ないだろうし、第一、それはほとんど確実に未完におわるだろう。ノートの第一ページに「死後焼却して下さい」の付箋《ふせん》をつけてある。それは未完のままで、おれの死後消滅するはずだ。


三歩で壁、三歩で壁。おれが歩けば時間が動く。粘っこい重い時間が下降の速度を速める。ぐんぐんと時が下降する。まるでエレベーターのように。

壁、壁、また壁、壁。静止している壁。おれは額に壁を当て、その冷たさを吸い取るように頰を寄せ、じっと息を鎮《しず》めて壁とともに静止しようとする。


ふと、すべての動きが止った。

いま、あたりはおそろしいほどに静かで、時は凝結した。風声は跡絶《とだ》えた。足音も消えた。人々は窓を閉じて、おのがむきむきに窖《あなぐら》の中に閉じ籠っている。河野は『資本論』を読み、垣内は歌をつくり、安藤は空虚に笑い、片桐は経本をにらみ、大田は病室のベッドで泣き、砂田は……明日殺される男は雪を眺めている。

いや、あまりに静かすぎる。これでは鉄と石の建物に人々が吸いこまれてしまったかのようだ。何かの物音が欲しい。悲鳴でもよいし泣き声でもよい。ナチの収容所は拷問の悲鳴の故《ゆえ》に人間的でありえたのではないか。けさの大田の泣き声がなつかしい。

具合のわるい把手をどうにかあやつって窓を押し開く。青白い光がひろがり、水銀燈の輝きの下にこごめ雪がせっせと降り積っている。その勤勉な降り様で、大きなヒマラヤ杉も一面に白く撓《たわ》んでしまった。中庭で囚人の一隊がスコップで雪掻きをしており、彼らの体から放散する複雑な影が雪原の白を乱している。

机にのぼり街の方角を眺める。白く雪盛りされたコンクリート塀のむこうで、繁華街のイルミネーションは意外に華やかで人々が不断と変らず活動している様子が見てとれる。甲高い子供の歓声は近くの小学校で雪合戦でもしているらしい。さすが車の通りは少いのか、いつも轟音を響かせている高速道路は静まり返っている。そのかわり、電車の音が間近い。コンクリート塀のむこうにごく当り前の街があり、そこに住む人々は、目の前に立つ滑らかなコンクリート塀の内側で視察と点検と静座と独居のおかしな毎日が続いていることを想像もできないでいる。

隣の房に看守が巡察してきた。次はおれだ。他家雄は机から床にとびおり、腰掛の蓋を開くと小便をはじめた。痛むほどにのびきっていた膀胱が収縮していくのが気持がよい。いま、見られていると分る。

「ああ、いい気持だ」と言って見る。わざと便器の中央をねらって用を足し、水音を高くする。その音を聞かれ見られていることが分る。ばかにながい間見ているのは何か用事があるせいだろうか。

「楠本」と田柳が呼んだ。他家雄はびくっと身じろぎしてみせる。不意をつかれた演技をするのは田柳が囚人の不意をつくのが好きだからだ。

「はい」と囚人らしく答える。

「医務から薬が来てるぞ。食後三十分に一服とある。時間はちょっとおそいがの」

「はい」

鍵音。田柳の明け方には何かコツがあるらしく、鍵音も小さく鋭い。扉もすばやく開き、開いたときには件の自然本体に油断なく構えている。

「気分はどうかの」

「大分いいです」

「昼飯はぜんぶ食べたの。さっきから歩き回っとるが、寝ておらんでええのか。横臥許可というのは寝ておれということぞ」

「はい」

「湯呑《ゆのみ》に白湯《さゆ》を充たしてもってこい。ほれこれが薬だ」

「いま飲まないといけませんか」

　何をおかしな質問をするかと咎めるように田柳はまたたきをした。薬だけもらってあとで便所へ捨ててしまおうと思っていた他家雄は観念して、掌に受けた錠剤を口にほうりこんで白湯を飲んだ。

「さて、次だ」田柳は空の薬包紙を左手でパリパリと握り潰し、右手に持っていた一枚の紙片を勢いよく電燈の下に突き出し、目を細めて読んだ。

「接見が一名来とる。うーんと女性だ。もっとも横臥許可中だから寝とったほうがええかの。どうする」

「会います」他家雄は少しあわてたふうに言ってみた。果して田柳は喜んで舌打ちした。

「ほっほう。女となると、病気なんかすっとぶというわけか。うーんと名前は、何と読むかなカスミ・ヨシコ……リョウコ」

　しまったと他家雄は思った。玉置恵津子ではなく、〝極刑囚を慰める会〟のおばちゃまのほうであったか。仕方がない。

7

「きょうはお寒うございますね。もう春で梅が咲くと新聞では申していましたのにどうしたことでございましょう。ほんとに憎ったらしい雪でして、タクシーがとうとうつかまりませんで歩いてまいったんですが、ちょうどこのあたりの横丁は雪がひどく積っていまして、何か風の加減でございましょうかね、そうですね、深いところは一尺もありまして、雨靴がずぼずぼ入ってしまいましてまあ往生いたしました。でもさすがに面会の方は少くいらしてすぐ番にさせていただき助かりましたの。やっぱり雪の中を思い切って参ってよかったと思いますわ。いえね、シスター国光様が、あの方は娘の小学校を経営しております修道会の方とお親しいため、わたくしも存じあげておりますんですが、ぜひ一度あなたにお会いになってごらんになったらとすすめて下さったものですから、わたくし、根がせっかちな性分でございましょう、思いたったらすぐお訪ねしないと気がすまないようになりまして、あなた様あてにお手紙を書いていただきまして、きょうはまだお手紙つかないかとも思いましたんですけども、いえね、こちらのほうは何ですかお手紙が二日ぐらいおくれることがおありになるって（彼女は看守をちらりと見た）おききしましたもんですから、でもお手紙つかなくてもいいわ、もうわたくしとしては待ちきれないわと思いまして、ほんとに矢も楯《たて》もたまらぬ気持でとんでまいりましたの。朝早くに出る心づもりしておりましたんですけれど、ひょっくり会の方がおみえになりまして、北海道の神父様なんですが、あちらのほうのやはりここみたいなとこで教誨師しておられ、もう熱心な方なもんでございますからついお話に身が入りまして、気がつきましたらおやまあ雪でございましょう、もうすぐ三月ですからどうせ春の淡雪で高が知れてると思っておりましたのに、吹雪いてまいりまして、どうしようかと迷っておりましたら、北海道の神父様がすぐ行っておあげなさい、ことをのばすのはこの世界では、あの……何ですと（彼女は一刻言い淀んだが、いそいで微笑みで場つなぎした）、とにかくぜひすぐお訪ねしたいと思いましてまいりましたんです。そしたら大雪で電車がおくれて全然来ませんで、面会の受付は午後三時までと、おききしてましたものですから気が気でございませんでしたけれども、タクシーはもっと来ませんで、でも神様の御恵みでございましょう、二時半すこし過ぎには着きましたの。ほほほ、わたくし、あなた様にお会いできて嬉しくって、気が弾んでしまって一人でお喋りしまして御免あそばせ。お見受けしましたところお元気な御様子でいらっしゃいますが、ちかごろ御変りなく」

「はい」他家雄は頭を下げた。彼は相手の息で目の前のプラスチックの硝子に曇りが出来たり消えたりするのを意味なく眺めた。硝子に丸い通気孔があり、そこからお互いの声が通うのだが、硝子ごしの相手の顔は切符売場の駅員のようにあちら側の人間に見える。霞良子は彼が予想したとおり、四十前後の太り肉《じし》のしかし相応に美しい女性であった。彼女があまりにも彼が予想したとおりの人であったため、彼は何だか拍子抜けして、相手のよく動く真っ赤な唇、所内ではまず見られぬ唐紅《からくれない》の肉が真珠色の歯を撫でながら開閉するのを眺め、ふっくらとした頬、男たちばかりの肌を見ていた目にはその脂肪の柔かさが視線を吸いこむような丸みを愛《め》でていた。

「それは何よりでございますね。あの失礼かと存じますがお母様によく似てらっしゃる。ええお母様は会においで下さったことがありまして、ほらあなた様の助命嘆願のことでお見えになりまして、その時から存じあげております。わたくしどもの会でも二百名ほど署名を集めてさしあげたのですが、ええわたくしも最初に署名させていただきましたのよ、ほんとに御立派なお母様でらっしゃる、もうあなた様のことばかりを親身に想《おも》っておられ、どうにでも助けたい、あの子があああなったのはわたしの責任ですってお泣きになり、あの御年で、いまもう八十にお近いのではございませんか、ええ、それはそれは熱心でいらっしゃいました。お小さい頃のあなた様のこともお話しで、小学校でも中学校でも模範生でT大も現役で入ったいい子だったって御自慢してらっしゃいましたのよ。お母様、このところお会いしてませんが、この前いただいた御手紙ではここへはよくお見えになりますそうで、ご壮健でなによりでございますね。ほんとに、健康が大事で、ここに（彼女は看守をちらりと見た）おられても健康さえお持ちになればと思いますんですのよ。ああ、言い忘れましたけどさっき心ばかりの品、入れさせていただきました。差入屋が三つありますでしょう、待合室の中の両全会と前の通りの相模《さがみ》屋と池田屋とどれがいいのか迷いましたけれど、お母様が相模屋の缶詰をよくお入れになるとお書きになっておられたのでそうしましたのよ、いえね、『あこがれ』にS屋の缶詰のこと書いてらしたでしょう、あれ相模屋のことだと思いましてね、わざわざそうしましたの。お口に合いますとよろしいのですけど。あの御文章毎号拝見してますとここでの御暮しぶりがようくわかりまして、会をしております関係でいままでもかれこれとそのほうのドキュメントやら手記やらに目を通しましたんですけど、あなた様のが一等胸に迫りますんで、何と申しますかしみじみとまるでそこに生活しているみたいな気がいたしますんで、ほんとうに御文をお書きになるのが御上手で、御文才がおありになり、こんな所にはもったいない、いえね、よくおやりになると感心いたしておりますの」

他家雄は数日前所長に呼びだされた時のことを思い出した。柔かいソファに慣れぬ彼は、沈みこんだ体に狼狽し、姿勢を立て直そうとしているうち、所長からいきなり、獄中記を話題にされて胸を騒がした。テーブルの上には裁判の証拠書類のように沢山の栞《しおり》をはさんだ『あこがれ』のバック・ナンバーがきちんと用意されていた。

「この雑誌のきみの手記ね、毎号読んでますよ。きみは文が立つね。これからもうんと精進してよい物を書いてくださいよ」

「はい」

「きみはキャソリックだったね」

「はい」

「いつ洗礼をうけたの」

「十四年ほど前です」

「十四年前というとまだ裁判中だったかな」

「はい、一審中です」

「ああそうか、そのことはきみ、どこかに書いていたね。フランス人の……」

「ショーム神父様です」

「たしか、その方は亡くなられたんだっけね」

「はい」彼は頷きつつ、所長がどの程度までショーム神父について知っているかを顔に読もうとした。定年間近の老人のはずだが房々した髪の毛はまっ黒で若々しい。長年矯正畑を渡り歩いて来た人らしい鋭い目付が、彼の視線を弾き返した。

「ショーム神父といえば、キャソリックの方面では有名な方なんだろう。そんな方がよくきみの所に教誨に来て下さったね」

「はい。並木先生の御紹介でした」

「並木宙先生かね、矯正協会会長の」

「はい、あの頃は弁護士をしておられ、わたくしの弁護をひきうけて下さいましたので」

「ほほう、きみはえらい方と関係があるんだね」

所長は驚いたというように口を尖《とが》らし目を剝いた。それは、お前の起した事件がそれほど大それた反響を呼んだのだぞというさげすみの表情ともとれた。事実、所長はそこから急に険しい面相に変ったのだ。

「ところで、きみ、先月号に自殺について書いたね。以前自殺未遂者が出てから急に窓に金網が張られ鉄格子に触ることができなくなったと。ああいう所内の機密事項は書いてもらっちゃ困りますよ。世間は誤解しやすいからね、拘置所ではしょっちゅう自殺者が出るもんだと思っちまうんだよ。気をつけてくれるね。それからついでに言わせてもらえば、きみの手記には時々不注意な文章があるよ。それはきみみたいに長いことここにいる者にはよく分ってることだと思うが、長いことといただけ、それだけ慣れてうっかりするってこともあるからもう一度はっきり言っておくけども、所内生活の具体的なことは書いちゃ困るんだ。所内事故とか看守への不快感とか同囚同士の喧嘩とか刑を執行される人のこととか。いいね」

「はい」他家雄は神妙に頭をさげただけで弁解はしなかった。

注意をしおわると所長はにこやかな表情となり、今度は教育課長を交えて、しばらく雑談したうえ、立ち会いの保安課長に目くばせして他家雄を房に帰した。

「ほんとにあなた様の御手記はわたくしどもの会でもみなさんようく御読みになって参考にさせていただいてるんですのよ。こちらのことがあんなふうに詳しく外に発表されたってことは日本では初めてでございませんか。こちらがそれは大変だということは、わたくしどものように会を通じて中の方々とお付合をしてまいった者でもやっぱしぴんとは分りませんのに、と申しますのは皆さま御遠慮もありますでしょうし何よりもその文章力で難しいことがおありになって、それにほとんど短歌とか俳句とかで発表なさるものですからどうももどかしいところがありましたのに、『あこがれ』のおかげで具体的なことが分ってまいりまして、わたくし感謝してるんでございます。(そのため所長に叱責《しっせき》されたのじゃないか。しかしなおあれはおもてむきの文章で多くのことが書かれていない。看守の横暴、懲役囚の死刑囚への軽蔑、同囚間の葛藤、反目、悪口、同性愛、悪夢、自殺への希求、おしなべて醜いことは省略されている。もし本当のことを書いたら、この霞女史はどんな感想を持つだろうか)この前の前でしたか、雀のことをお書きになってましたわね、あれ、たのしゅうございましたわ。雀には二つのグループがあるってお話、面白うございました。おたがいに喧嘩ばっかりするグループともう一つ何でございましたっけ、そう、おとなしい親子のグループと、わたくしども外にいる人間には雀なんてよく見る機会がありませんで、ほんとうに面白うございました。それから鼠のお話も、まあ驚きました、こんな頑丈な建物でも鼠が出るなんて初めてお聞きしましたわ。あのう、こういうお話してよろしゅうございましょうか」

霞良子は不意に息をつぎ、他家雄に心配げな目を向けた。他家雄は、左隣で会話を記録している若林看守部長に伺いを立てた。看守部長は寛大に目を瞑った。この人は五十年輩の柔和な人で他家雄の面会にもしばしば立ち会ってくれる。接見監視係の中には神経質に会話の内容に文句を言う人もいるが、若林部長は大様でかつて口出しをしたことがないし、〝書信表〟へも聞き取った会話のほんの要約を書きこむだけだ。

「どうぞ」と他家雄は答えて苦笑した。ずっと先方が一方的に喋っているので何だかラジオを聞いているような具合である。そのことに霞良子も気がついたらしく同じく苦笑した。

「あら、わたくしったら、よく人に笑われるんですけど夢中になると一人で勝手にお喋りしてしまいますんで、御免あそばせ。申しあげたいことを忘れないうちに、一刻も早く申しあげてしまいたいって思いましたもんでございますから。いえね、面会時間は三十分とお聞きしてましたものですから、あの、わたくし会のほうの御仕事をしておりますけど、実際には事務局にいることが多くて、ええ、会員の方が手分けして訪問のほうはして下さるものですから、ここへはまだ四度目で、面会に馴れておりませんのです。それもこの前参りましたのはもう数年前のことでして、相手の方は頭の禿《は》げた年とった方でしてね、お名前は、何とか為さんとかおっしゃいまして……」

「舟本為次郎ですか」

「ああその方です。そうです」霞良子は急に元気になって顔を紅潮させた。「その方ですわ、御存知なんですね。その舟本為次郎さんが会に御手紙下さいましてね、実は無実の罪で死刑の判決を受けた者だが、会として後援してもらえないかということでございましたけど、ちょっと困りましたの。と申しますのはわたくしどもの会は裁判やら法律やらのことはわかりませんで、ただ判決をお受けになった方々を慰めてさしあげるっていうか、御不自由な生活に少しでもうるおいを与えさせていただく、みなさま、会費をお出しになって、差入品をお送りしたり、お手紙を交換したり、才能のおありになる方の句集や歌集の出版のお世話をしたり、そんな活動でございますから、無実の罪って申されても筋違いで、はい、そうお返事差上げたんですが、折返しぜひ一度会いたいと書いてこられ、それでわたくし気はすすみませぬが参ってみたんですの。そしたら舟本為次郎さんて方、お話の上手な陽気な面白い方で、ええ失礼ですがあなた様のような無口な方とは全く逆の方でして、ちょっと何ですかあんまり調子がよすぎて、お話もウソとマコトが混ぜこぜで、三回でわたくしちょっと困ったと思って、やめにさせていただきましたの。あの方はもうとっくに……」

「いいえ」他家雄は相手の言葉を遮ったものの、何と言おうかと考え口籠《くちごも》った。「まだ……その健在です」

「ああ、それは何よりよろしゅうございました。あの方も悪い方ではないのですけども、まあ、めぐり合せでああなられて、健在でいらっしゃるのはなによりでございますわ。ところで、わたくし、ちょっとお伺いしたいと思いますことは、あの、国光さん、シスター国光様とはよく御知り合いでらっしゃるんですか」

「はい」他家雄は会釈した。「よく存じあげているというほどでもないのですが、シスターが『あこがれ』の編集部におられるものですから、その関係でお付合させていただいております」

「さようだそうでございますね。あの方にお会いしましたのは娘の小学校の運動会でして、その時雑誌の編集をしておられると話しておられたので、あなた様の御手記を拝読していますとお伝えしましたら、大層お喜びになられて、それでわたくしも会のことをお話し、御交際始めさせていただいたようなわけでして、こう申しちゃなんでございますけれど、修道女にはめずらしく、その、さばけた方でいらしって、文学なんかもお詳しくいらっしゃるようで、昔はS大学の仏文科におられたとか、いろいろ御事情がおありになって、修道女におなりになったとか。ここへは最近お見えになりますか」

「去年の秋に一度お見えになりました。でも、不断はお手紙が多いんです。原稿や校正のことで連絡をとって下さるには文通のほうが便利なものですから」

「さようでございましょうね」霞良子は微笑んだ。ふっくらとした頬が目の下の皺を押しあげている。黒い外套（それを脱ごうとしたのを他家雄が頼んで着てもらった。スチームが通ってはいるが部屋はうすら寒い）の下の胸の厚みが呼吸している。シスター国光の青白く冷えきったような顔とちがい、霞良子はまぎれもなく女を感じさせる。

「あの」彼女は微笑みを絶やさぬようにして言った。「シスターのほうから、いいえ、シスターと何かお約束でもしてらしたんですの」

「はあ」他家雄は意味を判じえず、相手の整った歯並を不思議そうに見た。

「御手記のことでございます。もうずっと連載なさっておられてかなりの分量がお溜《たま》りになったと思いますが、何か修道会の編集部のほうで本として出版される計画でもおありでしょうかしら」

「いいえ、はっきりとそう御申し出はありませんでしたが、ただ、シスター国光にはずいぶんとお世話になりましたので、もし出版という場合にはやはり修道会のほうにと……わたしのような立場の者としては何か意見を申しあげる資格はありませんのですが……」

「もし、はっきりした御約束がおありになりませんでしたら、わたくしどもの会の事業として出版させていただけないでございましょうか。実は会員に出版社に勤めておられる方がいまして、まあそこは小さな出版社ですが前にもあなた様のような方々の歌集とか句集を出版しておられ、もちろん採算はとれませんで会で持出しでございますが、さいわい費用を御寄付下さる方がありまして、何とか世に出しまして……」

「そう言っていただくのは大層ありがとう存じますが、ただ、シスター国光のお立場もありましょうし、それに、わたし、いま、本を出すというようなことあまり気がすすみませんのです」

霞良子はいぶかしげに目を細めた。

「なぜでございましょう」

「わたしのような者が著作を出すというのはおこがましいように思いまして……」

「そんなことはございませんでしょう」霞良子はそれを不必要な謙遜ととったのかふたたび微笑した。ふっくらとした頰が目を押しあげて、微笑というより顰《しか》め面《つら》のようである。

「あなた様は三年ほど前に御本をまみず書房からお出しになりましたでしょう。『夜想』でございましたわね。あの御本は大層好評でらしたじゃございません。わたくしも拝読いたしまして、もうそれは感銘深くて、あのような本をお書きになれる方が、次の御本をお出しになるのはごくもう当然なことじゃございません。それとも、もうどこからかお話がありまして」

「いいえ、そういうことはありません。ただ『あこがれ』の獄中記はシスター国光のお世話になっておりますので……」

「シスターのことでしたら御心配いりませんのですよ。あの、国光さん、これ申しあげてよいことかどうか、あるいはとっくに御存知かも知れませんけど……あのう……シスターのことで何かお聞きになってらっしゃいません」

「シスターがどうかなすったんですか」

「やはり御存知ありません。あのシスター、いえ国光さん、シスターをおやめになったんですのよ。修道会を退会なすって、いまは、下谷のある出版社に勤めてらっしゃる、小さな出版社ですけど。国光さんも信仰を失われたのじゃなくて復飾なすっただけでらして……、実はそちらの出版社で出版をお引受けしてもよいとおっしゃってますわけですの。国光さんはそれを御自分であなた様に申し上げますのが、何か、おわかりでしょう、面映《おもはゆ》いと、ずっとシスターとしてあなた様とお付合してこられたので、合わせる顔がないとおっしゃるので、しかし御手記の出版のことは本当に熱心に考えてらして、それでわたくし、きょうは、国光さんの代理として参上させていただきましたの。ぜひ御内諾だけでもえておきたいともう大急ぎでかけつけて参りましたんです」

霞良子は言い終ると息を衝《つ》き、失礼いたしますと一礼して外套を脱いだ。緑色のハンケチで額を拭う。豊かな胸の窪みにカメオがかしいで乗っていた。そのカメオを視線で押えるようにして他家雄は黙っていた。この申し出は断わらねばならぬと思うのだが、その理由を相手にどう言ったらいいか。

「せっかくの御申し出でございますが」他家雄は霞良子の細い目を上目遣いに睨みながら強く言った。「この件はお断りいたします」

霞良子はハンケチを握りしめ、顔を強張《こわば》らした。小鼻に溜った汗が硝子の粉のように煌《きら》めいている。

「あのう、何か……お気に障ったのでございましょうか」

「すみません」他家雄は悄気《しょげ》た風をした。「人慣れないものですから、失礼いたしました。それはわたしのような立場の者として本を出していただけるのはまことに恐れ多く、また有難くは存じますが、自分としてはどうしても本は出したくないと思っておりますので、どうか御許し下さい」

「では、どこかでもう出版なさるお話がすすめられておりますので」

「いえいえ、どこからもそのようなお話はありませんし、今後ありましてもお断りするつもりでございます」

「それは惜しくらっしゃいます。あの御手記はみなさま大変すばらしいと褒めてらっしゃいましたし、あれだけの立派な御文章でこの世界を描き切ったようなものはないのですし、文学としても、それから失礼な申し様かもしれませぬが資料としても、あのような具合に書かれたものが今までございませんのです。そうそう、わたくしどもの会には(彼女は不意に顔を明るくした)並木宙先生も理事として入ってらっしゃるのですよ。まあ、わたくしとしたことがこれを早く申し上げればよかった。並木先生はもうお年ですから会のお集りには御出になりませんが、先生の主宰なさっている〝日本の刑罰を考える会〟にはわたくしどもの会からも何人か入会していますので、そこであなた様のことをよくお噂《うわさ》申し上げるのでございます。並木先生は、一審からずっとあなた様の弁護をしておられて、あの才能のある青年は、いえね、並木先生におとりになってはあなた様も青年ということでございますが、あの青年は実に惜しい、あれだけの才能と、それから信仰のある青年がむざむざと、あの、なにされるなんて惜しいとおっしゃっておられるんですの。前にあなた様がお出しになった『夜想』も並木先生が序文をお書きになっておりましたわねえ。先生は『あこがれ』もお読みで、これが本になれば〝日本の刑罰を考える会〟のほうもわたくしどもの会も運動がしやすい、何よりも今必要なのは一般の方々に実情を知っていただく啓蒙《けいもう》運動なので、あなた様の御手記のようなものが欲しいとおっしゃって、ほんとうに何とか本になさったら並木先生はじめ会の方々も、それからあなた様のために助命嘆願をなさった方々もお喜びになるじゃございませんでしょうか……」

霞女史の雄弁を神妙に聞くふりをしながら他家雄はなぜかふと伝道の書の一節を思い出した。

〝空《くう》の空、空の空なるかな、すべて空なり〟

なぜ本を出したくないかを、相手に説明することは難しいと彼は思う。いや、本を出したいという気持はあるのだが、その気持に逆らう事情が多すぎるのでその事情を相手に解説するのが億劫なのだ。

まず家族の反対がある。『夜想』を出した直後に長兄の幾久雄から手紙が来た。事件以来全く音信が跡絶えていたので、贈った本の礼状かとなつかしい気持で開いた彼は冒頭の文章から目を鞭打《むちう》たれた。

「前略　お前の非常識にもあきれる。まず事件のことを世間が忘れてくれたこの頃になってわざわざ事件を思い出させるような本を出版するというお前の気持がわからない。お前があんな事件をおこしてくれたので兄弟親戚がどんなに迷惑をこうむったか新聞に楠本という名字が出るたびにどんなに肩身が狭かったかはお前だって知っている筈だ。それが三年前に裁判がやっと結審となりこれからは安心だと思っていたところこんどは本の出版ときた。このお前の手記が刑事学雑誌という学術書に連載されたことをおれは知らなかったが並木先生が編集委員をしておられる学術雑誌とのことでそれなら一般の人の目に触れなかったろうから許容できるとしてそれをまとめて一般書として市販するというのはどういうわけだ。しかも版元のまみず書房は新聞広告まで出している。新聞にお前の名前を見たときのおれの驚きと怒りをお前は知ってほしい。

おれはお前が事件をおこしたことについてお前だけを責めはしない。おれにも到《いた》らぬところがあったし母上にもあったしあの頃の世相にもあった。母上やショーム神父様のお導きでお前が信仰の道に入り罪を懺悔したときいておれはお前を許す気になった。あのお忙しいショーム神父様にお前の所へ行っていただいた甲斐があったと思ったよ。母上に話し並木先生を通じてショーム神父様にお前の教誨をお願いするようにしたおれの努力も実を結んだと思った。まだ一審中にそうしたのはこれで裁判官の心証をよくするという打算もあったが何よりもお前が悪人のまんまで世間の目に曝されているのが可哀相だったからだ。お前ときたらまるで英雄気取で新聞記者の取材に応じたり談話を発表したりしていたのだから見てはおれなかった。しかしお前の信仰も改心も法を曲げられず判決が下った。お前はそれを受入れ控訴さえしようとせずおれもその志を諒《りよう》としたのだが母上と並木先生のすすめで控訴することになった。裁判が長びけば費用も嵩《かさ》むし（打ち明けていえば母上が出したことになっている裁判費用は初めおれと真季雄とで折半していたのだが真季雄は商社の仕事でフランス滞在が多く実質的にはおれが出していたのだよ）、またお前の名前が新聞に出るしお前も苦しみが長引くだけでおれは控訴（むろん上告にも）反対だったのだが三年前ついにすべてが終った。結審はものごとに決着がついたということだ。おれはお前の冥福を祈りながらお前を許しすべてを忘れようと心掛けてきた。子供たちも大きくなってきた。今年久美子は大学生だ。F学園からカトリック系のJ大学に推薦入学で入れた。下の幾太郎は高一だ。この子はこれだけはお前の遺伝かも知れぬが成績がよくてT大学を目指している。二人とも事件の時はほんの子供だったしそのご家では一切そのことを秘しているから他家雄という叔父がいることすら知らない。おれがお前のところへ手紙も出さず面会にもいかずお前からの来信も拒んでいたのはひたすらに子供たちの心を傷つけたくなかったからだ。しかし何かの折に誰かがその事を告げるかも知れないし当時の新聞を読むかも知れない。事件はあまりにも当時騒がれたから世相史なんかで目にするかも知れない。それは望ましくないがその時は仕方がないとあきらめる。しかし当のお前がわざわざ本を出版するとは何事だ。それを出版社の手を通じてとはいえおれに送り付けるとは何事だ。家では小包なんかは幾太郎が開くことが多い。お前の本もあやうく幾太郎が包みを解くところだった。お前の本は巻末に事件の解説があったのをちらと見てすぐ焼いてしまった。だから本文に何が書いてあったか知らぬ。しかし本屋の店頭には並べられているだろう。久美子や幾太郎が目にしたらどうなるか。楠本という名前にひかれて開いてみる。巻末の事件の解説を読む。久美子は文学なんて絵空事が好きなのんきものだからいいとして幾太郎は男だけに戦後史なんていう現実的な方面に関心がありこの前も戦後重大事件写真集なんか開いていた（さいわいそこにはお前の事件は出ていなかった）ので事件の解説を見てから図書館へでも行って当時の新聞なんか読みかねない。新聞には母上も兄弟の名前もちゃんと出ているしお前の写真もでかでかと出ている。困ったことにあの頃のお前の顔に幾太郎は段々に似てきて何かの拍子に親のおれがお前がいるように錯覚してはっとするくらいだ。幾太郎がお前の写真を見ればすべては明らかになってしまう。とにかくおれはすぐまみず書房に電話をかけせめて再版だけはしないように頼んでみた。ところがあの本は並木宙編となっていて著者のお前は実質的には著作権を持たないという。つまり再版中止を要求すべき相手は並木先生だというのでこれにはおれも弱った。散々お世話になってきた先生にはおれも何も言えない。この件では母上にも文句を言った。お前のところへしょっちゅう面会に行きながらなぜ出版を思い止《とど》まらせなかったかと迫ったのだが大体母上はお前に甘すぎる。小さい時から末っ子だというので甘やかしそれが事件の原因にもなったとおれは思っているくらいだ。孫が可愛かったらもっと物事のけじめをつけてもらいたいものだ。以上でおれの言いたいことはすべて書いた。お別れだ。今後も母上を通じて経済的援助だけは続けてやるがおれはもう二度と手紙を出さないからな。お前もそうしてくれないと絶対に困る。むろんこの手紙に返事なんかとんでもないよ。　草々」

そのうち書評が出始めた。「死刑囚の愛と死」「死刑囚の求道の記録」「神に生きる死刑囚」「絶望を超克する死刑囚」とすべての書評の見出しに〝死刑囚〟という文字がみえ、評者は著者がT大学を卒業したインテリの殺人犯であることを強調し、その事実に凭れ掛って批評していた。大方は文章の達意をほめ、神への痛々しい叫びに同情しながらも、著者の信仰が「理性の信仰にすぎない」とか著者が「冷たい愛を知らぬ人らしい」とか批判するのを忘れなかった。この種の本に懺悔と改悛《かいしゅん》の記述をもとめるのが読者の型にはまった期待であって、その期待かららはずれた分だけ批難するのが評者の常套らしい。「このように理性の信仰しかもちえない著者であるからこそあのように冷酷な犯罪を犯したのである」、「あれほど残虐無残な殺人を犯しながら被害者への罪の意識について片言隻句《へんげんせつく》も言及されていないのは納得できぬ」、「著者の非情で病的な人格はこの本であらわである」、「あのように兇悪な犯罪者でありながらこのように知性がすぐれている著者はまさにヒットラー的な怪物である」云々《うんぬん》。結局のところ人々は珍奇な現象でも発見したように他家雄の本に注目しながら、自分たちの予想する内容がそこにもられていないことに失望したのである。

いや、彼らは著者の懺悔と改悛を予想すらしなかったのではないか。最初から著者を懺悔と改悛のできぬ人間と思いこみ、その点ではむしろ予想どおりであったことに喜びを覚えたのではなかったか。〝冷酷な〟〝残虐無残な〟〝非情で病的な〟〝兇悪な〟とまるで新聞の社会面から拾ってきたようなありふれた形容詞をつらね、著者を攻撃したのはそのためであったろう。

彼らの意見は、並木宙の序文から来たのかも知れない。そこには精神鑑定の結果、楠本他家雄が〝無情性精神病質者〟と診断されたことが紹介されてあった。

「……ここで楠本の精神鑑定について述べておきたい。当時予は弁護士としてこのような知的にも優れているといえる人間がなぜあのような犯罪を犯したかという原因について疑義を生じそこに何か病的なものを覚えたものだから犯罪学者としても精神医学者としても著名な松沢病院の相原鐘一博士を精神鑑定人に申請しその結果裁判官の命により精神鑑定が行われた。相原博士は楠本を松沢病院に二ヵ月入院せしめて身体精神の状態を詳細精密に検査した結果鑑定書を作成した。それによれば楠本は『無情性精神病質者』とのことである。

無情性精神病質者とは精神病者ではないが性格に著しい偏《かたよ》りのある人間で、良心、利他心、博愛、同情などの高等な精神能力をもたない人間である。この種の人間は道徳感情に欠陥があり、無恥で他人の運命についても無関心であるがしばしば知能は優秀で、道徳的欠陥と知的能力の併存が奇妙な印象を与えるという。

なお相原博士によれば無情性精神病質者は生れつきであって改善は困難ということであるがこの点予は多少博士と意見を異にする。すなわち楠本他家雄は犯行時はあきらかに他者への同情を欠く無情性の人間であったがその後ショーム神父のもとで前非を悔い信仰の生活に入ってより人間性を回復していったのであってその点人格上の顕著な改善が認められるからである。しかしなお楠本の心には他人への同情の念が稀薄《きはく》であり、この点は本手記にも読みとれる。すなわち本手記にはただの一行も被害者ならびにその家族への罪の意識が表明されていないのである……」

或る日ピション神父が言った。

「タケオ、タケオの本、ひょうばんね。わたしは日本語の本を読むと頭いたくなるから読まないのよ。新聞ぐらいなら読むけどね。タケオの本、もらって見たけど新聞よりむつかしいからね、修道会のシスターに読んでもらって聞いていたよ。むつかしいけど大体わかったね。タケオは信仰を無くしたのかね。心配よ。洗礼を受けたのに不安だと書いてあったね。それはよくわかるよ。洗礼受けても本当の信仰に入るとはかぎらないからね。でもね、わたしにそれを言うのはいいのよ。本にそう書くと誤解されるのね。日本人はキリスト教を誤解しやすい、ほんと言うと、誤解したがってるから洗礼てそんなものかと思っちゃうよ」

「はい」と他家雄は一応は答え、すぐさま神父にすがるように言った。「わたくしは本当に不安なのです。あの時、あの洗礼の聖なる時間に罪に迷った百匹目のケダモノが神の御手に帰ったはずですのに不安なのです。あの時、宇宙はその意味を全的に変えた筈なのに、この頃は駄目なのです。神父様」

「タケオ、神に愛されている者ほど早く死ぬことを知っているの。タケオは早く死ぬ人なんだよ。だから神に愛されているのよ」

「神父様、しかし……」

「こわいのね、死ぬのが。タケオは助かりたいからあんな本書いたんでしょう」

「神父様」他家雄は強く抗議しようとして神父を呼んだが、神父の激しい口調に黙りこまされた。

「いけないよ。それはいけないよ。あんな本は書いちゃいけなかった」

ピションン神父はかぶりを振った。平素の南仏人らしい陽気さはかけらも無く、その褐色の顎《あご》鬚《ひげ》は震え、怒りが全身で表現されていた。と、唐突に険しい表情がゆるんだ。

「ねえ、タケオ。外の世界に何かはっぴょうするより自分の心のほう大事にしましょう。お兄さん、ムッシュ・イクオもそう言ってた」

「兄に会われたのですね」他家雄は、神父の批難が兄の意見の受売りであると推測すると、半ばは安心し半ばは失望した。

「会いました。お兄さんとはよく会うのよ」

「そうですか」他家雄は弱々しく溜息をついた。もともと本を出版したのは自分の意志というより並木宙のすすめによる。手記を雑誌に連載したのも本にしたのも〝学術的資料として〟であった。むろん幾分かの発表欲がなかったわけではない。文芸誌の新人賞に応募し次席となって、二、三の創作をすすめられて書いたのもそんな〝欲〟のためだったと思う。この〝欲〟のため、シスター国光（なぜ修道会を出たのだろう。あの人は修道院生活の悩みを全然明かしてくれなかった）のすすめで『あこがれ』に獄中記をのせたりしたのだが、この頃そういうことが空《むな》しく思われる。

空しさはピション神父が「こわいのね、死ぬのが」と言った時他家雄が覚えた空しさでもある。神父ですら一つの型にはまった視野の中でしか、彼を見ていないと知ったときの、その空しさである。「死刑囚である以上、死をおそれている筈だ」とか「死をおそれぬ死刑囚はけしからぬ」とか人は言う。しかし彼には、死よりもおそれているものがある。それがわかってもらえないのだ。そのことに比べれば、一切は空しい。まして本の出版などどうでもいいことなのだ。それをうまく表現できたならば。〝空の空、空の空なるかな、すべて空なり〟

霞女史はかなりながい間話し続け、それからふと黙りこみ不思議そうにこちらを眺めた。他家雄はプラスチックの硝子のなかで自分が陳列棚の商品になった気がした。彼が軽く会釈してみせると女史は心配げな表情に変った。

「あらら、御気分でも悪いのじゃございません。お顔が青くらっして……」

「はい。ちょっときょうメマイがしましてさっきまで臥せっておりましたものですから」

「それはよろしゅうございません。血圧が低くてらっしゃるのじゃございません。宅が、いえね、宅は実は内科の医者でして、紺屋《こうや》の白袴《しろばかま》で低血圧がありまして、よくメマイをおこすんでございますよ。おかしゅうございますが、宅とわたくしは同い年でございまして、年のことは何でございますがあなた様ともたしか同い年で、不思議に三人が同世代でございますのよ。それであなた様が戦争についてお書きになったことなど、わたくしども夫婦にはようく痛いほどにわかりますんですの。まあこの年になられますと御体をお気をつけになりませんと」

「ありがとうございます」

「でもここはよいお医者様もいらっしゃいますし、いえね、宅は実は、昔、まだ東北の大学出たての頃、刑務所の医官をしていたことがございますんですよ。ここではなくて、仙台のほうでございますが、そんなことで、わたくしが会の仕事なんかするのに賛成してくれまして、資金面の援助なんかにも、まあわりと寛大でございまして、こういうところの御医者様には案外よい……そのう……人格者がいらっしゃって、ほんとにみなさまの面倒を献身的にごらんになる方がおられると申して……」

「ハイ時間です」と若林看守部長が小声で言った。

霞夫人は話を中断され、びっくりしたように細い目をこじあけたが、息を吸いこむと一気にまくしたてた。

「よろしゅうございます。きょうは大体あなた様の御意志を知らさせていただき、帰りまして国光さんはじめ会の方々とも相談いたし並木先生にも御報告申しあげます。ほんとに突然妙な女が面会に来て、びっくりなさったでしょうね。すみませんでした。これからもどうか、出版のことは別にいたしましてもわたくしどもの会と末長くお付合下さいますように。それから為さん、舟本さんですか、あの方にお会いになりましたらどうかよろしく、わたくしのほうでも決して忘れはいたしませんので。はい（彼女は看守に頭を下げた）これでやめます、帰らせていただきます。ごめんください」

彼女が立上ったのと同時に他家雄も立った。他家雄は深く腰をかがめると、そのまま相手を見ずにくるりと体を回して扉へと足早に歩いた。

8

砂田の房に番号札がなかった。明日の処刑の準備のためどこかの特殊房に転房させられたのだ。名札のあとだけ幾分壁の塗料が濃い。あの男が、明日、確実に死ぬという事実がその濃い塗料からありありと迫ってきた。大田の房では番号が変っていた。大田は四〇番だが、それが二〇〇番になっている。その覚えやすい番号は唐沢のだ。唐沢は学生運動家で他囚への悪影響があるということで何かというとゼロ番区の端へ移されたり他の階に送られたり、要するに頻繁に隔離させられている。河野のやつ喜んでいるだろうな。河野は三年前に唐沢の隣にいてその影響でマルキシズム関係の本を読みだしたのだ。それがわかって二人を〝隣房不適格者〟同士にしたことを〝官〟のほうで忘れてしまったのか、それともほんの臨時の処置なのか。

「大丈夫だったか」と田柳部長が言った。何か冗談を言いたそうな顔付きである。それを察して他家雄は頭をかいてみせた。

「体に自信はなかったんですが、相手が相手だったもんですから」

「そりゃオナゴを見れば、いい目の保養だったろう。いくつぐらいだ。若いのかの」

「それが五十過ぎの……」と他家雄は嘘をついた。

「チョチョチョ」と田柳部長は舌打ちした。「まあ仕方がないな。それでも女にゃちがいない」

「はい」他家雄は笑顔で言った。

扉が閉められた。瞬間に、吹き消されたように笑顔が消える。急に脚の力が抜け立っていられない。蒲団に横になって目を瞑ると、どうにか外界に開いていた心が急速に閉じ、何か冷い硬い塊となって真黒な井戸の底へと落ちていくような気がする。

「駄目だ」と彼はひとりごちた。

おれは落ちていく。深い黒い井戸に沈みいく無数の青白い死者の一人として落ちていく。底は深く、深い底は遠く、底の底は深く遠く暗くそこには到達できず落ちていく。それだ。しかしそれは死の恐怖などではない。

おれは明日と明後日の二日間は生きられる筈だ。明日、処刑されるのは砂田であっておれでなく、明後日は日曜日で処刑がないからだ。

もしかしたらおれの死は月曜日かも知れない。あと二日とちょっとで殺されるのかも知れない。

それはかも知れないということをおれは知っている。おれの知っていた何十人の男たちもかも知れないと思いながら或る日突然に生を終えた。そしておれも彼らの一人になる、それはもう確実で明らかなことだ。

人間の未来におこる唯一の確実な出来事は死だが、おれにはその確実な出来事が間近でしかも恥辱の形で迫っている。

にもかかわらず、おれはそれほど恐がっていない。おれがそれをおこすのは、恐怖とは別次元のことだとおれは知っているし、死に直面してむしろ平気でいるおれ自身におれは驚いてさえいる。

ふとそれが終った。底に到達した感じがある。例の地獄に来た。闇の中にわずかな光が射す。

悪。おれは悪という字そっくりだ。残念ながらおれはこの字の中にもぐりこんでしまっている。


「神父様、悪とは何ですか」

「悪とは善の欠如した状態です」

「悪とは、そうすると、善に対して二義的なのですか。善がなければ悪はない」

「その通りだ、わが子よ」

「しかし、わたしたちの上に現に強く悪の力がはたらいています。それは何なのですか」

「そんなことを考えるより、お祈りをなさい」

「しかし神父様、神が悪を許し給《たも》うは、その悪より善を導き出すほどに全能だからであると聖アウグスチヌスが言ってますが、本当でしょうか」

「………」


悪がなければ善はない。

イエスは悪魔との対話から出発したのではなかったか。

闇がなければ光はない。

この世はわずかな光にすぎぬ。この世の外側には広大な闇がある。光が消えれば闇が来るのだ。

『自然の中の人間の位置』をおれは思う。百万年前か二百万年前か、正確には分りませんが、大分の昔、地球上に人類が発生しました。その時人類は闇の彼方《かなた》より来てこの世に光る存在となったのです。そして一人一人がこの世を照らす小さな光でした。一人一人は死んで小さな光は消えましたが、人類という光の帯は残ったのです。しかし、それに初めがあったということは終りがあることです。いつか人類は亡《ほろ》び、光は消えねばなりません。人類は闇の彼方に去るのです。

初めがあるものには終りがある。
人類には初めがあった。
故《ゆえ》に人類には終りがある。

人類を支えているものは闇であり虚無であり、悪なのだ。そしてこの闇から生れた人類をすこしでも光のほうへひきよせる力、それが……（言葉はここで消失する。しかしその先には言

葉で言えぬ何かがある)

おれは目を開く。金網の中の裸電球を、天井の亀裂を、丁度旅人が偶然出会った廃墟の壁のように、おれが偶然出会ったものとして見る。それらは空しく消滅すべき運命にあり、いつかはかならず消滅しなくてはならない。Y字型に走る亀裂は壁が重みにどうにか耐えている証拠である。それはいつの日にか重みに耐えず崩壊するだろう。Y字型の亀裂のむこうから浸み出すものは闇である。それに重みを加えているのは稠密な闇である。闇の重みで、天井は壁は窓は、この小室の一切は撓《たわ》んでいる。それらは石や鉄やコンクリートや埃や硝子やその他の材質の組合せであるがそれらが作られたものであるかぎりそれらは分解されねばならず、なぜなら初めのあるものには終りがあるからだ。それらは崩壊し、おれも死ぬが、その消滅の速度にそれほどの差はない。

おれは外の世界を思う。おれの見た最後の情景が浮びあがる。雨が降っていた。裁判所を出たところで護送車は車の大群に取囲まれ、天皇の住む贅沢な城の前で長いこと停っていた。車が、汚れたトラックも豪華な高級車もおしなべて、例のぎこちない単純な装置で雨滴を払っていた。それが何やら滑稽でおれは笑ったものだ。この世は何と一律で没個性に出来上っていることか。しかしすぐおれは笑いやめた。控訴棄却の判決を受けた直後に笑うことが不謹慎だと思ったせいもあったが、おれの見られる最後の街の光景をよりよく見たいと思ったからでもある。いや、なによりも、街が古びて崩壊の予兆を示していることに胸をうたれたからである。おれは焼野原であった街を知っている。焼野原の上にビルが高速道路が車の群で塡《うず》められた道路が出来、それらは早くも古びて壊れかかっている。

一切は変る、というだけでは足りない。一切は消滅する、と言うべきだ。その時、この世を支える闇と虚無についておれは確かな透視力を持っていたわけではないが、何かを感じてはいたのだ。

その日、閉廷が告げられた時おれは廊下で一人の女性に会った。二人の看守にひかれ、前手錠の姿で歩いていくおれの前を遮るように彼女は佇み、それから驚いたように身をよけた。三十過ぎの小作りの美しい人で、黒伊勢崎の着物がよく似合った。おれは彼女と視線が合ったとき目をそらさなかった。看守からせきたてられた時、おれは気がついた、彼女こそおれが殺した人の妻であったと。もし早く気がついていればおれは本当に涙を流して謝ったであろうものを、目を伏せてその顔さえも見られなかったであろうものを。残念ながら彼女はおれがおそれげもなく見続けたと思ったであろう。

おれは彼女がおれを憎み続けてきたことを知っている。おれの謝罪文はすべて返送されてきたし、母の訪問も断り、母によれば週刊誌におれへの怨みつらみを綴った文を寄せたという。

彼女はおれを許しはせず、そのことをおれは悲しむ。おれは、殺されたアラビア人の家族のことすら思わぬムルソーのような人間ではない。おれは悪人であり、その規定から金輪際脱《のが》れえぬ者であり、そのことのほうが、死刑囚であるよりも幾十倍《いくそ》も苦しいことだ。

霞良子女史の丸い頰の上で笑っている皮肉な目が思い出される。「年のことは何でございますがあなた様ともたしか同い年で……」あの中年女とおれが同年だということはおれも中年になったということだ。獄中にいた年月は数えれば十六年となるが、そこには十六年の充実はなく、逮捕された二十四歳の若者の気持でいることが多いので自分が中年男だと指摘されると意外だ。

シスター国光が退会したのはなぜか。『あこがれ』編集部はなぜそのことを知らせてくれなかったのか。霞女史の来訪について手紙までくれながらそのことを黙っていたとは国光嬢も水くさい。水くさいと言えば、ピション神父も幾久雄兄も真季雄兄も母も所長も田柳看守部長も二瓶看守も、みんなみんな水くさい。ショーム神父が逝《い》ったあと、心底からうちとけて話せる人は玉置恵津子だけだ。「金曜日は午前中で冬の期末試験が終るので、その足ですぐいきます」と書いてきたけれどもこの吹雪にはばまれたのか。それとも病気かしら。恵津子に会いたい。

最初の手紙はたしか一年ほど前に来た。『あこがれ』に連載中の獄中記を読んで手紙を書く気になった、大学で心理学を勉強中なので拘禁心理に関心があるから教えて欲しいと率直に述べてあり、箇条書の質問が十ほど書き連ねてあった。おれはアンケートに対する回答という形で返事を認《したた》めた。折返し礼状が来た。それは左下に小熊や兎や栗鼠《りす》のブラスバンドの漫画が印刷されてある、ちょっと中学生でも使いそうな便箋で、しかも香水がひどく匂った。

「お返事いただきすぐ見られず翌日やっと読みました。ごめんなさいね、こわかったんです。あんな質問しておいてこわいなんていえた義理ではないんだけど、正直にいいますと刑務所とか死刑囚とかやっぱりこわくてお手紙見たら震えあがり彼に読んでもらいました。彼って今年卒業したのに目下失業中、わたしは学部の四年生だから一年だけ先輩のくせにもう三つか四つ年上みたいにいばってるの。ですから読み聞かせてもらったてのが正確です。胸が重くふさがり、きのう一晩眠れず——これちょっとおおげさ、実は寝付きのよいわたしが一時間ほどてんてんはんそくしました。きょう神田の本屋で『十人の死刑囚』という新刊書みていたら、偶然あなたのお名前がのっていたので買い、いま読みおえたところで、事件のことはじめて知りました。その頃わたしは幼稚園で事件を知らずあなたのお手紙で頭が一杯でなければ『十人の死刑囚』も読まなかったでしょうに、これ運命ですね。事件について読んだこと書かずにおこうと思ったけれどわたしってないしょごとが下手でなにか人にかくすとぎこちなくなっちゃうの。でもあの本、一種のショック療法になりあれ読んで心が決りました。もう平気であなたのお手紙手にとって読めるのです。

あなたはわたしの心に痛いピンを刺してしまわれたの。友達が間違って刺したピンの痛みに耐えた小さき花の聖テレジアの真似をしてピンを刺したままにしておきます。あらあらピンを刺した人にピンのことを告げるなんてなんという聖テレジアでしょう……」

「そうです。ぼくは殺人者で死刑囚です。世の方々はぼくを見るとき、それ以外の特質をぼくに見ません。ジャーナリストをはじめ知友縁者みなさんがそうです。みなさんがぼくの顔に罪の印である入墨を認めるけれども、誰も、ぼくがかつて人間であり、今も人間であることを見てくださらないのです。それでありながら、みなさんはぼくにやさしい言葉を、まるでぼくが殺人者や死刑囚でないかのように親しみをこめた手紙を書いてくださいます。そのことに感謝しつつ、どこかでぼくはぼくに対する故意の隠蔽《いんぺい》を、ひそかな違和感の表明を感じとるのです。だれもあなたのように率直に言って下さらなかった。あなたの御手紙を読んでぼくは重荷がおりた気がします。あなたは、殺人者で死刑囚であるにもかかわらず、ぼくを一個の人間と見てくださるのだから、ぼくは嬉しいのです……」

女子学生と囚人の文通はそんなふうにして始まり、時折の中断はあったがともかく一年の間かなり頻繁な書簡の往来が続いた。それがほかの人たち、神父、修道女、信者、読者などと比べてとりわけて内容が重く充実していたというわけではない。しかしおれは彼女に書くことが楽しく、書くとすぐ彼女からの返事を心待ちにした。こうして毎日顔を合すように頻繁な手紙のやりとりとなった。おれは、彼女あての便箋を開きっぱなしにして、いつでも、暇のあるたびに、書いていった。二人は顔を知らない。純粋に言葉だけの付合だ。会わないほうがいいとおれは思っていた。ところが突然来訪するという速達だ。

「金曜日に行きます。冬の期末試験は午前中で終るので、その足で大学を出れば午後の早目に着くはず。なんだって急に行こうと思うようになったか。わたしにも分りません。たぶんあんまり暖かで春めいているからかしら。そう、春のせいにしておきましょう。でもこわい。一目見て、なんだこんな女の子だったのかってあなたが思いやしないかって。でも行くと決めたから行くの。行ってみるの」

急に睡くなってきた。さっき飲まされた精神安定剤のせいらしい。砂田は今頃睡眠薬で眠っているだろう。「あの、先生。ぐっすり眠れるだが、そのかわり、時間になったらぱちって目が覚めるって具合なのを願いますよ」さっきから誰かが話している。河野の怒ったような声ともう一人のなだめ声は唐沢らしい。しかし不断にくらべるときょうはあたりがまったく凍りついたように静かだ。分厚い氷に息を吹きかけるような河野と唐沢の会話だ。片端から凍結していく会話、瀕死の男たちの痙攣のように無効な声帯の運動。街も息をひそめて静まり返っている。雪は降り続け街は白に埋れている。接見所に行く途中の廊下の窓は白く縁取られ、中庭のヒマラヤ杉は銀糸で編んだように白く輝いていた。白一色、単純そのものの白は実はあらゆる色が集った結果だという。〝汝らの罪は緋《ひ》のごとくなるも雪のごとく白くならん〟とは何と逆説的な言葉であろう。砂田は雪によって清められようとしたが、つまるところ悪という黒い字を白の上に描いただけだった。睡い。意識に白い霧がかかってくる。しかしおれは砂田のように眠りたくはない。おれは……おれは左の手の甲に爪を立ててみる。痛い。「痛い。しかし、あんた、それを恐れてちゃ男じゃねえ。大事なのは切り落した指をよく洗って、塩漬けにして、先方へとどけることでさあ」

白い烟霧《えんむ》が流れている。そこは中学校の校庭で、大勢の少年たちが駆け廻っている。べらべらの粗末な生地の、おそらくは戦争中のスフの制服のようなのを着て、体を動かすたんびに糸屑を落していく。ついに少年たちは素裸で走っている。両脚で走るという能力、他の子より早く走ることが少年たちの世界では称賛される。大人のような毛脛《けずね》を持つくせに鈍重な子をからかいながらおれは逃げ、得意な気持で次の小さなまるで赤ん坊のような子を追い、横から出てきた安藤修吉そっくりの少年の追跡をかわして笑う。おれの脚は形よく、しなやかで、動くこと笑うことが喜びであるような若々しい時間がそこにある。しかしおれは不意に一人でいる、おれは今おこっていることが、未来のこと、おれが死んでしまったあと二百年ほど経った時だと気がつく。おれは思う、おれの墓がどこかにあるはずだと。

霧の中から奇妙な塔が現れた。のっぺりとした窓のない塔で赤黒く光っている。入口の柱に触ってみると柔かい。おれは階段をあがっていくが階段もぶよぶよと柔かい。赤黒い壁と天井が続き、やがて丸い部屋に入った。ねっとりとした水の中に数人の男たちが浮いておりまるでホルマリン漬けになった医学標本のようだ。おれは一人の裸の男の胸に弾丸で抉《えぐ》り取られた穴があるのを認める。それは屍体だ。隣の痩せた老人は癌で死んだらしく肩や脇腹に瘤《こぶ》のようなものができている。その隣には火脹《ひぶく》れになった少年、そしてその隣の男にはどこにも死の原因が見出せぬ。そのうち首をめぐる金鎖の下に細い赤い線が刻みこまれてあることがわかる。それは絞首刑にあった囚人だ。健康に発育した胸や手足や性器は医学標本としては完全であり、それ故に大切に保存されているらしく、この首の金鎖は、そのためなのだ。おれは囚人の顔を見る。何とそれはおれ自身だ。あわれな奴とおれは思う。すくなくとも、いまのおれはこの囚人とは無関係だとおれは誇らかに思う。しかしそう思ったとたん、心臓がずしんずしんと脈搏《う》ち異常に強い痛みをおれは首のあたりに感じる。

おれは自分の首を指先で撫でてみる。そこには何の痕跡もなく、自分が生きていることに幾分の安堵を覚えるが、しかしここは狭い独房の中である。広い自由な未来から、何とみじめな現在に戻って来たことか。あの屍体よりもっとみじめなのがいまのおれだ。おれはまだあのように立派で完全な医学標本にすらなれず、狭い空間（三歩で壁、三歩で壁）、わずかな時間（いま、この一刻、二日半後、常に明日か明後日のあたり）に幽閉されている。おれは、ずしんずしんと心臓が脈搏つ音を、その異常に大きな音を聞いている。いや、それは壁の中から響いてくる。河野だ。河野が四点打の合図を送ってきている。起きあがるのがいやだが返事をしないとあとでいろいろうるさいと思う。鍵が穴にふれた。田柳部長のらしい、手慣れた簡潔な鍵音がして、予想どおり田柳部長の声がおりてくる。その瞬間、事情を察した河野がぴたりと合図をやめる。

「先生だ」

「あ、ねてていいですよ。そのままで。気分どうかしら」近木医官の浅黒い顔と白衣が見えた。彼は靴を脱ぐと畳にあがりこんでくる。

「それでは」と田柳部長が敬礼して引下る。

「はい」近木は会釈し、歯切れのよい口調で言う。「ドアは閉めといていいです。ちょっと時間がかかりますから。終ったら報知機おろします」

扉が閉まると、房内に二人が閉じ籠《こ》められた形になった。ニコチンとポマードの臭いが鼻をつく。それは外部の人の臭いだ。それから饐《す》えた汗とも吐瀉物ともとれる奇妙な臭い、多分この若い男の体臭だ。おれはゆっくりと、少しつらそうに顔を顰《しか》めながら起きあがる。

第二章　むこう側

1

同じ金曜日の午前中のことだ。鉄格子の前に来た近木は唇を嚙んで立止った。鍵が見つからない。白衣のポケットに入れておいたはずのが無くて、背広のポケットの底に手帳やライターやシガレット・ケースと混ぜこぜになっていたのを引摺《ひきず》りだした。細長い棒の先に小さな突起のついたドライヴァーのような鍵で、これを鍵穴に入れて不用意に廻しても手応えなく空廻りするのみだ。それには要領があって、少し上方から押すようにするとうまく開く。開いた鉄格子は閉めれば自動的に鍵がかかる仕掛だ。雪明りの渡廊下は雪原に止っている列車のようだ。近木は走るようにして歩いている自分に気付き歩度をゆるめた。この渡廊下は病室の患者たちからまる見えで、走っている医官は見ばがよくない。で、気取った風に肩を振って歩いてみせた。患者たちはむしろ無関心を装い、週刊誌を読んだり駄べったりしていたが、近木はそれでも見られていると強く意識した。最初の建物が内科病舎、次が外科病舎、三つ目が精神科病舎である。彼は病舎の中から敬礼してくる担当たちに機械的に会釈を返し足早に歩いた。何かボールを投げつけられては投げかえしている感じである。渡廊下のどん詰り、精神科病舎の入口に来て彼は息をついた。そこは〝避病〟と呼ばれた伝染病病舎を改造したもので、独居房が二十並ぶ小病舎である。待っていたらしい担当の山崎看守部長がすぐ鍵を開けてくれた。廊下の奥のほうで掃除をしていた看病夫が二人こちらにぺこりと頭を下げた。ここ精神科病舎は小さいけれどもともかく近木の管轄であり、ここへ来ると彼は義務感とともに一種の権力をもった誇らかな感じを覚える。

「朴《ぼく》はどうですか」とまず尋ねる。

「はっ」外套で着脹《きぶく》れした山崎は担当台まで重々しく足を運び、机上のメモをとり、眼鏡をかけて報告をはじめた。朝の注入した流動食はほとんどもどしました。血圧は百十五と八十二、体温は六度七分です。昨日から御指示に従って一分間の呼吸数を数えておりますが十四乃至《ないし》十七で、馴れぬものでときどき数え忘れましてと答える。耳の遠い彼は大声でしかも言葉がまわりくどい。

「要するに」と近木は自分も声を高めて言った。「変らないということですね。大田はどうですか」

「あれは、ずっと眠ったままです」

「そうですか。ほかに何か変ったことありますか」

「はっ」山崎部長は靴をかちっと合せて上体をちょっと前に倒した。「別に異常はありません」

「じゃ、朴からみますか。いや」鍵束をにぎって先に立った山崎を近木は制した。「まずそっと覗いてみましょう」

さっき医務部長とかわした会話を彼は思い出した。「近木先生、あの朴泰翊《たいよく》は執行停止にして松沢病院あたりに送ったほうがいいんじゃないでしょうか」「いいえ」と彼は答えた。「もうすこし、ぼくにまかせてくださいませんか。何とかやってみますから」「しかしですねえ、先生。ここはよくお考え下さらないと……」医務部長の鄭重《ていちょう》な言葉遣いには拒否の気持が含まれていた。

一番端の病室へ行き、視察口から窺うと猛毒ガスのような悪臭がまず鼻を打った。ベッドの端に一個の顔が、体から切離された頭蓋骨といった具合に落ち窪んだ両眼を見せていた。その口のあたりから吐き出された食物が四周に飛んでいる。顎も額も、シーツも枕も、ベッドも床も、すべて吐瀉物でべっとり汚れている。しかもよく見るとすぼまった皺だらけの口はまるで蛸《たこ》の口のように動き、そこから時折あらたな食物が吐き出されてくる。その食物は、けさ、近木がゾンデで鼻の穴を通して食道から胃の中へと流しこんだものなのだ。いったいどのような錬成によって朴は自分の胃を自在に収縮できるようになったのか。彼は胃の中に入っている食物を、全部一度にではなく、ごくわずかずつ、自分がそうしたいと思ったときに吐き出すことができ、とがらした口の先からは吐瀉物を好みの方向へ吹き出すことができるのだった。〝入病〟してきた当初、朴は目許《めもと》のきつい精悍《せいかん》な朝鮮人で、「食べると吐きたくなる。胃がわるいんだよ」と訴えていたが、その吐きっぷりがいかにもわざとらしいので、思いあまった内科医が近木に相談してきた。近木は精神医学の教科書に出ている〝ヒステリー性の食道痙攣《けいれん》症〟ではないかと思い、自分の病舎にひきとったのだが、その直後から朴は何を尋ねても黙りこむようになったばかりか嘔吐は次第に激しさを増し、どうかすると天井まで吐瀉物を飛ばすようになってきた。のみならず、朴は次第に食事を摂らなくなり一月前からは何も食べなくなった。栄養剤やリンゲル液の注射で何とか栄養補給をはかったがそれでは足りず、鼻からゴム管を胃の中まで入れる鼻腔《びこう》ゾンデ法によって牛乳や卵を注入したけれどもそうして入れた物もたちまち吐き出されてしまった。日一日と朴は痩せてき、もしこのままで衰弱がつのると生命にも危険があるという事態になってから近木はときどき医務部長に呼ばれ、拘置所医務部の手におえない場合は外部の病院に送って〝適切な加療〟をおこなうのが得策と勧められるようになった。それに対して彼は、何とか自分の力で朴を治してみせると言い続けてきたのだが、ここ数日朴の衰弱はひどく、強気で通してきた近木も折れざるをえぬ状況となっていた。

近木が目くばせすると山崎部長が扉を開いた。床一面は牛乳と卵と胃液の混ざったどろどろの液体に覆われていた。足元に注意しつつ、ベッドから二メートルほどの距離まで来て彼は身構えた。相手が吐きだす汚物の弾をすばやくよけねばならぬ。彼は無駄と知りつつ「朴、気分はどうだ」と呼びかけ、深い眼窩《がんか》の底に小さな眼がキラリと動いたのを認め、そこから電気のような刺戟《しげき》性の敵意が伝わってくるのを頬に感じた。「朴、気分はどうだ」ともう一度尋ねたとき、彼は相手の口の形に危険を見解《みと》きベッドの下手に廻りこんだが、その直後彼のいた場所にむかって汚物が放射された。

「これじゃあ診察できないな」と彼は山崎に向って苦笑した。

「いま、看病夫を呼びます」山崎はあわてた様子でとび出そうとした。

「いいです」近木は快活に言った。「ぼく一人でやってみます」

「しかし……」

「大丈夫ですよ。ちょっと朴と話をしてみたいし。ここは二人だけにして下さい」

「はっ」山崎は上体を軽く折曲げて引きさがった。近木は、思い切って朴の顔に近付くとその口をタオルで覆い、吐瀉物でべとつくシーツと毛布をはぎとり、肋骨《ろっこつ》の上でサーカスの天幕のように波うつ乾いた皮膚をあらわにした。聴診器を当てると心臓の疲労した音が、壊れかかった納屋《なや》を修繕する釘音のようにうらぶれて聞えてきた。トントンと打つと一回休む。またトントントンと打って、休む。よくない兆候だなと彼は思った。もし朴が死ねば何しろ外国人のことだから人権問題に加えて国際問題となり、医師の責任はまぬがれえぬ。元々監獄医となることを望んでいなかった彼にとっては馘《くび》になることは何程のこともないが、若い時より矯正医学界で飯を食ってきた医務部長にとっては一生の大事になるだろう。トントントンと打って、一回休む、この怠惰な働きぶりは予後の不良を証《あか》している。近木は朴の腹の皮をつまんで脂肪の厚みを調べ、皮膚が乾いたチリ紙のように頼りなく持ちあがったのを見てとった。提出すべき病況書の文章が出てくる。「診断　神経性嘔吐症　鋭意栄養補給につとめてきたが、ここ数日来栄養状態きわめて悪く脱水症状もみられ心臓搏動《はくどう》微弱で欠脈をおこし、このままでは生命の危険もあり……」汚物が顔にかかった。胃液の苦い味が舌に伝わってくる。油断をしている隙に朴のねらいが的中したのだ。が、近木は大して汚いとは思わない。その吐瀉物はけっきょく牛乳と卵と胃液の混合物に過ぎないと思う。彼は病況書の続きを考える。「……この際勾留《こうりゆう》の執行停止をおこない、外部の病院に入院させ加療せしめるのが適当と判断する」医務部長は、それみたことか、駆け出し医者のくせに上司の忠告をきかず、一月ほど無駄に苦労したな、という微笑で答えるだろう。しかし、と近木は考えこんだ。この朴という男、三十一歳の常習窃盗犯が自己の命を危険にさらしてまで食餌《しよくじ》を吐き続けるその真の動機は何なのか。彼は一審で一年半の刑を宣告され、いま、控訴中だ。嘔吐症になれば裁判を有利にしうるもくろみでもあるのだろうか。たしかに病者として外部の病院に移管される可能性はあるが、そうしたからといって裁判はながびくし、裁判官の心証をかえって悪くするばかりだろう。それに一年半ほどの刑（彼はすでに一年前後の刑を五回うけている）ならば早く結審させて、未決勾留期間を刑期の中に算入させたほうが有利である。とすれば朴が吐き続けるのは裁判への思惑のせいではなく、まったく単純に拘置側の人間への敵意のためではないか。近木は或る日朴泰翊の前科身分帳を繰っているうち〝接見表〟に次のような妻との面会記録を発見した。

内——この前担当がチョーセンとばかにしたのでなぐりつけたらチョーバツをくった。

外——あんまりコーフンしないでよ。

内——おれはヤツラと口きくのもいやだ。いまにみろ、死んでやるから。

外——コーフンしないで。ガマンして。

内——おれには覚悟がある。見ていてくれ。

この日付の前後の〝動静経過表〟を彼は熱心に調べてみたが、囚人の看守暴行の報告もそれによる懲罰の事実も記載されてはいなかった。身分帳の記入ではその種の事実が最も重要視されることなので、朴は面会に来た妻に、看守への憎しみを誇張し、担当を殴ったというふうに誇張して語ったのかも知れぬ。しかし「いまにみろ、死んでやるから」と決心した時から彼は吐き始め、吐いて吐いて、ついに死の一歩手前まで来た。窪んだ眼窩の底に溜《たま》り水のように光る目が「いまにみろ、死んでやるから」という決意を示している。と、朴のすぼまった唇がこちらを狙っているのに気付いた近木は攻撃が始まる直前に素早くよけた。が、余裕をもって脇によけたつもりがぬるぬると床を滑り、両脚を開いた無様な恰好で尻餅《しりもち》をついてしまった。あわてて起きあがったもののすでに足腰は冷たい汚物にまみれていた。嗤《わら》い声がした。朴の声だと思って振返ったが朴は無表情で、薄い唇をぱくぱくと開閉させているのみだ。近木は苦笑いして床にちらばった聴診器やハンマーなどの診察用具を拾いあげた。外に出ようとすると扉のところで物音に駆けつけた山崎部長と鉢合せしそうになった。

「どうなさいました」

「なあに、ちょっと転んだだけです」

「あらあ、先生、大変だ。おい看病夫」山崎部長は廊下の看病夫を呼びよせてどやしつけた。「きさまら、何をぐずぐずしておる。先生のお手伝いするんだ」

「いいですよ」近木は手を振って看病夫を追い払い、診察室に入った。洗面所で顔と手を洗ってから被害を調べてみると、白衣もズボンも上着も、いや下着まで濡れている。

「中まで透ってますか」山崎部長は心配そうに言った。

「ええ、しかし大丈夫ですよ、このくらい」

「いけません」山崎部長は年輩者らしい威厳をのぞかせて言った。「不潔だし風邪をひきます。

下着やワイシャツなら、わしのを貸してあげます。なに、非番の誰かに頼んで官舎までとりにいかせます。背広は洗濯場で大急ぎでクリーニングさせますから」

「いいんですよ」近木は電話をかけようとした老人を押し止《とど》めた。「下着やワイシャツは厚生部で買いますから。上着とズボンはこんなこともあろうかと予備が医官室に置いてあるんです」

「そうですか」老人は青年の世話ができないのを残念がる風で、電話機を撫でた。「しかしひどいヤツですな、朴は。先生がヤツの命をすくうためにどんなに骨を折ってきたか、考えんのですかね」

「もう馴れてますよ、こういうことは」近木は嗽《うが》いをしながら、老人に片目をつぶってみせた。まだ未経験な医者ではあるけれども、医者という職業が汚れ仕事であることは分っている。医者は他人の分泌物や排泄物と常に接触しなくてはならない。血、淋巴《りんぱ》液、唾、胃液、尿、大便、すべては気味の悪い有機物だが、こういった物を作りだす人間の肉体を不断に相手とするのが医者だ。近木は朴泰翊の光る小さな眼を思った。あの男の、衰えた肉体の中であの小さな眼のみが生きている。あの眼は、丁度何か気味悪い分泌物のような憎悪を示していた。自分はまだあの男の憎悪に馴れてはいない。が、あの男の胃液に馴れたように自分は憎悪にも馴れねばならない……。

くぐもった叫びが伝わってきた。何かを叩いている。乱打している。山崎担当は出ていき、すぐ戻ってきた。

「大田です。目が覚めてベッドから落ちやがった。泣いてます。どうしますか、先生」

「しばらくほっといてみましょう」近木は大田特有の甘ったるい泣き声を聞き分けた。あの男とも、これでもう一年四ヵ月の付合だと思う。

一昨年十月、彼が拘置所に赴任してきてまだ一週間も経たぬ頃のことだ、あの小柄な男は看守二人に両腕を支えられまるで重病人のようにして連れてこられた。浅葱の囚人服は洗い晒《ざら》しで、継ぎ目や端が白くほおけだち、男は寒そうに震えていた。「どうしたね」と尋ねた彼に男は全身を震わしながら、まるで謡曲でも唸《うな》るように節をつけて言った。「新しい、先生、かね。おれ、頭が痛くてよ、割れそうだよ、うん。もう、たまらねえだよ。こいつらにやられただよ。こいつらがいじわるするだ。先生かね、ええ、ほんとうに先生かね」彼が頷くと男は青白い額の下で目を不安げにまばたき、ふいに顔をよせて早口で囁いた。「ねえ先生、こいつら（看守を顎で差す）むこうにやってくれよ。本当のことしゃべれねえよ」彼が看守を室外に出すと男は急に親密そうに言った。「頭痛いのはうそだよ。おれ、ああ言わねえとよ、診察につれてってもらえねえからよ、ああ言っただよ。医務に今度大学から新しい先生が来たって聞いたからよ、いちど診てもらいたいと思ってよ、それであぁ言っただよ。本当はね、先生、おれ女に気がねえのが困るだよ。朝、息子がちっとも立たねえだ。ふにゃふにゃでなさけねえったらねえだ。こんところ夢精もしねえし女の夢も見ねえし、見る夢ったらおっそろしいのばっかだ。困って内科の先生に診てもらったら、笑うばっかしでよ、とりあってもれえねえだ……」黙って聞いていると男はとめどもなく訴え続け、彼は男の饒舌《じょうぜつ》を簡単な医学用語に整理してカルテに記載していった。陰萎《いんい》、不能、多夢、入眠障碍、食思不振、疲労感、倦怠感、胸部圧迫感、心《しん》悸昂進《きこうしん》、肩凝り、腰痛、背骨痛、下肢痛、頭重感、眩暈……とおよそ神経症の症状として考えられるかぎりの訴えが続き、ついに彼は吹き出した。「要するに、きみ、頭が痛くないってことを除けば体中の具合がわるいんじゃないの」男はぎくりとして話しやめたが、すぐ近木の笑顔に応じて笑い出し陽気な口調に変った。「なにしろ忙しいだから。こんなに忙しくちゃ体を悪くすらあね。何しろよ先生、いつ殺されるかわからねえ。あすにでもよ、殺されるか知んねえとなると忙しいよ。よし、あすん朝までに俳句の三百もつくってやるだって決心すんとさ、ぱあって俳句ができてくるだ。そうなると頭中にじゃかじゃか火がついて、かっか燃えてよ、ぱっぱってあとからあとから俳句が飛びだしてきてよ、忙しいよ。おれ、いますぐ帰って作らねきゃなんねえだ……」男は笑いながらいまにも駆け出しそうに足踏みをしたが、その激しいゴム草履の音に隣室で待機していた看守がのぞき見たほどである。しかしこの陽気な話っぷりはしばらくすると出し抜けに陰気な湿った訴えに移り、ついに泣き声まじりの愚痴となった。

「たすけてよ。もうたまらねえだよ、うん。もうがまんできねえ。ああ、たすけて、たまらねえだよ、苦しいだよ。アアア……」男は歯痛に泣く幼児のように泣き、叫び、ついには床をころげまわった。ほんの三十分ほどの間に男は、笑ったり泣いたり囁いたり叫んだり、ひっきりなしに変容を続け、いったいどれがこの男の本当の姿なのか分らず、近木はあきれて男を見守るのみであった。大学を卒業してから大学病院で一年半ほど臨床の勉強をしただけの彼は、まだこのような患者に出会ったことがなく、その驚きはすぐに強い興味へと変った。

男が帰ったあとで内科医の曾根原《そねはら》が「あの男はゼロ番囚ですよ。ゼロ番にはああいう感じのがよくいるね」と言った。近木はゼロ番囚が何を意味するかを知らず、この拘置所にもう十年は勤めているという曾根原の解説を熱心に聞いた。「ああいう感じっていうと、どういう感じのことですか」「つまりね、何て言いますかなあ、その、泣いたり笑ったり、てんで落着かない。まあ出づっぱりの興奮状態とでも言いますか」「なぜああなるんですかね」「切羽詰ってるんでしょう。いつ殺されるか分らないってえことになれば誰でもああなるんじゃないですか。引かれ者の小唄っていうじゃないですか」「なるほど……」近木は呟き、曾根原の、まだ四十前だというのに綺麗に禿げあがった頭をいくらか尊敬する思いで見た。

それからである。近木は暇をみつけては四舎二階のゼロ番区にある大田の房を訪れてみた。診察という名目で医官は拘置所内のどんな場所にも自由に入りこめ、時間をかけて囚人と話すこともできた。その特権を利用して、彼は大田を治療するというよりもむしろ相手から学ぶために訪問を続けたのだった。しかしつい二週間ほど前、彼は突然所長から呼び出しを受けた。

「先生は時々大田長助の房に行かれるようだが、何か目的があるんですか」

「はい」近木は質問の裏になにがあるかを読み取ろうとしたが、所長の表情は微笑の仮面の下に匿《かく》れていた。「目的って診察のためです」

「医務部で診察はできないんですか」

「できないことはないです。しかし精神科というのは一対一で話をしないとよく診察できないんです。医務部には精神科専用の診察室もなくて薬品倉庫を空けてもらって使ってるんですが、やっぱりうまくなくて、けっきょく独居房のほうがしやすいもんですから。あのう、何か不都合でも……」

「いやいや」所長は何だか顔に刻み込まれたような整然とした微笑を続けた。「事情がよく分りましたのでそれで結構です」

「しかし」近木は眉をあげ、自分の不快を悟られぬように気をつけながら所長を注視した。

「ところで」と所長は吹き消したように微笑をおさめ、それが本当の表情と思われる険しい目付で切り込むように言った。「大田はこの頃何か妙なことを言ってませんか」

「妙なことといえば、彼の言うことは妙なことばかりです。何しろ体中が痛いっていうんですから。とにかく会えば山のような訴えです」近木は微笑んだ。

所長は含み声で笑った。「山のような訴えか。ねえ、先生、ああいうのをノイローゼっていうんですか」

「ええ、それにはちがいありません。拘禁ノイローゼ」

「まああの男の境遇からみて可哀相なところもあるんだが……ところで、先生にはイケン訴訟のこと話しませんか」

「何の訴訟ですか」

「違憲ですよ。死刑が憲法違反だというわけです。第三十六条の〝残虐な刑罰〟に相当するっていう訴訟を提起してるんです」

「え、あの大田がですか」

「あの大田がですよ」所長は歯を見せて笑ったが、それは入れ歯らしく真白に整いすぎ、そうすると黒々とした髪も染めたもののように思えてきた。

「ヤツは、先週、東京地裁に訴え出ましてね。それで調べてみたら、先生が繁々《しげしげ》と大田を訪問しておられるので、何か事情を御存知かと思って、来ていただいたわけです。訴訟について大田のヤツ何か言ってませんでしたか」

「いいえ。その話は、いま、初めて聞きました」

「ああ、先生は御存知なかったのか」所長は三度頷いた。「そうか。いやそうするとあの大田長助も大した役者ですな」

「本当です。驚きました」

「まあ、何かあったら教えてくださいよ。違憲訴訟となるとこちらも神経を使わにゃならんのでね」

それから二週間ほど近木は大田に会いに行かなかった。自分の行為を所長に監視されているようなのがいやだったし、大田が自分に断りもなく訴訟を開始したことが不愉快でもあった。ところが、けさ突然、大田が運動場で吐いたという電話に驚かされたのである。近木は保健助手に命じて大田を医務部に運びこませた。しかしそこで何を問いかけても大田は返事をせずまるで人形のように動かなかった。ためしに太股の内側（そこは知覚神経が密に走り痛みに敏感なところだ）を抓《つね》ってみても反応がない。が、気を失っているわけではなく、瞳孔《どうこう》に懐中電燈の光を当てると意識のある人のようにいきおいよく縮むことがわかった。とにかく入病させて様子を見ることに彼は決めた。

叫びが少し弱まった。叩いているのは扉らしいが、それも跡切《とぎ》れがちだ。扉を叩くのをやめた。泣き声らしいのが聞えてくる。何だかわざとらしい。いったいに大田は日頃からわざとらしい所作が多く、何をしても大袈裟な男である。そう言えば運動場で倒れて吐いたのも、医務部で人形のように動かなくなったのも、どこかわざとらしい。それを入病したいための演技とも疑える。そしていまは、病棟に来た近木の足音を聞きつけ、何とか自分のところに来てもらおうと騒ぎたてているとも考えられる。いったい本当の病気なのか演技なのか、両者の区別が曖昧だ。近木は爪先立ちで足音を忍ばせ、大田の部屋に近付いた。

扉の内側にうずくまり「アァア……」と泣いている男が見える。近木は視察口に目をつけたまま息をひそめる。大田は目をこすった。病衣のはだけた胸が光っているのは涙で濡れたためらしい。近木は、音をたてぬよう慎重に鍵をあけると唐突に扉を押して中に入る。大田はびくっと身をひいてこちらを見上げた。

「どうした大田、寒いのか」

大田は頭を振ったが、体全体が小刻みに震えているのでそれが彼に答えたのか無意味な動作なのか判定できない。

「なぜ泣いてるんだ。話してごらん」

大田はしきりと頭を振り、紫色の口を尖らした。それが朴泰翊が唾を吐くときのすぼめ口にそっくりで近木は用心したが、出てきたのは切れぎれの声音であった。

「コ、コ、コ……」

「そうか。まあ落着いて話しなさい。さあ立って、そうそう、さあベッドに横になって……あ、大丈夫です」近木は扉口から覗いた山崎部長に会釈した。「ぼく一人にしてください」

横になった大田は土の上に放りだされたミミズのように体をくねらせていたがそのうちひょいと起き上り、また小刻みに震え始めた。しきりと着物の襟を合せている様子はいかにも寒そうだ。小柄で痩せた体が栄養不良の子供のようで、涙が鼻の孔《あな》から流れて上唇を濡らしている様子がこの男の幼年時代を連想させる。やせっぽちで小さいためみんなから莫迦にされたというその時代に、いま、彼は戻ってしまったかのようだ。或る日彼は溜息をつきながら言った。

「おれは、よう、学校、きれえだったなあ。ほんとにきれえだったよう、先生。いやでいやでいやで、もう大きれえだったよう。いじめられたもんなあ。みんなしていじめやがっただよう。オヤジがブランブランだっていうだよ。オヤジは土工にいって腰にツルハシとおされて足がブランブランで百姓できなくて兎の飼育やってたから、ブランブランていわれてただ。おれのことをブランブランの長助ていいやがるだ。小学校へ行ったらその日によ、友達がみんなしておれを圧しつけてよ口んなかに糞をつっこみやがった。誰かが兎の糞を用意してやがっただよ。泣きながら家に逃げてけえったけどよ、すぐ先生が連れにきてよ、学校の廊下に立たされただ、うん、おれが悪いんじゃねえのによ、立たされてよ、みんながまたそれをはやしたてるだよ。だから学校、もう大きれえだっただ。だけどよ、家に逃げてくりゃオヤジにぶったたかれるし、学校へいきゃ先生に責められるしよ、もうどうしようもなくて山へ逃げるとよ、おれの村は谷間にあって山なんてうんとこさあったから、山へさっさと逃げるとよ、放課後友達がみんなして山探しに来るだ。ブランブランの長助はどこだ、ブランブランの長助出てこいって、竹竿だの木刀だの持ってほっつきに来ただね。おれはとっつかまんねえように逃げて逃げてかくれるだがよ、ときたまへマしてとっつかまっただよ。そうするとみんなはおれをまる裸にしてよう、藁縄《わらなわ》でぐるぐるまきにしてよう、ケツの穴に砂つめこむだ。泣くと口んなかにつっこまれるからぎゅっと口をむすんでよう、痛いのを我慢してるだ。うん、いたかったよう、それはそれはもうヒリヒリするよう。ある時なんかケツが破れて血がドクドク出たらみんなぶったまげてよう、逃げてっただね。先生、おれのケツ見てくれよう。いまだって変にひっつれて、よく閉らねえで、糞がとびだすだから」そして近木は外科医の滝に頼んで大田長助の肛門を診察してもらった。「これは痔じゃないですね。何かで肛門を無理にひろげた跡ですね。括約筋が一つ切れてます。手術してつなげれば治りますが」近木は、いま、大田の涙に濡れた紫色の唇から紫色の尻のくぼみにあった歪んだ紫色の肛門を思いだした。この小柄で痩せた栄養不良の男の中心に一本の管がとおっている。くたびれて弛緩《しかん》したあわれな管。

「ねえ、大田。ぼくだよ、チカキだよ。わかるかね。そう、こっちを向いてごらん」

「コ、コ、コ……」

大田は物言いたげに口を尖らしたが言葉は出てこない。近木は辛抱して待った。こういう場合性急に話させようとしても効果はない。ながいあいだ沈黙していた男が、いま、やっと何かを語りたがっているのだ。待っていれば男は語り始めるにちがいない。五分間待ってみよう。彼は腕時計を見た。十一時二十二分。そう、きりがよく十一時半まで待ってみよう。それにしてもこの部屋は寒い。最近内科と外科の病舎にはスチーム暖房を入れたのに精神科病舎は危険だから入れないということだ。危険とはすなわち錯乱患者が暖房器具を破壊する危険を指すらしいのだが真意は精神病者は心の病気であって体は健康なのだから、健康な者がいる舎房に暖房がない以上ここにも入れる必要がないというわけだ。このことでは拘置所に赴任早々医務部長と議論した。新任の弱輩が小生意気なという口調、物を知らぬ年少者をあわれむ苦笑、どうやら自分はあの時から医務部長の心証を害したらしい。十一時二十四分。窓が少し開いていて雪が舞い込む。こんなに寒いのはそのせいだ。汚物に濡れた脚が、背中が腰が冷えこむ。はやく着換えぬと風邪をひくだろう。朴泰翊を執行停止で外に出せば医務部長は喜ぶ、喜ぶとともにおれを軽蔑するだろう。はじめから自信がなかったのに空威張していたと思うだろう。思っただけで彼はあからさまには何も言わぬだろう。あと五分、まだ大田は何も言いだせず口を尖らすのみだ。近木は大田に頷き、背中を撫でてやった。病衣の下にあると予想した背中はなく、五センチ下にやっと骨張った肩甲骨《けんこうこつ》に触れた。ここが上腕三頭筋の位置だがほとんど肉がない。

「コ、コ、コ……コ、コ……」

大田が顔を近付けてきた。何を言いたいのか。近木は相手の表情を読もうとした。何か秘密を打明けようとする時の不安な目の動きを見ているうち、彼は大田が或る日そっと耳元で囁いたことを思いだした。「楠本てのがいるだろう。T大卒のえらぶったやつだよ。あいつは確定者のなかじゃたしか二番目に古いのによ、まだ生きてるのはあいつの兄貴が法務大臣と知合だからだってえ話だね。うん。なにか、うんとこさ金を使ったらしいよ。だからあいつだけにゃお迎えが来ないだね。担当だって楠本の前じゃ、一目置いてらあ。ほんとだよ」大田はさらに口先を近付け「楠本は隣の房にいるだよ。おれがこんなこと言ったたって、あいつには内緒だよ。ぜったい言っちゃ困るよ。あいつににらまれたらおしまいだからなあ」と言った。それは彼が暮に河野の隣に転房する前だから秋のことだったと思う。一年ほど付き合ったすえ、大田は何かと近木の機嫌をとろうとしてゼロ番囚たちの噂を好んでしだしたが、楠本のことを話す時だけはとくに声をひそめるのだった。楠本の兄が法務大臣の知合かどうか近木には調べる方法がなかったけれども、それはありそうにもない話と思え、むしろゼロ番囚たちに楠本が特殊な人間と看做《みな》されていることに興味を持った。『夜想』という評判の本の著者であるインテリの死刑囚という世間一般にひろまった噂に加えて、囚人たちの間では何か冷たい傲慢《ごうまん》な人、孤高をてらって同囚と付合わぬ変人、衒学癖《げんがくへき》のため看守に煙たがられる人物と取沙汰されていた。とくに大田が強調したのは楠本が金銭に恵まれている点である。「楠本は金持だから、おれみたいなぺいぺいとは身分がちがうだよ。おれなんかよう、金がなくてよう、こうやって毎日朝から晩まで請願作業でよう、坐ったきりの荷札つくりでかせいでかせいでやっと菓子をすこし買えるだけだのによ、あいつときたらおふくろがしょっ中面会に来て、やれセーターだやれ缶詰だやれ本だってうんとこさ差入れがあんだろう。小遣銭だってありあまるほど貰ってやがるだ。おなさけの請願作業でうんうんうなってるうちらとは御身分がちがうだよ。ねえ、先生、おれなんか生れつきの貧乏人だから、つらくて、金がほしくてとうとう事件おこしてよ、こんなざまになっただよ。うん、金が欲しいよう。ああ、一生で一度でいいから、こんな作業しなくてすむ身分になりてえよ」近木は腕時計を見た。十一時二十六分。大田は俯いて黙っている。近木は立上り、冷えきった体から寒気を払い落そうと歩いた。さっき診察した楠本のことを思い出す。何だか学生のような男を想像していたが小肥《こぶと》りの中年男だった。近眼なのか時折目を細めて物を見る癖がある。やわらかな微笑と礼儀正しい物腰ではあるが、どこか人とへだたりを作ろうとしている。何かの拍子に、ほんの一刹那《せつな》眉間《みけん》を走る皺が内心の不快を、拒否の姿勢を、示す。とにかく今日になって突然診察をつけてきたあの男の本当の気持は何だろう。眩暈を診察して欲しいといいながら処方してやった薬はいらないという。「自分で治してみたいんです。自分で何とか努力すれば治るような気がするんです」と後で言うくらいならわざわざ診察などつけねばよいのだ。

「コ、コ……」と大田が言った。「コ、コ、ワ……」

近木は時計を見た。二十七分。五分を経過した。

「コ、コ、ワ、ドコ」と一語一語を区切って言う。

近木は微笑した。五分間待った成果がこの一言だ。彼は大田の方を向き、大田の口調を真似て言う。

「コ、コ、ワ、ドコダ。ドコダ、ト、オモウ」

大田は首を振った。

「わからないのか。それじゃ大田。オ、レ、ワ、ダレダ」

「センセ、ダ」

「そう、何ていう先生だ。え、この医者は誰だ」

「タ、キ、センセ、ダ」

「おやおや、この先生は滝先生じゃないよ。困ったね。それじゃきくが、オ、マ、エ、ワ、ダレダ。お前の名前」

「オ、オ、タ、リョウ、サク」

「冗談じゃないよ。大田良作はお前の大嫌いな伯父さんじゃないか。良作のために罪に落されたとあれほど悔しがっていたじゃないか。ええ、大田、お前、自分の名前がわからんことないだろう。もう一度言ってみろ。オマエワダレダ」

「オオタ、リョウサク」

「まてよ」と気合を入れたように叫ぶと近木は腕組みし、部屋の端から端まで素早く歩いては身をひるがえした。そして何度か靴の爪先で壁を蹴った。脳の中を血液が流れていく感じがする。エネルギーの補給を受けた脳細胞が熱して活動しはじめたのがわかる。大田が陥っている状態について考える。わざと間違った応答をしているのか、それともはっきりとした病的状態か。仮病か、それとも本当の病気か。ふと適当な質問を思いついて、大田を睨《にら》まえた。

「3タス2ワイクツダ」

大田は考え込んだ。近木は同じ質問を繰返した。

「6」

「よし、それならば」近木は組んだ腕を胸に押し付けながら襲いかかるように言った。

「5タス3ワイクツダ」

「7」

「はは、そうだろうね。そうだろうとも」近木は笑い出し、次の質問を投げつけた。

「生れはどこだい。ウ、マ、レ、フルサト」

「グ、ン、マ」

「ああ群馬県だね。長野県じゃなくてね。正解から少しずつ違いますね。お前の名前は良作で長助じゃなく、3タス2は6だと言いたいんだね。正解を知っているのにわざと間違った答をする。いや、間違った答をせざるをえない状態ですね。ええ、お前はガンゼルじゃないか」

目の前にいる大田が前世紀にドイツの医師ガンゼルが記載したガンゼル症状群と名付けられている症例と一致する、この小さな痩せた死刑囚が多くの古典的症例の一例となる、一人の独自な人間がその独自性を失って或る名前のついた症状群に一般化される。こういった具合に精神医が診断を下すときに体験する安堵を近木は覚えた。彼は教科書の一節を正確に思い出そうとした。一八九八年、医師ガンゼルは四例の奇妙な囚人を発見した。いままで何等知能に欠陥が認められなかった囚人が、或る日とつぜん簡単な質問にも答えられなくなる。囚人は質問の内容をかなり正確に理解しているらしくみえるのにわざと間違った答をするかのようだ。この場合、答は莫迦げた誤り方を示すが、答は一応質問の目指す方向にはある。一種の意識障害があって、囚人はまるで子供にかえったように退行現象を示し、言葉づかいも子供じみている。身体症状として必発するのは皮膚知覚の異常、とくに痛覚の減弱である。しかしこれらの異常な症状は多く短時間で正常な状態に戻る。要するにガンゼル症状群とは拘禁された囚人のおこす特異なノイローゼ発作である。

「そうだよ。お前はガンゼルじゃないか。ええ」近木は今度は後手を組み、彼の大学の虻川《あぶかわ》教授がやるように胸をそらせて首を少し傾げた。そうすると得意な気持がおこってきた。この男はガンゼル症状群の特徴をすべて備えている。太股を抓っても反応がなかったのは〝痛覚の減弱〟であるし、ふざけたような応答も子供じみた身のこなしも、すべてガンゼルだ。それがガンゼルであるからには〝短時間で正常な状態に戻る〟はずだ。何も心配はいらぬ。この男は放っておけば自然に治ってしまう。

ノックがあった。アルミの盆にのせた昼食を持って看病夫が入ってきた。続いて山崎部長が顔をのぞかせた。

「食事はテーブルに置いて。山崎さん、わかりましたよ」近木は後手を解かずに微笑した。

「はっ」山崎は遠慮深げに入ってくると看病夫を叱りつけた。「何をぼんやり立っとる。早く行け」

「大田はガンゼルですよ」

「はっ」老人は黄色い目をしばたたいた。

「これ、拘禁反応の一タイプで刑務所では時々見られるとされている。山崎さん、前にこんなのご覧になったことない」

「いいや、わしはどうも……」

「そうですか」近木は機嫌よく言った。「実はぼくも初めて見たんです。文献には載ってるんですけどね」

「看病夫に命じて食餌摂《と》らせますか」

「食餌ですか。まあしばらく置いたままにしておきましょう。本人、食べたければ食べるでしょう」

近木は山崎を押して廊下に出てから囁いた。

「なに、ガンゼルってのは拘禁ノイローゼの一種なんです。しばらくすると目が覚めたように普通に戻りますから」

「しかし先生、これ大丈夫かね」山崎は自分の喉仏《のどぼとけ》に右手を当てた。三ヵ月ほど前この病舎でノイローゼ患者が首を括《くく》ろうとして未然に発見されたことがあったのだ。

「大丈夫ですよ」近木は老人を励ますように大きく頷いた。「同じノイローゼでも大田のは死ぬのがこわくてノイローゼに逃げ込んだ口ですから。それよりね、山崎さん、彼が違憲訴訟について何か口走ったり要求したらぼくに知らせて下さい。彼は死刑の憲法違反についての訴訟を始めたばかりなんですから。じゃ、あとお願いします」

十二時まで二十分ほど間があった。昼食時で混雑する前に厚生部へ行き下着とワイシャツを買っておこうと彼は急いだ。

2

「おや、おめかししてどこかへ御出掛け」と言いながら内科医の曾根原が入ってきた。椅子にかけると両手をあげて大欠伸をする。白衣のポケットから今にも落ちそうに聴診器がはみだしている。

「いやいや、それならいいんだが、あの朴泰翊にゲロをひっかけられてね。いま着換えたところです」近木は背広の裾の畳み皺をのばした。

「あの朴がねえ。なかなかやるわ」曾根原はライターでタバコに火をつけた。

「油断をしていたら見事にやられました」

「朴のヤツ、それだけ元気なら移送は必要ないんじゃない」

「それが、もう手におえん感じでね」近木は、医務部長室のドアが開いて保健助手の伊藤看守部長が頭を下げながら出てきたのを見た。医務部長は部屋にいる。朴を執行停止にすると報告するならいまだが、どうしようか。医務部長は午後になると会議やら出張やらで不在となることが多い。いや、何もこちらから弱味を見せることはあるまい。呼び出されるまで待っていたほうがよい。

「医務部長がね、またあなたを探してましたわ」と曾根原は近木の心を読んだように言った。「どうせ朴のことでしょ。頑張ってしまいなさいよ。なにも医務部長の事なかれ主義に従うことではないでしょ。あの朴は大丈夫。死にゃしませんわ。実はぼく、さっき医務部長に言われて診てきたんだけど、栄養状況はたしかに悪いが、まだまだ持ちますよ」

「そうですか」近木は顔をしかめた。いま会ったばかりの山崎看守部長が曾根原医官の診察を自分に報告しなかった、そのことがひどく不快に思えた。

「ずっと前だけど、十年ぐらい前になるかな、この拘置所が、まだ川っぷちの湿地帯にあった頃、やはり朴と同じようなヤツがいましたわ。二月も三月も吐き続けて、鼻孔栄養と注射でやったんですけどね、とうとう危くなって外部の病院へ送った。そしたら、あんた、送った翌日に起きあがって逃亡してしまいましたわ。医務部長から怒られたなあ。むろんあんときは佐藤さんていう医務部長で、この人はもう停年でやめたけど、今の秩父《ちちぶ》さんとは正反対の豪放な人だったから怒られたんだけど」

曾根原は面白そうに笑った。上の前歯が二本欠けていて、黒い穴からブルー・チーズのような呼気がもれてくる。四十前だというのに脳天は禿げあがり、髪を短くしているので乞食坊主という風采《ふうさい》だ。

「まあよく考えてみたんですが、朴はやっぱり執行停止で出そうと思ってるんです。病室の担当と看病夫があれじゃ気の毒で」

「看病夫なんて、気の毒がることありませんわ。大体医務の看病夫なんてここじゃ一番楽な懲役で甘やかされてるんだから、うんと仕事つくってやらないと為にならない。お、滝先生、手術はもうおすみですか」

曾根原は、外科帽を脱いでいる滝に会釈したが、滝は知らん顔をして白衣を脱ぎ、隣の事務室へ向って「看病夫」と呶鳴った。

「もう昼食で、病舎にあがってます」と曾根原が笑いながら言った。

「あ、そうか」滝は自分の机まで来て何かを探し始めた。抽出を一つ一つ開いては閉めるたび油気のない半白の髪が上下して、まるで刷毛《はけ》で机の縁を撫でているようだ。

「なにかお探しで」曾根原は近木に目くばせした。いったいこの滝はしょっ中何かを置き忘れては探し回る癖がある。

「タバコ」

「なんだ、先生、早くそう言えばいいのに。なんですか、タバコを探すのに看病夫を呼んだんですか。この人のすることはすべてあべこべだ。はい、これが先生のタバコ。(曾根原は自分の抽出からよれよれの一箱を出して机越しに投げた。) ぼくがあずかっておきました。さっき先生は手術室にいくとき、これを机の上に置いてったでしょう。それを看病夫の牧のヤツがちらっちらっと横目で見てるから、こいつは危いと思ってあずかっときました。あいつは前刑のときも看病夫だったんだが、医官室の床から長さ二センチのモクを拾って懲罰くらったこと、あんですからね。気をつけんといけませんわ。何ですか、まだ探してるんですか」

「マッチ」

「そこにありますよ。先生の灰皿の右手の、それ、カルテの右、いやいや、そのカルテじゃなくって、赤い付箋のついてるカルテ、ああわかりましたね」

滝は性急に煙を吸っては鼻から吐き出した。天井を見ているのでまん丸の鼻の孔から出た二本の煙の棒は横へ伸びた。

「切れんかった」滝は突然言った。

「なにがですか。虫垂炎《アッペ》がですか。大分長くかかりましたね。穿孔《せんこう》でもおこしてたんですか」

「いや、メスだ。メスが切れん」

「ああ」曾根原は禿げ頭のてっぺんを薬指の腹でつるつると撫でた。「メスが切れんのは看病夫の責任です。先生、甘やかすからいけませんわ。それとも物が悪い。そうですよ、きっと。ここの医療器具は安物ばかりですからね。何だって予算がない、節約してくれっていうんでしょ。医務部長のきまり文句は薬を節約しろ、しろでしょ。ところが年度末には予算が余ってしまう。今年だってそろそろ余ってるらしい。この前、こっちが頼みもしないペーパー・クロマトグラフィなんて機械を急に買ってくれたのもそのせいですわ。ええ、滝先生、頼むならいまですよ。よく切れるメスをうんとこさ買ってもらいなさい」

滝は答えず、煙を吸っては鼻から吐き出した。三本ほど長い白髪が目の上に垂れているのを払いもせず、ぼんやりと天井を眺めている。顎の先に血が赤黒くこびりついているのは剃刀傷《かみそりきず》らしい。と、何かを急に思い出したらしく、立上って曾根原を睨んだ。

「なんですか」曾根原はおじけたように椅子の背に体を押しつけた。

「腹が減った。飯をくいにいってくる」

「なあんだ。飯ですか」曾根原は体の力を抜いて溜息をついた。「おどかすよ、この人は。すんでのところで殺されるかと思った。行ってらっしゃい、行ってらっしゃい。きょうの官炊は塩鮭ですよ」

「塩ジャケか」滝は顔をしかめた。「外へ行くかな」

「そのほうがいいですよ。門前のラーメン屋のほうが栄養補給の点からいうと三倍は利巧ですわ。ただし、外は大雪ですよ。先生、傘持ってるの」

「持ってない」滝は窓の外を見て考えこんだ。

「持ってなきゃ外へ行けませんよ。長靴もないでしょ。さっき玄関へ出てみたら十五センチは積ってました。官舎の奥さんに電話して持ってきてもらったらどうです。やっぱり奥さんこわいですか。恐妻家はこういうときは弱いですね」

「官炊へいく」滝は上着の袖付《そでつけ》に手をつっこんだがうまく通らず、今にも破きそうにもがきながら出て行った。

「ああ、ああ、いつもこれなんだから」曾根原は滝の机におおぎょうに走り寄り、くすぶっている紙巻を灰皿の水の中に落した。看病夫がタバコをくすねないように吸殻はかならず水に漬けるきまりなのである。

「見ましたか」曾根原は近木に言った。「あの先生、いつもぼんやりなんだけど、きょうは特別ぼんやりでしょう。あれで断然気にしてるんですよ、あしたのことをね」

「あしたのこと」

「ええ、あした一人処刑があるんでしょ。あの先生、立ち会いの医官ですって。それを命じられて医務部長のとこから出て来たときの先生の顔ったらなかったですわ。まっ蒼《さお》になってね、坐るなり立続けにタバコを二本、いや、三本は吸ったでしょ。もう十何年も刑務所勤めしててあれだから。よく外科医がつとまるな。ああ気が小さいから細君に莫迦にされるんですよ」

「先生もおやりになったことあるんですか、その立ち会い医官」

「あるんですかはひどいよ。大ありですよ」曾根原は近木の物識《ものし》らずにあきれたといった様子で大口を開いて笑った。

「そうですか」近木は動ぜず、まっすぐに質問した。

「いままで何人ぐらいに立ち会われました」

「さあどうかな」曾根原は近木の質問から身を守るかのように両手を開いて掌で壁をつくった。

「あんまり大勢でおぼえてないんですよ。まあ四十人ぐらいか」

「四十人」近木は驚きの声をあげた。すると曾根原は真面目くさった顔付になった。

「十年間に四十人だから年平均四人で、大したことないでしょ。医務部長なんか百人越えてるんじゃないかしらん。ああそうそう、医務部長はね、自分が立ち会った人間の一覧表つくってますよ。首が締ってから心臓がストップするまでどのくらいかかったかっていう時間と体重や年齢との相関関係をテーマにして研究してるんですわ。たしか七年ぐらい前の矯正医学会で中間発表してましたからねえ、あの時で症例が五十、たしか五十くらいだったと思いますね。とすると、いまは百を越えてる可能性はありますわ」

「どのくらいなんですか、その心臓がストップするまでの時間」

「案外に長いんです。ぼくのでは十一分から十五分ぐらい。たしか医務部長の研究だと十四分前後が平均ていうことでした。人間てのはなかなか死なない」

「そんなに長い間意識があるんですか」

「いやいや、体が落下して首が締まった瞬間に意識はなくなると、まあ、そういうことになってるんですわ。もっとも生き返った人間が一人もいないんだから真偽のほどは確かめられないわけだけれど。でも首が締まると脳へいく動脈が圧迫されて血流が突然止ることは確かで、脳のことは先生のほうが専門だけど、そうなりゃ意識はなくなるんでしょ」

「はあそう思います」近木は重苦しい気持で、さきほど診察した砂田市松のことを思った。あの男の立派な体格の奥にある立派な心臓はなかなかストップしないだろう。そして、砂田の脈を滝は無感動に測り続けるだろう。十六分、十七分五十秒、最高記録。いま砂田は彼が処方した睡眠薬でぐっすり眠って明日に備えているはずだ。「ぐっすり眠れて、ぴんぴんした体になれて、頭がすっきりする、そんな薬くださいよ」

内科医の谷口が入ってきて近木の隣に坐った。両手にかかえていた心電図の記録用紙の束を机に置くとひろげては調べ、調べ終った分はすぐカルテに所見を書き込んだ。丸顔で眉の太い、ちょっと西郷隆盛に似た風貌のこの男は、医学部で近木の同級生である。

「谷口先生」と曾根原が近木の頭ごしに話しかけた。「ちょっとうかがいますが、人間の首を締めた場合、どのくらい心臓が動いてると思いますか」

「さあ」谷口は記録用紙を巻きながら首を傾げた。「それ真面目な質問ですか」

「ひゃあ、おそれいりました。ぼくは信用ないんだな。真面目な質問です。純医学的問題としてさっきから近木先生と論じていたところですわ」

「そうですか。心臓という器官はかなりの原始的な生命力を持っていましてね、血流を遮断されても相当時間生きていられますからね。まあ、筋肉の運動している時間というのなら十数分じゃないですか」

「ぴたり」曾根原は拍手した。「さすが、心臓学の大家です。おそれいりました」

そんなふうにはしゃいでいる曾根原を、谷口は太い眉をあげて見、そのあきれている表情がおかしくて近木は吹き出した。

「なんでしょうね、いったい」谷口は机に向い、再び勤勉に記録用紙の整理を始めた。

レントゲン技師の友部が足早に入ってきて曾根原に目くばせした。曾根原は白衣の裾がひるがえるほどにすばしこく立っていった。二人は隅でひそひそ声で話し、やがて出ていった。

「なんだい」と近木は不快げにつぶやいた。「急に陰謀でもおっぱじめたみたいに秘密めかしてさ」

「陰謀さ」と谷口がいった。彼は記録用紙を鋏《はさみ》で切り、セロファンテープでカルテに貼りつけてはそこに何やら記号を書き込んでいた。「もっとも大した陰謀じゃあないけど。これさ」彼は白衣のポケットから手札形の写真を一束出して机上に置いた。それは男女媾合《こうごう》のカラー写真である。

「いま強奪してきたとこだ」谷口は仕事を続けながら言った。「けさから暗室に現像中の貼紙がしてあってさ、あんまり妙だと思って強引に押入ってみたら、友部技師が大童《おおわらわ》でこいつを焼き増してた。あの人はこれが大の趣味でね。看守なんかで新しいのを持ってると借りてきて複写焼き増しをするのさ。焼き増した分は同好会のメンバーに分けてるらしい。あの曾根原は有力メンバーらしいよ」

「なるほど、そういうわけか」近木は友人の敏捷《びんしよう》に動く短い腕を感心して眺めた。この谷口は、太って重々しい動作をするくせに腕や脚は意外に軽々と動くのである。

医務部長が部屋から出てきた。こちらへ向ってゆっくりと視線を流す。あきらかに近木を認めたはずなのにそ知らぬ顔で向うへ去った。刈上げて素肌がゴムのように見える後頭部の下から新しい茶の外套がピカピカの長靴までさがっている。傘を持っているところを見ると外へ食事にいく身仕度だ。官炊で彼をみかけたことはないから、いつも外へいくらしいが一体どこで食事を摂《と》るのか。

事務室で碁を打つ音が始った。保健助手たちが食事から戻ったらしい。窓の外で笑声がした。若い看守たちがふざけながら雪達磨をつくっている。雪はまだまだ降り続きそうな勢いで、暗い空から密にこぼれ落ちてくる。近木は黄色い壁を眺めた。看病夫たちが毎日念入りに掃除するので清潔だが、古さは隠せない。ペンキの下に縦横の亀裂がみえ、梁《はり》はところどころが崩れている。

「ところで、きみはずっとここに勤めるつもりかい」と近木は尋ねた。

「さあ、一年勤めたけど、まだ先のことはわからない」谷口は小さな指を組み合せ、ちょっと考える様子を示したが、すぐまた記録用紙の整理にかかった。「きみこそどうするつもりだ」

と落着きはらって言いながら手の方はさかんに動かしている。

「ぼくもわからん。ここへ来て、一年半、何度かやめたくなったけど、何だか妙にここにひきつけられる点もあってね。それに大学じゃ絶対みられない珍しい症例にここで出会うことは確かだものね」

「精神科はそうかもしれないね。内科のほうからいうとここでも別に変った患者はないな」

「きょう、ガンゼル症状群を見たよ。ほら、学生時代精神科の講義できいたろう」

「どうだったかな。精神科のこともう忘れちゃった」

「たしかにきみも聞いたんだけどなあ。拘禁反応の講義のときにね。実はそれをきょう見た」

「ほう」谷口はちょっと顔をあげ、すぐ仕事を続けた。「珍しいものなのかい」

「珍しい。患者は確定者だが」

「それはよかった。一例報告もんだね。ぜひものにしたまえ。さてと、おわった」谷口は机を軽くはたいた。

「めしにいくか」近木は立った。

「いこう」谷口は身軽に立って白衣を脱いだ。

紺の制服といっても一様ではない。真新しいもの、色褪《いろあ》せたもの、汚れたもの、皺くちゃなもの、と着ている人間に対応してまちまちだ。にもかかわらず制服は制服である。家具か住宅の交換可能な部品のように、権力、法律、習慣、組織、集団的連帯、何か目に見えぬ秩序を形成している。

制服の背中が並んでいる。近木は軍隊を知らない。しかし軍隊がこんな印象の集団だとは想像できる。列が進むとすこし乱れるがすぐ秩序を回復する。別に禁止されていないのに不思議と誰も喋らない。前へ前へと命令されたように黙々と進むだけだ。制服の列のなかで背広が目立つことを近木は知っている。自分と谷口が規格外の部分のように秩序からはみ出している感じ、居心地の悪い感じ、どこからか見られ、みんなに噂されている感じ。「あれは医務の医者だ」「ちぇ、若いくせに生意気な顔してやがる」「あの色の黒いのが精神科だ。もう一人の太ったのは内科だな」「どんなかあちゃんもってるのかね」

近木は振返った。保安課の顔見知りの区長の横顔だ。区長は誰とも話してはいない。いまの声は遠くの会話を聞き違えたものらしい。

食事の渡し口に来た。囚人服に坊主刈りの雑役が三人、何やら口の中で掛声をかけて忙しく立ち働いている。前の看守は塩鮭と味噌汁と飯の定食のほかにタヌキウドンと牛乳を盆にのせた。近木は定食だけにした。谷口は定食にカケソバをとった。

席はすべて紺の制服でふたがっていた。背広の二人は盆を持ったまま壁側で待つ。この官炊というのは好きになれないなと近木は思う。職員食堂という正式の名前があるのに誰もそれを用いず、官炊と呼びならわしている。太い鉄格子のはまった小さな窓、花一つ置かぬテーブル、錆《さ》びた鉄パイプの椅子、ここには官庁特有の画一性と腐蝕《ふしょく》の気配がある。冷やかな内側の世界へ連なる暗い空気が淀んでいる。ここは官が管理し監視する官炊だ。戒護すなわち強制力を行使しなければ安全と秩序を維持できぬ監獄の戒護地帯だ。

「先生」と手招きしているのは四舎二階の藤井看守長だ。ゼロ番区には拘禁反応をおこす者が多いから、この区長には割合にしばしば会う。高校を出て平看守から矯正研修所を出て幹部となった努力家で、四十を過ぎたばかりだが監獄の勤務年数は長い。

近木と谷口を坐らせると藤井区長は満足げににっこりして頭をさげた。おもねりと親切との混った笑顔である。二、三歩行きかけて思い出したように振向き、「先生、あとでちょっと参上してよろしいでしょうか」と言った。慇懃《いんぎん》な目付の中に鋭い光があった。

「どうぞ」近木は目礼した。

「それでは後刻」藤井はふたたび頭をさげた。

「腰の低い人じゃないか」と谷口は藤井の後姿を見送った。

「まあね、やりてだよ。熟練《ゲユープト》してるというのか隙がないっていうのかねえ。ゼロ番区を取り仕切ってるんだが、確定者なんかの動静には通暁《つうぎよう》していてこわいくらいだよ」そう言って近木はふと気になった——自分が大田の房を訪ねたことを一々所長に報告したのもあの男ではなかろうかと。それから新しい懸念が胸におこってきた——〃後刻〃あの男は何かを探りに来るのではないか。鮭の切身を口に入れる。濃い塩味のなかにかすかな魚の味がする代物だ。麦飯は水っぽい。米粒が融けたあと麦が舌の上で唾液に抵抗して残っている。パンにすればよかったな。官炊てのは本当にまずい。ゴムという言葉が意識に浮びあがった。ゴムのような後頭部の医務部長は、いま、外で食事をしている。曾根原の禿げ頭が言う。「医務部長がね、また、あなたを探してましたわ」

谷口は目を細めて蕎麦ツユをすすっていた。それが学生食堂のカレーライスを食べている姿を髣髴《ほうふつ》とさせた。むかしから谷口はどんなまずい物でも無上の馳走のようにして食べるのだった。目を細めている谷口に、近木は、なつかしさと親しみの念を覚えた。

「ねえきみ」と話しかけてから近木は何を言おうかと考えた。「頼みがあるんだ。一人患者《クランケ》を診てほしいんだ。朴という朝鮮人《コレアーナ》の被告でね、いま、ぼくの病舎に入ってるんだが、こいつが、いや食事中で悪いんだが、食餌《スパイゼ》を全部エアブレッヘンしてしまうんでね、すっかり栄養状態が悪いものだから医務部長は厄介払いで早く外に出せというんだが」

「きいたよ、そのクランケのことは。さっきも曾根原さんが話をしてた」

「彼が。何て言っていた」近木は顔をふった。

「彼も診たらしいね。きみがたのんだのかい。とにかく脱水症状があって、栄養《エルネールンク》が極度に悪く、心臓《ヘルツ》も衰弱してるってね」

「ヘルツはそうでもないがエルネールンクは悪いね。ぼくはまだ彼を持たせることができるし、頑張りたいんだけどね。医務部長は事なかれ主義だから、シュテッたり（死んだり）されるといやらしいんだ。診てくれるかい」

「もちろん。しかし、曾根原先輩が診てれば、ぼくなんかがまた診る必要はないんじゃないかしら」

「彼のほうは医務部長に頼まれたんだ。だから……」近木はむこうから保健助手の伊藤が来たのを見て口を噤《つぐ》んだ。そのまっ白な髪と対照的に真赤な顔は、テレビ漫画に出てくる悪人の博士のようだ。医務部の古参保健助手で医務部長や年輩の医師にはおもねるくせに若い医師を小莫迦にしたところがある。いまも、傍《そば》を通りながら知らん顔をしていた。

「いいとも、診てやろう」谷口は伊藤をちらと見て言った。「しかし、きみ、そんなのは早く出しちゃったほうがいいよ」

「きみまで、そんなこと……」

「いやいや医務部長に従うって意味じゃなくてさ」谷口は目で近木を抑えた。「その朝鮮人《コレアーナ》は外へ出たがっている。そして多分外へ出れば病気は治るんだろう。だとしたら、病気を治してやるのがこの際最良の方法だろう」

「しかし……」

「彼は被告なんだろう。まだ裁判中で、その点では受刑者と事情が違って、本人の意志を尊重してやってもいい。しかし彼が外に出たがる本当の動機《モチーフ》は何なのだろう」

「それがはっきりしない」近木はあたりをうかがって早口に言った。「身分帳には何も記事がないし、何しろ本人は一言も口をきかないんだから。しかしとにかく、彼が担当をはじめ、この職員、もちろんぼくも含めて、を憎悪してることは確かだね」

二人のテーブルに若い看守が坐った。谷口は急に笑顔を向けて言った。

「ところできみ、例のステッカーはどうした」

近木は頭を振った。

「まだくれないよ。くれる筈がないよ」

二人は声を合せて笑った。まだ二十前とみえる若い看守は不思議そうに二人を見較べていた。

暮に庶務課から通達が回ってきた。新年から拘置所の駐車場に駐車する車にはステッカーを貼ることになったとあり、願書の書式が示されてあった。車で通勤している近木は早速書式通りの願書を持って庶務課の窓口を訪れた。ところが新しい願書ができたから書き直せといわれ、その場で書き直したけれども判子《はんこ》がないので一度医務にもどって願書に判を押してふたたび庶務課へ行った。するとこんどは車検証がいるというので駐車場までとりにいって、やっと駐車許可証をくれた。この駐車許可証に医務部長の判をもらって用度課へいけばステッカーがもらえるというので言われた通りにすると、用度課ではステッカーではなく駐車許可証を車のフロントグラスの内側に立てればいいのだといい、そのためのセルロイドの入れ物を注文してあるがまだ入荷しないという。不審に思った近木が庶務課へ戻って尋ねると庶務課長が用度課長に電話をかけてくれ、セルロイドの入れ物は何かの間違いでやはりステッカーが正しいのだが係の者が印刷屋に注文するのを忘れたのだという。

「まったく妙チクリンな話だが、ここじゃしょっちゅうありそうなことだな」と谷口が言った。

「本当だ」近木は若い看守を気にしながら言った。「この官炊みたいなもんだろうね」

「え」谷口は意味が分らなかったらしく列を作っている看守たちをぼんやりと眺めた。

近木は官炊のように古びた組織についてさきほど思ったことを谷口に伝えようとしたが、谷口は彼の言葉に別に気をとめなかったらしく、鉄格子の塡《はま》った暗い窓を見てから近木を気の毒そうに見た。

「この雪じゃ車の帰りは大変だろうな」

「なに、車で帰れなけりゃ置いていくまでさ。それに今夜は宿直なんだ」

「あれ、おかしいなあ。今夜がきみだとするとあしたはぼくの宿直か。そうか、一日勘違いしてた。あすは土曜日だねえ」

白衣を着た二人、曾根原と友部が隣のテーブルに来た。

「あれ、おかしいなあ」曾根原は谷口の喋り方を真似て言うと、中腰になってあたりを見廻した。「滝先生、いないじゃない。たしか官炊に行くっていってたんだけど。ねえ先生がた、御存知ない」

「御存知ないですよ」と谷口が答えた。

「さてこまった。一応本部のあちこちを探したんだけど、どうしようかな」

「滝先生になんぞ用でもできたんですか」近木が尋ねた。

「いいえ、大したことはないんだが」曾根原は手を振って腰をおろした。「まああとでもいいか、午後は長いよ」

「どうせ何かの陰謀でしょう」谷口はにこりともせず鋭く言った。

「陰謀」曾根原は驚いた様子で振返り、すぐ笑いだした。「きっと先生は何か妙なことを勘ぐったんでしょ。違います。本当の用事ですわ。まさかあの人、この大雪に外出したんじゃあるまいな。待てよ、しかし、それはありえますな。あの人がいったん出掛けたらまず午後は帰ってこないわ」

「保安課長が探してるの」と友部が真剣な口調で言った。「大事な用事らしいんだけど、御本人は行方不明、方々へ電話して探したんだがいない。ええ、家にもいない」

「それはあしたの打合せでしょうね」と近木が言った。

「きっとそうです」と曾根原が言い、友部が同意した。怪訝《けげん》顔の谷口に友部が何かささやき、谷口は大きく頷くと眉をあげて言った。

「まああの人は肝腎な時に行方不明になると決まってるんだから仕方ない。そのかわり用のない時は姿を現わすしね」

「そうなんですよ。実はね、おとといも、一騒動あったばかり」友部は噂話をする時の癖で自分で先に笑い出した。「おかしいんだな、まったく。おとといは研究日で、先生、官舎にいたんですよ。大体研究日なんてもらってるのは医者だけで、その日は大学かどこかで研究してるのが建前だってことが先生はわからないのね。なにしろ昼日中からきたない褞袍《どてら》着て官舎前をうろうろ散歩するもんだから若い看守にあやしまれてね、とうとう正門の警備隊本部まで連れてかれて尋問されたんですって」

「ええそう、そう」曾根原は話を引取った。「それがさ。どうみたってあの人は医者に見えないでしょう。縕袍は破けて綿がとびだし髪はぼさぼさの無精髭、それに黙秘権の行使だ。あいにく警備隊にも顔見知りの人がいなくて、浮浪者と思われたらしいですわ……」

「行こう」と谷口が曾根原の話を断ち切った。近木は友人の言葉に引っぱられたように腰を浮かした。


薬剤師とピンポンの約束があるという谷口と別れて近木が医官室に戻るとゼロ番区の藤井区長と臨時診察願の願箋《がんせん》を持った女区の看守が待っていた。後で女区へ往診すると答えて看守を帰し、藤井区長と脳波室に行った。そこは狭いけれど医務部で近木が専用にできる唯一の部屋であった。


八誘導の旧式の——やたらと大型で不必要に場所をとる——脳波記録装置とベッドと電極連結機《ジャンクション・ボックス》と閃光刺戟装置《フリッカー》と小机と、それだけを並べると人間二人のための空間はいくらも残っていない。彼は藤井区長にベッドをすすめ、自分は段ボール箱に坐った。すぐタバコを吸いだしたのは食後の一服というより、藤井区長の強い腋臭をよけるためである。剣道五段という立派な体格から不断に染み出すこの臭いはニコチンの刺戟臭を越えて鼻に迫ってきた。

「で、なにか御用で」と中々用件を切出さぬ相手に近木は催促した。

「はい、実は三件ありまして、第一は砂田市松のこと、第二は大田長助のこと、第三は楠本他家雄のことです。三人とも確定者で先生のお世話になっておるもんで、わしのほうの、保安戒護の上から何か参考になることを御教示ねがいたくて、かく参上しました」

「御教示ねがうっていわれても困るんです。大田だけは、まあ、前から診てましたが、あとの二人はきょう始めてですからねえ。あっとタバコいかがですか」近木はシガレット・ケースを差出した。

「いや結構です」藤井区長は胸のポケットをおさえてタバコを忘れたと気がつくと一礼して「ではいただきます」と一本とり、近木にライターで火をつけてもらい、遠慮がちな態度とは似通わぬ傍若無人の勢いで煙を吐きだした。こちらの頰を煙の尾が撫でる。三回ほどそんなふうに煙を吐くと藤井区長は、首をぶるると振って言った。「そんでその、大田長助ですが、どんな具合なんでしょう」

「まあ拘禁反応の一種でして、ガンゼル症状群というめずらしいタイプです」

「はあ」

藤井は首を三十度ほど左に傾げ近木を凝視した。近木はなるべく分りやすく説明した。藤井は大型の手帳を出し、ガンゼルのスペリングなど尋ねながら、太い指で小さな鉛筆を器用に動かしてメモをとった。

「その、ガンゼルってのは、治癒可能なんですかね」

治癒可能などという硬い漢語に近木はちょっと気圧されたが、その気持を弾《は》ね返すように言った。

「治癒可能かどうかは難しい問題です。文献によればガンゼル症状群は多く短時間で正常に復すとあるんですがこの正常ということの意味が問題でしてね。とくに大田の場合、確定者っていう元々が異常な状況にありますから問題の解決が困難になる。異常な状況にあっては異常な反応こそが正常であるということもありますから」

「はあ」藤井は首と背筋を一直線になるような具合に伸ばして考えていたが、やがて大きく合点した。「要するに、治癒可能ではあるが治癒困難であると」

「ええそうです。ガンゼルといわれるいまの妙な症状、おどけた態度とか的はずれな応答とか痛覚の減弱とか、ああいう症状は比較的早期にとれますけれどもね。でもその基礎にある慢性の反応状態、拘禁ノイローゼを惹起《じやつき》する基盤は確定者の場合とれないということなんです」

近木は〝惹起する〟という医学書の常套語《じようとうご》をわざと使ったことで不意に自分が衒学《げんがく》的用語で相手を屈伏させようとしていることに気付いた。藤井区長はいつも剣道の試合でもしているような気張った態度をとるのでついこちらも誘いこまれてしまう。近木は急にくだけた口調で言った。

「まあねえ、大田の場合は特別かも知れないですけどね、不断から泣いたり笑ったり、えらい落着きのない男でしょう。こんどのは、それが誇張された形ででてきちゃってる。あの男にはいろんな悩みがあるでしょう。そりゃ確定者ってのはこれはどうしようもない悩みだけれど、そのほかに共犯の大田良作におとしいれられた、この事件は共同正犯じゃなくて従犯だから刑一等を減じてもらいたいっていう気持もあるし、自分がこんなになったのは父親が不具になってから甲斐性がなく、家が貧乏だったたっていうこと、つまり父親へのうらみもあるし、小さい時から友達にいじめぬかれたっていう劣等感みたいなのもあるし、考えてみりゃあの男の落着きのない性格も子供のときからのそんな育ちにあったともいえるし、気の毒な面もずいぶんある」

藤井は俄然《がぜん》なめらかに流れだした近木の弁舌に抵抗するかのように身構えていたが、わずかに肩をゆすると「しかし」と言った。

「しかしですね、大田長助程度の家庭環境はゼロ番にはよくある程度と思うんですが。貧困家庭、葛藤家庭、不道徳家庭というのはヤツラの出身を調べるとごく普通で、なにも大田長助だけが例外ではないと、こう思うんです。やっぱあ、ヤツには生れつき弱点があって抵抗が弱いってえわけじゃないですか」

「いやあ、それが大変な問題でしてね。氏より育ちなのか、育ちより氏なのか分らない。とにかく言えることは、結果としてあの男はああいう人間になり、ああいう人間が確定者という困難な事態に反応し、何とか身を保とうとすると、人間を一段さげて、子供みたいなところへも どってやっと安定する。その、子供みたいなところがガンゼルなんですよ」

「要するに、そのガンゼルですか、そこにヤツは逃げこんでいる、ガンゼルってえ穴の中にもぐりこんどると、こういうわけですな」

「そうです」

「その穴から戻って来ても、もぐりこむ前の状況に戻るだけだから、いつまたもぐりこむかも分らないと、こういうわけですな」

「そうです。その通りです。大田の場合、いまの状況が変らない限り、同じことが繰返されるだろう。治癒可能性はあるが、再発可能性もあるってことなんです」

「よく分りました」藤井区長は手帳のメモを頑丈な顎で擦るようにしながら言った。

「お聞きしたいことがある」近木は相手の隙に打ちこむように言った。「違憲訴訟のことです。あれは一体どういう内容のことなんでしょう。実はこの前所長に教えられて初めて知ったんですが」

「その件の委細については関係書類が身分帳に綴じてありますから御覧になればお分りになりますが、要するに、死刑という刑罰が憲法第三十六条違反だという訴訟の提起なんです。三十六条てのは公務員による拷問および残虐な刑罰を禁止したところで、よく問題になるんですがね。なに、違憲訴訟そのものは別に珍しいことじゃなくって新憲法が施行されてから、たんとありまさ。それに対する判例も出てて、昭和二十三年の最高裁判決ですか、これは例の名文句で有名な判決です。〝生命は尊貴である。一人の生命は全地球より重い〟と大上段に書き出して、しかしながら死刑は残虐な刑罰ではないというつつましい結論なんですな。まあそのほかにも同じような判例がいくつも出てます。最近はとくに絞首という執行法が残虐か否《いな》かという論点で争われていて、これも残虐ではないという判例があります。すなわち、死刑は違憲にあらずということはいまんとこ日本では最有力なる意見であるわけですが、依然としてゼロ番のヤツラは違憲訴訟をおこす。大体ヤツラの上告趣意書のほとんどが違憲性を論じておるのですからな」

「すると大田のような訴訟は珍しいことではないと、つまり拘置所側としては別に問題とするほどのことはないと、言われるわけですね」

「はい」藤井区長は深く頷きそのまま面を伏せてしかつめらしくタバコを吸った。「実のところそこに矛盾した問題がひそんどるんで、ヤツの訴訟には従来の判例からみて勝目はないと決定的に言える面と、そうでない面とあると、こう考えられるわけで」

「何だかよく分らないですね。どういうことです」

「ヤツのには、或る意味で従来の違憲訴訟になかった新味があると、こう思われるんです。先生だからお話ししましょう。ここだけの話ですよ。実のところ従来の違憲訴訟はすべて絞首刑という執行法の残虐性を中心にして争われてきたんです。例の〝一人の生命は全地球より重い〟判決でも、絞首が人道的な刑罰であり、火焙《ひあぶり》、磔《はりつけ》、晒首《さらしくび》、釜茹《かまゆで》のような残虐な執行方法ではないという点を強調しとるんです。ところが大田の今回の訴訟は、死刑が精神的拷問であり精神的に残虐だという点をついているので、これは従来なかった視点なんですな。人間を狂わすほどの精神的苦痛という点まで残虐性を拡大解釈したのがヤツの論旨なんで、どうしてヤツはばかじゃないですよ」

「なるほどね」近木は意外に思った。大田ときたら日頃は子供っぽい、むしろ知能の低い男に見え、到底法律学と判例を巧みに操れるような知識を持つとは思えない。

「先生」と藤井区長は急に口調を変えた。「そう言っちゃなんだが、大田のはほんとの神経症ですかい。ヤツが狂って、その、ガンゼルになってるてのは確かですかな」

「確かですよ」虚を衝《つ》かれた近木は相手の意見を押えるように声を高めてしまい、かえって自分の周章を示してしまった。「あれはガンゼル症状群といってね、拘禁環境でだけおこる特殊な神経症なんです」

藤井区長は太い首を重々しく振った。

「それは違うんじゃないですかな。あれはオトボケだ。ヤツは気違いの真似ぐらいちゃんとできる男ですぜ。こんどの違憲訴訟をおこしたすぐあとおあつらえむきに狂ったってのは出来すぎてるじゃないですか。死刑の精神的残虐性を証明するためには、自分で狂ってみせ、証拠を作る必要があったと、こう考えりゃ筋道は立つ」

「オトボケとは思えませんね」近木は、ともすると甲高くなる声をやっと制御しながら言った。「症状がきれいに揃ってるんです。この診断には絶対間違いありません」

「失礼しました」藤井区長はにやりとすると無帽の頭に挙手の礼をした。「先生がそれだけ自信を持っておられるならばそれで結構なんです。ただこれだけは覚えておいていただきたいんですがね、要するに大田長助てのは、狡猾《こうかつ》な男で、人をだまくらかすのがえらくうまい野郎だと。さっき先生は、ヤツは共犯の大田良作におとしいれられたって言っておられたが、あれはどこで得られた情報ですかね。もしヤツが言ったんだとしたら、あやしいですぞ。そりゃ裁判では共同正犯とされて、長助も良作も仲よく死刑の判決をうけた。しかしね、先生は大田良作にお会いになってみたんですか。お会いになってない。とするとやっぱあ、長助にたばかられてるんじゃないかな。良作てのは、長助みたいな悪党と違って、善良な男ですよ。ただ、すこし頭が鈍くて、もたもたしてるもんだから甥の長助の共犯にさせられておると、こうわたしは睨んどるんだが」

近木は黙った。大田良作についてよく知らぬ以上何も言えない、一度会ってその上でよく考え直してみたいと思った。

「ま、それはそれとして次の問題ですが」藤井区長は一礼して机上のシガレット・ケースからもう一本とると立て続けに吸い、顔にまつわる煙に目をしばたたいた。「きょう楠本他家雄にお会いになったそうですが、あれは何か具合がわるいところでもあんですかね」

「大したことはありません。眩暈がするというだけでした」

「それだけですか」

「それだけですよ」

「何か先生に頼んだというような事実はありませんかね」

「どういうことですかね」近木は相手を睨みつけた。そのとたん胸の底に溜っていた不快なものが喉まであがってきた。「藤井さん、ぼくは医者ですよ。ゼロ番といえどもぼくにとっちゃ患者です。患者である以上は医者として診察し治療する。しかもそういった医療行為には職業上の秘密というのがちゃんとあって、その秘密は第三者に洩らすわけにはいかないんです。お答えできることは本人にとって不利にならないことだけです。あとは、たとえ藤井さんだって洩らすわけにはいかない」

「先生のおっしゃるとおりです」藤井区長は別に動ずる気配もなく頭を下げた。「ですから、いまわたしがお尋ねしとるのは本人にとって有利だと思うからなんです。実のところこれは砂田市松の件とも関係があるんですがね。ま、先生とわたしの仲だからざっくばらんに言いましょう。実は密告がありましてね。これはまたこっちが先生を疑ってるようで御不快かも知れんが、きょう先生は砂田を診察なすったでしょう。その時、何か薬をお出しになった。その薬が自殺用の睡眠薬だというわけで……」

「冗談じゃない」近木はのけぞった。その勢いで小机一杯に積みあげてあった記録用紙が二、三束床に落ちた。「あれはごく微量の睡眠薬で、全量のんでも死ぬようなことはない。薬剤師にも精確に量るようにと特に頼んだくらいです。自殺用の睡眠薬だなんて、とんでもない」

「ですから」藤井区長は身じろぎもしなかった。ただ腋臭だけは急に強く臭ってきた。

「これは密告なんでして、むろん事実ではないでしょうが、そういう密告があったことは確かなんです。ま、もう少ししまいまで聞いてください。要するに砂田が睡眠薬自殺を考えたのは自分の頭でじゃなくて誰かに入れ智恵《ぢえ》された、その入れ智恵の犯人が楠本だと、こういう密告なんでして」

「ばかばかしい」

「ええばかばかしいです」藤井区長は微笑んだ。この無骨な男の微笑には嘲笑めいた影が見える。「ばかばかしいが、密告があった以上、わたしの立場としちゃ一応は調査せにゃならんのでしてね」

「いったい誰が密告したんですか」近木は記録用紙をひろった。

「それは……」

「職業上の秘密というわけですな」と近木が皮肉に言った。

「いやいや、それほど大したもんじゃないんですが。時々こういうことがありまして。ヤツラのなかにもお互いに仲間割れみたいなことがあって、〝空気を入れる〟ようなことがおこるんですな」

「不思議ですね。砂田にぼくが睡眠薬をやったなんてことは、彼らの間ではわからないはずだけど。砂田は明日の用意のためとっくに特殊房に転房になってるんでしょう」

「ところが密告があったのは砂田が先生の診察を受ける前なんでして」

「すると砂田が誰かに事前に自分の計画を打明けたということになるんですか」

「大体そういうわけでして。ま、密告者の言うには運動場で楠本が砂田に耳打ちしとるのを盗み聞きしたってえんですがね。調べてみると、けさ、まさしく楠本と砂田は一緒に運動にでとるんですな」

「あの楠本が」近木は失笑した。「あの男は、ぼくはきょう初めて会ったんだけど、慎重で考え深いなかなかの人物ですよ。そんなばかげたこと考えるような男じゃないですね。それにぼくが致死量の睡眠薬を砂田に渡すなんて、あまりにも現実ばなれした推測だってことは誰でもすぐ分るでしょうに」

「たしかに密告の内容そのものはたわいのないことでして。しかし、あの楠本という男が要注意人物であることも確かなんでして、ヤツは神父を通じてわりと自由に外部と交通できる特権的な立場にあるんです。いまもピション神父てえフランス人が教誨に来てますが教誨室でどんな話がおこなわれるか、そこまではわたしら関与できないもんですからな」

「だってカトリックの神父には告解で聴聞したことを誰にも洩らしてはならぬ掟があります。洩らせば破門されるほどの厳しい掟です」

「告解という正式の形をとれば別ですが、雑談てえこともあるわけで。その場合には、どうですか」

「疑い深いんですね」近木は藤井区長の真面目くさった顔をほぐすように自分の笑顔を近付けてみた。しかし藤井はにこりともしない。

「いやいやそうではなくって、こっちを疑い深くさせるような不審な動静が楠本にはあるんです。先生は御存知ないかも知れんが十五年ぐらい前に、被告のゼロ番が一人脱走しましてね、兇悪な死刑囚の脱走というんで世間を騒がしたことがある。この男は帯鋸《おびのこ》で鉄格子を切って逃げたんです。問題はこの男の隣房が楠本だったことで、当然帯鋸の入手について疑われたが、ヤツは口を割らない。鋸で格子を切るのに十日はかかったと思われるんだが、そんな音は聞いたこともありませんとぬかす。朝から晩までしぼりあげても官に有利な情報はひとしずくももらさんのですな。男は十一日目に、実家に帰ったところを逮捕されたんですが、それまでのこちとらの苦労は並大抵じゃなかったですな。常時七十人は所外に出て駅の張込みから山狩までやったんです。警察の手じゃなく何とか刑務官の手でとっつかまえたくてね、まあ櫛風沐雨《しっぷうもくう》ちゅうわけでしたな。男は結局山を逃げて新聞社のヘリを警察のものと間違え観念して出てきたんだが、この男、おそれいってるくせに帯鋸の入手経路についちゃどうしても答えない。男の兄が差入れた雑誌の背綴《せとじ》にかくして入れたとも疑われたんだが確証がない。わたしは今でも、楠本があやしいと睨んでいる。楠本以外に外部から帯鋸を手に入れられる人物はいなかったんですから」

「すると神父が手引をしたことになるけれど神父がそんなことをするかしら」

「したと考えられるんですな。帯鋸の入手経路をしぼっていくと、神父から楠本、楠本からその男への線しかない。ほら医学でもやるでしょう、伝染病が流行《はや》っとる場合黴菌《ばいきん》の経路をたどると伝染源が明らかになるという」

「疫学《えきがく》」

「そうです。その疫学をわたしもやってみたんだ。そして上申したんですが所長はどうしても神父を取調べなかったですな」

廊下で看病夫たちの声がした。昼食を終えて病舎から戻ったらしい。一時をすこし回っている。藤井区長は腰を浮かして言った。

「ですから楠本は油断がならん人物だと、これだけを先生にお伝えしたかったんです。わたしとしては、入所以来十六年間、一度も精神科に診察をつけなかった男が、選《よ》りに選って砂田の処刑の前日に診察をつけ、しかも砂田と同時に先生の診察室にいたということ、この偶然の重なりに深い意味を読みとっとるわけでして、どうかそこのところをわかっていただきたいと思っとるんで」

「本当に何もありませんでしたよ。あの男は診察を受けに来ただけです。ぼくが診察中に楠本と砂田は一緒にいましたが、二人の間では一言も会話は交されなかった。立ち会いの看守に聞いて下さればわかることです」

「いや、わかりました。どうも失礼しました」藤井区長は慇懃に礼をすると出ていこうとした。

「待って下さい」と近木は呼び止めた。「さっきの密告した人物ですね、あれは誰ですか」

藤井区長は首だけ入口から中に入れて答えた。

「安藤修吉てえ男です。確定者ですが御存知ですか」

「知りません。聞いたことがないな」

「三年ぐらい前に世間をさわがせた事件の犯人ですが。小学校の便所で女の子を強姦殺人した

「そんな事件あったような気がしますな」

「おかしな野郎でね。しょっ中けらけら笑ってやがるんだが正体がつかめんで困っとるんです。そうだ、先生に一遍それとなく診ていただくかな。別に急ぎません。おついでの時で結構です。それから、こいつが密告者だってことは黙ってて下さいよ」

「わかってます」


医官室では曾根原と友部が顔を付け合って話しこんでおり、谷口は椅子に坐って居眠りしていた。昼休の間スチームの圧力が下るためうすら寒い。近木は眠っている友の膝掛毛布が落ちているのをひろって掛け直してやった。看病夫が持ってきたぬるい茶を、曾根原の禿頭を見ながら飲む。と、気配を察したのか曾根原は脳天をつるっと掻くと振返った。

「おや、何という顔、給料袋をそっくり落したような顔」

「まったくそんな気持ですよ」近木は茶碗を置いて何気なくタバコをくわえた。曾根原がライターで火をつけてくれる。

「なにがあったの。なにかよほどの大事がおきたみたいね」

「大事というほどのことじゃないんですけどね」近木は煙を深く吸いこむと、ニコチンが肺の隅々に行き渡るのをあざやかに感じた。鉄棒曳《かなぼうひき》の曾根原にはめったなことは話せないと思う。

「なにしろ藤井看守長の御到来だ。有名人ですわね。なにしろ去年の秋の矯正武道大会で剣道で優勝したんだから。たしか『刑政』に写真でてたね」

「ほらこれ」と友部が机の上に並べた『刑政』のバックナンバーから一冊を抜き出し開いてみせた。まるで用意しておいたように手際がよい。剣道着をつけた藤井の全身の大写しである。鉢巻をしているので若く見え、まだ二十代の青年のようだ。

「その有名人が近木先生のところにわざわざ御来駕《ごらいが》とはよほどの大事ですわ」曾根原は好奇心をあらわにして言った。

「藤井看守長はいま四舎二階の区長やってるの」と友部が物知り顔に注釈した。

「そうそう、あれは保安課長の懐刀《ふところがたな》ですわ。よく切れて冷たくてこわあい方だ。あんまり親しげにこんなところ出入りしてもらいたくない。ねえ、先生」

「なあに彼はきょう入病したゼロ番の件で来たんですよ」と近木は仕方なしに答えた。「拘禁反応をおこしてるんですが、心配で病状をききにきた。職務に忠実熱心な人ですよ」

「あんまり忠実熱心で、ちょっとうるさ型ですわ」と曾根原が欠けた歯で笑った。「さっきの先生の顔は、ああうるせえなあって顔でしたよ。若者は顔に心を映し出す」

隣の事務室で碁石を碁笥《ごけ》に戻す音がした。碁盤のまわりに集っていた保健助手たちがあわてて立上って散っていく。

「御大将の御帰還ですわ」と曾根原が言ったと同時に医務部長が廊下に姿をあらわし、医官室を流し目に見て自分の部屋に入った。

「ねえ近木先生、あの目でちらと見られると何だか歯磨を食道に流しこまれたみたいに、ぞうっとしますね。そして背筋がすこうししゃんとして、さてちょっぴり働こうかしらんと思うから妙ですわ」と、曾根原は滝が入ってくるのを見て大袈裟にとびあがった。

「ひゃあ幽霊だ。え、これ本当に滝先生かしらんね。さんざっぱら探してたんですよ。官炊に行くって宣言したから官炊に行きゃいない。まさかこの大雪に傘なしで外出の筈はなしと、そこで厚生部の食料品売場からあっちこっち友部さんと二人で広域捜査で、てっきり失踪とあきらめてたところですわ。保安課長が探してましたよ。緊急な用事ですって。すぐ電話をかけてください」

滝はどこからか汚い日本手拭を出して白髪の頭と上着を拭った。

「おや、先生、この寒さに外套なしでお出掛けしたんですかねえ。やっぱり幽霊は違いますわ。ちょっと触らせてね。聖トマスじゃないけど、ぼく触らないと信じない質《たち》なんですわ」曾根原は滝の上着に手を伸ばした。「うん、これは幽霊じゃなく、実在の滝先生だ。驚きましたね、背広もズボンもびしょ濡れだ。どっかで転びましたね。ははあ、ラーメン食べましたね。ニンニクの臭いがしますよ。それはともかくはやく着替をなさい。手術室に替えがあるんでしょう。看病夫を呼びますか。きょうびは、みなさんよく濡れる日だ、ねえ、近木先生」

「ええ」と近木は苦笑し、朴泰翊のことを思う。あの蛸の口から汚物を吐き続ける朝鮮人の敵意に自分は屈服しようとしている。いま、医務部長は看病夫が運んできた茶を飲みながら近木医官を呼ぼうと考えているだろう。彼は隣で居眠りをしている谷口を見た。昼食後ピンポンをやり、そのあと十分ほど自席で眠るのが谷口の日課だ。どんなにあたりが騒がしくても熟睡できる不思議な能力を備えている。

滝は濡れた上着とズボンを脱いだ。目端《めはし》の利く看病夫の牧はいちはやく手術室から乾いた白衣と白ズボンを持ってきて待っていた。それを滝はゆっくりと身につけ、さてタバコを喫《の》もうと取出すと紙箱が水を含んで憐れにもひしゃげていた。

「はい、タバコ」と曾根原が自分のを差出した。「その分じゃマッチも濡れしょぼたれてるでしょうね。はい、ライター。ああ先生はライターなる機械製品は苦手でしたね。いいですよ、つけたげますわ。はい、タバコをくわえて。一服したら保安課長に電話して下さいよ」

「ラーメンじゃないぞ。中華丼だ」と滝が言った。

「でも、中華丼にもニンニクは入ってますからぼくの鼻は正確でしょう。門前のラーメン屋が先生の行き先でしたね」

「まるで警察犬だな」と近木がつぶやいた。

友部がすかさず解説した。

「曾根原先生の鼻がいいのは香水嗅いでるからよ。この人の趣味は香水集めなんで、官舎へ行ってごらんなさい、家中香水の瓶ばかりだから。フランスだのイタリアだのの特級品が何千種類もあるし、自分でも調合して、それを嗅いじゃ楽しんでるの。あんなに香水たちを愛してちゃ女を愛する暇がないでしょうよ。だからこの人は独身。先生、いま、香水持ってない」

「一つあるよ」曾根原は身軽に立ってロッカーから小瓶を取出した。

「これですよ。近木先生、嗅がしてもらったら」

友部が手渡してくれた褐色の広口瓶にはラベルがなかった。

「いやあ、先生の香水趣味は前からお聞きしてたんだが。おや、これはどこの製品かしら」

「自家製ですよ」と曾根原が言った。「ぼくが作ったんです」

「この人の家へいくとね」友部が嬉しげに説明役を買って出た。「春なんか集めてきた花弁の山よ。それを蒸溜《じょうりゅう》したりアルコールに漬けたりして、せっせとエキスをとって瓶に溜めてくの。それをまた自分で調香もやるんだから。だから、そこらの市販の香水だったら、曾根原さんにゃ一遍で名前が分るね。香料の配合率を嗅ぎわけると製品の名前も分っちゃうんだって。この人医者にしとくのはもったいない鼻を持ってるのよ」

瓶の蓋を取って鼻を近付けてみた近木を曾根原が遮った。

「だめ、そんなやり方じゃ。それじゃアルコールの臭を嗅ぐようなもんでしょ。ここのところ、親指の付根の三角の窪み、え、滝先生、解剖学的に何とかって名前がついてましたね、そこにちょっぴりたらして、息を吹きかけアルコールが逃げたあとを嗅ぐんですよ」

芳香がした。甘酸っぱいきりりとした香りである。この殺風景な医官室には場違いな、それだけに知覚を強く刺戟する香りだ。近木は名取千弦の白い頬をふと思い出した。彼女は大学の犯罪学研究室の助手をしている。このところ研究室にも無沙汰している。いちど顔を出しておこう。明日の午後でも行ってみるか。

「いいにおいだな」と谷口が目を覚した。短い腕を伸ばして欠伸をする。

「おや、おめざめですか。先生にも嗅がしてあげましょう」曾根原は谷口の右手をとり親指の付根に一滴たらし、大事そうに瓶の口を締めた。

「こんど先生の御宅にうかがいますからね。その何千種かの香水を嗅がして下さい」谷口は太い眉をあげて言った。

「先生は眠ってても人の話は聴いてるんですね。どうぞいらっしゃい。ただし、一回にせいぜい三種類が限度でしょうね。それ以上はシロウトは区別がつかなくなる。嗅神経《きゅう》が疲労して嗅いでも無駄なんですわ」

「部長に会った」と滝が言った。彼は香水騒ぎにも知らん顔してタバコをのんでいた。

曾根原は敏感に反応した。

「え、どこで御大将に会ったんです。ラーメン屋ですか。まさか御大将がラーメン屋てことはないでしょ。こりゃ滝先生には失礼だけど、ちょっとあんまりね」

「ラーメン屋でだ」滝は煙を鼻の孔から勢よく吹き出した。煙はきれいな棒になって横に伸びた。

「何か特別な話でもありましたか。部長は家の話をしたでしょ。あれが唯一の楽しみなんですわ。土地はもう柏《かしわ》の在に買ってある。設計図も練りに練ってある。あとは定年の時の退職金をもらって家を建てるだけでね。その話、庭に何を植えるとか、大工はどんな大工がいいとか、材木の値段は近頃どうだとか聞かされたでしょ」

「別に聞かされはせんかった」

「一言もですか。信じられない。部長は人の顔を見ると家の話をしたくなる、一種の会話衝動を持ってる人なんですけどね。いくら滝先生が無口でも一緒にいて〝聞かされはせんかった〟てのは意外ですわ」

「混んでたから、別々に坐った」

「初めからそう言ってくれりゃいいのに。こっちはいらん気をまわして疲れますよ。ほら、保安課長に電話しなさい。むこうは必死で探してましたよ」

「何の用かな」

「知るもんですか。むこうは真剣でしたよ。先生、また、どこかで失敗やらかしたんと違いますか。保安戒護上好ましからざる行為ありたるにつき厳重注意というわけでしょ。二七五番」

電話番号表を探している滝に曾根原が教えた。「保安課長室がそこ。そこにいなければ二八八、警備隊本部。大抵どちらかですよ」

滝はそれでは電話が切れてしまうと思われるほどゆっくりとダイアルを回した。そこへ看守が来て、「友部先生、レントゲン撮影一名お願いします」と頼んだ。「早すぎるな。二時という約束だったんだけどな」とぼやきながら友部は出て行った。

谷口はまた眠りこんでいた。両肘《りようひじ》を肘掛にのせた端正な姿勢だが顔だけは俯き加減で眠っている。谷口の言うとおり近木は朴を外部の病院に送ることにしようと思った。しかしそのことを医務部長へ報告するのがどうしても億劫である。雪を見ながら午後の仕事の段取りを考えてみる。やるべきことはいくらでもあるが、どれも今すぐやらねばならぬことではない。役所というのはそういうところだ。熱心に働けば働くほど仕事は増えるが、働かないでいればそれですんでしまう。曾根原などは差し詰め働かぬ口で、頼まれた診察をやるだけだから医官室でぼんやりしていることが多い。谷口はその点そつがなく、勤務時間内は大体暇をつくらずに働き、しかし時間外には一切働かない。いまも昼寝から覚めればすぐ立って心電室に籠《こも》るはずだ。そして五時にはさっと帰ってしまう。近木は医官室で休むこともあまりしないし、仕事が終らねば定刻後も残って働くほうだ。何かに追いかけられる気持で絶えず忙しくしていないと気がすまない。時間を行為で埋めていき、それを密度の濃い、何か手応えのある物質のようなものに化したいと願っている。あの雪のように、あとからあとから、降り積っていく時間が自分の理想だ。われながら齷齪《あくせく》とした性分だと思う。人は彼のことを勤勉だという。いや、彼は何かが怖い、そう、多分空虚が怖いのだ。

近木は白衣のポケットから先刻女区の看守がおいていった願箋を出して見た。それは〝在所人諸願表〟と印刷されたA6判ぐらいの藁紙《わらがみ》であった。

診　察　願

女区　被告　四　志村なつよ

右は本日午前出廷中に精神異常を呈し帰所した者です

至急診察をお願いします

医務部近木先生

課長　印　区長　印　主管部長　印　担当看守　印

3

女区は拘置所の西南の外れにある。それは一舎から六舎まで櫛《くし》の歯のように連なる大きな建物から一旦外へ出、地下道を通った先にある。そこは医師以外の男性は全く入ることを禁じられている別世界である。

地下道におりると、蛍光燈の冷ややかな光が天井や壁の湿りを照し、かえって暗い情景を際立てていた。階段をのぼった先の鉄格子では近木の持っている鍵はもう役に立たない。彼は呼鈴を押し、雪に埋れた小さな二階建を眺めた。拘置所がかつて戦争犯罪人の収容所であった時、この建物は死刑囚を収容していた。すぐ北側に絞首台があり、処刑の物音を聞かされながら彼らは暮していた。いま死刑の執行は拘置所内ではおこなわれない。日本でもっとも進歩した、すなわち人道的な新式の設備を持つと称される刑場は拘置所から東南へ十キロメートル行った川岸のK刑務所にある。死刑囚は朝、この世で最後の自動車旅行を強制されそこまで連れて行かれる。もっともこんな事実は囚人たちにはあまり知られてはいない。多くの囚人は、いまだに戦争犯罪人用の西部劇にも出てくるような木製の十三階段が使用されると信じている。出し抜けに雪が一塊落ちた。石段の上に庇形《ひさしがた》に張出していた雪の部分が欠落し昔絞首台を遮ったコンクリート塀が黒々と見えてきた。雪は真っすぐに等間隔に、糸を垂らしたように降ってくる。寒い。

若い女看守が鉄格子を開いた。女区と白ペンキで書かれた男物の傘を持っている。玄関まで彼女の傘に入っていく。玄関を入ると広い廊下に女看守たちの往来する姿が男ばかり見慣れていた目に珍しい。区長が来て挙手の礼をし、管区に案内してくれた。塗料の剝落《はくらく》と錆びの目立つ石油ストーヴが燃えている。医務部には曲りなりにも（というのはしょっ中故障したからだが）スチーム暖房が通っていたから女区の設備は古風である。

「志村なつよという被告を診ていただきたいのでございますが」と区長が切りだした。髪を刈上げ制服を着ているので一見男と見まがう姿だが声は細く優しい。

「けさ出廷中、本人への訊問《じんもん》中急にでございますね、何もわからない、みんな忘れましたと申し立てましたので、みなさまびっくりなさったらしいんです。それまでは、事件のことも本人はようく記憶しておりまして、はきはき答えておりましたのに、突然、何もかも忘れたでは筋が通りませんで、裁判長もきびしく訊問されたらしいんですが本人は一言も答えず、弁護士がなだめてもだんまりをきめこんだので、とうとう拘置所医師の診察を受けるということで閉廷になりましたんです」

「事件はなんですか」

「殺人でございます」区長は机上の身分帳を開いて、最初のページに綴じこんである起訴状をざっと読んだ。「去年の十一月に三人の子供を殺害しています。内縁の夫との仲が最近不仲になったのを悲観し、六歳、四歳、一歳の三人の子供を殺し自分は投身自殺を図ったが救助されて目的を遂げなかったとあります」

「心中の片割ですね」

「本人は自分だけ生残って子供を殺したことを心から悔み、いままで神妙に裁判を受けてまいりましたし、所内でも別に変ったところのない被告でございましたんですが」

「いまはどうしてますか」

「相変らず黙りこくっておりまして、時々忘れた、頭がおかしいと口走ったり、泣き出したりしております」

「とにかく会って見ましょう」

区長は先に立った。鉄扉や視察口といった監獄特有の趣きがここにはない。鉄格子で仕切られた内部には硝子窓つきの障子のしまった日本間がしつらえてあり、そこに囚人たちが屯《たむろ》している。囚人たちは廊下の端の便所まで行くこともできるし、〝携帯乳児〟のいる隣室との交通も自由である。刑が確定して刑務所に移送待ちの者は浅葱の囚衣を着ているが、大多数を占める被告たちは自分の趣味に合せた華やかな服装をしていて、全体の印象が監獄というより寄宿舎を思わせる。障子が開いて香油の香りが流れた。その香油は所内で一律に許可されているものではあるがなまめかしい。赤ん坊に乳を含ませていた母親がこちらを物珍しげに見上げている。

雑居房に続いて独居房が並んでいる。こちらは幾分監獄らしく、扉のある個室である。志村なつよは畳にきの字に坐っていた。かなり上等なオールドローズのスーツが着乱れていて、いま誘拐されてきた女がふてくされている風情だ。

「はい、医務の先生にいらしていただいたのよ」と区長が告げても女は身じろぎもしなかった。しかし近木は女の目が素早くこちらに動き、額に警戒の縦皺《たてじわ》が走ったのを見逃さなかった。彼は女の正面に胡坐《あぐら》をかき、「こんにちは、どうしたの」と話しかけた。

女はかすかに頭をさげ、彼を上目遣いに見た。それは訴えたいけれども何かが邪魔していることを示した表情だ。ほつれ髪が額に垂れ、まだ二十代なのに目尻の皺の深い顔が年寄りじみてみえる。

「二人だけにしてくれませんか」と近木は言った。

区長は明かに躊躇《ちゆうちよ》していた。

「管区の隣に調べ室がありますが」

「ここでいいです。ここのほうが落着けますから」

区長は一刻考え、会釈して出ていった。しかし扉に鍵をかけず、廊下で待っていた。

「何もかも忘れちゃったんだってね。どうしたんだろうね」

女は答えなかった。しかし答えようと努力している様子で唇を動かした。

「あんた、生れはどこ」

女は「秋田」と小声で答えた。しばらく問答が続いた。女の答は簡単で、まるで戸籍調べの警官に応じているようであったが彼の知りたいことは伝えてくれた。

秋田県の或る町で生れ、中学を出てから製糸工場で働いた。二十の時上京し、手伝いとなったが妻子のある主人と関係し、別に一つ家をもらって住むことになった。女はそれをよくある話だと註釈し、自分の境遇を日蔭者《ひかげもの》と正確に規定した。しかし、それから先のことになると俄然答えが滞ってきた。

「主人との間に子供は」

「いたような気がするけんど……」

「気がするって、よく覚えてないのかな」

「子供がいたよ。そう。いたけども……」

「忘れちゃったの。主人てどんな人だったのか」

「いい人」

「来てくれねえ。ちがうよ、主人なんかねえす……」

「きょう、出廷したんだったね。法廷でどうしたの」

女は不意に両手で畳をかきむしりながら泣き出した。涙が一つ二つと畳を濡らしていった。

「はやく裁判受けてしまいたい。だけんどみんな忘れちゃってこの分じゃ何を聞かれてもわからねえす。こまるよ。わたし、こまる」

「忘れたことを思い出したいのかね」彼は女の目を鋭く見た。

女は深く頷いて坐り直した。押し拉《ひし》がれたような顔に幾分の張りが出てきた。しかし、どこか頼りなげで押すと簡単に倒れてしまいそうだ。とっさに近木は呪文でもかけるように言った。

「倒れる。うしろに倒れる」

女は後に倒れかかり、彼は両肩をつかんで女を支えた。扉の隙間から区長が見ている。が、近木は構わず続けた。自分の一言で女が動かされていること、もう一言か二言で完全な暗示にかかることを彼は予想していた。

「ほら、こんどは前だ。前に倒れる。倒れる」

女は上半身を心棒でも入ったように突っ張り、前のめりに倒れてきて、彼に支えられた。目を閉じて安堵の面持となっている。彼は女から手を離すと小声で励ました。

「さあ、こんどは自分の力で立てる。しっかりと自分の力で立っていられる。ほーら、落着いた気分だ。すっかり落着いた。忘れていたことも思い出してきた。なあんだ、みんなおぼえてるんだ。みんな思い出してきた」

女は頷くと正座した。ゆっくりと息をしている。扉の外に立つ区長の息遣いの方が強い。携帯乳児室で赤ん坊が泣いた。女は瞼《まぶた》の中で眼球を廻転させる。彼は一分間ほど待つことにする。赤ん坊が泣き続ける。

「赤ん坊がいたね。名前は何というの」

「赤ん坊。カズオ。ほんの赤ん坊でした」

「大きい子はいくつ」

「六つ」

「名前は」

「フミ子」

「中の子はいくつ」

「四つ」

「名前は」

「ミイ子」

「ちゃんと思い出せるね。では、事件のことを話して下さい」

女は頷き、少し改った標準語で淀みなく語りはじめた。そういえば女は急に御国言葉を使わなくなっていた。

「主人はよくしてくれました。ずっと生活費も送ってくれて夫としての責任は果していました。でもなぜだかふたつき以上も会いに来てくれなかった。それで淋しくって中の女の子をつれて川口の家まで会いに行ったんです。木枯のすさぶ寒い日で呼鈴を押して門のインターホンに答えがあったのに名前を伝えたら答えなくなった。ずい分待ったけど女の子が寒いというので帰ってきた。その夜は頭が熱くて寝られませんでした。明け方冷えこんだため上の女の子がオシッコと言っておきたのでトイレに行かせたんです。戻ってきた女の子を抱いて寝かしつけているうち大きくなってもこの子も結局は不幸だと思い可哀相になりました。母ちゃんと一緒に遠いところに行くかいときいたら喜んで笑いました。遠いところって死ぬんだよと教えたら死ぬのは淋しいからいやよとかぶりを振った。そこで淋しくないよとなぐさめ〝あめふりおつきさん〟の歌を唱ってやったんです。女の子が大好きな歌なんです。そしたら女の子も唱い出し二人で合唱になりました。わたしは枕に巻いてあった手拭をはずし女の子にさよならねと耳こすりしたらにっこり笑ったんで女の子の首をしめたんです。鶏なんかよりずっと簡単に死んでしまいました。可哀相な子ねとキスしてからこんどは中の女の子をしめました。中の子はちょっとあばれましたけどやっぱりすぐ死にました。あとは下の男の子でこれはまだ赤ん坊ですから手拭では太すぎ救急箱からガーゼを出してそれでしめました。赤ん坊はほんとうにいい子に死んでくれました。湯を沸して死んだ子供たち三人を綺麗に拭いてからみんなに一番いい洋服を着せてやりました。子供の時大事にしてた人形に着せるみたいでした。それからわたしは喪服に着替えお化粧をしました。鏡の中のわたしは主人と知り合った頃のように若く見えました。首を吊《つ》ろうと思ったけどベルトや紐しか見当らないのです。暗い外へ出ました。川っぷちを歩いているうち橋があり欄干に登ってとびこみました。だけど浅い川で死ねず死のうと無理に顔を沈めましたがぬるぬるで臭くてだめでそのうち人が来て岸にあげられ救急車で病院に連れていかれました。主任さんが来て子供を殺したかときかれ急に悲しくなり泣きました。あまり泣くもんだから注射をされて眠り目がさめると主人がいてとんでもないことしたと叱りました。主任さんが社会の法には従わねばとさとし手錠をはめ留置所へ連れていきました。留置所は男の人ばかりでおねえちゃん元気ないねとなぐさめてくれました。主人が来て葬式はすんだと知らせこれで手を切りたいから判子押してくれとたのむので拇印《ぼいん》を押しました。それから段々留置所の壁が暗くなってここに移管されてからもっと暗くなってきょう裁判のときとうとうまっくらになったのです」

語りおえると女は急に顔をゆがめ膝をくずし俯した。小さな肩がわななき涙が滴《したた》り落ちた。

「どうした」近木は女の名前を呼ぼうとしたがそれを度忘れしていた。

「志村なつよ」と区長が女を呼んだ。まずいな、と近木は思った。せっかくの催眠状態が区長の介入で解けてしまう。彼女は入ってきて女にわざとらしく笑顔を向けた。「聞いたわよ、みんな。あんた全部覚えてるじゃないの。これで裁判はちゃんと受けられるから、安心して申しあげて早く判決を受けなさい。あんたは運がわるかったんだよ。これから真面目につとめればそれが何てっても子供たちの供養になるのよ」

「忘れちゃったのよ。忘れちゃった。何にもおぼえてない」女が癇性《かんしょう》に叫んだ。

「だっていま覚えてたじゃないの。子供たちはどうしたと思う。言ってごらん」

「わかんない。何もわかんない」

「自分の子をあんたはどうしたの。言ってごらん」区長は苛立《いらだ》った。

女はかぶりを振った。近木は区長に目くばせした。廊下へ出るとすぐ区長は振返った。

「よく覚えてるくせに、何もかも忘れたなんてオトボケもいいとこですね。もっと弱い女かと思ったらしぶとくて驚きます」

「やはり弱い女ですよ。仕方なしにああなってるんです。おそらく、さっき喋ったことは、いまは全部忘れてるでしょう」

近木は区長に説明すべきだと考えた。だがどのような段階からそれを始めたらよいだろう。

無意識と催眠について、精神的苦悩と抑圧について、二重人格と記憶喪失について、どのように説明したらいいだろう。いまのところ女は精神病理学的分析からみて不思議のない、むしろごくありふれた症例のように思える。しかし、そのようにして説明しても女の苦しみをいささかでも柔げはしないだろう。女の心の傷は癒し難い。否《いな》、癒すことが不可能だ。とすれば女にとって忘却は唯一の解決ではないか。すべてを忘れた状態、それが女の生きていくぎりぎりの状態だ。

管区へ来た。若い看守が事務をとっている。石油ストーヴの暖かみの前で自分の体の冷えに気付き、近木はかじかんだ手を焙《あぶ》った。

「さきほどは失礼しました」と区長が頭を下げた。「先生の御仕事中に勝手に立ち入ったりいたしまして」

「いいえ。彼女の陥っている状態、なかなか難しいところがありましてね。区長さんのおっしゃることももっともだと思うんです。ただし……」近木は考え込んだ。区長はストーヴにかけてあった薬缶から急須《きゆうす》に湯を注いだ。柱時計が時を刻んだ。区長はふっくらとした小さな手で茶をすすめた。あの女に診断をつける、精神医学の規格に合った病名をぶらさげることは簡単だ。ヒステリー性の記憶喪失症とでも言えば完全な分類だ。問題は診断の先にある。区長が首を傾げた。

「志村なつよですが、あれだけ覚えてるのにどうして忘れたなんて言い張るのでしょう」

「うまく説明できないけど、さっき彼女が喋ったこと、あれは催眠状態に入って無意識で喋ってるんです。つまり催眠中は彼女は何もかも覚えてるんだが、現実に返ると何も覚えてない」

「でもわざとしてるみたいでした」

「ええ、そう見えるんですが、実際は仕方なしにああなってるんです。こういうふうにも言えます――彼女は催眠という夢の中でやっと事件を覚えているだけの力があると」

「夢の中でとおっしゃるけど、ごめんください、生意気なこと申して、何だかまるで普通のようにして喋っていましたが」

「ええ、一見そう見えますね。でも何か不自然だったでしょう。たとえば不断彼女はあんな風にまるでNHKのアナウンサーみたいに取澄ました話し方はしないんじゃないですか。もう少し御国言葉がでるんじゃないですかね」

「どうですか」区長は机に向って事務をとっていた看守(彼女はさっき彼を迎え出た若い看守であった)を振返った。「志村は、いつもはどんな言葉遣いなの。ナマリがあるかしら」

「はい」若い看守は姿勢を正して答えた。「かなりナマリがあります。秋田出身の鈴木ふさと話す時なんかわたくしにはさっぱり通じない方言を使います。あるいはわざと使ってるのかも知れませんけれど」

「とすると見当がつくんです」近木は言った。「あれはずい分改った、彼女が努力して作りあげた話なんです。自分本来の意識ではなくて、何か意識下の意識で話している証拠です」

「不思議でございますね」と区長が言った。その言い方には別に皮肉な調子はなかった。

「で、その何とか無意識症ですか、それはなおりにくいものでしょうか」

「たぶん、治りにくいでしょうね。彼女は自分の子供を殺したことで苦しんでるわけですから、そのことを忘れることが幸福なんです。だから……」近木はそこでためらったが思い切って言った。「正直言ってぼくには彼女を治してやりたくない気持も強いんです。何もかも忘れたままにしてやりたいなんて思っちゃう」

「そんなの、ごまかしです」と不意に若い看守が叫ぶように言った。

近木は吃驚《びっくり》して若い看守を見た。痩せた唇の薄い女である。脂肪が乏しく中学生のような幼い顔付をしている。区長が目で制しているのに一向にひるむ気色もなく、近木をまっすぐに見詰めていた。

「志村なつよは、子供を三人も、殺しています。その三人の死について、自分を直視して、責任をとるべきです」一語一語を区切ったような早口である。

「あんた。ちょっと待ちなさい。先生に向って失礼よ」区長はあわてて制止しようとした。

「いいですよ。面白い」近木は微笑んだ。

「ぜひあなたの意見をきかせて下さい」

「あの」若い看守は顔を赤らめたがそんな自分に腹を立てたように一層口疾《くちど》になった。「志村なつよは甘えてるだけです。男に甘えて、子供を三人も作ったけど、甘えられなくなると殺したんです。そこで、死という最高の権力者に甘えて、死のうとしました。しかし、それに失敗すると、こんどは狂気という特権者に甘えて、何もかも忘れようとしたんです。あんまり身勝手な、甘え方で、あきれかえります。許せません」

「なるほど」近木は若い看守の視線が自分の顔を刺しているのを怺《こら》えながら幾分弁解がましく言った。「あなたの言うとおりですよ。しかし、一人の母親が子供を道連れにするほどに悩む姿には同情すべき面はあるでしょう」

「志村なつよは、悩んでなんかいません。ただ甘える相手を身近な方にのりかえただけです」

「いや彼女が何かに甘えなくちゃ生きていけない弱い人だってことは認めますよ。しかし、彼女がそうなったのは彼女だけの意志じゃない。貧困、上京、男の我儘《わがまま》、大都会の孤独、妾《めかけ》を許容する因習、いろんな条件がからみあっている」

「そういった条件は、志村なつよだけにあるんではなくて、大勢の女たちにもあります。ただ、そういった条件を、選びとったのは志村なつよ自身です。つまり条件に甘えたのです」

「条件に甘えた……」近木は言葉に詰った。若い看守にやりこめられていると自覚しながら、そうなっている自分を面白がる心もどこかにある。いったいに看守たちは医官の前で従順であるかよそよそしいかで、面と向って議論をいどんでくる者にはいままで出会ったことがない。相手の薄い唇と唇が動くたびに絶えず上下する小鼻を彼は珍らかな生き物のように観察した。

「志村なつよは、作り話が上手なんです。憐れっぽい話をして、自分を犠牲者に仕立あげるのが得意なんです」

「それが全部作り話だとは言えないでしょう。無責任な夫にだまされ、子供を三人も作らされたというのは事実なんだから」

「夫にだまされたのではなくて、志村なつよが同意した上で夫と一緒になったのだし、子供が出来たのは、彼女の側にも動機があります」

「すると、あなたの意見では彼女の殺人には彼女に全責任があると」

「もちろんです。犯罪は何よりも犯人一人の責任です」

「あんた」区長が間に入った。「そういうこと、責任能力の問題は裁判官が決めることです。わたしたち刑務官には発言力がありません」

「はい」若い看守は案外素直に頷いた。

「しかし区長さん」近木は若い看守と区長を見較べ、そのどちらにも付きかねるというふうに目を伏せた。が、彼の口は急に滑らかに動きだした。「犯罪一般の問題としてどうでしょう。

一人の殺人者がいたとして、その行為の責任の所在を論ずるのは自由でしょう。たとえ刑務官だってそれは出来る筈です」

「ですが、ただいまは志村なつよについてのお話でしたので……」

「彼女の問題には、犯罪一般の問題が含まれてるわけでしょう。この場合は彼女の立場にたてば、つまり彼女の境遇を了解すれば彼女の行為は自然なものとして追体験できるのじゃないでしょうか。一人の人間の行為が追体験できれば同情したくなるのは人情で、ただこの人情は彼女を許すことではなくて、つまり彼女を治療しないことではなくて、彼女をまず人間として見ることです」

「よくわかりません」と区長が言ったのと「それはわかるんですが」と若い看守が言ったのが同時だった。

「あんた、何がわかるの」と区長が腹立顔で言った。

「はい」若い看守は怖《お》じず区長を直視した。「先生の、御気持は、わかるんです。ですけれど、志村なつよの、絶望に、同情できるということと、彼女の弱さを、肯定することとは、別なことだと、わたくし思うんです。弱い人間には、何でも許されるということは、認められませ
ん」

「ちょっと、あんた、もうやめなさい。先生はお忙しいんだから」

「はい」若い看守は従順に会釈するとやりかけた書類を手に取った。

区長が傘を持って立ったので近木は従った。彼女は鉄格子の前まで来ると恐縮の体で言った。

「お驚きになりましたでしょう。あの子は最近配属されてきたんですが、思ったことをすぐずばずば口に出してしまうので困ります。この頃の若い子はなんだかこわいみたいでございますね」

「かまいませんよ。あの人の言うことも筋が通っていて、考えさせられるところもある」

「志村はいかがいたしましょう」

「もう少し診察したいのです。一応心因反応という線で病況書を裁判所宛に提出しておきますが」

「いまのままの処遇でよろしいでしょうか」

「独居より雑居のほうがいいとは思います。ひとりで置いとくより集団の中で生活したほうが病気にはいいでしょう」

「自殺のおそれがあるとおっしゃいますの」

「それもあります。それに今の状態は孤独に逃避するという形をとっていますから」

風が吹き飛雪が二人を包んだ。区長は急いで鍵を開き、近木を地下道へ導き入れた。鉄格子が重い音をたてて閉められたとき彼は一瞬自分が地下牢に閉じ籠められたような気がした。

4

その男はいつも壁に向って坐り、ほかの男たちに猫背をさらし、大学ノートに宇宙船の絵を、ボールペンを握りしめ、神聖な儀式をとりおこなう司祭のように真剣な顔付で、しかも儀式とはおよそ似付かわしからぬ男たちの猥雑《わいざつ》な喧騒《けんそう》の中で自分の儀式には自分ひとりのみで充分だと言わんばかりに落着き払って、夜明けより夜まですなわち朝の微光がノートを照らし夜の就寝時刻が電燈の光を奪うまで、食事と排泄のために必要な最小限の時間をのぞいた全時間を、ほとんど肉体の瀦溜《ちょりゅう》する全エネルギーをこめた勤勉さで、すこしも姿勢をくずさぬ禁欲的な努力を続けながら、描いていた。その男の描く宇宙船の絵は円や楕円や四角や台形やの幾何学的模様の組合せであったが、それらの幾何学的模様は定規もコンパスも使わぬ手書であったためにゆがみ、男の真剣さと勤勉と禁欲にもかかわらず投げやりに描かれた印象を与え、同じ壁の中の男たちも時たま来訪する男たちも等しく投げやりな点を指摘したけれども、男は自分の描いた宇宙船の絵が、どのひとつとして同じものはなく、したがって一つ一つが価値たかき独創であり発明であり全宇宙への偉大な貢献であることを信じ、嘲笑や揶揄や否定を示す男たちをむしろあわれみ、おのれひとりで充足しつつ、ひたすら宇宙船の絵を描きに描くのであった。

もっとも、その男がたったひとりでいるのは男たちにとってそう見えるだけであって、その男は全宇宙から飛来する宇宙人たちの声を聞き姿を見て彼らと親しい交際を続けているし、全宇宙の数々の星に住む数々の宇宙人と交信が可能であり、それら夥《おびただ》しい宇宙人たちが男の描く宇宙船を鑑賞しその価値を認めその男の真剣さと勤勉と禁欲をはげましたたえていたので、もし幸福を意識に浮びあがるだけの内的現象と仮定すればその男は幸福にひたりきっていた。

蛍光燈のあばきだす亀裂や染みは、その壁が古く疲労したというより、かえって分厚く堅固で、すでに何十年という年月に耐え、これからも耐えていくであろうことを示していた。この監獄という、物質による構築物が社会的正義や秩序という精神のいとなみに支えられていること、その精神のいとなみはこの壁のように分厚く堅固であることを近木は思った。そして壁に包みこまれた地下道を歩きながら、壁に反響するおのれの小さな靴音を聞きながら、その男のことを思い出していた。

その男は彼が週一日行く精神病院の慢性病棟にもう三十年ほど、つまり彼が生れる前から入院しており、三十年間に莫大な量の大学ノートを宇宙船の絵を描くために消費していた。大学ノートはその男の周囲に堆《うずたか》く積みあげられ、まるでその男を堡塁《ほうるい》で守るかのようであったが、それでもそこにある大学ノートはその男の消費したもののごく一部分にすぎず、古いノートは看護者にどんどん捨てられてしまったのである。病室のなかではほかの患者たちが袋貼りや雑誌の付録作りや荷札の針金通しなどの作業をしており、看護者は時折その男をも作業に導入しようとするのだが、その男は自分の宇宙船の絵こそがこよなく価値高き作業であると強く抗議するのが常であった。「たまには仕事をしろよ」「仕事してるじゃないか」「だってそれは絵じゃないか」「絵だってちゃんとした仕事じゃないか」そうなのだ、それにいま近木は気がついたのだ、あの稚拙な、円や楕円や四角や台形の幾何学模様は、その男にとって「ちゃんとした仕事」であり、そのことに反対するだけの根拠を看護者は持っていないことを、それに反対するためには、看護者がほかの患者たちに課している袋貼りや雑誌の付録作りや荷札の針金通しが「ちゃんとした仕事」であることを証明しなくてはならないことを。精神医である自分はあの男を狂人と診断したときから、知らず知らず社会的正義や秩序や常識や、要するにこの世で大多数を占める平凡な人間の平凡な信条と平凡な生活様式の側に立ち、〝宇宙船の絵を描く〟というあの男の真剣さと勤勉と禁欲とを否定することにつとめてきたが、それはいまこの監獄で法務技官という官職につき囚人たちを診察する場合にもいえることではないか。あの女は三人の子供を道連れに死へ旅立ちを決意し、それがすばらしい旅であることを信じて、子供たちに一張羅を着せ自分もお化粧して喪服を着こんだのに、ことのほかの手違いで子供たちだけが旅立ってしまい、自分ひとりが居残ってしまった。あの女の決意と信念を、平凡な人間の平凡な信条を成文化した法律は殺人と規定し、法務技官である自分は法律の側に立って、殺人犯であるあの女が法律のさばきを受けやすいようにあの女の意志に反して治療せねばならぬ。あの女がいまもっとも望んでいることは、死であり忘却であり狂気であり、人間としての一切の条件を棄《す》てさることであり、いやすでにあの女は人間であることをやめてしまっているのに、裁判官も検事も区長も若い看守も法務技官である自分も、あの女を無理やりに人間の次元にひきもどそうとしている。分厚い堅固な壁の隧道《すいどう》にこもる冷い空気を、何か透明な固体を割っていく気持で進みつつ、近木は息の詰まる思いがした。

石段をおりてくる足音がする。手錠をはめられ腰縄で繋《つな》がれた一隊の女たちが現われた。丸く柔かく小さい肉体が赤や黄の原色をちらつかせて歩いて来る。女たちは近木に向ってほとんど視線すら動かさず、前こごみになって手錠で合せられた両手をふりふり、囚人であることに慣れきった態度で足早に通り過ぎていった。縄尻《なわじり》を手首にからげた女看守たちは家路に急ぐ家畜にひきずられていく農夫のようにそり身になり、勤務中のこととて敬礼を省略して、しかし何故か気恥ずかしげに目をそらした。

保安課の看守溜《だま》りのあたりに来ると急に男っぽい雰囲気に変った。ドアを開け放した特別警備隊の控室では腰に拳銃をつけた隊員たちがテレビを見ていた。帽子、警棒、手錠、捕縄などの戒具がずらりと三列に並んで壁を装飾している。正面の壁には何か特殊な蒐集《しゅうしゅう》品の展示を思わせて、白い麻布や馬の轡《くつわ》様の皮製品が懸けてあるが、実はこれは鎮静衣と防声具であり、その部屋には不要なものはまず何も置いてないのだ。近木は何度見てもこの控室の様子に馴染むことができない。なにがなし自分が罪人で警備隊員にうろんな目で見られている気持がする。その気持がきょうはとくに強い。なぜかはわからない。さっき女区の区長が鉄格子を閉めたときから、自分が一歩囚人たちの暗い世界に足を踏みいれた気がしていたが、多分その一歩のせいかも知れない。

彼は庶務課のドアを押し、顔見知りの看守部長に、大田良作の身分帳の貸し出しを頼んだ。

「あれ、きょう入病した野郎でしょう。大田長助は先生のところへ行ってますが」

「大田長助ではなく大田良作のほうです」

「あ、そうか。共犯同士ですな。共犯同士は同じ区に所属させざる原則なり、か。したがって、大田良作はゼロ番区じゃなくて、三舎二階にいますな。はい、これです。それだけですか」

「それから」近木は思いついて言った。「安藤修吉のもお願いします。これはゼロ番区らしいです」

貸出簿に署名捺印をもとめられたとき近木は判子がないことに気付いた。拘置所では何かというと判子が入用だから常時背広のポケットに入れておいたのに背広を着替えたときに移し忘れてしまった。

「拇印じゃいけませんか」

「先生だからよろしいようなもんですが何しろ」看守部長は「上がうるさいもので」と言うかわりに庶務課長の方へ目を走らせ、その時思いついたように言った。「そうそう、先生のところに砂田市松と楠本他家雄のがいってますが、あれすぐ返却してください。所長が見たいというものですから」

「いますぐにですか。これから病舎へ行かなくちゃならないんですが」

「お忙しければこちらから取りにいかせます。その時判子をいただければ、この二冊もお届けしておきますよ」近木は医官室に電話をかけ、出てきた曾根原に机上の身分帳と抽出の判子を渡してくれることを頼んだ。

「先生どこ、いま。御大将が探してましたわ。朝から探してたからそろそろ顔を出したほうがいいでしょ。まあ先生も大胆だな。ぼくはてっきりさっき、先生、御大将に会ったんだとばっかり思ってた」

とにかく朴泰翊をもう一度診察したあとでなければ医務部長に会いたくないと近木は思った。ここから医務部長に電話をするのは簡単だが、そうすることによって何か大事なものをつかまえる機会が逃げ去るようで不安だ。〝その男〟と〝あの女〟と朴とは何かで結びついている。その何かを闇のなかから取出してみたい。

広い廊下の中央を大股に歩いた。左側に鉄格子の塡った舎房への入口の並ぶ廊下は幾分傾いて感じられる。右側の窓の側が高く鉄格子の側が低くて、歩いていると絶えず鉄格子に吸い寄せられていく気がする。が、それが錯覚であることを彼は知っている。いつか雑役囚たちがここを掃除していたとき、水はむしろ窓側へ流れていた。その水の流れと知覚との齟齬《そご》に気付いた彼は軽い眩暈を覚えた。そんな場合、彼は気性として科学的に説明しないと安心できない。第一の解答はこうだった。窓側は明るいので高く迫上《せりあが》って知覚されるが、鉄格子側は暗いので沈みこむ。しかしこの仮説は片側が窓の廊下をいくつか観察してみて真ではないとわかった。第二の解答は心理学的なもので、窓側は外の社会を鉄格子側は監獄を連想させ、それが床の高低を生みだすというのだ。彼はこの仮説を証明するために所内の鉄格子の中の床が外部よりいつもわずかに低く知覚される事実を突きとめた。彼はこの第二の解答に満足し、この広い廊下にくると自分の探究の努力を思いだす。努力といっても大した努力ではないけれども、科学は偶然目の前に生じた現象の因果関係を説明する努力から始まると彼は信じている。と、ふと楠本他家雄の不可解な眩暈のことを思いだした。

あの確定者は奇妙な症状を訴えていた。独居房の床が傾きゆらいだり時にはエレベーターのように下降していくという。医学的常識に照らせばそれは内耳にある三半規管の障碍による廻転性の眩暈ではなく、垂直の方向が優位の現象であった。それは何か精神の悩みによっておこる眩暈であって、一応確定者としての境遇から導き出されると判断され、そこで近木が〝死の恐怖〟との関連を問うたところ楠本は、ほとんど嘲笑に近い笑みを浮べて、北アルプスの崖から落ちた話をした。その落下の間、楠本は「死人の目でこの世を見てる感じ」だったと形容したけれども、近木にはこの〝死人の目〟がよく理解できず、また眩暈と墜落とがどのような因果で掛り合っているかも推測できなかった。〝死人の目〟には彼の学んできた医学の体系をはみだす何かがある。或る現象を分類し分析し解釈する因果律の先へするりと逃げ出してしまう何かがある。

突如、何かの異変がおこった。いつもわずかな傾斜で沈んでいき各舎房の入口で窪むかに見えた床が、ひねり飴《あめ》のように全体として捩《ねじ》れいく感じがし、一瞬のちには再び何事もなかったかのように静止した。彼は立止り、花道のように伸びている麻の絨毯の両側の床が、静止する直前にまるで水面を思わせるような漣《さざなみ》をおこしたのを訝《いぶか》った。地震だったかも知れない。それとも軽い脳貧血でもおこしたのか。いや、地震や脳貧血などという単純な物理や生理とは違う何か真っ黒な影が、この世界のすべてを支えている基盤が一変してしまう予兆が、そこにあったと思い返す。強いて言えば高い塔からはるかな下界を見下したときのように、しっかり手摺《てすり》に摑《つか》っていて身は安全だと知りながら、ほんの一歩踏み出しさえすれば墜落がおこる、あたりは光輝く真昼でありながら漆黒の闇が一瞬の差ですべてを塗り潰す、そのような予兆である。〝むこう側〟という言葉が浮んできた。そう、自分は何か〝むこう側〟を垣間見たのだ。地下道から警備隊控室へかけて〝むこう側〟は徐々に切迫してきて、いまほんの一瞬姿を見せて去っていった。近木は真暗闇を行く人のように一歩一歩自分の足元を確かめながら数歩歩いてみた。靴底は廊下の堅さを伝え、窓の雪明りにコンクリートの平面は灰色に安定していた。人が来た。夢から覚めた心地で、彼は足早に歩き始めた。こんどは何事もおこらなかった。

5

山崎看守部長の折目正しい敬礼を受けた時、近木は曾根原の来診から受けた不快を思いだした。しかしそれを彼に報告しなかったことをなじる気持は相手の邪気のない顔を見ているうちに消えてしまい、ごくあっさりと訊ねた。

「曾根原先生が午前中に来たそうですね」

「はっ」山崎は顎のあたりを強張《こわば》らした。短い頸が外套の襟にめりこんだように見えた。「実はその、先生にそれ申しあげるのを忘れまして。ええと、お待ちください」彼は眼鏡をかけてメモを取出した。「ここだ、ここに書いてありますが、曾根原医官十時二十七分来舎、十時二十九分退出であります」

「なあんだ、たった二分間居ただけですか」近木は苦笑した。

「さようであります」

「朴を診察したんでしょう」

「ドアの外からのぞいていかれました」

「病室内に入らなかったんですか。驚いたな、そんな診察ってあるかな」それで自分の見立てをのべた曾根原のしたり顔がおかしい。

「それから」山崎はメモをめくった。「谷口医官一時二十一分来舎、ただいまもなお診察中であります」

「谷口が来てくれてるんですか。そいつはありがたい」近木は喜びで声を弾ませた。すぐ朴の部屋へ行こうとすると、山崎は急に何もかも報告せずにはおかぬという勢いで語を継いだ。

「それから、医務部長より電話があり、先生に来てほしいとのことでした」

「何か用件を言ってましたか」

「いいえ、別に」

「分ってます。朴のことでしょう。あとで行きましょう」

「それから大田のほうですが、昼食は全量摂取いたしました」

「食べましたか。自分ひとりで食べたんですか」

「現場はみておりません。テーブルに置いときましたらいつのまにか無くなってました」

「やっぱりね」近木は得意を匿《かく》さずに言った。「そうだと思いましたよ。ガンゼル症状群ての は比較的短時間で解けるはずなんだ。でもまたすぐおかしくなる可能性はある。そのほかに何か変ったことでもありましたか」

「筆記具を要求してまいりました。許可しようかどうしようか迷って先生にお電話申しあげたんですが連絡がつきませんで、わたしの一存で鉛筆と藁半紙《わらばんし》を貸与いたしました」

「ああそれで結構です。で、彼はどうしてます」

「おとなしく何か書いとるようです。ぎゃあぎゃあ叫ばれるより、よっぽどこっちは楽ですが。何ですか、ずいぶん尋常で、あれで気が狂ってるとは思えん感じもしますが」

「そう、その件はよく検討してみましょう」近木は藤井看守長の「ヤツはオトボケじゃないんですか」という言葉を思った。自分の診断は正しいとしたいけれども若くて未経験な自分に本当の自信がないことも事実である。文献の記述と大田の症状とが一致したかと思うと懸け離れてしまう心細さを覚える。

朴泰翊の部屋に入って近木は驚いた。床や壁や一部は天井にまで飛び散っていた吐瀉物がきれいに拭いとられ、ベッドのシーツも真新しいのに取替えられている。パンツ一枚にマスクをつけた朴が両手両足を繃帯でベッドに固定されている。左胸には電導ゴム製の電極が吸付けられ傍の小型心電図計を谷口が操作していた。看病夫が二人夾侍《きょうじ》みたいに畏《かしこま》っている。

「やあ」近木は谷口の横顔に会釈した。太い眉が毛虫のようにゆっくりと動いた。

「心臓《ヘルツ》はまあ異常なし《ニヒトベゾンデルス》だね。心筋《ムスケル》にも変質徴候《デゲネラチヨン》はない。いま血液《ブルート》と尿《ハルン》を採ったところだ。さっきは体中を石鹸で洗ってみたんだが、きみ、この皮膚《ハウト》はそれほどひどい脱水症状は示していないよ。どうも全体的にコンディションはいいほうだと思うが」

「そうかね」近木はてきぱきとスウィッチをひねる谷口の指先と機械の針が描きだす図形とを見較べた。谷口は心臓の各部分の記録をもう一度とってみせた。

まるで実験用動物のようにベッドに縛りつけられている朴は観念したのか身じろぎもせず穏かに呼吸している。おそらく嘔吐を防ぐためにかけたと思われるマスクも濡れていない。肉が薄く骸骨《がいこつ》の相となったくぼんだ眼はじっと天井を見詰めたままである。不断、敵意に充ちた不安な日付ばかりを見てきた近木は不思議に思った。

「午前中ぼくが診たときはね」近木は首を傾げた。「不整脈《アリトミー》があったんだよ。かなり頻繁だったと思うが」

「それはある」谷口は図形を指差した。「しかしこの程度は機能的《フンクチヨネル》な変化でね。大したことはないよ」

「そうか」近木は頷いた。大学で循環器科学を専攻した谷口の意見には重みがある。

「さてと、むこうへ行ってよく相談しよう」谷口は、電極を手慣れた動作で朴の胸からむしり取ると皮膚にこびりついていた食塩入りの糊《のり》を拭った。手足の繃帯を解き、マスクをはずす。自由になった朴は近木に向けて口を蛸のようにとがらした。吐瀉物をとばす態勢である。近木は身構えたが、出てくるはずの汚物のかわりに空気が吹き出てきた。

「胃洗滌《せんじょう》しちまったからね、胃《マーゲン》はからっぽなのさ」と谷口が笑った。「すぐバリウムを飲まして透視撮影《エックス・ピー》をやろうと思ってね。このままストレッチャーでレントゲン室へはこんじまう。いま友部さんが待機してくれてるはずだ」

朴の部屋を出ると二人は診察室へ行った。手を洗っている谷口に近木が言った。

「ずいぶんきみは思い切った診察をしたね。ちょっと驚いたが、しかし、こう徹底的にやらないと朴の状態はつかめないね。いま必要なことは朴の生命を助けることで、そのためには身体条件を精密に詳細に知る必要があるわけだからね。きみには感謝してるよ」

「そう言ってくれたんで安心したけれど」谷口は手を拭いながら振返った。「きみに診察してくれと頼まれたんで朴のカルテを見たら、最近はほとんど何も検査してないって気がついたから、それなら一つやってやろうと思った。今日の午後は暇だったもんでね」

「そうなんだ」近木は愧《は》じた。「精神医の通弊は身体的検査にあまり熱心じゃないことでね。とくにこの一月ほどは栄養の補給で夢中になってたもんだから。あの病室の清掃もきみがやらせたのかい」

谷口は頷いた。

「まあね」近木は弁解した。「室内の清掃も毎日やるようにしてきたんだが、看病夫が不潔だと嫌がるもんだから隔日になっちゃってね。(彼は担当台の方角を指差した)彼も看病夫の御機嫌をとるようなところがあって、ぼくが言ったとおりには看病夫に伝えないらしいんだ」

「そりゃ毎日の掃除は無理だよ」谷口は慰めた。「きょうは汚物の中じゃ検査ができないから仕方なしに掃除させただけだよ。さてと、ぼくはレントゲン室へいくよ」

「きみの結論はどうだ」近木は呼び止めるように言った。「ぼくの聞きたいのは、いまのままの栄養補給を続けて朴の体が持つかどうかだが」

「血液と尿の結果がでるまで四日かかる。それまで結論は保留したい」

「それはそうだろうが、大体の印象としてどう思う」

「大丈夫だと思うよ。九十パーセントまでは大丈夫だ」

「ありがとう」

ノックがあって保健助手が入ってきた。

「谷口先生、用意ができました」

朴はすでにストレッチャーに乗せられていた。看病夫が前後につき谷口と保健助手が左右についた。一行の姿を見送ってから近木は大田長助の部屋をそっと覗いてみた。

床頭台に椅子を寄せ、何やら仔細《しさい》らしく書き物をしている。細い首が頭と肩をやっと繋げているようだ。時々鉛筆を止めて考え込み、張子細工の虎《とら》そっくりに頭を振っている。

鍵の音に大田は敏感に身構えた。が、近木だとわかると相好を崩した。

「近木先生だ。ひさしぶりだなあ。なつかしいなあ」たちまち涙声になった。「さびしかったよう、先生。ひとりぽっちでこんな変テコなとこ入れられただもの、どうなるかと思ったよ。知らねえ人ばっかだもんな。それに舎房と違って報知機もねえから、担当の先生呼ぶこともできねえでよ。さびしかったよう。やっとこすっとこ担当先生が来てくれたで、ここはどこだって聞いても教えてくれねえだから。意地悪いったらよう」

「それで大田」近木はわざと試すように言った。「ここをどこだと思う」

「知ってるよお、先生」大田はさかしら口に答えた。「医務部の精神科病舎だよ」

「よく知ってるな。誰に聞いた。担当は教えてくれないし……」

「わかってるくせに」大田は目くばせした。「雑役」

「なるほど。で、お前、いつここに来た」

「それがわかんねえだよ。いつのまにかここに来てただ。どっかで注射ぶたれて気抜けされただね。それに違いねえ。おれ、頭狂ってねえもんな。何でこんなとこ入れられただか……」

「なぜだと思う」

「わかんねえよう」大田は居住いを正し近木に一礼した。「先生、教えてください。なんで、おれ、こんなとこへぶっこまれただね。まさかバッタンコ行きの準備じゃねえだろうね」

「それは思い過しだよ。様子がおかしかったから入病させたんだ。もうすこし質問に答えなさい。この前ぼくに会ったのはいつだ」

「この前って、いつだったかなあ。もう大分前に、半月ほど前かなあ、舎房に来てくれただね。あれは、一月の末だったかな、ほら先生風邪ひいててよ、洟《はな》を何度もかんだじゃない」

「正確に覚えてるね。きょうはぼくに会ってないか」

「きょうは……いま会ってるじゃない」

「いや、ついさっき、ぼくと長いこと話をしたろう」

「からかっちゃいけないよ、先生。半月ぶりに会ったんじゃねえか」

「けさ運動に出たのは覚えてるか」

「覚えてるよ。寒かったもんなあ。おれは朝から文鳥の雛が餌を食べねえでよ、気が滅入って運動なんか出たくなくて、でもよう、垣内に会いたくって無理して出た」

「垣内って誰だ」

「先生、知らねえかなあ、垣内登といえば死刑囚歌人として有名なんだがな」

「そういわれれば、そんな人物がいたような気がするが。しかしどうして歌人に会いたくなったんだ」

「気が滅入ったからよ。あいつに会うと何となくすっきりするだ」

「不思議な人物だな、その垣内は」

「キリストだよ。信者だよ」

「じゃ楠本と同じか」

「すこしちがうだ。楠本はカトリックで垣内はプロテスタントだから」

「お前もプロテスタントだっけね」

「いいや」大田は誇らしげに言った。「おれは両方だよ」

「そうだったな、お前は両方だったっけな」近木は苦笑した。大田は、神父に定期的に会い木彫りのマリヤ像を房内に安置する一方、牧師の教誨にも顔を出していた。いやそれどころか彼は浄土真宗であれ日蓮宗であれ、この拘置所に出入りする教誨師にはかならず面接をつけていた。それは信仰の為というより教誨師からなにやかやと物質的援助を受ける為で、そのことを彼は平気で話して聞かせた。教誨師からもらった本や像や数珠《じゅず》や十字架を、まるで幼子がオハジキやシールを大事に飾っておくように戸棚の上にずらりと並べていた。教誨堂でのみ囚人に会う教誨師たちが、もし房内に足を踏みいれたらさぞやあきれ果てることであろう。しかし大田は教誨師たちを騙そうとしたわけではなく、彼にとっては何かをくれた教誨師はいい教誨師であり、したがってその教誨師の所属する宗派はいい宗派であり、その話を熱心に聞くだけの有難味があるのだった。宗教には無関心な近木には、大田のような宗教家への接近法も少くとも宗教への執心を示すものとは映った。

「いったい、その垣内登と何を話したんだ」

「もう言っただよ、文鳥の雛が糞しやがらねえからどうしたらいいかきいたってよ。垣内は〝手乗り〟に雛を育てるのがうまいだから。おれはもう二羽も失敗して死なしてるのによ、あいつは一羽も失敗しないでどんどん育てて、育てたヤツをほかのゼロ番にまわしてやってるだからよ」

「それからどうなった」

「それからがわかんねえだよう。ガンとぶっ叩かれて胆っ魂ひっこ抜かれたみてえにがらりっとわかんなくなっただよう」

担架で医務部に運ばれたこと、病舎に移されたこと、泣き喚《わめ》いたこと、近木の診察を受けたこと、すべてを大田は覚えていないと答えた。これが記憶喪失とすれば大田はガンゼル症状群に陥っていたことになる。というのはガンゼル症状群とは広義のヒステリー性意識障害の一亜型だからである。しかしもし大田が何もかも知っていて演技していたとすれば近木の診断はくずれてしまう。「ヤツは気違いの真似ぐらいちゃんとできる男ですぜ」という藤井区長の声が耳の奥で残響のように甦った。演技としてはあまりにも完全に症状が揃いすぎていたと思う半面、ひょっとすると大田は巧妙な佯狂者《ようきようしや》だという気もする。監獄医になってから近木は巧みな佯狂者に何人も出会い、時には欺《あざむ》かれて苦い目に会っている。

監獄では精神異常者でいたほうが楽に生活できる。裁判で心神耗弱《こうじやく》や心神喪失になれば刑は軽くなるし、病舎の生活は舎房の生活より諸事紀律がゆるく給養も豊かだ。医務部まで診察に出掛ければ何かと目先が変り、よい気晴しになる。そこでこの拘置所で一人きりの精神医である近木の元には患者の大群が押寄せてきた。頭のてっぺんより爪先まで体中の痛みが次々に訴えられた。辻褄《つじつま》の合わぬ話を声高に喋りまくる者がいる。眠れぬから睡眠薬をくれという者がいると、一日中睡気《ねむけ》が強くて困るから目の覚める薬をくれという者がいる。やたらに泣く者がいる。頻《しき》りと思い出し笑をしては周囲を気味悪がらせる者がいる。来た当初、大学病院にいるつもりでどしどし神経症の診断をつけては治療に励んでいた近木は、たちまち医務部長から注意された。彼が診た患者のほとんどが佯狂者であり、そんな者に一々投薬していては医務部の乏しい医薬品はすぐ底を突くというのだ。段々に用心深くなり、少しは目が肥えてきた近木は何とか相手の詐病《さびよう》を見破ることが出来るようになったが、それでもつい最近一度失敗した。房内で大便を食べている不潔症の男を〝分裂病〟と診断したところ男は裁判で心神喪失となり、外部の病院へおくられた。しかし十日ほどで全治し退院してしまい、彼宛てに嘲笑の手紙を書いてきた。

「おれは黒パンを水でこねて食器口に並べ、視察のときに食べてみせたのさ。お前がそいつを精神病と鑑定してくれたんでうんとたすかったぜ」

「急にわからなくなったと言うんだな」と近木は言った。「まあそれはいいとして、大田、お前は違憲訴訟してるそうじゃないか」

「ああしてるだよ」と大田は悪びれずに肯定した。「いまもよ、裁判官に上申補充趣意書書いてんだけどよ、ここには辞書ねえだから、うまく書けねえや。ねえ、先生、はやく舎房に返してよ。おれ、こんなとこやだよ」

大田は卵色の小さな頬をひきつらせた。

「お前がしっかりすれば舎房に返してやる。しかし、がらりっとわかんなくなるんじゃまだ駄目だよな」

「もう大丈夫だ。わかんなくなりゃしねえってよ、うん。おれ、いま、大事な時なんだ。死刑囚の苦しみを裁判官にわかってもらわなきゃなんねえ。弁護士もこれでいけるって言ってくれるだからよ。いま一押しで、こんなむごい刑罰は憲法違反だってことになるだよ。そうすりゃ、みんな助かるだ。おれは駄目な男でどうせ生きてたって芽がでねえから殺されたっていいけど、殺されちゃ気の毒なヤツもいっぱいいるだよ、うん。垣内なんかそうだよ。あいつは大して悪いことはしてねえ、いたずらでやったことが結果として人ひとりを殺しただけでよ、水銀中毒なんかで大勢人を殺した何とか窒素の社長よりかよっぽどいい男だよ」

「みんなのためにか。お前、それを自分で考えたのか」近木は後手に組んでゆっくり歩きながら言った。

「やだよ、先生」大田は笑い出した。「変なこと言うよ。人間は自分で考えねえでどうするだ」

「誰かに教わった。たとえば垣内に教わった」

「冗談じゃねえよ」大田は激しく頭を振った。「垣内は死刑を認めてるだから。死刑は当然のむくいだって認めて、殺されるのを平気で待ってるだから」

「じゃ、楠本だ。彼はインテリだから……」

「それこそ悪い冗談だよ」大田は目を剝《む》き、本気で怒った様子を示した。「楠本なんておれ、大嫌いだ。あんなヤツの言うことききくわけねえだろう」

「よしよし」近木はベッドに腰を降して大田に身を寄せた。「あやまるよ。で、お前の違憲訴訟の要点は何なんだ。死刑は残虐な刑罰だと主張する根拠だが」

「先生、本気できいてるのかね」大田は疑わしげに身を引いた。

「本気だよ」近木は身を乗り出した。

「いいよ、先生が本気なら、おれも本気で言おう。おれはこう考えただよ。おれたち確定者がこわいのは絞首台で吊されることじゃねえだよ。そりゃ考えりゃこわいけどよ、うん、絞首台だろうが電気椅子だろうがギロチンだろうが殺されるのはあっという間だろ。絞首台だけがとくべつこわいってことはねえだよ。そうじゃなくてよ、本当にこわいのは、いつ殺されるかわかんねえってことだよ。だいたいが長い裁判でやっとこすっとこ死刑を決めて、いざ執行の時になると法務大臣の命令でやるってのはおかしいやね。法務大臣がいつどうして刑の執行をしようとするかわかんねえってのは変じゃねえかよ。刑が確定してから四年も五年も生かしといて、ある日法務大臣がよ、便所で糞ひりながらよ、あいつを殺そうと考えつくと殺される。人間ひとりの命をよ、たったひとりの人間の思いつきでよ、殺すってのは変じゃねえか。こっちは、四年も五年もいつ殺されるかって毎日、そうだよ毎日苦しんで、その苦しみは日数の倍数分だけ、つまりよ、千倍も二千倍にも大きくなってんのに、そのあいだ法務大臣は確定者の苦しみなんか忘れて暮してる。そして、確定者の苦しみはよ、大臣が便所でひょっこり思いつくまで続くってのはおかしいじゃねえかよう。死刑の判決があってから長く生かしたほうが人道的だとでもいうのかい。こっちは、死を待つことが一番苦しい、そうだよ死ぬよりもっと苦しいのによ、その苦しみを毎日毎日続けさせるのが人道的だっていうのかい。ねえ先生、確定者だってよ、苦しみがわかる人間だ、死刑になるってことについちゃあきらめてる人間も多いだよ。だからさっさと決めたとおり殺しゃ死刑の苦しみだけですむのによ、死刑のほかに余計な、死を待つてえ苦しみが加わってよ、その苦しみのほうがずっと大きいだ。そうしてよ、妙チクリンなのは、それが確定者によって違うってことさ。確定後、すぐ執行されるヤツもいりゃ、為や楠本のように長いこと生かされるヤツもいる、同じ確定者の間に、わけのわからねえ差別があるってのは、うん、こんなおかしな不公平な残虐ってねえじゃねえか。え、先生。先生はどう思うだよ」

「そうだ」近木は真顔になった。「ぼくもそう思う。いまの死刑制度は不公平だ」

「そうだよ。神様の不公平ならよ、もともと神様は不公平だから我慢するけどよ、人間が作りだした不公平だからよ、我慢できねえだよ」

この男は何かを考えぬく力を持っていると近木は思う。「どうしてヤツはばかじゃないですよ」という藤井区長の意見にも一理がある。けれども、だからといってこの男を「狡猾で人をだまくらかすのがえらくうまい野郎だ」と極め付けられるだろうか。

「話は変るが」近木は相手の眸《ひとみ》に焦点を合せ、その微細な動きをも見逃すまいとした。「お前は伯父の大田良作に騙されたと言ってたが、むこうじゃお前に騙されたと言ってるそうだな」

大田は顰めっ面をして目を瞑った。思いがけず埃に飛び込まれたという様子だったが、すぐ隙間のように目を開き、近木を盗み見た。

「良作に会ったのかよ、先生」

「いや、まだだ。会って見ようとは思ってる」

「良作は口がうまい男だよ。先生だって騙しちまうだから。でもよ、良作のこと誰に聞いた」

「お前に聞いたんじゃないか」

「いや、良作がおれに騙されたと言ってるなんて、おれ、言わなかったぞ」

「身分帳を調べたんだよ。お前たち二人はお互に罪をなすり合ってる感じだな」

「違うんだよ、先生」大田は頬にうっすらと血をのぼせた。「おれは本当のこと言ってるだよ。それを良作が主犯に仕立てあげただ」

「まあいいさ」近木は曖昧な言い方をした。「両方に言い分があるってわけだから」

山崎看守部長が入ってきて谷口医官より電話だと伝えた。行こうとする近木の背に大田が叫んだ。

「先生、まだ話おわってねえよ。いまさら良作なんかに会ってどうする気だよ。出してくれよ、ここから。もうおれいやだよ。こんなとこにいると何もできねえよう。うん。もうたまらねえだよ」

近木が構わず部屋を出てしまうと山崎部長が扉を勢いよく閉めた。谷口は朴泰翊の胃に異常を認めなかったと告げ、医務部長が呼んでいると付加えた。

6

壁一杯にしつらえた書架には紺の背に金文字の学術雑誌が寸分の隙なく並べられている。『矯正医学雑誌』『犯罪学雑誌』『法医学雑誌』『刑法学雑誌』『American Journal of Criminal Law』……。その横に大型の医学書だ。まるで大学の研究室という雰囲気だが、机の上はさすが役所らしい。未決・既決と浮彫のある木箱に書類を区分けし、それを手錠を連想させる輪型の文鎮で押えている。毎日看病夫に磨かせている窓硝子は存在を感知せぬほどに透明で、いま、鮮かな雪景色が望める。真白にくるまった桜の大樹とコッテージ風の病舎を程よい位置に配置した有様は、ふと、ここが監獄の中だということを忘れさせる。

「……それはやりますよ。クラブの手配はこちらでやります。しかし呼出しの看守の手配は管理部長を通してもらわんとこまりますな。いやいや、あなた、医務部長にそんな権限ありませんな……」

電話をかけている秩父医務部長のシルエットは丸く重たげである。張出した腹と盛上った肩と球型の頭。すこし薄い脳天の髪の毛は鬢《びん》を短く刈り上げているためそれ程目立たず、しかし頭蓋骨の輪郭ははっきり表わしていた。糊のきいた白衣の襟が首の贅肉をくびらせている。物を言うたびに二重顎が脹《ふく》れたり縮んだりする。

彼は学者として知られていた。若い頃から監獄医をしていたが同時に大学の解剖学教室に籍を置き脳神経の解剖をしたり、法医学教室に移って指紋や掌紋の研究をして名をあげた。いまでも、週一日は府中にある指紋センターへ研究と指導に出向いている。

受話器を置いた医務部長は近木に軽く頭をさげ、それまでの多忙な様子と打って変って冷茶をのんびりと啜《すす》った。

「なにか御用でしょうか」と大分待たされた近木が少し焦れ気味に訊ねた。

医務部長は、一口茶を口に含んで細い目を一層細め、ゆっくり飲み下してから言った。

「実はね、近木先生をお昼頃から探してたんですよ」

「朴泰翊のことでしょうか」

「ええ、それもあります。朴はどうしますか」

「あの男は今まで通りぼくが診ます。内科的には何ら危険はないそうですから」

「はて」医務部長はちらと左を見た。左側には医官室がある。「曾根原君に診察してもらったら大分危い言ってましたが」

「そうですか」近木は一刻考え込んだ。昼休に曾根原はたしか朴はまだ危険ではないと言った。もっともわずか二分間、扉の外からの観察だけで確信のある結論が出るはずがなく、あの男のことだから医務部長と近木に正反対のことを言い、言った時はどちらも正しい意見だと信じていたのかもしれぬ。

「とにかく中で事故があると困るんで慎重に処遇せんといかんでしょうな」

「わかってます。ですから谷口に慎重に精密検査してもらったらいまのところ内科的には危険はないということでした」

「谷口君にね」医務部長はもう一度医官室の方角を一瞥《べつ》した。「それならば確実でしょうが、もう一つの問題は精神的にどうか言うことですな。前に先生は〝ヒステリー性の食道痙攣症〟と診断されましたが、そいつの方の予後はどうなんでしょうか」

「まさしくその点が問題なんです」近木は深く頷いた。「なにしろぼくが受持医になってから彼は一言も喋ってないんですから。彼の内面は全く不可解なまんまで、そのことがぼくには大層後めたい。何とかして彼と話してみたい、彼の心を理解したいというのがぼくの望みです。いまのまんまで彼と別れてしまうのは、それは厄介払いであって医療行為じゃありません」

「それは先生、立派なお気持だが、これからなかなか大変ですよ」

「それは充分覚悟しています」

「まあ先生がそうおっしゃるならやって御覧になってもいい。しかし、朝鮮人というのは尋常の覚悟では処遇できやしません」医務部長はソファを軋《きし》ませて少し背中の位置をずらした。

「彼らにとっては最初から日本の法律なんぞ理不尽な拘束にすぎなかったわけですからな。むろん監獄法など反故《ほご》にすぎん。監獄の基本的機能は人間の自由の制限ですが、対象となる自由は一般社会ではあまり問題にされぬちっぽけな行為、たとえばひとり歩きとか食事をするとか話をするとかまで及んでいます。独歩、絶食、通声は禁止されている。まあ一般社会では食事を一回抜いてもどうっていうことないがここでは立派な紀律違反です。そこのところは監獄法を作った日本人にさえわかりにくいのにまして朝鮮人には不可解なのですな。『収容者絶食せし場合の処置に関する件』という大正十五年の行刑局長依命通牒《つうちよう》がちゃんとあって医師による強制栄養が規定されているわけです。朴泰翊は最初絶食して紀律違反を問われ懲罰をくらった。それに対する反抗としてさらに絶食、いや、食事を拒むから拒食というべきだが、その拒食をはじめた。むろん拒食は紀律違反だから担当をはじめ区長、保安課長、管理部長と保安関係の人間が諭示訓戒加えたですが、食べたくないから食べないと答えるばかり、依然として拒食です。そこから先、処遇のやり方が二つに割れた。一つは紀律違反を咎《とが》めて相当の懲罰処分にするか、もう一つは監獄法第四十四条に規定された準病者として病舎に収容し強制栄養を給するかです。管理部長とぼくとの間で激論があった。保安の立場からいえば完全な紀律違反だから厳重に懲罰を加えて日本の法律の偉力を悟らせるべきだし、医務の立場では本人の生命維持が最優先ですからね。そこで折衷的な結論がでた。まず入病させて体力恢復《かいふく》をはかり、それから懲罰処分にする言う結論です」

「その時点でぼくが診たんでした。そして本人が自分の意志で拒食してるだけじゃなくて、何か精神病的なもの、本人の意志で統御できないものがあると認めたんです。本人は吐きたくて吐いてるだけじゃない、食べると自分の意志に反して吐いてしまう面もある。ですから意識の統率をのがれた病気、つまりヒステリー性のものと思ったんです。しかし本人を吐くようにさせるものはやっぱり本人の無意識的な意志ではあるんですが」

「意識的にしろ無意識的にしろ、なぜ吐こうと意志するか」と医務部長はきっぱりと言うと口を噤《つぐ》んだ。

「それは本当のところわかりません。でも、朴とずっと付合っていて少しは見えてきた気はするんです。それは言葉にすると簡単だけど、憎悪ですね。朴が生れながら持っている日本人への憎悪、日本にいる間に増殖した憎悪、不断はかくれているその暗い陰湿な〝むこう側〟の力、それが彼を吐かしてるんです。おそらく朴は自分でもなぜ吐くか知らないでしょう」

「だからこわいですよ」医務部長はまた背中をずらした。「そういう生れながらの力と先生が対決することができるかです。充分な成算がありますか」

「充分には……ありません」近木は残念そうに言った。

「だとしたら危険です。こういうわけですよ。いまビルの屋上から一人の少女が飛びおりんとしている。少女を救う道は二つ、説得して思い止まらせるか、力尽くで押えこむかです。完全な方法は後者です。暴力によって本人の意志に反しても自殺を止め、それからあとで説得する。朴に対してわれわれがとった方法はそれだ。しかし力尽くで腕をとらえたものの体は目もくらむ下へ落ちそうだ、そういう事態の時は更に強力な暴力、レンジャー部隊に頼むのが一番なんで、先生のように説得してみるというのはもっとも危険な道でしょうな」

「お言葉ですが」近木は突然何かをつかみ、その何かを明瞭《めいりよう》にしたくなって、考えの纏《まと》まらぬうちに発言した。「その場合前提があるわけですね、自殺はいけないという。人間の自由意志は尊重しろという世間の前提がある。その前提は、か弱い少女の意志は認めない、暴力によって禁圧しても構わないという強いものです。だけど少女を死なせてやったほうがよいという場合もあるんじゃないですか。こちらの意志を相手に押付ける説得じゃなくて、お互が同じ水準に立った対話がおこなわれた場合、少女の意志が正しいということもありうる」

医務部長は伏目になって無気味な彫像のように沈黙していた。

「朴の場合にも同じだと思うんです。拘置所側はしょっぱなから朴の意志を認めないという立場に立っている。しかし、朴の意志が何なのかまだ何も極められていません」

「ね、先生」医務部長は半ば憐み半ば諭すように言った。「監獄いう所は、はじめより法の力で作られているです。法の組立てている場所では法に反する行為一切が認められぬ、それが前提です。そして医学は人間の命を救うという前提の上に成立している。だから自殺未遂の人間の命をたとえその人間の意志に反しても助けるのは医者の勤めです。世の中には前提のない組織も学問もないわけです」

「それはわかるんですが。ぼくは精神医なもんだから、人間の命の中に精神も含ませて考えちゃう。極端に言えば、肉体は殺しても精神を生かす場合がありはしないかと……」

「いけませんな、その考えは」強い調子である。「そうだとすると監獄では働けぬ、医者もやめなくてはならぬということになりますよ。なぜなら、先生は逃亡したい囚人をのがす法務技官、自殺したい人間に毒薬を盛る医者になるから」

近木は黙った。自分の意見を撤回したためではなく、まだ自分の意見を的確に言い表わしていないためである。ところが自分の意見が何かを彼はまだ表現にのぼすほどよく摑んでいなかった。

「どうでしょう、近木先生。朴は執行停止で松沢病院あたりに一応出しましょう。レンジャー部隊に頼むんですよ」

「せめてあと四日待ってください。谷口がしてくれた血液と尿の検査結果が出ますから……」

「四日ね。いいでしょう。ただし法務技官として被告の生命には十二分の注意を払っていただくという条件付です。ではその一件は四日間凍結として、次にもう一つ御相談したいことがありましてね」医務部長はソファの背から身を離し、こんどは膝の上で両手を組んだ。「まあね、ここでは面倒な問題が次々とおこります。しかも解決は待った無しでやらんといけない。次の問題も、一刻を争う問題でしてね」

「なんでしょうか」近木は医務部長の改った調子に身構えた。しかし相手はまるでとっかかりのない球のように無表情であった。

「確定者の砂田市松のことです。きょう先生は彼を診察なすったでしょう」

「そのことですか」近木は拍子抜けして、ほとんど笑い出しそうになった。藤井区長から逸速《いちはや》く報告が行ったらしい。砂田に睡眠薬を与えたことが拘置所の上層部では滑稽にも大問題らしい。「ええ診ました。睡眠薬を投与しましたが別に大したことじゃない。ぼくがあの男の自殺幇助《ほうじょ》したなんて根も葉もないことです。だいたい密告に動かされてぼくを疑うなんてけしからん話です」

「はて」医務部長は訝しげにこちらを見た。「密告とは何のことですか」

「御存知なかったんですか」近木は自分の勘違いに照れて早口に言った。「なに莫迦げた話なんです。ゼロ番の中でぼくが砂田に自殺用の睡眠薬を投与したと密告した者がいるらしいんです。さっき、藤井区長がそう言ってました」

「はあ、それは莫迦げた話ですね」

「ええまったく莫迦げています。で、ちょっと頭にきてたもんですから、先生のお話もてっきりその件かと思っちまいました」

「いやいや、これはどうも」医務部長は笑った。「保安課のほうは密告に対して神経質ですからねえ。ぼくのほうはそれとは別な話で、砂田の精神状態が問題なんです。御存知のように刑事訴訟法第四百七十九条によりますと心神喪失の状態にあるものは刑の執行を停止することになっています。砂田がそれに該当するかどうか」

「砂田は別に心神喪失状態じゃないですよ。きょうの診察は、彼が明日までぐっすり眠りたいと思ったからつけたんで、別に精神に異常があったわけじゃないのです」

「それははっきりしてますね」

「ええ、間違いありません」

「それなら安心なんですが、実は、砂田が事故をおこしましてね」

「なんですって」近木はどきりとした。

「きょう午後、うちの伊藤看守部長に暴行傷害行為を働いたんですな。伊藤君が先生の処方なさった薬をとどけに行くと、砂田が薬を届けるのがおそいと怒っていた。一応なだめてとにかく薬が薬だから目の前で飲むように命じたところ急にわめきだし、そんなに強制するなら飲んでやらないと言って薬を房内にぶちまけてしまった。そこで伊藤君が説諭に努めたんだが砂田はますます熱《いき》り立ってきて、いきなり便器の蓋をむしりとって打ってかかった。あの蓋は頑丈にできてるから物凄い力ですな。一度は伊藤君は身をかわしたんだが、ついに後頭部をガンとやられて倒れてしまった。そこへ担当が駆け付け取っ組合となった。しかし、なにしろ砂田の怪力じゃね、担当も投げとばされる始末。さらに警備隊五人、計六人がかりでやっとこさっとこ制圧したってわけです」

「それは何時頃ですか」

「午後の初頭、一時十五分頃らしいです」

それは近木が女区の診察に出向いた頃である。

「知りませんでした。しかし驚きました」

「保安課長から報告がありましてね、近木先生にお知らせしてくれということだったんですが先生の居場所が分らなかったもんですから。一応、病舎の山崎君にはぼくが呼んでると電話しておいたんですが」

「すみません。女区へ往診にいってたんです」

「砂田はいま鎮静房にいれられていて、一応騒乱は治まったにしろ、これからどうするか保安のほうじゃ弱りきってましてね。なにしろ明日の朝までは貴重な体だからこれ以上何かしでかされて下手に怪我されても困るし……何しろあの男は過去に頻回に自傷行為を繰返して懲罰を受けてるんですから」
「そうでした」近木は、砂田の身分帳にある動静経過の〝視察表〟の記載事項を思い出した。そこにはすさまじい興奮と自傷行為が報告されていた。
「本名は数日来静謐《せいひつ》を維持し得ず官に対し抗命、誹謗《ひぼう》、中傷をあえて行ないおった者ですが、本日午後二時五分本官が異様な物音に気付き視察いたしますと、全裸となり、ガラスの破片らしきものを右手にもち全身の皮膚を引掻《ひっか》きまわし血まみれにてうめきおるを発見いたしました。畳には破砕されしコーラの瓶が散乱しておりました。直ちに警備隊本部に通報、応援二名を得て開房制圧にかかりましたが、大声を発して叫喚喧囂《けんごう》を恣《ほしいまま》にし出血のため滑って囚体を確保しえず、なお室内にコーラ瓶の破片散乱して足場悪く、結局廊下にて延長格闘した末に制圧しえました。」（欄外所長印）
「前記、抗命、暴言、暴行、物品棄壊、自傷の紀律違反により本名は懲罰の対象となると思われます。ただいまのところ興奮おさまり医務部の加療により自傷も癒え、医官の診察によれば心身ともに健康であります。一応悔悟の情の認められますが、同囚への慮《おもんぱか》りもあり、軽屏禁《へいきん》一月、文書図書閲読禁止一月、運動停止五日の懲罰を言渡したいと思いますが如何《いかが》でしょうか。」（欄外所長印ならびに〝許可〟書きこみ）
「本名は軽屏禁、文禁各一月の懲罰を了《お》えて居房に復帰し一週間になる者ですが、本日運動場にて他囚と口論の上殴打《おうだ》し、警備隊員二名の応援を得て制圧し、革手錠装着の上管区にて説諭し居房に帰しました。しかるにその後房内にて大声を発し報知機を頻繁におろして抗命、暴言を続けたため、本官が注意して視察中、本日午後三時十七分、突然全裸となり戸棚の網戸を損壊し、その切片にて全身の皮膚を自傷しはじめました。前回の事故の経験を生かして応援五名を要請し、開房とともに廊下に誘導し鎮静衣を装着せしめ、よって制圧的戒護に成功しました。」（欄外所長印）

「本名は度重なる抗命、暴言、物品棄壊、自傷等の紀律違反をおこない他囚に与える悪影響は計り知れぬものがあり、厳重に諭示訓戒を加えてまいりましたが、その際一応改悛《かいしゅん》の情を察知しえるため帰房せしめると、しばらくして紀律違反の再発を見ております。この際、権威ある精神科医による精神鑑定を上申いたします。」（欄外所長印ならびに〝不許可〟書きこみ）

「本名はこの一月ほど平静に過していたものですが、本日運動を終り還房するや運動担当のK看守に対し『先生、きょうは運動時間が短いね』と申し向けたので、本官がその事実は無い旨《むね》説明するも納得せず、反って奮激し絶えまなく暴言したため叱責すると、自殺をほのめかしながら裸になって着衣を寸断し、紐様の物を作り始めたため開房し、K看守の応援のもとに着衣を取上げんとしたところ、いきなり自己の左前腕のコウモリ型の文身《ぶんしん》部に嚙みつき、径二センチの肉片を齧《かじ》り取ったものであります。ただちに医務部に連絡し滝医官の往診をえましたが、正式に縫合手術を要するということで医務部へ護送し計一時間にわたり手術を受けました。本名は、頻回に渡る自傷事故により房内からは硝子一切が引き上げられており、やむなく自己の歯による自傷をおこなったと申しております。現在、奮激おさまりK看守への暴言も陳謝しておりますが、手術後の創部保護のため継続して革手錠を使用してよろしいですか。」（欄外所長印ならびに〝許可〟書きこみ）

「本名は昨日の自傷事故ののち革手錠を装着のまま一夜を過したものですが本日は視察したところ一応平静に復したるため区長判断にて革手錠を脱せしめ、医務部へ護送の上滝医官の診察を受けましたが経過良好とのことであります。なお今回の暴言、抗命、自傷行為につきましては十分懲罰の対象となると思われますが本名は直後にK看守に陳謝せしこととその他に実害はなく不心得を説諭し事故の再発を予防する上から今回は叱責にとどめたいと思いますがいかがでしょうか。」（欄外所長印ならびに〝運動停止五日〟書きこみ）

「そこでですね」と医務部長は両手を拳にして打ち合わせながら言った。「近木先生に一つ力を貸していただきたいというわけなんです」

「どういうことですか」近木は自信がなさそうに言った。「砂田という男はどうも処遇困難の最たる者のようですから」

「まあ先生によく診察をお願いして、何とか最後まで冷静を保たせるよう治療していただきたいんです。とにかく明朝まで対症療法ででも何でもいいですから興奮を鎮める、もっといえば興奮が再発しないよう予防措置を講じていただきたい」

「それはもう出来る限りやってみますが」近木は医務部長の慇懃な言葉遣いの陰にどこか無理強いの意志を感じ取り、そこに反撥したくなった。「もし出来ない場合もありうるわけで、いやその可能性の方が大きい気もします。すると先程言われた刑事訴訟法の第何条かによる心神喪失ということになりますが」

「それはありうるでしょうな」

「心神喪失の場合、病況書はどちらに出すことになりますか」

「法務大臣ですな。死刑の執行停止をする権限があるのは法務大臣だけです」

「しかし、そうしますと……」

「近木先生」医務部長はもう一度拳と拳とを打ち合わせた。「率直に言って、心神喪失では困るんですよ。ここはぜひとも正常な精神状態でないと困る」

「しかし……」

「さっき先生は砂田は心神喪失状態ではない言われた」

「ええぼくが午前中に診たあの時点ではそうでした」

「しかも砂田は自分から睡眠薬を欲しい言った。そうでしたね」

「それはそうです」

「彼は一時の興奮にかられてそれをぶちまけてしまった。しかし、本当はそれが欲しいわけだ」

「それはそうでしょう」

「でしたら、ぼくはお願いするんだが、先生はもう一度睡眠薬を——むろん普通の鎮静剤でも精神病用の向精神薬でもいいですが——とにかく明朝まであの男がおとなしくなるような薬を投与して下さればいい」

近木は黙った。医務部長の腹の中は見透かせた。砂田市松は拘置所の厄介者である以上一刻も早く処刑されねばならず、そのためには心神喪失であってはならず、さらにそのためには安静に眠らせておくのが一番である。

「いやねえ、近木先生」医務部長は体の緊張を解くと一箇の丸い肉の塊となって深々とソファに沈みこんだ。「こういうとこに勤めているといやなことが一杯ありますよ。ところでさっき局の医療分類課長と電話で相談していた件ですがね、T大学の虻川教授からこの拘置所の犯罪学的調査の申請が出ているそうで当方としても出来るだけ協力するいうことになってます。この虻川教授はたしか先生の恩師でしたね」

「はい、精神科の先輩で、数年前犯罪学研究室の主任になった人で、ぼくが拘置所に来てからも犯罪精神医学の手ほどきを受けています」

「こんどのヤクザ関係被告の調査には先生も関係されるわけですかな」

「はい、下働きはするつもりです」

「まあ学問もうんとやって下さい。その方面の便宜ははかります。若いうちはいいですよ。ところで砂田の件、よろしく頼みますよ」

「はい」近木は思わず従順に答えていた。

「もう一度確認しておきますと、砂田を明朝まで鎮静さす処置をしていただくと、よろしいですね」

「はい」近木は今度はうるさそうに言った。丁寧だが執拗な相手の語り口には閉口する。

「そこまでは、まず、よしと」医務部長は拳を解いて揉み手をした。微笑をしてみせる。が、この人の微笑は何となく丸い顔に釣り合わず、こちらを莫迦にしたにやにや笑のように見える。

「さて、近木先生、実はもう一つお願い、というよりご相談があるんだが」

「なんでしょう」近木は用心深く医務部長の笑顔の裏を読もうとした。

「これもやっぱり砂田のことなんだが、先生に彼を説得する方法を考えて欲しいんですよ。こういうわけなんです。これはまあ多くの確定者がようやることなんだが、困ったことに彼は自分の遺体を医科大学に寄贈しとるんです。御存知のように今はどこの医科大学でも学生の解剖実習用の屍体が不足してましてね、そのため学術研究用に死後自分の遺体を寄贈する白菊会という篤志家《とくしか》の団体があります。その白菊会に彼は入会しとるんですな。ぼくも医者ですからその志は尊いと思いますよ。しかし、今日の事故でちょっと事情が違ってきましてね。つまり厄介なことになりおったんですな。まだお分りにならない。まあ大したことはないんだが、砂田は看守数人と渡り合った際、体の方々に擦り傷や内出血ができましてね。あのままで屍体になると拘置所側が誤解を受けそうで困るってわけなんです。そりゃ解剖用の屍体は半年から一年はホルマリンで固定されて擦り傷や内出血ぐらい分らなくなるとは思うんですが、砂田の場合、度重なる自傷行為で体中の皮膚がひどく傷だらけで、それだけでも妙な誤解をさそいそうなところに、今日はまた大分派手に暴れたため特警の連中もついやりすぎたってこともあって、虐待拷問なんかと間違われそうな傷があっちこっちに付いちまった。まあこの頃の医学部の学生は相当の過激派がおるようで、砂田の場合、遺体の寄贈先が、なんと、先生のT大学、そういっちゃ何だが、名にし負う学園紛争の発端となった大学ですからねえ。で、この際最良の解決は砂田が白菊会を脱会してくれる、そのことを一筆書いてもらえれば一件落着といく言うんですが。これは所長ですよ、所長がそう言うんです。それでご相談なんだが、近木先生、一つどうですかね、先生から砂田に頼んでもらえませんかね。今のところ彼は先生を一番信頼しておるようで、鎮静房の中でもさかんに先生を呼んでくれ言うとるらしいんですが」

「ぼくにはできませんね」近木はきっぱりと言った。「遺体寄贈は彼の自由に属します。ぼくはおせっかいは大嫌いな性分なんです」

「これはまあ、おせっかいじゃないんでしてね」医務部長はまるで吹いてきた風から蠟燭《ろうそく》の炎を巧みに守ったようにすこし顔色を変えながらもにやにや笑は絶やさなかった。「一種の忠告ですよ。彼のためなんです」

「だって」近木はあきれてしまった。「拘置所側が誤解を受けないためだって、今おっしゃったじゃないですか」

「いやいや、彼のためなんです。なぜかと言うと砂田は平生から完全な美しい肉体を学生に提供したいと熱望してましてね。自傷事故のあとは必ず皮膚に傷跡が残りゃしないか心配しとるんです。それはもう医師にうるさく治療内容を注文し、一度なんかは腕の傷跡が消えなかったいうて医務部長面接までつけてきましてね、自分で自分に傷つけときながら治療は医務の責任だと難癖を付けるとは身勝手きわまる話ですが、それだけ自分の体を完全に美しく保っておきたいって熱望しとることは確かです。まあ砂田にとってはあの立派な体がこの世に生れて人に誇りうる唯一つのもので、それはもういじらしいほどののぼせようで、そうそう、或る時なんか房内でボディビルをやるためエキスパンダーと鉄亜鈴の使用を許可しろ言うてきましてね。

こっちが拒否すると、また目茶苦茶な自傷行為で体中傷だらけ血だらけにしちまう。まったく訳が判らない男ですが、立派な体を鍛えに鍛えてより以上立派に、完璧なものに仕上げたいいう熱意だけは認めてやらんとね。だから、今度の擦り傷や内出血は彼の熱望を実現する大きな障碍でしてね、不完全な、醜い体を提供するくらいならむしろ提供しないほうがいいと忠告してやるのが彼のためじゃないですか」

医務部長が本気か冗談かを近木は判じかねた。相変らず笑顔は絶やさない。が語り終えるとしばらく目を瞑り、開くと真顔に返っていた。

「何だか……おかしいと思います」と近木はやっと言った。「砂田の今度の傷は看守がつけたわけで、それは戒護上のミスですから……本人の落度ではありませんから、拘置所側が責任をとるべきで、そのためには処刑を延期するとか、何かの恩典を本人に与えることが、何と申しますか……筋ではないでしょうか」

「ちょっと待って下さい。砂田が先に手を出したんですよ。しかも完全な暴行傷害事件で、伊藤君は後頭部を三針も縫う全治二週間の傷で、非は砂田にある。本来なら紀律違反として懲罰にかける、いやこれは完全な犯罪で起訴して正式の裁判にかけてよいくらいの刑事事件です」

「それなら……」近木は医務部長の細い目と刈上げた鬢との間に視線を往復させた。「彼を起訴すべきでしょう。裁判となれば処刑は延期になる。そのほうが彼のためになるんじゃないですか」そう言ってから近木は自分の言葉に説得力がないことに思い当った。砂田はまるで逆のことを言っていた。近木の首を締める真似をしたあと殺せば裁判になって処刑がのびて困ると言っていた。何とか独得な表現を使っていた。そう、「足のしばれるよな裁判」とか「ざわざわして辛気《しんき》くせえ」とか言っていた。

「そうすればもっと砂田のためにならないでしょうよ」医務部長は近木の語尾が自信なく震えたのを鋭く聞き咎めたようであった。「あの男は早く死にたがってるんだから。早く殺せと何度も上申書を書いてるし、ぼくにも面と向ってそう言うんですからね。事故をおこして懲罰をくらった時もそれで処刑が延期されやしないかと心配しているくらいだから」

「実はそうなんですね」近木はふと気弱な苦笑をさらけだしてしまった。内心、医務部長が砂田の心事に詳しいのに感嘆していた。すると近木の気持を捩じ伏せるかのように医務部長は自分の要求を押出してきた。

「だから彼のためになる解決はたった一つ、砂田が遺体寄贈をあきらめることですね。これが拘置所側にとっても最も人道的な解決になるわけです。そのために先生の御助力をお願いしたいわけなんです」

「とにかく本人に会った上で考えてみます」と近木は妥協して言った。「本人が現在どう思っているか、それを確めないことには話はすすまないわけでして」

「それはそうです。まあよろしくお願いしますよ」

「それで……」近木は立上りかけてまた坐り直した。「執行を先にのばすってことはできないんですか。これは折衷案ですが、あと数日か一週間執行を延ばせば、彼の受けた傷なんかきれいに直るでしょう。そうすれば彼の一世一代の希望も入れてやれるし、拘置所側にとっても具合がいいと思うんですが」

「それが出来ればねえ」と医務部長は心から残念そうに溜息をついた。「今の法律じゃ不可能なんですね。法務大臣から所長宛の死刑執行指揮書というのが来てから五日以内に執行しなくちゃならない。砂田のは火曜日に来たから最大限日曜日までに終らなければならない。日曜日は当所の慣行として執行は休むから四日目の土曜日としたのはせめてもの思いやりなんでしてね。立会検事にも連絡済みとあって執行日の変更は不可能です……」

ノックがあり、伊藤看守部長が一礼して入ってきた。砂田から受けた傷のため白い繃帯を鉢巻にしている。元来が綺麗な白髪であったためそれほど容貌に変化はなく見えるけれども、赤い頰に小さな青痣《あおあざ》が出来、目は血走って、いつになく表情が厳《いか》つい。

「何だい」と医務部長は急にぞんざいな口調になった。

「看病夫の牧の件なんですが、どうもあの男、ほかの看病夫と折合が悪くて、自分が前刑の時も看病夫であったのを鼻に掛けるもんで、いかんようです」

「しかし牧は、外科の手術関係にはとびきり詳しいからね、牧の方を替えるわけにはいかんよ」

「はい」伊藤看守部長はしゃちこばった。不断の近木など若手の医者に対する傲岸《ごうがん》な態度とは打って変り、上官に対する従順な兵士の礼節をつくしている。戦争中、伊藤は陸軍衛生兵をやっていたという。一方、医務部長はたしか軍医大尉《たいい》だったと聞いた。昔の陸軍で兵と士官の関係がどのようなものであったかに近木はとんと不案内だが、伊藤と医務部長の間柄を見ていると想像がつくように思える。

「実は牧がまた小林を殴ったらしいんです。小林は牧が恐いらしく本当のことを言いませんが、左顎が脹れ上ってしまいまして。牧に問い質しても知りませんの一点張で……」

「弱ったね、まったく。牧は仕事は出来るし調法な男だが。この件を滝君はどう言ってるの」

「滝先生は、おれは看病夫仲間のことは関知せず、と……」

「まあ滝君はそうだろうな。手術さえ手伝える男なら喧嘩しようがしまいが構わないという主義だ。よしわかった。あとで、小林を呼んで調べてみる。何なら小林をやめさせよう」

「小林は心電図をとる技術を持っとるので谷口先生がはなさんのでは……」

「弱ったね」医務部長は明らかに谷口の同窓である近木を意識していた。「まあよく考えてみよう。ところで、きみ、頭の傷はどう。まだ痛むかね。何なら休んでいいよ。仕事は菅谷《すがや》部長に替ってもらうから。いま、近木先生と砂田のことを話してたんだが、きみあの男をどう思う」

「どう思うと言われましても……」

「つまり、正常だとか異常だとか」

「そりゃまた瘋癲《ふうてん》に決ってまさあ。こっちは忙しいのを無理して薬をとどけてやった。しかも午後の一番にで。それをおそいと文句をつけ暴力を振う。全く目茶苦茶で。わしは看守てのは尊い職業だと思っとりますがね、あんな瘋癲がいると、もうこんな仕事がいやんなります」

「伊藤君は砂田をよく知ってるんだろう」

「よく知っております。なにしろあいつが入所して以来、医務部の診察回数は数えきれませんから。そのたんびに呼出してやる、薬をとどけてやる、当直の夜は注射をうってやるってわけで、むこうだってわしのことはようく知ってるんだ。散々世話になってるんで。さっきだって、あいつもいよいよ明日だというわけだから、別れの挨拶の一つもしてやろうという含みもあって訪ねたところ、あべこべにこっちに殴り掛る始末で。恩を知らない、獣野郎っていうか。あんなやつは早く始末してもらわんと……。ゼロ番区は瘋癲みてえのが多いが、ことしになって、さっぱり執行がないんで、変なのが溜る一方で、風紀上よくないです。じゃんじゃん執行してさっぱりと掃除してもらわんと、こっちも勤まりません」

「砂田は薬の持ってきようがおそいというんで怒ったんだっけね」

「あいつはそう言うんですが、実際はちっともおそくないんで。食後に服用とあるから、午後一番に持っていってやったんだが。結局、伊藤部長の声がしたら何となく癪《しゃく》に障《さわ》って、叩き殺してやろうと思った、なんて辻褄の合わんことを言っとります」

「よし、またあとで」と医務部長が言うと伊藤は一礼して帰った。彼は終始直立不動の姿勢で通していた。

「じゃ近木先生、お願いしますよ」と言われて近木は立った。面倒な仕事を命令されたという気持があって、立つとき体が重く感じられた。しかし、一旦廊下に出るとかえって気が急《せ》き、大股で目的地へと向っていた。

7

鎮静房は五舎二階の管区の真裏の、最も戒護しやすい位置にあった。部屋の扉をあけるとさらにコンクリートの壁が鼻先をたたくような具合に立ち、潜《くぐ》り戸ほどの小型の鉄扉が二つ並んでいる。ちょうど部屋のなかに炭焼場の大竈《おおかまど》が二つしつらえてあるようなもので、そのおのおのが鎮静房なのであった。ここに囚人を収容すればどんなに喚《わめ》こうが暴れようが外部に音が洩れる心配はない。特警の看守三人のうしろから近木も入った。看守の一人が視察口の蓋をあげて名前を呼んだが中からは返事がなかった。近木も視察口に目をつけてみた。はじめ薄暗くてよく見分けられなかった青い奇妙な塊が人間であり、額に大きな絆創膏《ばんそうこう》をつけ両手首に繃帯をした男であり、俯いてはいるがそれが砂田であることが見て取れた。革手錠で両手が前に固定されていた。革手錠というのは腰に太い革帯を着け革帯に手首を固定する戒具で、金属手錠のように両手を合すだけでなく、腕の動きも抑制することができる。

「どうします」と年輩の看守が小声で言った。

「あけてもらいましょうか」と近木はこともなげに言った。

「気をつけてくださいよ」年輩の看守は若い看守二人に目くばせし自分の左右を護らせると手早く鍵をまわした。窖《あなぐら》に籠《こも》った異臭が鼻を包んだ。それは房の奥にある蓋なしの穴便所から来るのだ。看守が左右に分れた中央を近木は進んだ。

「何だ。てめえら。ぱっぱっと消《け》でしまえ。莫迦《ばか》け達《がだ》。今はな、誰にも来てもれえたくねえのだから。さっき区長に言っただべ、ひとりにしてでくれろって。早ぐけえれよ、用がねえのだよ。おらだばひとりでいてえてだから」

砂田は壁に背を倚り懸け、両脚を投げ出していた。浅葱の囚人服には所々に血がこびりついている。顔は常よりも赤らぎ左頰の創痕《そうこん》（これはおせんころがしの事件の直後、千葉市内のバーでヤクザと喧嘩して受けたものである）が切られたばかりの創《きず》のように血色に光っていた。

「先生だよ」と年輩の看守が言った。「精神科の先生、はやく呼んでくれって、あんなにごねやがったくせに。きさま、お待ちかねの先生だよ」

「へ、もうええんだよ。嘘《ばし》こぎ医者なんかにゃもう用っこもねえよ。さあ、みんなけえれってば。この莫迦け達、おらの言うことをきがねえなら、ぶっ殺してけるどお。くそ」

砂田は脚を素早く縮め、身軽に立上った。両手が腹に固定されているため背を伸ばすことが出来ず、前こごみの、頭突きの形で近木の胸に突進してきた。制止に入った看守たちを難なく肩で払い、ふせごうとした近木の掌を弾くと床に押倒した。尻もちをついた近木は襲いかかる猛犬さながらに牙を剝き出しにした顔を見た。何とか押し返そうと踠《もが》くうち右の人差指に嚙みつかれた。瞬間食いちぎられるかと思ったが、砂田はすぐ口を開き、看守たちに引戻された。

「大丈夫ですか」と言われ、近木は「なあに大丈夫です」と答えた直後、指先がひどく痛み出して顔をしかめた。見れば血が滴《したた》り、爪の根本に歯形が食い込んでいる。

「ちょっと痛いな」近木はポケットを探ったが白衣にも背広にもハンカチがない。

「失礼」年輩の看守がティッシュ・ペイパーで血を拭い、手早く携帯用のガーゼ付絆創膏で手当してくれた。砂田は仰向きになって二人の看守に両腕を押えこまれている。

「一応外に出ましょう」

「いいや、ぼくは話をしたいんです」

「手は大丈夫ですか」

絆創膏には血が滲み、痛みも相変らず強い。しかしその痛みがむしろ近木を励ました。この痛みの源を、砂田を何とか理解したいと思う。

「なに、このくらい、大丈夫です」近木は看守二人に砂田を起させ、手を放させると砂田は胡坐をかいた。近木は自分も胡坐をかいて向き合った。

「ねえ、きみ、どうしたんだ。きみが来てくれっていうからわざわざ来たんじゃないか。そんなふうにこわい顔して睨むなよ。いったいぼくがきみに何をしたというんだ」

「帰《けえ》れよ。おらはてめえに用っこはねえ。へ、なんだよ、餓鬼《がき》っこのくせに生意気なツラしやがって。睨んでんのはそっちじゃねえのが。こわぐはねえよ。どうせおっ死《ち》ぬんだがらおらにはこわえものはこの世に何もねえ、何だよ。革手錠がそんなに珍しいのがよ。それで監獄医者がよぐも勤まるな。そうじろじろ見るなってんだよ。早く消《け》でしまえ。消《け》えねど、もう一回が、ぶりと食いついてやっぞ」砂田は白い犬歯を光らせたが別に嚙みつこうでもなく、囲んでいる看守たちの脚を見回し、若い看守の靴に唾を吐き付けた。若い看守が反射的に脚を引いたのを見て砂田は薄笑いした。

「おがしい野郎だねえ。唾がこわえのがよ。唾ぐれえこわぐって看守なんかがよく出来るな。

畜生、早くけえれってんだよ、みんな。うるせえよ。ひとりにしてでくれ」

「きさま」と年輩の看守が呶鳴った。「先生の指を嚙んだりして何てヤツだ。先生はきさまのために来てくれたんだぞ」

「うるせえな、てめえ」

「とにかく」近木は穏かに言った。「きみ、睡眠薬をほしいんだろう。それで明日までぐっすり眠るためにさ」

「薬持ってきたのが」砂田の表情が少し動いた。

「いやまだだ。だけどすぐ持ってくる」

「おせえな。おせえすぎる」

「だから正確に薬を量ってさ、あしたの朝までぐっすりで、時間になったらパチッて目が覚めるのを作るよ」

気を引かれたように見えて砂田は黙っていた。すねた子をあやすように近木が言った。

「薬は引き受けた。そのほかに何かして欲しいことはないのかい。たとえば……」近木は言葉に詰った。不意にむなしさを覚えた。目の前のこの男は明日死ぬのだという事実が真黒な岩壁のように立塞《たちふさが》っていた。いまさらこの男が何を望んでも手遅れである。どんな望みをかなえてやってもむなしい。明日の朝、この男の時間は跡切れる。悲しみ、怒り、睡眠薬を欲しがること、恐怖、孤独、生きている人間が重要だと思いこんでいること、すべてがそこで終ってしまう。この男が残すのは一箇の屍体だけだ。立派な体格と擦り傷と青痣と。医務部長はさんざん屁理屈をこねたにすぎぬ。この男に遺体提供を断念さすような無慈悲なことはしたくない。近木は砂田の身上調書に記録されている身体的特徴を思った。それは男の裸体を下手くそな線画で示したもので、人相、傷痕《しようこん》、文身、痣、その他特記すべきことを記入するよう出来ていた。砂田は左頬の切創痕のほか、左の脇腹に長さ十五センチの刀創痕がある。あと小さな傷跡は数えきれぬほどで、腕といい肌といい脚といい、いや頭といいそれらからペンの線がいくつも伸びて形や長さが書き込まれていた。左の二の腕に〝銀河の鉄〟と入墨があり、そばに何を意味するのか蝙蝠《こうもり》と桜の花、小手には扇が彫られてある。赤インキで註釈付なのは陰茎で、包皮の中に径五ミリほどの硝子玉が二十三個埋め込まれてある。これらはすべて前刑で入獄中に、瓶や鏡の破片を丹念に擦り減らして玉とし、自分で包皮を切り割いては埋めていったものだ。近木はここへ来てからこういった自家手術をした人間が多いのに驚いた。それはむろん性感を高めるためもあったが同時に囚人同士で硝子玉の数を競い合う慣習があるためでもあり、ヤクザの指切断と同様、苦痛への忍耐心を誇示する指標である。いったい、これら傷跡、入墨、硝子玉にくらべれば、わずかな擦り傷や青痣などむしろ目立たぬ印にすぎぬではないか。明朝、あと二十時間たらずでこの男は死ぬ、いや殺される、いやいや自分もその一員である拘置所側が殺す。いま、この男を苦しげな姿勢に締めつけている革手錠よりももっとむごい用具と設備と方法で殺人をおこなう。

近木は太息をつくと心中の呵責《かしゃく》を舌先に苦く感じながら自問するように言った。

「本当はね、ぼくにはほとんど何も出来やしない。ほんのわずかのことしか、きみのためにしてあげられない。ぼくもやっぱり官の側の人間だからね。やりたくても立場上できないことが多い。それでもここに来たのは、きみが呼んだからだ。きみは何故ぼくを呼んだのかね。きっと、ぼくが来てくれると思ったからだろう。そして何かを頼みたかったんだ。きみにはもう時間がないんだよ。この一刻一刻がすごく貴重な筈なんだ。実際、きみを見てると胸が痛むよ」

「本気で痛むのがね」砂田は幾分気遣わしげに言った。

「ああ本気だよ。今の今となって、きみに嘘をついても仕方がない」

「んだがね、そごも痛むがね」砂田は近木の右の人差指を目で指した。

「すこし痛むよ。さっきほどじゃない」

「おう、先生。嚙みつくつもりじゃながっただんすよ。ちょっくら、おどがしてやろうと思ったら嚙んじまったんす。堪忍《かんにん》してくだせえ。痛い目にあわして、悪がったんすよう」

「なあに大したことはない」

「怒《おご》ってねえすか」

「いいや怒ってないよ」

「ならええけどよ」砂田は笑った。どこか元気が無くてわびしい笑に見える。「おら、何となく淋しくてよう。せめて会いてえ人に面接つけてけれよ、まあおらが会いてのは先生とか教育課長とか、ゼロ番の同囚とか、大した人数じゃねえけども、とにかく会えるだけ会っておきたがったんす。ほんとに明日がっちりで、みんなとおさらばだからなあ。さよならって言うくらいさっぱりと許可してくれてもええだろう。執行の前ていやあほかの連中はちゃんと親兄弟に面会できるんだからよ、せめてそのかわりにみんなに会いてえと思ってたらよ、あの医務の爺《じ》っこ部長が来て、今すぐ睡眠薬をのめと命令しやがるから頭に来たんすよ。先生がせっかく作ってくれた薬だから、おら、あとでのむがら、薬はあずかっておくと言ったのによ、目の前で飲まねえと薬は渡せねえってほざぐがらよ、ぶつ殺したくなったんす」

「そうすると、きみの計画がすこうし変ったわけだ。ぼくが診たとき、きみは今すぐ眠ってしまいたいって言ったじゃないの。伊藤部長は、あの医務の部長のことだが、とにかく、きみがぼくに言ったとおりにしてやろうと思っただけなんだよ。あの人は職務に忠実な人だからね。きみ、本当はどうしてもらいたいの。夕方まではやはり起きていて、いろんなことをしたいわけかな」

「本当は迷ってるんす。医務で先生の診察受けた時《どき》は、ただもうぐっすり眠ることばっか考えてだけどよ、ひとりになったらまだまだやることが沢山《ずっぱり》ある気がして来てね。兄弟だちにもかっちゃにも、ちとばっかし手紙書ぎだくなったしね。なに、あばよ、おらみてえな穀潰《ごくつぶ》しの鼻摘《つま》みがいなくなってせいせいするべって書いてやるだけだがね。それから……どうも言いにぐいね、こうみんなずらっと立っていられると、先生と一対一で話してえんだがよ」

「二人だけにしてくれませんか」と近木が言った。看守たちは顔を見合せた。先程の事故以来砂田には単独で会ってはならぬと保安課長の厳命があったのだ。年輩の看守が当惑を顕《あら》わにして警棒を握りしめた。革帯が軋み、革の臭いが便所の臭いに混り、ここが窖の中であることが改めて思われた。

「糞ったれめ」砂田は俄然いきり立った。「てめえら、しみったれてやがらあな。てんで人を信用しねえんだから。ええよ、もうみんなけえってくれ。けえろってば、こん畜生」砂田は革手錠に嵌《はま》った手首を抜こうと踠《もが》き、そこの繃帯がゆるんだのに歯で嚙みついた。首をぐいっと戻すと繃帯は呆気《あっけ》なくちぎれてしまった。看守たちは飛び下った。年輩の看守は警棒を手に身構えた。

「だからきさまは信用できねえんだよ。何かってえと乱暴しやがるから」

「てめえらが訳がわがらねがらよ。糞ったれ、こんだもの」

革手錠の帯が伸び臍《へそ》の上までずれた。だがさすが頑丈に出来ていて砂田の膂力《りょりょく》でも毀《こわ》れはしない。腕や腹の筋肉が、皮膚の下に十数匹の生き物がもぐりこんだようにのたうった。

「その手錠ははずしてもらうからさ」近木は穏かに言った。「だからどうせならみなさんに聞いてもらったらいい。きみが気を荒立てさえしなけりゃみなさんも静かに聞いているからよ。どうでしょう、まず革手錠をとってやり、みなさん、そこに坐っていただきましょう」

年輩の看守はためらっていたが、やがておそるおそる手錠をはずし、砂田が乱暴しないと見ると近木の横に用心深く坐った。他の二人も真似た。砂田を囲む小さな車座ができた。砂田は手首をさすり、肩を交互にもみほぐし、それから団欒でも始める家長のように一同を見回した。狭い房内は人熅《ひといき》れで暑い。

「なあに、つまんねえことが言いてえだけでみんなに聞いてもらうほどのことは何もねえんすよ。おらはチャランポランな男で悪いことばっかやってきたがよ、それは自分が悪いからで誰もうらまねえ。あしたはいよいよ殺されるが、自分もずっぱり殺してきたがら仕方ねえんす。ただ最後にちっとこ知りてえことは、本当は人間て誰でも人を殺してえって思ってるじゃねえがってことだあね。どうだすか、あんた」砂田は若い看守に教師が生徒に質問するように言った。それはさっき唾を吐かれて脚を引っ込めた痩せた青年で、虚を衝かれて目を丸くした。

「あんた、人を殺したいと思ったごとねぇんすかね」

「ないよ」若い看守はどぎまぎしていた。

「んだすかなあ」砂田は首を傾げた。「普通の時でなくてよ、何がの拍子にかっかときた時によ、殺《や》っちまえって思わねえがねえ。かっかとくればだな、もう体も気もいうごときかねえで、殺《や》りたくなる。殺《や》らなきゃ自分がぶつ毀れてしまうみだいでよ」

「ないよ、そんなことは」

「おらはあるんす。おらはどうがしてるがね。あん時の気持は蛇だの蜥蜴《とかげ》だの蛾《が》だの、何かこう気味悪い動物たたき潰す時みてえだなあ、うん」

「動物と人間は一緒にゃできないさ」若い看守は同意を求めるように同僚を見、近木の視線に触れると目をそらした。その時近木は〝むこう側〟という想念を追っていた。あの舎房の廊下で一瞬姿を見せて離れていった漆黒の闇の世界がもしこの世界の裏側にあるとすれば、殺人の衝動などもそこから来るのだろう。そこではあの男は全宇宙の宇宙人たちと交信し、あの女は子供たちと旅立ち、朴泰翊は憎悪を吐き、大田長助は一家四人を殺し、この砂田市松は十数人の女たちを殺した。〝むこう側〟はこの明るい日常の世界では光に隠されて見えない。けれどもそれを自分はたしかに垣間《かいま》見た。そして恐ろしいことに、それを半ばは理解出来ることだ。砂田の殺人は半ば理解でき半ばは不可解だが、その不可解の程度は、国家による砂田の処刑――いやこれは十全な殺人だ――が分らない程度と同じだ。厖大《ぼうだい》な闇を背負ってどうにか成立している国家が絶えずどこからか滲み出してくる闇を採取し分類し保存する場所、それがまさしく監獄だ。監獄を闇で充たしたからこそ国家はみずからは明るみに立っていられる。しかし、その明るみは本当はまやかしだ。なぜなら、国家はほんのわずかの契機で闇の世界に返ってしまうからだ。

「ぼくは正直言ってあるみたいだな」近木はなぜか砂田の股間の脹れた部分に目をやった。

「ごくたまにだけど、うんと腹が立って気持が激した時に相手を殺しちまいたくなる」

若い看守は不同意を示すように頭を振った。座が白けた。近木はゆっくりと続けた。

「人間が人間を殺す、自分にとって都合の悪い人間を殺すってのは人間にとって食事をしたり性交したりするように当然の行為だと思うよ。ただ、人を殺してもいい時は何か理屈をつけるけどね、戦争だとか革命だとか刑罰だとか、要するに正義のためにってわけだ。動物愛護主義者のおばちゃまが豚肉や牛肉を平気で食べるようなもんだろう」

「せば、おらは……」

「きみは普通の人間だよ」

「でもよ、おら、正義のために人を殺したんじゃねえんすよ。ただそうせば気持がええがらよ」

「それでも同じことだと思うな。正義てのは気持がいいことだからね。気持がいいからこそ人殺しの話は受けるんだ。小説でもテレビ・ドラマでも、ばったばった人を殺せば大向の受けはいいよ」

「それを聞いで安心した。おらは何だか自分が人間じゃねえみたいだって心配してたんす。新聞やら週刊誌やら婦人雑誌やら、色魔だとか殺人鬼だとか獣欲人とか、さんざ書きたてたからな。ねえ先生、お願いがあるんすが」

「どうぞ」

「薬はいらねえすよ、もう。おらは今晩はずっと起ぎでいてえ。自分の最後の夜がどうなるか起ぎて試してみてえ。いいっすべ」

「ああいいとも。きみの時間だ。きみの自由に使いなさい」

「それがらおらは文鳥を一羽飼っているんす。雛から育でだヤツでね、房んなか飛び回っていても、チョッチョッて呼ればすぐと手の平に乗ってくる。それは慣れて可愛いヤツだけどおらがいなくなると淋しがるがら、大田長助にやってほしいんす。長助は鳥こが好ぎだし、あいつの文鳥は糞詰りで死にそうだって言ってだがら。頼むんすよ、先生」

「いいよ。引受けた」

「長助はまだ泣きべそかいてるかなあ。けさ運動の時、文鳥が死にそうだって泣いてだがらなあ。それから女みてえに失神しやがった。あいつは気こやさしいんだな。先生、長助どうしてるが知らねえすかね。担架で医務に運ばれてったが」

「ああ元気になったよ」近木は大田長助のガンゼル症状群がいまのところ回復していることを思った。が、それはほんの一時的なもので、いつの日か彼は再び狂気の闇に陥るだろう。〝むこう側〟という言葉が再び脳裡に昇ってきた。広漠とした闇の世界から大田は出たり入ったりしている。

「それがら……ああっと、何があったっけがなあ」砂田は腕組みして考えた。近木は遺体寄贈の件を思い出した。医務部長は遺体寄贈を取下げるように説得せよという。

「傷はどうなの」と砂田の額の絆創膏を見ながら近木は尋ねた。彼の視線は左頬にてらてら光る赤い創痕を滑り落ちた。

「なあに、大したことはねえすよ」

「でも大分方々傷《いた》めたってきいたが」

「なあに、これっぱっこのこと、傷めたうちに入りゃしねえんす。おらだばもっと凄え傷が体中にあるだがらよ。ほら、見でけれ」

砂田は腕組みを解くと左の袖をまくって前腕を見せた。縦横の引っ掻き傷の跡が無数にあって、まるで象か犀《さい》の皮を思わせる。これは全部硝子片で自傷した跡であった。さっきのと思われる内出血が紫色の地図を作っていたけれども思ったほどには目立たない。医務部長が心配するなら、今日の傷などより体中にある無数の傷跡の方であるべきだ。

「きみ、白菊会に入会しているそうだね」

と近木は言ってみた。

「どうして、そいづを」砂田は一瞬驚いたが、すぐ顔を明るくした。「わがったす。医務部長に聞いだな。何しろ自分の屍体を寄付するにゃ拘置所側の承諾が必要だがら、医務部長には話したすよ。だけどこんなことは別に大っぴらにしなくてもいいがら先生にも、誰にも黙ってたす」

「いまでも、その決心、遺体を大学に寄付する決心に変りはないかね」

「あるもんすか」砂田は笑い、それから急に気掛りな様子となった。「おれの体じゃ何か差支《さしつか》えがあるかね」

「いいや……別に……」近木は口籠った。

「何か差支えがあるんだね」砂田は敏感に近木の心を察した。「なぜだが言ってけれ。おらの体は医学の研究に役立たないのがね」

「そんなことはない」近木はきっぱりと言った。

「本当だね。おらの体は役に立つんだな」

「本当だとも」

「んだば、ええんだ。安心したよ。おらはね、滝先生から遺体提供の方法を教わったんだ。三年前、刑が確定したとき、おらはちとばっかり暴れてね、滝先生に治療してもらったとき、どこの大学でも医学生の解剖実習用の屍体が足りねくて困ってるときいたす。人間の屍体はそのままじゃ役立たずで灰になるんだからその前に体を役に立たせたいっていう篤志家の集りがあって、その会を作った藤田何とかいう解剖学のえれえ先生も自分の体を学生用に寄付したんだって聞いで、これだばと思ったす。おらは考えてみたが、体を研究や教育に役立てるってのはええことだと思ったす。ただ心配だったのは、おらみてえな死刑囚が体を寄付すりゃ、一般の会員がいやがるがも知れねえことだすよ。で、白菊会の本部に手紙出して聞いたらすぐ理事の人が面会に来てくれて、その人は何とまあ、弁護士の先生でやっぱしえれえ人だったけど自分も体を寄付しているんだと言い、職業や身分の差はなく、誰も彼も平等な体として取扱ってくれると言ってくれたんでうれしがった。ただあんまり脂肪が多いと学生が解剖しにくいって教えてくれたんで、急におらは運動を始めたす。見てけれ。おかげでおらは筋肉質のええ体だすべ。けさだって、もう最後だと思ってうんとこさ運動してきた。先生も医学生の時、解剖実習やったなら、おらの気持わがるでしょう」

「それはわかるよ」そう言うと近木は指の痛みを強く感じた。相手に覚《さと》られぬようにじっと痛みを堪える。すると舌に苦みが甦ってきた。朴泰翊の吐瀉物が口に入ったときの苦みを思う。胸の底に仕舞われていた或る情景が不意に浮びあがった。

彼は一本の腕を解剖していた。筋肉の中に見え隠れする神経を追って注意深く筋肉を切断し腱《けん》を鉤《かぎ》で押えていくと隠れていた神経が白い姿を現わしてき、そうすることは或る川の源を求めて奥深い山の中に分け入るようなもので、一本の神経は更に細い神経に分岐し必ずどこかの筋肉へとさかのぼっていく。一本の腕には無意味なものが全く存在せず、筋肉、骨、血管、神経が、たとえようもない複雑な組合せを示しながら、しかもその一つ一つが美しい形を保ちながら、すべてが腕の運動に関与していた。その腕が何かの作業をするとき、筋肉や骨がどんなに確実で繊細な動きを示すかを想像して彼は目くらむような思いにかられた。その腕が誰のものであったかを彼は知らず、農夫を思わせる引締った体格の老人のものだということしか分らなかったけれども、その腕はかつて生き、鍬《くわ》や斧《おの》を握り、字を書き、女体を撫で、日常のあらゆる細々とした用事を果し、それらのどの一つの作業にも、たとえば何かの字を書くという指の動きのなかにも考えられぬほどの神経と筋肉と骨の動きを隠していたのだと、彼は思った。

その一本の腕と一月の間毎日取組んだころ、高校の同窓生で今は文学部に行っている友人が人間の屍体を見たいと訪ねてきた。彼は友人を実習室に案内することをためらった。実習室では首、腕、胴、脚と分割された屍体を医学生たちが解剖しており、医学生にとっては見馴れたその光景が文学部の友人にとっては恐怖の対象でしかないことを予想したからである。「驚いちゃいけないよ」と彼が言うと「大丈夫だ。おれは人間の屍体には慣れてるんだ」と友人は答え、父と祖母が亡くなった時に平気で遺体を眺めることができたと笑った。しかし実習室に一歩足を踏み入れたとたん友人は顔を蒼《あお》ざめ「ひどいね」と鼻を手で覆い、傍に原色版の人体解剖図譜《アトラス》を開きメスや鋏を手に屍体にかがみこんでいる医学生たちの姿を何か異様な動物にでも出会ったように眺め、彼の腕の前に来ると「こうなっちゃ人間の腕もあわれなもんだね」と囁いた。「いや、この腕はすばらしい構造を備えてるんだ。見ろよ、これが神経だ。清らかな小川のように筋肉から筋肉へと走っている」「よせやい」と友人は苦笑し顔をそむけたが、それが彼の言葉を冗談ととったためであることは明かであり、それが冗談でないことを友人に納得させるだけの話術を彼は持たなかった。屍体は、ことに切り刻まれて筋肉をほぐされ血管や神経が目立つ有様は、友人にとって悲惨で無気味で目をそむけざるをえない対象にすぎないが、いつのまにか彼は友人のような常識的感覚を超えていた。その頃、医者になるとは世間の常識を破ることだと彼は学び始め、医学部の勉強の間ずっと学び続けてきた。或る日、外科の手術の実習で彼は鉤持ちをさせられていた。先輩の外科医はメスを握って厚い脂肪の層を奥へ奥へとすばやく切り開きついに赤い筋肉に到達すると今度はゆっくりとメスの刃を動かしたが不意に筋肉の中から赤い棒のように血が迸《ほとばし》り彼の顔めがけて襲いかかった。ガーゼのマスクに生あったかな血をあびた彼は次の瞬間に血流が目に向っているのに気付き顔をそむけた。その時、外科医はつんざくような大声で彼を叱咤《しった》した。「ばかもん、鉤を離すな。何だ、血ぐらい恐くて医者になれるか」彼は血を目に額に浴びながらやっとのことで身動きせず鉤を把持《はじ》しえた。血をこわがる世間の常識をその時に彼は超え出ることができたと思う。

「わがってくれるんですか」と砂田がもう一度言った。

「わかるよ」と近木は大きく頷いた。

「わがってくれるんだね」砂田は嬉しげに笑った。「おらは本当に役立たずで莫迦で悪い人間だけどよ、ここへ来てから何か一つぐれえは何か人の役に立つことをしてえと思うようになったす。それが遺体の寄付だす。はじめ滝先生にその話をきいた時、おらは莫迦くせえと思って怒ったくれえだがよ、滝先生によく聞いてるうち、それはええ事だと思ったす。みんなに話したら、みんなも莫迦くせえて言ったが、楠本だけは、ほら、けさ一緒に先生に診てもらった男だすよ、あの男だけはおらの言うことに賛成してくれたす。おら、滝先生が言ったとおり楠本に伝えたよ、人間の屍体を尊敬してくれるのは医者だけだって」

「滝先生がねえ」近木は常日頃寡黙な滝が砂田を説得したことが不思議であった。

「なあ、先生」砂田は顔を近付けた。「さっきは噛みついて本当に悪がったすよ。ゆるしてけれ」

「いいんだよ、もう」

「おらは、やっぱり先生に来てもらってよがったな。ね、先生、滝先生によろしぐな」

「わかった。必ず伝えておく」

「さて、もう何も言うこたあないす。んだけどよ、先生、おらをいつまでこんな鎮静房に入れとくだがね、もう出してくだせえよ」

「いいとも」近木は微笑して立上った。「すぐ保安課長に言っておく。それから何か話したいことがあったら遠慮せず面接つけなさい。今夜はぼくは宿直でずっと医務に詰めてるから」

「あ、先生がいてくれるのか。そりゃ心強えな」砂田は心から愉快そうに体をゆすった。

近木が房の外へ出ると三人の看守が次々に出た。何とも狭い窖の中に砂田の大きな体が窮屈そうに収っている。今までそのまわりに四人の男が坐っていられたと信じられぬ程の狭さだ。

「さよなら」近木は砂田の体に、その鍛え抜かれた立派な体に言った。砂田の手があがったとき扉が閉った。中で砂田が呼んだように思えた。が、防音設備をほどこした鎮静房は何の物音も洩らさず棺《かん》のように静まり返っていた。

8

四〇〇という数字を目にした刹那、近木は心臓に針でも射込まれたような痛みを胸の奥に覚えた。黄色の房扉が並ぶなかで、四〇〇の扉だけが特殊な冷たい光を放散している。担当台付近にいくと見知らぬ担当が敬礼してきた。自分と同年輩ぐらいらしいが、血色の悪い頬をした痩せた小男で、制服の身頃が余っている。

「あそこの四百番は誰ですか」

「あんたはなんですか」白衣を見れば医官と判定しえたはずなのに、わざとのような質問である。

「医務部の医者です。ちょっとあの番号が気になったもんですから。たしか四百番は大田良作だと思いますが」

「だったらどうなんです」

「だったら会いたいんですが」

「なんですか」担当は疑い深い目付を向けた。

「あのですね」近木は愛想よく言った。「大田良作の共犯で大田長助ってのがきょう入病したんで、その男について大田良作からいろいろききたいんですよ」

「面接許可を受けていますか」

「許可がいるんですか」

「もちろん……大田はゼロ番ですから……」

担当はしかつめらしく言ったがその実何だか自信がなさそうだった。

「誰の許可がいるんですか」近木は相手を傷つけぬようへりくだって尋ねた。原則として医官の診察には誰の許可もいらないことをこの若い担当は知らないらしい。とくに近木の場合、精神医という職掌柄、所内各所への往診が多く、今までは自由に囚人たちに会って来た。

「それは……」担当は言葉に詰り、所在なげに薄い肩で扇《あお》いだ。

「ぼくは精神科なんです。きょう大田良作の共犯の大田長助てのが急に精神異常を呈しましてね、しきりと大田良作のことを口走るんです。で、診断上、どうしても良作に会う必要があるんです。なんなら所長でも保安課長でも許可を受けてきます。ただし緊急を要するんですが。長助はさかんに興奮していて早く鎮静させることが保安戒護の上で最重要なんです」

「わかりました」〝保安戒護の上で〟という監獄では至上の理由を聞いたとき担当は軽く身震いし鍵束を鳴らして先に立った。それは近木の説明に納得したというより、言い負かされた自分に腹を立てているようで、鍵のあけかたもやけに乱暴であった。

折悪《あ》しく大田良作は用便中で、担当が半開きにした隙間から便器にまたがって力んでいる男が見えた。不断椅子として使用している箱の蓋をとると便器になる仕掛であるけれども、便器として使用するときでも別にそこを遮蔽《しやへい》する設備は何もない。近木は目をそらし、「終りました」の声に、ゆっくりと靴を脱ぐと房内に入った。

「ぼくは医務部の医者だが、ちょっとお邪魔するよ」

糞臭《ふんしゅう》がまだ籠っていて、田舎屋の肥溜《こえだ》めが連想された。良作は農夫らしいがっちりとした体でかしこまり、正座の膝を摑んで俯いていた。血筋であろうか、どこか長助に似た顔付が皺寄って、風雨にさびた路辺の地蔵を思わせる。

「いいかしらんね、すこし聞きたいことがあるんだが。長助のことなんだ。いま、長助がノイローゼになってね、きみのことをいろいろと言うもんだから、それで一度、会ってみたくって来てみたんだ」

長助と聞いて良作の伏し目がこころもち動いた。近木はここぞと言葉を繰出した。

「長助はきみに騙されたって言っている。本当は従犯なのに共同正犯てことに仕立てあげられて、重刑をうけて、くやしくてならねえって言っている。彼はそれでうんと悩んで、ノイローゼになったんだが、きみ、どう思うね」

「嘘だ」と良作がいきなり殴りかかるような勢いで言った。「あの野郎はとんでもねえ嘘つきです」

「どこが嘘なの」

「何もかも、ぜんぶが嘘だね。わしは何もやっとらんのです。事件は長助がひとりでやったことで、それをわしに言われてやったと嘘言ってるです」

「よかったら、その話を詳しく聞かせてくれないかね」

「おめえさん、話を聞いてどうするです」良作はちらと近木を見た。「わしの刑はもう確定しただから、いまさら何を言っても始まらねえ」

「それはそうだけれどもね」近木は正直に言った。「ぼくは本当のことが知りたいだけだ。長助の話じゃ悪いのは伯父貴で、つまりきみにそそのかされて嫌々ながら事件をおこしたってことになるんだけどね、どこかそれがおかしい気もするんだ。誰か一人の人間が悪くて、あとは善人やお人よしばかりって言い方がぼくには気にいらない」

「だめだね。裁判官だって分っちゃくれなんだ。おめえさんだって分らねえよ」

「それじゃ、事件のことは聞かないから、長助のことを聞かしてくれないかな。ぼくは医者として長助を治療する立場にある。参考になることを教えてほしいんだ」

「長助はどこが悪いのかね」

「ここだ」近木は自分の頭を指差した。しかし良作は見ていなかった。「ノイローゼなんだ。頭が呆《ぼ》けて子供みたいになってる」

「あの野郎、頭はいいよ」

「そうかね」

「ああいいとも。勉強ぎれえだから学校の成績はよかなかったが、頭はいいよ」

「それで……」と近木が言うのに被《かぶ》せて良作は続けた。

「頭はいいが、心が駄目だ。恩知らずですだ。野郎が中学出てぶらぶらしてっから、可哀相だから、わしが使ってやった。野郎の父親てのはわしの弟だが、弟はなまけもんで、地道な農業はできねえで、出かせぎに行って腰にツルハシぶちこまれて、びっこで働けねえから、可哀相だからって、わしが長助を引取って世話してやった。それが、おめえさん、裏腹に出ただよ。野郎は、親に似てなまけもんで、さっぱり仕事に精がでねえ。山へいって木を倒せっても、一日かかって一本も倒せねえ。何してたか調べると町へずらかってパチンコだからね。野郎は体力ねえで、それじゃエノキダケの栽培でもと、やらしてみるとこれが、おめえさん、どんどん腐らしちゃう。頭はいいで、最初は仕事の段取だ何だとうるさく言うが、根が続かねえですぐほったらかしになっちまうです。そんなもんでわしもあきらめて、あんまり文句も言わなかったらよ、ある日、人にもらったって腕時計だのシャツだの地下足袋だのあずかってくれってゆうから、妙なことだと思ったら、英作の一家が殺されたって話じゃねえか。英作てのはわしの舎兄ですぐ近くに住んでたです。働きもんで、林檎《りんご》もいろいろやって金があったからねらわれただね。そしたら、長助が犯人であげられて、駐在が調べにきたら例のあずかってた品物を見付かって、それが全部盗品だってわけで、わしまで捕まってしもうた。何も事情を知らんであずかっただからすぐ釈放かと思ったら、へエおめえさん、今度は英作の一家を殺した犯人だって言われたですよ。長助が嘘こきやがった。自分ひとりでやっときながら、わしと一緒にやっただと、とんでもねえこと垂れこみやがったです」

「でも、そんな嘘は裁判ですぐばれたと思うがな」

「それがばれないですよ。長助の嘘はうまいからねえ。現場からわしの指紋が出たのは犯行の時のだとぬかしやがった。そら指紋でますよ。舎兄のとこにゃしょっちゅう遊びに行ってただから、そこらへん、わしの指紋だらけでしょ。それに長助の野郎、わしと舎兄が仲が悪いって告げやがった。なあに、仲はよかったですよ。わしんとこは田が六反六畝《せ》で年に二十六俵がとこ出せるだから、ちゃんと働いてる分にゃ舎兄の世話になることはねえ、それを、へエ長助メ、わしが食えんもんで舎兄に借金申しこんで断られたって作り話をしやがった。なんか、二人が仲が悪いってなことにしちまったですよ。そうこうしてるうち、不断、仲の悪い兄一家を皆殺しにすべいと、長助をそそのかし、わしが先頭に立って押入ったなんて話にすりかわっちまったです。なにせ、長助が犯行に使ったってえ刃広も日本刀もわしの持ちもんで、それが動かぬ証拠だと言うだからねえ」

「なるほど」近木は考え込んだ。きょう良作に会うと知っていれば彼の身分帳を精読してから来るべきだった。さっき庶務課で借出した時は長助について参考事項を調べることだけを考えていた。長助の話や身分帳のなかに現われてくる良作は、農地改革前に田畑を継いだ兄英作と土地をめぐって争いを繰返す貪婪《どんらん》な弟である。結婚したら百坪の土地に家一軒を建ててくれる約束を英作が完全に果さなかったと責め、盆暮に親戚が集るとかならず泥酔し、戸障子を蹴破って荒れ狂う理不尽な男である。甥の長助を賭博や酒や覚醒剤へと誘惑した悪い伯父である。

「きみ、酒はいけるの」と近木は尋ねた。

「酒は大嫌いで、飲まねえ。飲んでも飲めんです」

「博打《ばくち》なんか好きかな。あんたの村ではオイチョカブが盛んだったというが」

「そりゃ長助が言ったでしょう。野郎がオイチョカブが大好きなんだから。わしは莫迦なこたあ、やめろって何度意見したかしれねえ。せっかくやった労銀をすぐさまそっくりまきあげられちめえやがる。英作に借金申し込んだんだが、そいつにわしの名前使って、わしの判子持出して証文についたからわしが誤解されたですよ」

「さあね」近木は考え込んだ。長助と良作と、どちらの言い分が正しいのか。おたがいに相手が悪者だと言い合っている。しかし裁判官は共同正犯と認め、二人に平等な死刑を科した。詳しい証拠調べをする裁判官が間違うことがありうるだろうか。たとえ誤審の事実が世に多く知られているとしても一法務技官の分際でどこまで裁判の真実を問題にしえようか。結局いまのところ自分に出来ることは長助の病気を治すことだけである。が、それだけでいいのだろうか。

「たしか一審ではあんたの主張がすこし認められたんだっけね。つまり長助は主犯として死刑、あんたは従犯で無期だった」

「いいや」良作は面をあげると激しく頭を振った。「ぜんぜん認めてくれなかったです。わしは従犯なんかじゃない。無実だから無罪とならにゃ。わしは弁護士に言ってやった。先生までがわしを疑ってたんじゃ裁判になんねえから解任するってね。わしは自分の土地売って私選をやとったんだが、無能で駄目だったね。ほんとなら死刑のとこを無期になったからよかったと抜かしやがったから唾吐きつけてやったよ。それでもこりずに、無期でおりたほうがいいって言やがったから解任さ。だから二審じゃもう運まかせで国選にした。この国選は前の私選よりはよくやってくれたね。法廷でわしと長助が顔を合すのはよくねえって分離審理にもってってくれただが、でも駄目だったね。こんどは死刑さ。前より悪いや。女房に泣かれてね。子供が可哀相だってね。本当に可哀相なのはわしなんだが、あんな長助みてえな恩知らずを世話したのがいけねえんだが、もう泣くなって言ってやっただ。ただ子供が大きくなったら教えてやれと、人間なんて信用するな、兄弟も親戚も、検事も裁判官も、誰も彼もウソツキ野郎だと教えてやれと、それだけがわしの遺言だと、言ってやった。そしたら女房がおかしなこと伝えてくれたが、そいつは舎弟、つまり長助の父親さ、のほうじゃわしが一審で長助に罪をおっ被せて、自分だけ無期になってさっさと刑務所で懲役に服している卑怯もんだと言ってると。そんなこと言ったのは長助でどこまで嘘つきやがって人をコケにしやがるか。ほんとにひでえ野郎だよ。わしは命が惜しい卑怯もんじゃねえ。命が惜しけりゃ、さっさと一審でおりてら。せっかくの無期を死刑にしてまで頑張ったのは、殺人犯てえ嘘の名がくっつくのが嫌だからよ。ねえ、おめえさん、わしがさ、殺人犯に見えるかよ」

「見えないな」近木は首を振り、相手を励ますように瞬《また》きした。

良作は嬉しげに、すこし大袈裟と見えるほどに笑った。

「そうかい。そうかい。殺人犯には見えないかい。そうだともよ。殺人犯じゃねえもんな。ずっと真面目な百姓で通してきたもんな。で、なんですかい。長助はノイローゼだと。そりゃ罰があたっただよ。野郎は悪党のくせに気がちいせえとこがあって、いつもめそめそ心配ばかししやがるからね」

「長助は昔から気がちいさかったかしら」

「ええ、まあちいさかったね。いつかも村の不良仲間のボスが殺しにくるって急に言いはじめて、寝所に入らず納屋で寝泊りしてからよ、調べてみりゃ別にそんな話はなくて野郎のひとり合点だったことがあったな。うん、ありゃ気がちいせえってのと違うなあ。駄目な人間なのに大きなことをいう。コケオドシのとんでもねえ嘘をつくだ。そしてよ、自分のついた嘘がいつの間にか本当のことだって信じこんでしまうだね」

「自分の嘘を本当のことだと信じこむ。面白いな、それは」近木の声は急に弾んだ。良作の言葉には近木の医学的知識と響き合う部分があった。

一八九一年、ドイツの精神医学者デルブルュックは、五例の奇妙な法螺《ほら》吹きを学会で報告した。彼らは一見世間によくある法螺吹きであるが、自分のついた嘘をいつのまにか真実と信じてしまう点が常と変っていた。嘘と真実が彼らの意識では分離したり融合したりし、ある場合には嘘をついていることを知っているけれども、別な機会にはそれが真実あったことだと固く信じている。デルブルュックはこの五例の法螺吹きに空想虚言（Pseudologia phantastica）の名を与えた。つまり彼らは自分で勝手な空想をたのしむ空想者と他人を欺《あざむ》く虚言者との丁度中間にいる人間であると。

約二十年後、フランスの医師デュプレはデルブルュックとは無関係に、一種の自己暗示から自分の作り出した物語を現実にあったことと思いこんでしまう詐欺師を記述した。デュプレはこの型の人を神話狂（mythomanie）と名付けた。神話狂は、自分が創造した御伽話《おとぎばなし》をたえず豊かな想像力によって脹らまし、御伽話の世界が広がった分だけ現実の世界が狭くなっていく。

空想虚言にしても神話狂にしても、元来は小心で弱々しく、なまなましい現実世界を真正面から受けとめたり、それに対応して生きていったりすることが出来ない。彼らは嘘を作り出して現実を変え、空想をひろげることで現実を押しのけていき、そうすることでどうにかこの世に生きていける。つまり嘘と空想なしには生きていけぬ弱者なのだ。彼らのうちの或る者は全く現実離れをした夢想者となり、文筆の才のある者は詩人や小説家になり、金儲けを目指す者は詐欺師になる。

大田長助がもしも空想虚言者や神話狂であったとすれば、当面の謎の大部分が解けることになる。つまりこういう推理が可能だ。元来単独犯であった長助は、良作と共犯で事件をおこしたという嘘を考えだし、その嘘ははじめは検事や裁判官を瞞《だま》すためであったのが、次第に自分でも本当にあったことだと思いこみ、その確信から来る弁舌に人々は欺かれてしまった。そういったことは充分にありうることで、現にデルブルュックもデュプレも自分たちの典型的な症例として大詐欺師を例としてあげているくらいだ。もしそうだとすると長助がこんど示したガンゼル症状群もあるいはわざとやったことが本当の病気になってしまったと解釈が出来る。藤井区長の気張った声が耳の奥で反響した。「あれはオトボケだ。ヤツは気違いの真似ぐらいちゃんとできる男ですぜ」「要するに大田長助てのは、狡猾《こうかつ》な男で、人をだまくらかすのがえらくうまい野郎なんで」たしかにそうなのだけれども、藤井区長の言うことは実際には半分しか当っていない。長助は気違いの真似をしているうちに気違いになってしまった男であり、人をだまくらかしているうちに自分がだまくらかされてしまった人間ではないか。

良作が訝しげに上目遣いでこちらを見ていた。

「おかげで、大分わかってきたよ。長助っていう人間が」近木は考え深げに言った。

「そうですかい」良作は両の膝頭を掌で撫でた。「まあ、今となっちゃ、もうどうしも出来んけどもよ。長助もわしもなるようになるしか仕方がないだから、ジタバタはしねえです。そうですかい、ノイローゼですかい。長助にゃ、あの臆病もんにゃ監獄の辛さは耐えられんでしょうな。で、今は病舎にいるんですかい」

「まあねえ」近木は言葉を濁した。むろん他囚の動静を全部伝えるわけにはいかない。

「ふむ、いいよ」良作は急に険のある顔となった。「おめえさんも、どうせ信用できねえ。みんなと同じだから。ヘエ、一体、おめえさん、なに探りに来ただ。殺人犯に見えねえとか何とか、いい加減人をおだてといてよ、聞きてえだけ聞き出しといてよ、こっちが聞きてえことはこれっぱかしも洩らさねえ魂胆かね」

「そうじゃないが……」

「そうだろう」良作は目を剝いた。細い伏目からは想像できぬほど大きな目玉だ。が、それも一刻で、俯くと最初の地蔵のような顔に返った。

「しかし、あんた、ぼくとしちゃ……」〝どうしようも出来ない〟という言葉を近木は呑《の》み込んだ。自分が官の側の人間であり、相手が確定囚であるという立場の差が強く迫ってきた。自分はどこかで相手を見下し、自分と違う人間だと思いながら相手に同情し、相手を憐みさえしているけれども、同情も憐みも立場の差を超えることはできない。〝むこう側〟とは超えることのできぬ深い溝のむこうのことだ。よしんば相手が冤罪《えんざい》であるとして、彼の釈放のために自分が奔走したとしても、決して自分は〝むこう側〟に到達できはしない。自分はいつも安全な地帯にいてそこからしかものを見ることができない。いや、もしかすると、安全地帯にいるからこそものが見えるのかも知れないが。

「また来るけどもね」近木は言ってみた。良作は答えず、膝を摑んだ指先をきゅっと曲げた。近木は後ずさりして靴を履いた。良作の太い、農夫らしい指が震えていた。廊下に出た近木の前に立ったのは最前の担当ではなく藤井区長であった。藤井区長は背が高い。しかもすらりと長い脚を一層長く見せるかのように、すこし背伸びをする形で立っていた。お待ち申しておりましたと示すように軽く頭をさげ、こっちへ来なさいと命じる素振りで顎を横に引き、歩き出した。二人は管区や鎮静房の並ぶ中枢部《ちゆうすうぶ》を通り過ぎ、中央廊下に出た。まるで近木の行き先はここだと決めているように区長は自信ありげに進んで行き、近木も従わざるをえなかった。

「どうでした」と区長が前を向いたままで言った。肩甲骨の上に盛上った筋肉が肩章を押上げている。

「何がですか」

「ヤツです。大田良作です」

「まだよく分りませんよ。ちょっと会ってみただけですから」

「興味のある人物だと、こうは言えると思うんですがね」

「それはまあ……」

「長助に比較してどうですか。長助みたいな悪党と違って、良作にゃ善良な面があると思いませんか」

「そんな気もしますけど、なにしろ初めて会ったもんだからまだ正体がつかめないんですがね」

「でもかなりいろいろと喋ってたじゃないですか。ヤツは不断無口な方だが、きょうは先生と馬が合うのか、けっこう喋っとったですぞ」

藤井区長にずっと観察されていたと分ると不愉快になり近木は立止った。二、三歩行きかけた区長は素早く廻れ右をして、近木と向き合った。

「実のところ初対面の人に、ヤツがあんなに喋るってのにはわしも驚きましたな。先生はなにか特殊な技術をお持ちのようだ。保安課長なんか何度会いに行ってもだんまりを決めこんどるんですからな。ヤツは無実を主張しとるんだが、この点は、先生、どう思われますか」

「ますます分りませんね」近木はうるさそうに言った。「二人の主張が正反対なんだから。長助から見れば良作は主犯、良作から見れば無実と言うんじゃね。藤井さんから見るとどうなんですか。まずそいつをうかがいたいな」

「わしの方はまず先生の御意見をうかがいたいですな。精神の専門家だから」

「だからぼくには分らないと言ってるでしょう」

「しかしさしあたりの見当はおつきになった。先生が良作なる人間に興味をお持ちになったのはわしが会ってみたらとおすすめしたからで、わしには先生の御意見をまずうかがう権利がありますな」

「あなたにすすめられたから来たんじゃないですよ。ぼくは前から会ってみようと思っていた」

「しかし、きょう初めて大田良作の身分帳を借り出された以上、そしてそれがわしに会われた直後である以上、わしの言葉はなにがしかの影響力はあったわけと、こうまあ思うんですがね」

「へえ、何もかも、ちゃんと調べがついてるんですね」近木は皮肉に言った。「それじゃ、ぼくの意見なんか聞かなくてもお見通しでしょう」

「いやいや」藤井区長は無骨な笑を浮べた。「心の中までは、いかに何でも見通せやしません。が、察しはつきます。先生は良作が、ひょっとすると無実だとお思いになった。〝分らない〟と言われたのはその迷いの表現でしょう。そこでこれだけは申しあげておきたいが、ヤツは黒ですぜ。検事局へ行って一件書類を精査してみるとそういう結論しかでんのですな。早い話が犯行は複数でないとできん。体力のある中年夫婦と子供二人を殺すなんて仕事が、やせっぽちで非力な長助一人でできるわけがない。しかも兇器は重い日本刀と、これも大型の刃広ですからな。先生も一度一件書類を調べてごらんになるといい。一審のだけで積み上げると一メートル二十センチがとこはありますがね。だから良作が冤罪だと決め、無罪釈放運動に参加しようと思うのは危険ですな」

「なにもそんなこと思ってはいません。第一無罪釈放運動なんて……」

「それが現にあるんですな。良作は典型的な、すなわち素朴善良な田吾作面《たごさくづら》で、悪党らしくは見えんもんだから、世間知らずで一本気の学生連中が、ころっと騙されちまう。〝大田良作を救う会〞てえ全国組織の学生集団があって、旗や幟《のぼり》をおったてては本拘置所の門に来襲する。所長にあわせろ、面会制限をなくせ、再審請求運動に拘置所側も協力せよ、虚言者大田長助糾弾、無実の大田良作万歳、いやもうえらい騒ぎでさ。あんな田吾作のどこにそれだけ人を魅惑するところがあるのか不可思議千万ですよ。ヤツは宗教に凝っとるわけじゃなし政治セクトに関係あるわけじゃなし、まさしく孤立無援なんだが。ま、所内でヤツが事故一つおこさない模範囚だってこと、これは間違いのないとこですがね。あんだけ小うるさい連中が集ってるゼロ番なかじゃあ良作の落着きようは目立ちまさあね、ヤツは悪党じゃない。根っからの悪党である長助の口車に乗って、ふらふらと魔が差した、ほんの出来心で兄貴を殺して遺産相続で田畑《でんばた》をもらっちまえと思っただけなんでしょうな。先生は長助の方はどう思われますか。さっきは大分考えこんでおられたが」

「ええ」近木はいまいましげに言った。「良作は或る種のヒントは与えてくれましたけど」

「そのヒントてのはその、ガンゼル症状群とかに関してですか」

「言っときますが、ガンゼル症状群の診断は間違いないですよ」

「分ってます。間違ってるなんて一言も申しあげてないのでして」藤井区長は締まった形のよい腰に両手をかけ、それから制帽の庇《ひさし》を指先でちょっと持上げた。これでパイプをくわえれば高校の社会科の教科書で見たマッカーサー元帥《げんすい》の気取ったポーズにそっくりである。看守が数人通って敬礼するのにゆっくり会釈してから、近木を見下した。

「ところで、砂田はどうでした。ヤツは最後まで手子摺《てこず》らせる。先生の御力をぜひお借りしたいんで」

「もう興奮はおさまってますよ。むしろ鎮静房からは早く出してやったほうがいい」

「分りました。そうしましょう」藤井区長は近木が拍子抜けするほどあっさりと頭をさげた。

「保安課長にもそうお伝え下さい。今のところ精神医学的には何も問題はないです」

「その」区長は言いにくそうに口を曲げた。「今のところとおっしゃるのは、明朝までと解してよろしいでしょうな」

「そうです。明朝までです」近木はきっぱりと言うと行こうとした。区長はついてくる。四舎のゼロ番区の入口前へ来ると近木は歩度をゆるめ、区長と別れようとした。区長は再び顎を横に引いて誘うような仕種《しぐさ》をした。

「ぼくはこれから医務に用事があるんです。砂田の件を報告しなくちゃならないんです」

「医務部長でしたら今は外出中ですよ。さっき管理部長と二人で本省へ出掛けました。それより先生、ひとりわしんとこのヤツを診て下さいよ」

「誰ですか。もう別に診察願は出てませんけど」

「安藤修吉です。例の密告者で、けらけら笑ってばかりいやがる野郎で、ちょっと分らんところがある。先生の御専門から判断してどうなるかって知りたいんですな」

「いきなりぼくなんか訪ねて、先方で警戒しませんかね」

「そんな野郎じゃ全然ないんで、誰が訪ねて行ってもけらけら喜んでばかりいやがる、そこがまたおかしいんですな。精神病学の上で興味のある研究対象で、どだい先生も興味をお持ちだから身分帳を借り出されたわけでしょう」

「やれやれ完全なスパイ網にとらえられているわけですね」近木は苦笑した。その苦笑を待っていたように区長はゼロ番区へ行く鉄格子の扉を開いた。

9

扉や把手が山吹色に光るところへ報知機が黒く飛び出す。見ているとあちらこちらから黒い腕が突出されてくる。まるで一つ一つの房が人間となって意思表示をしているようだ。けれども、大抵の担当は知らん顔をきめこみ、或る数だけの腕が並んだところで面倒くさげに腰をあげ、視察口の蓋をあけて囚人の用件を聞く。担当さん、いま何時なの、領置金で桃の缶詰を買ってよ、本の宅下《たくさ》げをお願いします、先生、きょうの運動はまだですか、万年筆のペン先が折れたので鉛筆を貸してください、便所の水がよく流れないんですが、神経痛の発作がおきたので臨時診察を受けたいんだけど、担当の畜生め、さっきから報知機おろしてんのに遅いじゃねえか。看守は囚人の監視者というより召使のようだ。大抵の担当がこまめに立ち働かぬのももっともだ。

しかし、ここ、ゼロ番区では様子がすこし違う。担当は報知機の落ちる音を聞くと反射的に警戒の姿勢をとり、網にかかった獲物を捕える蜘蛛さながらに飛んでいく。これだけ反応が速いと召使じみた看守の動作にもかえって管理者めいた威勢が備わってくる。

監房の作りも格別である。扉の黄のペンキは真新しいし、真鍮《しんちゆう》の部分は丹念に磨かれている。

同じ構造でありながら、よそより材料が吟味され、一層手数のかかった保守がされていると見える。一つ一つの扉の内側に重要な人間を大事にしまいこんでいるとすぐ悟られる。

一歩、ゼロ番区に足を踏み入れたとき近木は鳩尾《みぞおち》のあたりを強く押えられた気がして身震いした。大田長助をはじめ、ゼロ番囚たちの診察で何度も足を運んだ場所なのに、どうしても慣れることのできぬ何かが迫ってくるのだ。ふと葬式を思った。誦経《ずきよう》が響き、死臭が漂ってくる。その暗い思いが明るく清潔な光景にそぐわない。顔見知りの田柳看守部長が担当台から力一杯に敬礼してきた。部長よりはるかに若い藤井区長が軽い手つきで答礼した。誰かが経を読んでいた。鉄扉で濾過《ろか》されてはいるけれどもなおかなりの大音声《だいおんじよう》で、真夏の油蟬《あぶらぜみ》のようにあたり一帯を隙間なく充たしている。

……ゴクジュウアクニンユイショウブー、ガーヤクザーイヒセーシューチュー、ボンノウショウゲンスイフーケーン、ダイヒムーケンジョウショーガー、ホンシーゲンクウミョウブッキョー……

奇異な臭いがする。むろん死臭であるはずはないと思うけれども、それに似ている。どこの監房にもある体臭や腋臭の臭いに混ってここには何か鼻粘膜を逆撫《さかな》でするような不快な臭いがある。藤井区長は安藤修吉の房を開くように命じた。田柳部長は担当台を離れ、太った体を摺り足で身軽に移動させた。柔道の試合で敵に挑みかかるようだ。声がやけくそに大きくなった。

……センジャクホンガングーアクセー、ゲンライショージーリンデンゲー、ケッチーギージョウイーショシー、ソクニュウジャクジョウムーイーラーク……

「御存知でしょうが、片桐《かたぎり》ですよ」と藤井が説明した。「われわれが来てることをちゃんと察して、わざと声を張上げとるんです」

「いやこれは困ったな」田柳は視察口から目を離し舌打ちした。

「どうした」

「困ったことに……いま、手淫《せんずり》の真っ最中ですがの」

「かまわん。あけて下さい。昼間っからへんてこりんなことばっかしやっとるところを、先生に見ていただきたいんだから」

思い切りよく扉が開かれた。青年は畳の中央にこちら向きに立っていた。裸の脚が白く長い。両手で前を握って行為を続けている。見られていることが別に障碍とならぬらしく、むしろ得意げな顔付きで事を終えた。当然のことをしているといった青年の落着きが猥褻感を与えなかった。ズボンをつけ、曲芸を終えた道化のように一礼する。

「あきれたヤツだ」と藤井が言った。「なんだって真っ昼間からやるんだ」

安藤はにっと歯をみせた。薄笑いの顔付がどことなく気味が悪い。それは眉目の整った美しい顔だとは言える。けれども長い睫毛《まつげ》は付睫毛のように作りものめいて見え、頰は白粉《おしろい》をはたいたように白かった。

「おい、何だって真っ昼間からおっぱじめたかと聞いとるんだ」

「やりたくなったからですよ」安藤は両手でズボンの前をこすった。ズボンがぴっちりとしているため輪郭あきらかな脹みがそこにあった。

近木はふと砂田の大きな陰茎に埋めこまれた二十三個の硝子玉を思った。砂田のにくらべれば安藤の陰茎は新鮮で形がよい。解剖台上に横たわっている砂田の立派な屍体が目に浮んだ。次の瞬間、それは安藤のほっそりとした少年のような屍体に入れ替った。その情景はなまめかしく、近木は奇妙な欲情を覚えた。目の前の安藤が急に卑猥に見えてきた。

「夜まで我慢できんのかいな」と藤井が茶化すように言った。

とたんに安藤は笑声をたてた。

「だって夜だけじゃ間に合わないですよ。一日に三回か四回はやらなくちゃね。区長さんはどのくらいやるの」

「知るもんか」

「区長さんの奥さん別嬪《べつぴん》なんですってね。二瓶《にへい》先生が言ってたよ。あんな奥さんがいれば自家発電の必要はないやねえ。あ、そうそう、画用紙とパステルの使用許可願だしたのにまだ返事が来ないんですけど。あれどうなってますか。絵描きたいんですよ。平沢画伯みたいにはいかないけどうんと描いてみたいな。ぼくわりと肖像画うまいんですよ。区長さんの顔、まっさきに描いてあげるからさあ」

「二週間ぐらい前に硯《すずり》と筆を許可してやったばかりじゃないか。さんざっぱら書をやりたいとごねやがって、結局書いたのは一日ぐらいのもんだ。そうでしょう」

田柳部長は頷き、慇懃に付け加えた。

「その前の粘土細工も、ドライ・フラワー制作も、すべて一日ぐらいのもんでした。飽きっぽいタチですかの」

「ま、そういうことだな。安藤、そこへ坐れ。きょうはちょっと話がある。先生も入りませんか」

藤井区長は房内にあがりこんで長い脚を邪魔そうに組み、近木が坐るのを待って田柳部長に目くばせすると扉を閉めさせた。畳は何となくべとつき精液らしい刺戟臭がした。間近で見ると青年の白い皮膚は滑らかで、確かな若さを感じさせた。男の囚人には整髪料が許可されないから水で撫でつけたのであろうが、髪の毛はきちんと櫛目《くしめ》立って中々のおしゃれである。正座はしたものの落着かぬらしく尻をしきりと上下させている。

「安藤、お前の言ったことは全部嘘だったぞ」

「何のことですか」

「砂田が睡眠薬で自殺をはかると、お前、言っとったじゃないか」

「あれのことですか。あれは楠本が教えてくれたんですよ」

「楠本はそんなことを教えた覚えは絶対にないと誓っとるぞ」

「彼が嘘言ってるんですよ。ぼくはほんとうに教えてもらったんだから。けさの運動の時、重大秘密だと言って耳打ちしてきたんです。ぼくも彼が言うんだから嘘じゃないと思って区長さんに伝えたんですよ。それが嘘だって、おこられるんじゃ割が合わないや。ぼく黙ってりゃよかった。これからは黙ってますからね」

「要するに楠本が虚偽の申立をしとるということか。ま、これからも何かあったら迅速的確に通報することだ。わかったな。それからこの方は医務の近木先生だ。お前が通報した砂田の睡眠薬自殺の件では大変に迷惑をされた」

安藤は近木に礼儀正しく頭をさげ、その直後正座をくずしてあぐらとなり、それも居心地が悪いのか立ち上って窓側の便器兼用の椅子に腰かけた。赤い毛糸の靴下をはいている。ズボンの筋目もきちんとついている。育ちのよい青年が何気なく坐っているという様子だ。

「こいつは、ほんとの坊っちゃんなんでさあ」藤井区長は近木に言った。「ゼロ番中ピカ一の大尽でしょうな。なにしろ父親と母親が競争で送金と差入れをしてくれるんですからな。見なさい、あの缶詰の山を。セーターだって洋服だって何着持ってるかわからんのですからな。食いきれんほどどっさり缶詰を持っているところへ領置金から自弁弁当を買う。きょうの昼食にはヒレカツ弁当を食ったんだとな。こっちが官炊で薄身の塩鮭を齧《かじ》っとるとき、こいつはヒレカツをお食べになっとるわけですからな。むろん房内で作業なんかおやりになる必要はない御身分ときている。請願作業の賞与金でセンベイの一袋も買おうという連中が多いこの区じゃ、こいつは特権階級なんですな」

「毎日、何をやって暮してるの」近木は缶詰や衣類が山積みにされた房内に本が一冊も見当らないのを不思議に思った。

「何にもしませんよ。することがないんだもの」

「何かしてるんだろうねえ。本なんか読まないのかな」

「それがまた大嫌いときてるんです。こいつは本が嫌で学校をさぼりだしたのが転落の契機なんですな。父親は神田の青物市場の卸商で、金がたんとあるもんだから息子をカトリック系の私立校に入れたんだが、息子は大いに親の期待に反し、勉強はせず遊びはするというわけで、とうとう群馬の山奥の右翼がかった錬成道場に入れられ、そこもすぐと辛くなって、わざと怪我して入院した。病院で結核がみつかって、浅間高原の療養所にいるうち母親が恋しくなって上京し、そこで小学校の女の子を強姦殺人した。な、そうだったな」

「はい」安藤はにっこりした。

「妙なところで嬉しがるヤツだ。大体、家庭が複雑なんですな。中学生になった頃両親が離婚し、父親は再婚してこいつを引取り、母親も再婚する。すなわち両親ともに愛人がいたってことになるんだが、そうか」

「はい、そうです」

「ま、金だけはあったが風紀の乱れた不道徳家庭で、しかも若くして母と別れた欠損家庭ちゅうわけだった。しかもさらにおかしなことに、一旦別れたはずの母親がいつのまにかこいつに会いに来て、可愛がって、療養所にも会いに来たし、事件後もいまも頻繁に面会に来とる。溺愛てのか盲愛てのか。こいつ母親っ子なんですな」

「いったい問題の焦点は何なんですか」近木は藤井区長の取留めのない話に当惑してきた。

「ですから、こいつにはどこか普通の人間と違った出来損いなところがあるんで、そいつを先生に診ていただきたいんです」

「出来損い……」と近木が言いかけると安藤が唐突に笑い出した。

「ほらほら、この痴《し》れ笑、こいつが曲者《くせもの》なんでしてね。お前、いま、何がおかしくて笑ってる」

「だって出来損いだなんて、おかしいですよ」

「お前のことじゃないか。自分で自分のことがおかしいか」

「おかしいっていう言葉がぼくにぴったりだからおかしいんです。だって、ぼく、自分が出来損いだって前から思ってたもの」

「さっきへんてこりんなことやってたな。われわれが見てるのになぜやった。いや、なぜ平気でやれるんだ」

「さっき言ったでしょう。やりたかったからだもの。やりたいときは誰でも出来るでしょ」

「人に見られておって、恥ずかしくないのかね」

「なぜ恥ずかしいのかなあ。だってやりたいことをやったんだからいいじゃない」

「いかん。昼間の自慰行為は紀律違反と認める」

「それはひどいですよ。そんなこと監獄法に書いてないでしょう」

「こいつ、生意気なことをぬかす。猥褻は立派な監獄法違反だ」

「ぼく、ひとりでやってたんでしょう。区長さんたちが勝手に覗いたんじゃないの。ワイセツなのはそちらですよ」

「こいつ……」

〝おかしな野郎でしょう〟というように区長は近木に片目をつむってみせた。急に安藤はひざまずき、手淫の手つきを始め、恍惚《こうこつ》とした表情になり、悦楽が体中の筋肉をやわらかくほぐしていき、額が汗ばみ息づかいが荒く、そのか細い体をすかして、ふたたび砂田のたくましい肉体が現われてきた。近木は砂田の腥《なまぐさ》い幻影を振払おうと大きく息をついてから言った。

「ちょっときくけどね。きみ、白菊会って会、知ってるかね」

安藤は眠った人が揺りおこされたように薄目を開き、ぼんやりと近木を見た。

「白菊会という篤志家の会があるんだが」

「知りません。それなんのことですか」

「知らなきゃいいんだ。それからもう一つ、ききたいんだけどね、きみ、人を殺すことは悪いことだと思うか」

安藤は正座し、不思議そうに近木を見た。

「悪いことって、なんですか」

「そうだな。悪いことってのは、人の迷惑になることかな」

「ああ、そんなら、人を殺すのは悪いことでしょうねえ」

「それだけじゃないんだけどね。どうもうまく言えないが、人を殺すってのは迷惑以上の悪いこと、絶対に悪いという面がある」

「なぜなのかなあ」

「本当にそんなことがわからないのか」

「わかりません」

近木は安藤の表情を注意深く見詰め、その顔に今にも笑を浸み出すような弛《ゆる》みを認めた。

「つまりさ、昔からそうなってる。人を殺すのは罪だということになっている。なぜかというとだね……」近木はあとを続ける自信が自分にないことに気付いた。なぜ人を殺しては悪いのか。殺人は悪だと誰がきめたのか。人は誰でも人を殺したがると今しがた砂田に話したばかりではないか。「とにかくきみ自身のことをききたいんだ。きみ、事件をおこしたあと後悔したかしら」

「忘れっちゃいましたよ。もうずっと昔のことですもの」

「あの事件は自分とは関係がない気がするか」

「そうですね。そんな気がしますね。ずっと昔のことですからね。誰だってそうでしょう」

「そうかな。でも、きみはこうしてここに入れられてる。それは、あの事件のせいじゃないか」

「見付かっちゃったからね。仕方がないですよ。あん時、お袋の家を訪ねようとして道を尋ねたのがいけなかった」

「それじゃ、見付からなければよかった。そうすれば事件とは一切関係ない」

「ああそうですよ。あん時見付からなけりゃ、今頃うんと遊べたのになあ。惜しいことしちゃった」安藤は夢見るように天井を見上げた。

「惜しいことか……」心の暗所にまだ何かが居残ってこちらを窺っているようで、近木の言葉は歯切れがわるくなった。「それじゃ何だね……きみはここから外へ出たいって思ってるんだね……まるでこう事件と無関係みたいにして」

「何ですか」

「まあね、被害者のことさ。相手は小学校の女の子だったんだろう。思い出すと可哀相に思うだろう」

「可哀相てんじゃないですね。運が悪かったんですよ。あんな時に便所に来るんだもの。来なけりゃよかったんだ」

「けっきょく、きみは人を殺すことを悪いことだとは思ってないな」

「そうですか。ハハハ、そんなこと考えたことないですよ。どうでもいいことでしょう」

「いや、よくないよ」近木は安藤の笑に水をかけるように真面目くさった表情を作ってみたが、安藤は依然として笑い続けていた。「自分が殺されたと想像してごらん。こわいだろう」

「わかんないですよ。ハハ、そんな変なこと」

「きみ、自分が死ぬってことこわくないの」

「死ぬってさきのことでしょう。さきのことなんか、わかりゃしませんよ」

「でもさ、想像することはできるだろう」

「それはできるけども、でもそんなこと想像しても痛くもかゆくもないですよ。おんなじことですよ、昔のことだって痛くもかゆくもないですよ。先生、その指、怪我してますねえ、血がにじんでら。痛いでしょう。でも先生、怪我する前に痛いと思いましたか。それからさ怪我が治っちゃってからも痛いって感じますか」

「ふうん」近木は唸《うな》り、安藤の、しなやかな脚の動きを追い、ズボンの内側で伸縮する柔かな筋肉の形を美しいと思った。この青年が確実な肉の塊として目の前に存在していること、自分の指がうずくこと、あたりに精液臭と腋臭が充満していること、そういったすべての事象から、いま、死は何と遠くにあることだろう。死の恐怖とは、全く単純に、未来の彼方にある痛みを恐れることではないか。死と痛みとは同質のもので、それをこの死刑囚は知っている。

「あのね、先生」安藤は立上って壁から壁へと往復していたが、不意に近木と藤井の間に割り込むようにして胡坐をかいた。近木が尻をずらしたので、安藤は藤井に身を寄せる姿勢になった。

「ねえ、区長さん。教えて下さいよ。おせんころがしは明日バッタンコですか」

「それは言えないな」

「だって、けさ、区長さん、来たじゃないの。教育課長さんと特警さんと三人で来ましたね。あの人をどっかへ連れてったでしょう。隣の房ですからすぐ分るんです。そのすぐあと運動に出たらあの人がいるでしょう。変だと思った。いつもと全然ちがって目茶苦茶に運動してたから。何だかからんで来て、ぼくにキスなんかするんだもの。これはてっきりお迎えだと気がつきましたよ」

「キスって、お前、おとなしくされていたのか」藤井区長は安藤を押除《おしの》けるように広い肩をゆすった。

「ええ、されちゃった。いい気持だった。おせんころがしはぼくが好きで、入浴んとき、湯のなかでぼくの魔羅をつかむんだ。ねえ、区長さん。あの人あした死ぬんでしょう。だったら一晩ぼくを抱かしてやったら喜ぶよ。ぼくだって嬉しいけどね」

「とんでもない野郎だ。お前姿婆《しゃば》でホモの気があったのか」

「ありましたよ。ぼくの学校は男子校でしょう。上級生にしょっちゅう稚児《ちご》にされたし、群馬の道場じゃ先生に寝床に引っ張りこまれたもの。そんな気になっちゃうよ。区長さんもいい男だな」

安藤は女が馴染客にするように藤井の膝にしなだれ掛かった。区長が身をよけると安藤は笑いこけ、ついには腹が痙攣して息が詰まった。

「やめろ。莫迦野郎」

「だって……区長さんたら……驚いてるんだもの」

不意に静かになった。誦経が終った。遠いところの誰かの話し声が聞えてき、鉄と鉄と触れ合う音がする。どこかに狭い風の通り道があるらしく尺八のように風が唸っている。すると再び誦経が始った。すでに嗄《しやが》れた声を張上げている。

……ミダジョウブンノコノカタワー
イマニジーコウヲヘタマエーリ
ホーシンノコウリンキワモナーク
ヨノモウミョウヲテラスナリー
ナーモアーミダンブー
ナーモアーミダンブー
ナーモアーミダンブー……

「ここは寒いな」近木は両肩をこすった。指が痛む。絆創膏をはみ出た血がほかの指にもべっとり付いている。医務へ帰って正式に治療してもらおうと思う。三時を回っている。病棟の朴や長助の病状も気になるし、カルテの整理もまだしていない。五時には病棟が閉り、夜勤体制となって病棟に行きにくくなるのでその前に仕事をしておきたい。

田柳部長が扉を開き、藤井区長に耳打ちした。区長が立上ったのをしおに近木も外に出た。区長は監房のはずれ、階段の降り口まで近木を誘っていった。ここからは担当台の田柳部長が遠くに見える。

「おかしな野郎でしょう」

「まあねえ」

「病気ですかね」

「病気とは言えないと思います。変った人間であることは確かですけどね」

「口にすることのどこまでが真面目なのやら冗談なのやら見当がつかない。ああいうのと付合ってると気骨が折れますよ。まったくこのゼロ番区てのは瘋癲病院そっくりですな。わしは保安課長に呼ばれておって行かにゃならんのですが、先生、もう一人、せっかくここに来たんだから、楠本を診てやってくださいよ。今朝方、先生の診察を受けて、昼に担当が薬やったんですが、それから様子がおかしくてね。何ですか大声でベラベラ寝言言ってるんだが、あんなことは初めてで、田柳君も気にしてるもんだから」

「明日にしたいんですが。まだこれから用事がうんとあるんで」近木は田柳部長が忙しげに何か書類に記入しているのを横目で見た。

「ほんの、ちょっとでいいんですよ。先生が声かけてやればヤツも安心するでしょうから。ま、砂田にあんな事故をおこされて、こっちも神経が尖ってましてね、この際、妙な連中はみんな診断を受けておけと、上のほうでおっしゃるもんでね」

「楠本は、けさ診たばかりだからいいでしょう」近木は、何となく藤井にさからいたくなり、そう言った。けれども、けさ初めて会った楠本他家雄という人物には興味をひかれいずれはもう少し話してみたいと思っていたし、その奇妙な墜落感覚にも医学的な関心があった。

「先生の御診察のあと、一つ問題がおきましてね。前からヤツが文通してきた若い女性がきょう来所するというんでヤツは心待ちにしてたんですが、それが来なかったんで、落胆銷沈《しょうちん》したって事実があるんです」

「なぜ来なかったんでしょう」

「実のところ」藤井区長は近木の耳元に口を近付けた。口臭はなかったが制服の襟元から体臭が強く迫ってきた。「来ることは来たんですが、帰ってもらったんです。確定者の場合原則として家族以外は接見を禁止するという所長の方針なので、教育課長がまず会ってみたんですが、彼女の会いたいという動機がはっきりしないんですな。大学で心理学をやってるというお嬢さんで、ああいう若い女性に会ってヤツが動揺せんともかぎらんちゅうんで、課長判断で帰ってもらったわけです。ところがその直後に、もう一人〝極刑囚を慰める会〟から理事の女性が来て、こっちは矯正協会会長の並木宙氏の紹介状を持ってたもんですんなり会わせちまった。一日一人一回の接見という原則からいって〝極刑囚を慰める会〟が会ったため、女子大学生は会えなかったと、こう本人には説明するつもりで、先生もそう心得ておいていただきたいんですが」

「その若い女性が来なかったと、いったいそのくらいの事がショックになりますかね」

「書信検閲の結果そんな気がするんですな。わしは、ことゼロ番に関しては発信来信のすべてに目を通しておりますから分るんです。その女子大学生はヤツがこの一年ほど最も熱心に文通している相手で、ほとんど恋愛に近いような感情も、これはむろん楠本のほうにですがみられる。そこが大問題なんですな。そもそも、彼女が来所するという日にヤツが精神科を受診したと、この点に意味が読みとれるわけでして」

「しかし、あなたは、砂田のあれの前日に彼が診察をつけたのに〝深い意味を読みとった〟って言ってたじゃないですか」近木は相手の矛盾をとらえたつもりで言った。

「あの時点ではそうでした。しかし、彼女が来所したのはあのあとのことで、わしの状況判断も少し変化したわけです」

「いいですよ。ただし、きょうはほんのちょっとだけですよ」

近木の返事を聞いた藤井区長は、さっと敬礼し、身をひるがえして階段を二段おきに駆け降りていった。近木がもとに引返すと、田柳部長は何もかも心得ているというように頷き、楠本の房を開いた。

10

囚人特有の蒼白い顔に縁無し眼鏡が冷たい翳を落している。いそいでまとった背広の襟が少しゆがんではいるがシャツもセーターも清潔でこれでネクタイをしていれば四角張った銀行員である。黙礼したあとの複雑な表情を近木は判じかねた。そのぎこちない微笑には幾分の親愛の念と警戒と羞恥がないまぜになっているかに思える。

「ねててもよかったのに」と近木は呟いた。午前中診察室で会ったときは一人の患者として平気で話しかけていたものが今こうして顔を寄せて向き合っていると相手の年齢があからさまに見えて気おくれした。揉上《もみあげ》の白髪、目の下の皺、なによりも額の中央に深く刻まれた立皺が、気難しい中年男の顔貌《がんぼう》を構成し、それが微笑を作りものめかしている。

「ちょっとそこまで来たもんだから、きみを訪ねたくなってね」

近木は強いて気さくな口調で言うと傍の毛布を尻に敷き膝を組んだ。その毛布は楠本が上掛にして寝ていたのを座蒲団がわりに差出したものである。

「ねえ、膝をくずしなさいよ」近木は笑いかけた。

楠本は軽く頭を下げると敷蒲団を脇に片付けそのあとに端坐《たんざ》し「このほうが楽ですから」と断った。「なにか御用でしょうか」と強い調子で言う。その微笑の裏にははっきりと警戒の念が透視され、礼儀正しい挙措の中にどこかでこちらと間をとり、遠くから吟味している気配がある。彼は自分の気おくれを見せまいとして、一層気さくな口調で押した。

「ちょっとね、あれからきみの発作はどうなったかと思って。医者としちゃ気がかりでね。なにしろきみときたら、急に薬はいらないなんて言いだすんだもの。どう、薬はのんだかしら」

「はい」ふと微笑が消えた。一見、仮面のように無表情に見えるがよく見ると心持顔を顰めている。額の立皺に稲妻のように短い痙攣が走る。

「それでどうかしらんね。きみの発作、沈んでいくような、墜落していくような……」

楠本は黙っていた。二人は探り合うように見合った。近木は相手の眼鏡の奥を見定めようとしたが、ちょうど瞳のあたりに四角い窓が映っていた。目をそらして窓を眺める。金網と曇り硝子の小さな四角は窓というより穴のようである。これでは外の雪景色もよく見えないだろう。

この独居房は何と寒々としていることだろう。何よりも物が少ない。大田長助の房のように仏像や聖母像やコケシがやたらと並べてありもしないし、安藤の房のように缶詰や衣類が所嫌わず積まれてもいない。めぼしい持物としては衣裳戸棚の上に並べられている本だけだ。それらは、背を一線に揃えて大きい順に整頓されてある。カトリック大辞典、La Bible de Jérusalem、聖書新改訳、ヘブライ語辞典、日仏辞典、広辞苑、聖書、The Bible authorized King James version、英和辞典、ラゲ訳新約聖書……

「いろんな聖書があるな。ぼくは聖書てあんまり読んだことないんだけど。きみ、フランス語できるの」

「出来るというほどでもありませんけど」

「ぼく、大学の第二外国語はフランス語だった。でも医学部の語学てのはあんまりものにならない。きみはたしか法学部だったね。法学部てのは語学に熱心でしょう」

再び楠本は黙っていた。彼がパリ外国宣教会のショーム神父に洗礼を受けたことを話題にしようかと近木は考えた。その時、楠本の顔にほんの一瞬だが奇妙な歪みが走った。何か耐え難い不快がふと脳裡をよぎったという顔付であった。

「で、どうなのかしら。まだ発作はおきるの」

「はい」

「今もおきてるの」

「いいえ」

「きみねえ」近木は努力して愛想よく言った。

「発作のことなんだけど、何か下の方にのめりこんでいく感覚があって、それが槍ヶ岳か何かで墜落した時の感じにそっくりだって言ってたね。あの話をもう少し詳しくしてくれない」

「墜落したのは剣岳です。別に、お話しした以上のことは何もありません」

「そう」近木は鼻白んだ。せっかく出した話を刃物で切り取られてしまったようで後が続かない。ふと腹が立ってきた。忙しい中を藤井区長の頼みで訪問してやったのにこの無礼な応接は何事かと思う一方、自制の心も働く。相手は患者ではないか。精神医が患者に立腹していたらきりがない。彼は思いついた話を始めた。

「ぼくの友人が高速道路で事故に会ったんだ。女友達の運転するライトヴァンの後の席で寝ていたところ、女友達が駐車していたトラックを避けようと急ブレーキを踏んだため車がガードレールに激突してね、破れた窓から抜け出し十メートルほど空中を飛んで気を失ったという。さいわい両脚の骨折だけで命は助かったんだが、十メートル飛んでいる間、ああおれは飛んでるなと単純に思っただけで少しも恐くなかったそうだ。地面に落ちれば死ぬと確実に知りながら恐怖心はこれっぽかしもおこらなかったそうだ」

「そうですか」楠本の声には今の話に興味をもったような弾みがあった。

「そうだとするとわたしの経験によく似ています」

「きみは〝死人の目でこの世を見てる感じ〟って言ってたね。あれはどういうこと」

「言葉ではうまく言えません。でもいくばくかは類似で挙げえます。朝、夢から醒《さ》めたばかりで、まだ夢心地でこの現実の世界を見たときなんか似た現象でしょう」

「するときみの、あの〝落ちていく感じ〟は半分夢の中にいるのと同じということ」

「同じではありません。こじつけて言えば似てるってことです」

「あれは体が落ちていく感じでしょう」

「そうです。肉体が落ちていく。でも無限にではありません。落ちていく底がかならずあるんです」

「それどういうことかしら」

「それには終りがあるということなんです。終りへ向っての途上の状態。終点を予測している動きの状態」

「その終りというのは何なの、死のことかしら」

「それもその一つでしょう。その逆でもいいのです。つまり生でもいい」

「どういうことかな」

「死んだり生きたりってのは生き物が何かに抵抗してやってることでしょう。その何かってのは広大無辺な闇です。そこには生も死も何もない。永遠の沈黙、永遠の虚無、そこにちょっぴり火を点《とも》すと生になり、火が消えると死になる。広大な闇にくらべれば生も死も大したことではありません。to be or not to beなんてのはほんとにちゃちな悩みなんです」

「なるほど」近木は頷いた。しかし、その実、相手の言うことが充分には理解できなかった。彼に理解できたのは相手が彼の知らない何かを知っているということである。独居房は寒々としており、そこにはわずかな書物と花と人間がいるだけだが、壁を超えでて拡がっていく何かが、彼には未知の何かがあるような気がした。相手の眼鏡の奥の、多分目覚めたばかりで充血している眼球を覗き込むようにして、彼は尋ねた。

「その闇てのが終点てことかな」

「ええ終点でもあるし出発点でもある。どちらでも同じことです」

「だってきみは〝死人の目でこの世を見る〟って言った。終点は死なんでしょう」

「いいえ、それだけではなくて、出発点も問題なのです。〝生れる前の目でこの世を見る〟ってことだってあります」

「正直言ってよく分らないな」近木は率直に言った。「何だかねえ、騙されてるみたいで、それ、言葉の遊びじゃないかしら」

「いいえ」楠本は、激しく否定しようとしてその勢いを呑み込んだかのように力をこめて言った。「言葉の遊びでは絶対にありません。あることを、ぎりぎり言葉で表現するとこうなるのです」

「いや、ごめんなさい」近木は頭を下げた。「きみが真面目に真剣に言ってることは充分に了解できるんだが、ただこういった現象を言いあらわすためには言葉てものは、まことに不完全でしょう。ぼくが知りたいのは、まったく医者としての興味なんで、きみの落下感覚——まあかりにそう呼んでおきますよ——が、どういう現象なのかを正確に微細に把握しておきたいと思ってね。そうしようとすると、きみの言ってることは抽象的で謎めいていて現象に迫ってない感じで、だから言葉の遊びみたいに思えてね」

「わたしの言葉がいたりませんのでして、申し訳ないのはこちらです。先生のさっき言われたお友達の経験で、十メートル空中を飛んでいるとき、下に落ちれば死ぬと知りながらこわくないという感覚、あの時は人間が完全に肉体になってしまい、意識なんてものはもうすこしもなくて、何もかもが慣性で飛ぶという物理法則に従っていますでしょう。わたしが落ちていくときもそうで、まったくどうにもならぬ何かの法則でぐいぐい下へ、暗黒の果てへと落ちていく。そう、落ちていくと言うから誤解されるのですかな、よく反省してみると、吸いこまれていく感じです。闇に吸いこまれて肉体が解体し拡散し消滅してしまう。それは死ぬんでもなく、生れる前の状態に帰るというより仕方がないんで。こういうのは医学で何と診断されるか知りませんが。先生のお友達だってそうだったと思いますよ。死がこわくなかったのは、体が飛んでいるあいだ、むこう側からこっち側を見てたからです」

「むこう側」と近木は呻《うめ》いた。その言葉は彼の胸から腹の芯の方へと響いていき、そこでこだましてから、小さな塊となって留まった。不意に死臭がにおってきた。ゼロ番区の入口で鼻粘膜を刺戟したあの臭である。楠本が屍体のように見えてきた。解剖実習のとき屍体に対して覚えた畏敬《いけい》の念が甦り、楠本の屍体の中に神経や血管の精緻な走行が想像される。〝死ぬってさきのことでしょう。死ぬって痛いこととおんなじですよ〟と安藤修吉は言った。死臭とはまさしく肉体の発する臭であり、死とはまずもって肉体に訪れる変化である。しかし、そうだとしたら〝むこう側〟とは何なのだろう。〝人間が完全に肉体になってしまい、意識なんてすこしもない〟ということが〝むこう側〟だとすれば、それはもはや言葉では表現できはしない。ふと、先程廊下でおこった異変を思い出した。床が捩れ、漣のように皺寄り、どこかの暗黒に落ちこぼれていく感覚が、ほんの一刻ではあったけれども体験された。それと楠本の症状とに似通ったところがあるのかも知れない。あれは〝むこう側〟からの誘いであった。〝むこう側〟の人々、すでに落ちてしまった人々、この楠本もそうだし、大田長助、大田良作、砂田市松、志村なつよ、宇宙船を描く男、安藤修吉、みんなそうだ。そして自分は〝こちら側〟にいる。

彼はこちらの表情を注意深く見守っている楠本の視線を顔一杯に受止めながら、とどその視線に押えつけられて目をしばたたいた。

「きみ」近木は何とか視線をはねのけようと声をしぼりだした。「つかぬことをきくけど、死ぬのはこわい」

「いやですねえ」楠本は眼鏡に映った窓をずらし、薄茶の柔かな海藻のような瞳をあらわにした。

「いやですって、死ぬのがいやですってことかな」

「先生の御質問がですよ。そんなことをおききになってどうなさるんですか」

「気を悪くしたんだったらごめんなさい。でも、ぼく、本当に知りたいんだ。きみが死をこわがってるかどうか」

楠本の目付に落着きが失われ顰め面が現われた。近木は急いで付加えた。

「そのことは発作と関係があると思うんだよねえ」

「そのことは前に、医務部で申しあげたとおりです」

「ええ言ってたね、発作のときは死の恐怖なんか感じられないと。でも、いまぼくが問題にしているのは発作と関係なしにきみが死をどう感じてるかってことなんだ。たとえば安藤なんか、死ぬってことはさきのことで想像もできない、だからこわくないっていうんだ。何かうまいこと言ってたな。死が感じられないのは丁度怪我をする前に痛みが想像できないのとおんなじことだって言っていたかな」

「誰ですかそんなことを言ったのは」

「安藤だよ。安藤修吉。むかい側の房にいる」

「彼にお会いになったんですか」

「まあね」近木は軽く言い、相手の出方を待ってみた。楠本は漠然とした表情のまま黙っている。この沈黙は何を意味するかと考えてみる。自分が安藤に会ったときいて警戒しているせいだろうか。近木医官が砂田に致死量の睡眠薬を盛るなどとこの男は本当に安藤に話したのだろうか。

「そういえば、安藤は奇妙なことを言ってたよ。何でもきみが、砂田は睡眠薬自殺するぞって言いふらしたというんだ。そんなこと、きみ言ったの」

「なんでしょうね」楠本は眼鏡の奥で眼を丸くした。

「どうなの。きみ、そんなこと言ったの」

「何のことですか、全然わかりません」

「でも、区長さんからその件で尋ねられただろう。きみは何も言わなかったって答えたそうじゃないの」

楠本は沈黙した。眼は睡たげな細い切れ目に変っている。話が進まないのに近木は失望し、帰ってしまおうかと思った。しかしもっと突っ込んだ話をしてみたいとも思う。彼は、窓、カレンダー、聖母子像、と目を移した。この部屋は本当に寒い。風音がしている。気がつかなかったが窓が少し開いているらしい。

「窓が開いてるの」

「いいえ。閉めてはあるんですが空気が洩れて、廊下へ吹き抜けになってしまうんです。寒いでしょう」

「すこうしね。しかし、きみのほうこそ寒くないかしら」

「いいえ。わたしは馴れていますから。先生、お寒かったら外套をおかししましょうか」

楠本は素早く戸棚まで立って茶の外套を取出した。それは囚人には似付かわしくない獺猢《らっこ》の毛皮襟のついた厚手の上等品であった。

「ぼくはいいから」

「でも風邪をおひきになりますよ。これ去年のクリスマスに母が持ってきてくれたんですが、わたしは一度も着てないんです。もったいなくて。確定者は寒いのが当然と思って、セーターと毛布で通してしまいました。どうぞ、先生」

近木が返事をしないうちに楠本は外套を肩にかけてくれた。一刻、屍体めいた臭《におい》が鼻をうつような気がしたが、何事もなく、肩のあたりから暖か味を帯びてきた。

「ありがとう。きみはお母さんが時々面会に見えるんだってね」

「はい。毎週来てくれます」

「もう随分のお年でしょう。葉山からここまでじゃ大変だな」

楠本は頷いた。近木は相手が三十九歳、つまり自分より十いくつも年上の男であることを思った。中年の息子を毎週監獄まで訪ねてくる八十歳近くの老婆のことは『夜想』の序文に並木宙が紹介していた。熱心なカトリックの信者で、息子の助命歎願のために三千名の信者の署名を集めたこと、ショーム神父に息子の教誨を依頼し、ついに息子を回心させたこと。ところで並木宙は、精神鑑定人の相原鐘一博士の意見として、楠本が無情性精神病質者であることも記していた。

「……これほどまでに息子を想い献身する母の姿に無論楠本は感謝を表明しおるも、なお母と一点融和しえぬ何かがあることを予は残念に思う。すなわち彼の母への感謝の念は信仰の教えに従順であるべきだという理知より発したものであって、暖い心情より自然に発したものではない。最近予は彼の獄中日誌を送られ閲読してみたところ随所に母への不満不信嫌悪が記載されているのに驚いた。本人も洞察しているがこの母への気持の淵源《えんげん》はおそらくは幼時の家庭環境である。楠本は幼くして父を失い、三人兄弟の末っ子として育ち、母と長兄との仲が極めて悪く家庭内に葛藤訌争《かっとうこうそう》が絶えなかった。この父なき無情なる家庭において幼年時代の彼がいかなる情性を発育させたかは想像に難くない。精神科医である相原博士が楠本他家雄を生来性の無情性精神病質者と診断したのに対し予が幼年環境を持ち出すのはいささか場違いの不遜《ふそん》と謗《そし》られようが、精神鑑定がおこなわれた当時楠本は母への顧慮から幼時の成育環境についてあまり悪様《あしざま》な供述をせず、末子として母の愛情を一身にあつめたるかのような印象を鑑定人に与えたのである。当時の彼は他人の責任を一切問わず、ひたすらおのれ一人にのみ悪の責任があると主張しきたったのであり、相原博士が生来性の遺伝により決定された無情性ありと診断されたとき何ら異をとなえず、弁護人としての予も弁護の資料として本人の幼年時代を活用出来なかったのである。

それに打明けて言えば、予は弁護人として被告の異常性が強ければ強いほどよいと願っておったのである。周知のように刑法第三十九条には刑事責任能力についての規定があり、心神喪失者の行為はこれを罰せず、心神耗弱者《こうじやくしや》の行為はその刑を減軽すとある。前者を普通責任無能力者、後者を限定責任能力者と称するが、予は楠本他家雄なる知能優秀にして前非を悔いてキリスト信者として敬虔《けいけん》に暮す若者を極刑からまぬがれしめるためには少くとも限定責任能力者としたかった。言うなれば、彼の異常性が刑を減軽するほどのものであればと希望した。予の希望は相原博士の鑑定と一致した。博士が生来性という運命的な刻印を被告人に与えたことを裁判上に有利な結論なりと判断し、それ以上の追究をしなかったのである。

しかし裁判官は無情性精神病質者は心神耗弱に該当せずという判決を下した。精神病質者を一般に責任能力ありとすることは諸外国の判例においてもあることだし、ことに我が国の司法界でとくに独法系の人はこの種の見解を持つことがある。すなわち精神病質者は異常者ではあるがその異常性は責任能力を減軽するほど異常ではないというのである。予はここに犯罪学と精神医学の接触領域であり、また最も困難な大問題である責任能力について本手記の読者に専門的知識を与えんとするの要を覚えない。しかし楠本他家雄なる人物を理解するためにはこの問題は避けて通るべきではないし、また死刑なる判決が裁判官なる一握りの人間たちの恣意によっていかに歪められおるかの例としてこの問題を一瞥せざるをえない。この問題における最大の矛盾は、刑法上はっきり異常者は無罪または刑の減軽が定められているのに、精神医学者が異常と診断したものを裁判官が勝手に有責としていることにある。予は精神医学の専門家ではないが、精神医学において異常と称するものがなぜ刑事責任能力と無関係でありうるのか、論理の上で理解できない。異常者というのは個人の判断能力に狂いを生じた場合であるから、厳正に言えば完全な判断能力のない人間ということであり、したがって犯罪への責任能力もない人間ということになる筈と予は思うのだが如何であろうか。ことに楠本の場合、その異常性はきわめて高く、犯行は極めて計画的であるとともに残虐無慚《ざんぎやくむざん》であり、犯行後においても全く反省の念がみられない。犯行は七月下旬で逮捕されたのが十月中旬であるが、その間の京都での逃走生活も冷然としたものでいささかの良心の呵責《かしやく》もみられなかった。逮捕され東京に身柄を押送される間、新聞記者の質問に英雄気取で答えたことは世人を顰蹙《ひんしゆく》させた。これほどの明快な高き知能とこれほどまでの良心の欠如と正義への無知が一人の人間に共存しうる点に、無情性異常者たる楠本の特徴があるのであるが、実にその遠因を予は、本人の幼年時代に認めるものである。とくにその母との関係は……」

「きみのお母さんはえらい方なんだね」と近木は我に返って言った。

「いいえ」楠本は行儀よく真っ直《まっすぐ》に伸ばした首を振った。「母は平凡な人です。淋しい人です。それに可哀相な人です」

「どういうところが可哀相なの」

「そうですね」楠本はちょっとの間考えたすえ、今度は割合素直に答えた。「若くして夫に死に別れ、女手一つで三人の息子を育てたあげく、長男とは不和、三男は殺人犯となったところでしょうか。そして次男はフランス人と結婚して不在で、監獄のわたし一人だけが母が気をおけずに会える息子だというところです。でもその息子もながいこと心の真底では母の来所を喜んでいませんでした」

「喜んでいなかった」近木は驚きを示すため一呼吸深い溜息をついた。並木宙の指摘どおりこの男は実母との間に〝一点融和しえぬ何かがある〟ということか。

「しかし、いまは違います。いま、母とは本当に打ちとけておりまして、毎週木曜日の母の来所をわたしはたのしみにしております。しかし小さな行き違いはまだあります。たとえば、わたしは墓などいらないというのに母は府中のカトリック墓地に一区画を買ったりして、わたしが怒ると母は悲しむというふうです」

「ああそういうことですか。でもそれは……」近木はどぎまぎした。墓場の話がいきなり出てくるとは予期していなかった。

「わたしは本当は火葬は嫌いなんです。トラピスト修道院でのようにお棺なしでそのまま土の中に埋めてもらいたかったんです。しかし日本の法律ではそれが許されぬということでしたので、解剖用に遺体を提供することにしましたが」

「白菊会ですね」と近木は思わず明るく言ってしまい、明るい話題でもないのにと反省したが、

「おや、先生はあの会のことを御存知なんですね」と楠本は明るく応じてきた。

「ぼくは医者ですからね」

「でもお医者様でも会のことを御存知ない方がいます。御自分は学生時代、解剖をやって散々屍体の御世話になっておられながら、屍体にかけらも尊敬を示さぬ方がおられます」

「それは本当だ」近木は頷いた。獺猢の毛が顎に軽く触れた。「医者にもいろんなのがいるか

ら。でも一番嫌なのは世間一般の人々の屍体への軽蔑だな。小説家にもそんな世間並の常識でしか屍体を見れない人がいる。ぼくは小説をあまり読まないんだけど、戦争を描いた文学なんかで屍体をまるで物体のように軽蔑と差別の目で描いたりするのいやだな。たしかに戦争は人間を侮蔑し屍体を物と化する現象だけど、何も作者までが戦争をおこす側と同じ視点を持つことはないのでね。人間の肉体は、たとえ屍体であろうとも大層高貴な存在だと思います」

「失礼ですが先生。先生は屍体を気味悪いとはお思いになりませんか」

「それは最初は思った。でも或る所でその感覚が無くなった。解剖実習を始めたかなり初期に、不意にそういうことがおこった。屍体は精巧で美しい、しかも無限の驚異を秘めた親しい構造に変った。ぼくは医者として、解剖実習をしたり、病理解剖に立会ったり、受持の患者が死んだりして屍体に対面することが多かったんだが、いつも屍体って何かすばらしいことだと思ってきたな」

「そう言っていただけると嬉しいんですけどね、わたし自身は、先生ほどには屍体に尊敬を示せないいんでして。というのは戦争中、空襲による夥しい焼死者を目にしましたからね。それはやはり、悲惨で薄気味悪い物に見えました。そういうのは戦争をおこす側と同じ視点かも知れませんが、しかし、気味悪いってのはすでにいくばくかの尊敬を覚えてる証拠じゃないかとも思います。戦争をおこす側は薄気味悪さや悲惨な感じさえ覚えてないでしょうから」

「なるほど」近木は考え深げに言った。「ようく反省してみれば、ぼくでも気味悪さというのは今でもあるな。きみの言うようにそういった感情が尊敬の念に転化してしまうのかも知れない。単なる無反応な物として、あるいは生きてる人間より一段下の低い物としては見えないんだね。気味が悪いってのは、常の存在ではない特殊な存在に対する人間の反応だろうから。きみは屍体をそれほど尊敬できないって言うけど、軽蔑はしてないんでしょう」

「そうですね」楠本は目尻に笑を浮べた。そうするとひどく年寄じみて見えたが、真っ白な端整な顔に一種のなごみが生れてきた。「軽蔑したくないとは思っております。むしろこう申したほうが正しいでしょうか。軽蔑してもらいたくないと思っていると。なにしろわたし自身がすでにほとんど屍体ですからね」

「それは……」近木は少しうろたえた。いや、口をすぼめて内心の狼狽を正直に外へ示してしまったことにうろたえていた。

「或る意味で、ここは屍体収容所ですから。わたしどもの唯一の義務は殺されること、それも恥辱の形においてくびり殺されることです。生きていることの意義がそれだけというのがわたしどもです。何かを考えたり、何かを主張したり、何かを信じたり、まして本を書いたり歌を作ったりすることは、わたしどもの義務に反することでしかありません。ただもう死を恐れ、俗な言い方で申せば恐怖におののくのが、立派な死刑囚で、事実世間が考えている死刑の意義はそこにしかございませんでしょう。世間にとってわたしどもがすでに屍体であることは隠れもない事実です。わたしどもの憐れな願いは、生きている人間としては全面的に否認され抹消されようとも、残された屍体だけには幾分の尊敬の念をおぼえてもらいたいと思うことです。ところで、まことに不躾なことをお尋ねしますが。先生は神を信じていらっしゃいますか」

「難しい質問だな。すくなくともきみのような信者ではありませんよ」

「いやいやわたくしなど、ただ洗礼を受けたというだけにすぎませんのでして。神への信仰も大層あやふやです。いや、こんなことをお尋ねするのは先生が屍体を尊敬するとおっしゃったからなんです」

「ぼくはね、この世に存在するもののすべての中に調和があって、その調和として姿を顕わしてくるような神なら信じているの。しかし、人間の運命を見通し、それを統率するような神は信じられない」言い終ると近木は非常な羞恥に捕えられた。この意見は最近読んだ本の中にあった誰かの意見であったこと、その意見を読んで彼が自分の魂を揺り動かされるような体験をしたこと、そのような体験は元来他人に軽々しく話すべきでない個人の深い秘密であることを思ったからである。

「それならば、先生は神を信じてらっしゃるのですよ。たとえば先生は屍体の中に神の調和を発見されたわけでしょう」

「いや、そう言っていいかどうか、ぼくにはまだよく分らない……それと信仰とは次元の違うことで……よく知らないけどイエスは人間の運命を見通し、それを左右するような神でしょう。イエスの地上における伝道はぼくにも分るのです。しかし、天上にあがったイエスはぼくにはわからない。きみはどうなんです」

「わたしにもわかりません。地上のイエスは人間的で、すくなくともわたしども人間にわかる言葉で語られる。しかし天上のイエスは超絶的でいらっしゃる」

「地上のイエスでも言葉で語る部分はぼくにもわかる。でも、奇蹟《きせき》というのがあるでしょう。あれがぼくには全く信じられない。病気を癒す、悪霊を追い出すことによって狂気を治すまではついていけるけど、死者を甦らすとなるともうついていけない。最大の奇蹟はイエスの復活でしょうけどね、これがぼくには信じられない。霊的な比喩としてなら想像はつくけど」

「それは比喩ではございません」楠本は眼鏡の真中に人差指の先を当ててずれを直した。「イエスは一度完全な肉体としてこの世に生まれたまい、肉体として死なれた。イエスの屍体が、完全な屍体として悽惨その極で、誰でもそれを見たら信仰を失う程の様相であったことは想像がつきますね。その点を最も正確に徹底的に描きだしたのはバーゼルの美術館にあるホルバインのキリスト像で、これを見たドストエフスキイが魂を震撼《しんかん》され、イエスの死が肉体の死であったことを悟るのは有名な話です。脇腹と手と足に傷跡が、全身に鞭の跡がつき、頬は窪み眼球は歪むというのがイエスの屍体で、大切なことはそのイエスが肉体として復活したことです。つまりそのように悽惨その極の屍体、誰でも一目見れば信仰を失うようなおとしめられた肉体が一転して復活する。そこに神が顕れたもうのです。わたし自身もながいあいだ復活が信じられませんでした。しかし或る日、ヨハネ福音書の第二十章を読んでいるとき、魂を貫かれる思いがして信じたのです。あそこにはイエスが肉体として復活されたことがはっきり書かれてあります。トマスという弟子が〝われはその手に釘の痕《あと》を見、わが指を釘の痕にさしいれ、わが手をその脇に差入るるにあらずば信ぜじ〟というと、八日ののち現われたイエスは〝なんぢの指をここに伸べて、わが手を見よ、なんぢの手をのべて、わが脇にさしいれよ、信ぜぬ者とならで信ずる者となれ〟といわれるのですね。決して幽霊ではない。屍体が甦っている。ルカ福音書では復活したイエスがちゃんと食事をなさるのです。トマス、ホルバイン、ドストエフスキイ、みんな即物的なと言ってよい懐疑の人です。でもそういう人のほうが、深く信じられる。そこに極点から極点への百八十度の逆転がおこなわれています」

「ええ、そうなんでしょうね」近木はすぐ近くで熱心に語っている楠本を何か遠くの舞台で演じている俳優のように眺めた。この男が死刑囚であり、処刑の日を間近にひかえた人間であるとは何と不条理な定めであろう。トマス、曾根原、医官室、滝。滝が砂田に白菊会のことを教えたという。砂田は明日死に、死刑囚の部分が消えて立派な肉体だけが残る。指が疼《うず》きだした。

ガーゼは凝血で赤黒く、痛みは心臓の搏動《はくどう》とともに脈打った。〝先生、その指、怪我してますねえ、血がにじんでら。痛いでしょう〟と安藤修吉が言った。

「話が元にもどるんだけどね」近木は、自分に向けられた楠本の視線に、自分の視線をそっと重ね合わせた。二人の間に出来た透明な線はお互いに曳《ひ》き合っているかのように安定した。

「前の質問だけど、きみ、死ぬのはこわい」

「はい」楠本は大きく頷いた。「こわいです。正直に申しまして、どんなに祈っても、あの世だとか天国だとかを信じてみても死はこわいです。よく人は、楠本他家雄はおこないすまして、敬虔な信者で、生死を超越してるなんておっしゃいますが、それは大変な買いかぶりでして、わたしは死を恐怖しております」

「でも、きみはほかの人に比べれば平静ですね。ここの人は、狂暴な反応をおこしたりヒステリーになったり反則を繰返したり、とにかく普通じゃない人が多いけれど、きみは平静に過してきた」

「わたしは墜落ノイローゼですよ」楠本は苦笑した。「ノイローゼになるような人間が平静でいるわけがありません」

「全体として、長い経過を眺め渡してそうだと思うんです。きみは、十何年か、まあ十数年ここにいて、その間、わずかに墜落感だけしか経験していない……」

「表面上はそうです。しかし、事実本人の内面で何がおこったかは別のことです」

「そうなんですけどね、事実として外に表わさないということがすでに大したことなんだ。どんな人間も己の内面を隠しおおせないとぼくは思うな。精神病で外に顕われ出ないものはない。どんな内面の奥深い襞《ひだ》に隠蔽《いんぺい》した狂気も表情や所作や生活に出てくる。これは経験的真理だ」

「それは本当のことでしょう。しかしわたしが少し平静でないことも本当です。これは信仰者としてまことに恥ずかしいことで、〝今よりのち死もなく、悲しみも、叫びも、苦しみもなかるべし〟と黙示録にありますような心境には到底なれませんのです」

「きみが死がこわいってのはぼくには意外だな。だってイエス・キリストの復活を信じている人が死がこわいというのはどういうことなのかしら」

「信仰が至らないということでしょう。それに……」

楠本は不意に黙り込むと目を見開いて前の壁を見詰め、内面の苦痛を必死で堪えるように唇を嚙み締めた。汗が秀でた額一面に硝子の破片のように光った。

「どうしたの」近木は外套をはねのけて、楠本に近付いた。が、楠本は頭を振ると、すこし強張った微笑みをみせた。

「なんでもありません。大丈夫です」

「例の発作がおこったの」

「はい。その軽いのがおこりました。しかし、もう治りました」

「ねてなさいよ。まだこんなふうに起きてるのは無理だ。そのために横臥許可をあげたんだから」近木は医者に返って、楠本の脈をとった。じっとり濡れて冷たい手首の中で太い橈骨《とうこつ》動脈が押えこまれた虫のようにうごめいている。脈搏数一二〇、かなり速い。神経系全般の緊張状態だ。欠脈がある。一分間に二つ。神経性の欠脈に違いない。

「蒲団を敷いてねなさい」近木は命令口調で言った。

「大丈夫です」楠本はきっぱりと言った。

「頑固だな」近木はあきれて脈を放し、いつのまにか自然な笑顔に戻っている相手に片目をつむってみせた。

「それよりお話を続けたいんです。先生とお話しているといろいろと教えていただくところがあって、自分を知る助けになるものですから。もう少しお時間よろしいですか。お忙しいのではありませんか」

「いいや、いいですよ。今の死の恐怖の話を続けましょう」

「それよりも先生、母のことについてお聞きになりたいのではありませんか。さっき、わたしが以前母の来所を喜んでいなかったというところで先生はお驚きなさいました。それからどうしてですか、墓地の話から急に白菊会やら屍体の話に移ってしまいまして、話題が母から離れてしまいました」

「そうだったかな。よくおぼえてない」

「母が墓地を買ってわたしが反対いたしました話」

「そうそう、そこから何だか妙な方向に話がそれていったんだっけ」

「結局、母はしょっ中わたしを誤解してまいりました。女学校、今の女子高校ですか、の国語教師をしておりまして昼間は家におらず、わたしがどんなに淋しがっても学校で優等生だったというだけで安心していたようです。幼い頃からわたしは長兄によくいじめられましたが、夕方帰ってくる母はそれを知らず兄弟仲はよいと思っていました。小学校六年のとき太平洋戦争がおこり当時の子供たちの例にもれず、わたしもたちまち天皇崇拝と軍国主義にかぶれましたが、元来カトリック教徒で戦争反対の気持のあった母はすこしもわたしの間違いを正そうとはしませんでした。こんな例はいくらでもお話しできます。わたしの事件の時も、その後の獄中生活でも、今も、同じような誤解がありました」

「一点どこかに融和しえぬ何かがある」

楠本は前から小突かれたように両肩を引いた。それから項垂《うなだ》れて低い声で言った。

「やっぱりお読みでしたね」

「ええ読みましたよ」近木は悪びれずに言った。「さっき、きみが外套をかけてくれたとき、ぼくはそれを贈ってくれたきみのお母さんのことを思い、自然な連想として『夜想』の序文を思い出したんだ」

「はい、先生が唐突に黙ってしまわれたので、わたしもそうではないかしらとおそれておりました。あの序文はわたしには非常に辛いのです。並木先生は随分断定的に書いてらっしゃいますので。あそこにはなにかわたしが他人への同情や良心を欠く異常者のように書かれてあります。わたしは自分が殺人犯であって、普通の人のしない罪悪をおかした人間である以上異常者という判定を当然のこととしてお受けしたいと思っております。しかし、その異常性が無情性にあるといわれますと悲しいのでございます。たしかに母はわたしを誤解し、わたしは母をうらみました。けれども、だからといってわたしが母に同情しなかったことはありません。いつも母を愛しているように母から愛してもらいたかったのです。どうもいけません。愛という言葉を使うと話が抽象的になります。あんなに深く暖く心を占める現象なのに愛の一字でしか表現できないのが愛です。いけません、先生、言葉がございません。やっぱり母のことはうまく申しあげられません。ただこれだけは、はっきり申しあげられます。『夜想』を書いた時からわたしはすっかり変りました。いまでは母を全面的に信じています。はい、照れずに申しますが愛しております」

「あの序文にはぼくも異論があった。並木氏は相原氏の精神鑑定を批判しながら結局のところ無情性という結論には同意しているんで、その点に疑問があった。きょうきみと話をしてみてその疑問が裏書されたような気がする。並木氏と、それに鑑定人の相原氏にはきみの信仰について偏見があるんじゃないかしら。たしか〝彼の信仰は本当の信仰ではなく、理性の信仰である〟とあったけど、二人には信仰とは何かがわからないんじゃないかしら。むろんぼくにだって本当にはわからないんだが少くとも関心はある。ところが二人は信仰に無関心なうえに、信者をふつうとは違うことをする人、つまり平均的日本人から逸脱した異常な人とみなしているふしがある……」

近木は相手が話を聞いていずに壁を凝視し、何やら考え込む体なのに気が付いた。

「どうしたの」

「はい。きょう、ある方が面会に来られたのを思い出しまして。何でも〝極刑囚を慰める会〟の事務局の方でして、『夜想』を読んだといわれ、あんなふうの獄中記を出版しないかというお話でした」

「それはいい話だ。ぜひ書いたらいい」

「それが、わたしにはもう本を書くなんていう気が全然ありませんので、きっぱりお断り申しました」

「そう。なぜかしら」

「自分の恥っ曝《さら》しな名前が出るのがいやなんです。一頃ほどではないにしても、時々、週刊誌や新聞の記者なんて方々も見えますが、みんな面会をお断りしてきました。きょうの方もお断りすればよかったなんて今頃悔んでおります」

ふと近木は藤井区長の言を思い出した。女子大学生が面会に来たが教育課長が追い返した、楠本は彼女が来ないため落胆銷沈しているという。

「いろんな人が面会に来るんだろうね」近木は女子大学生のことをどうやって持ち出そうかと思案しつつ言った。「お母さん、神父、それに文通している人なんか来るだろうな。『夜想』によれば、きみは大勢と文通してるそうだから」

「はい、そういう方々も見えます。わたしのような立場の者に会いに来て下さるだけで感謝せねばならないのですが。あんまり来られると正直申してわずらわしくも思います」

「きょうも誰か来る予定だったの」

「はあ」楠本は探るような目付になった。

「その、文通の相手の人が……」近木は焦って失敗したと思う。どう言い繕っていいかまごついているとどこかで誦経がはじまった。廊下で聞いたほどではないにしても相当の声量で、胴間声というのか、鼓膜を擦《こす》る不快な声である。近木は救われたようにそれを話題にした。

「ああいうふうにしょっ中経を読んでるの」

「はい。あの男だけは特別許可になっておりまして」

「すさまじいもんだね。おや、きみ、また発作かな」

楠本は再び額一面に汗を吹き出していた。今度は前よりもひどいらしく、眼球が魚の跳ねるように動き、視線が定まらない。

「発作だね。とにかくねなさい。これは医師としての命令だ」

楠本は立とうとしてよろけた。近木は敷蒲団を敷くのを手伝い、楠本を横にすると毛布を掛けてやった。ポケットから聴診器、ハンマー、懐中電燈を取出し、慎重に診察を始める。

それが始まった。綱が切れ、床が落ち、支えがもはや無い。背中にある筈の蒲団も畳もすべてが消えてしまい、おれは落ちていく、はるかな底の底の暗い暗い彼方から引っ張られ、巨大な腕のようにあらがいようもない力で。

降下の速度が鈍った。ふわりふわりと、紙片のように、花弁のように、雪のように。暗黒の底へむかって降る、水母《くらげ》のような無数の雪、おびただしい亡霊たち、次々に死骸が沈んでくる深海の墓場、静寂、死、暗黒、誕生以前の意識のない世界。ふわりふわり、落ちていく。堕ちられるだけ堕ちていく。底へむかって墜ちていく。亡霊たちとまだ誕生しない生命の核が、混じり合い、上になり下になり、ただよい、おちこむ。

電燈は遠のいてしまい、まるで井戸の底から見上げるようだ。壁は飴のように延びて歪み、人の顔がのぞいている。何と奇妙な顔。顎が瘤《こぶ》そっくりに出っ張り、鼻の穴は抉《こ》じ開けたようにばかでかく、小さな眼がビリケン頭についている。この男が近木医官であることは知っている。が、彼がどうしてこんな具合に変身したのか理解できない。彼は喋っている。絶え間もなく質問してくる。その内容はむろんおれには通じるけれども、みんな無意味な質問ばかりで答える気がしない。「気分はどうか」気分などどうでもいいではないか。「いま、どんな気持か」この気持をこの男に伝えたとしてどうなるというのだ。「きみ、何をそんなに見詰めているの」お前の顔だ。そいつがどんな具合に見えるかを語ればお前は怒り出すだろう。厄介だ。いまよりもっと厄介だ。

いったいこの男は何のためにここにいるのか。彼は医者でおれは病人というわけだ。彼は診察しているつもりだ。いかにも医者らしく脈を取ったり首を傾げたり質問したりしている。「例の発作がおきたんだね」そうだ、例の発作だ、それに発作という医学名を付けるという約束をすれば、それは発作だと言ってもいい。が、おれはそれを発作だと言いたくない。それは発作ではない。決してそうではない。それは医学と無関係の、おれだけの大事なもの、おれひとりの大切な秘密だ。おれはそれをこの男にうっかり打ち明けてしまった。この男ときたら秘密を握ったとたん俄然勢力を持ちはじめ、それを誇示し始めた。ふむ、それは病気だな、発作だな、それではおれ様が治してやろう、と思いあがった。この男にはそれは治せやしない。なぜならばそれは断じて発作ではないからだ。一歩も二歩もゆずった場合、それの一部が発作という現われ方をしたにすぎない。

近木医官。医官などといかめしい身分で、この監獄のおぞましい習慣に従い、おれを全く目下の者として取扱い、おれの方は最上級の敬語で応対せねばならないが、まだ二十六、七の若僧で、しかもT大学ではおれよりはるかに後輩ではないか。この男は診察に来たという。たしかに白衣を着て、医者然としてやってきた。しかし、おれは診察願など出しはしなかったし、現に午前中診察を受けて投薬を受けたばかりで、こんな居房まで診察に来てもらう必要は毛頭なかった。おそらく彼はおれの〝症状〟に医学的興味をいだいたのだろう。何か魂胆のある愛想笑をして入ってきたのはそのせいだ。おれは彼の役に立つ情報を話さぬよう心掛けた。剣岳での墜落体験など話してやるものかと思った。医務部の診察室でそんな話をつい洩《も》らしたことを後悔していた。が、彼は何と巧妙におれを誘導したことだろう。友人が事故に会って空中を飛んだ話などしておれの興味をひき、死人の目を話題にしてしまった。おれはとうとう闇について語った。闇、この仮の世を支えている唯一の、そして絶対の根拠について語らざるをえなかった。むろんそのような話題は若い医者を相手に適切ではなかったし、事実彼は理解しえず、〝騙されているみたい〟とか〝それ言葉の遊びじゃないかしら〟と言ったものだ。おれは彼の限界をはっきりと見極めたが、それとともに彼の無邪気さ、飾らない若者らしさにも感心し、結構熱意をこめてそれをわかりやすく説明してやった。しかしそれが闇の側からの誘いであることをどうやって説明したらよいかおれには見当もつかなかった。

闇は隠されていて、おれたちの毎日の生活には現われてこない。科学者や政治家や、残念なことに神学者までが目に見えるこの世に幻惑されている。そして神は、目に見えるこの世を闇から創ったとされている。もし神が全能であるならば闇の世界も支配せねばならぬ。この世に隠れていて、何もない、むろん天国や地獄の形で目に見えるものとして表象することのできない闇を暗黒を虚無を、神はいかにして支配するのか。おれは悪の根源がそこにあると見当をつけているのだけれども、このようなことをこの男に語ることは出来なかった。おれが闇を幾分知っているのは、おれが悪人であり殺人者である（殺人者だから悪人なのではない）からだし、屍体の意識を持つ死刑囚だからだけれども、そのようなこともこの男に語ることが出来なかった。わずかにおれは、闇が他人を殺すように自分をも殺すこと、したがって闇にむかって飛翔する人間には恐怖がないことを述べえたにすぎない。

案の定、この男は誤解した。この世を支える根拠である闇ではなくて、ごくわかりやすく死と取違えた。そして白菊会と屍体の話を始めたのだ。おれが感心したのは彼が屍体に、この闇からの贈物に尊敬を示したことだ。おれは警戒を解き、言わずもがなのこと、イエスの復活の話まで始めてしまった。本心は別なのに調子にのり、言いたくないことを言い、不可能な約束を交わしてしまう。おれは言いすぎたと悔んだ。信仰についてうかうかと口にすべきでなかったのだ。罰を受けたようにそれが始まった。おれは母について喋った。が、それはひどくなるばかりであった。おれは〝極刑囚を慰める会〟のおばちゃまに会ったこと、来所を予告していた玉置恵津子が来なかったことを思った。すると、この男はそのことを知っているような口吻《くちぶり》ではないか。監獄の完璧な監視網については知悉《ちしつ》しているおれとしたことが、うっかりしていた。あやうく、この男を人間として信用しかかっていた。闇だの信仰だの復活だのについてはこんな男に話すべきではなかった、絶対に。

落ちていく。堕ちていく。まだ底へ来ない。これは夢でもなければ錯覚でもない。おれはもう睡《ねむ》くはなく、完全に目覚め、近木医官が傍にいるのを、独居房の設備一切を、戸棚を聖書をカトリックカレンダーを視察口を、細部まで知覚している。おれの記憶は確実で、いま近木と交わした会話全部を思い出すことが可能だし、判決主文だって一字一句諳《そら》んじることができる。しかもなお、井戸の底にいるようにあたりが見え、落ちていく。

「死はこわい」とおれは答えた。それは事実だ。しかし、死より以上に恐いことがあると彼には言わなかった。彼は死の恐怖によってそれが起ると理解していて、そのほうがおれには便利だからだ。単なる死の恐怖ならば減刑されれば消失するだろう。安藤修吉のように死は傷の痛みと同一で、傷つく前には痛みは感じない。つい最近『悪について』のノートの最後におれは書いたばかりだ。

「処刑台への恐怖など大したことではない。それは高層ビルの窓から首をつき出したときの戦慄とそれほど変りはしない。本当の恐怖は処刑台にのぼる自分を謙遜に受入れ、それ以外の生き方がないことが自分の人間である証しだと自己規定することの恐怖である。それは自分が生きていることが悪であり、恥辱こそが義務であると不断に自分に言いきかすことだ。しかもその悪の程度は、人間のなかで最低であり、自分がこれ以上どんなに悪を働いても今までよりも悪いことはできぬほどにひどいものでなくてはならぬ」

お前、近木医官、善良で無邪気な青年よ。形而上学《けいじじょうがく》にひそむ苦しみを知らぬ若き科学者よ。死ぬまで悪人であらねばならぬ恐怖、それが本当の死の恐怖なんだ。いいかね、安らかに処刑台に上るには、自分が処刑台に価する人間だと百パーセント納得していなくてはならないだろう。もし悔悟し改心し悪人であることをやめたら、信仰によって神の許しをえてしまったら、もはや自分は処刑台に価しないじゃないか。お前にこの矛盾が解けるかね。イエスと立場が正反対なんだよ。無垢《むく》なる人は殺されることに意義があった。しかし悪人は殺されることに意義がないことで、はじめて意義があるんだ。おれが死はこわいと言ったのはそのためさ。わかるかね、お医者さん。

「すこし落着いたようだね」と近木は言った。

「はい」他家雄は微笑してみせた。それは確かに消えかかっている。やがて、底に達するだろう。

「まあよかった」近木は乱れた強《こわ》い毛を左手を熊手《くまで》のようにして掻き撫で、右手の絆創膏を見るともなしに見た。

「どうなさったのですか」

「なに、ドアではさんでね。手先がぶきっちょなもんだからへまばかりやる。しかし、きみの発作、ほんの三分二十秒ほどのもんだけど、はっきりと身体的徴候があるんだね。不整脈の出現、呼吸の乱れ、交感神経系の興奮、その他だ。きみ、いっぺん脳波をとってみる必要があるよ」

「何ですか、それは」

「心電図と同じ原理で、大脳皮質の微弱な活動電流を増幅して記録する。診断上、非常に有効なんだ」

「それで悪人かどうか診断できますか」他家雄は真剣に言ったのだが、近木はそれを冗談ととって笑いだした。

「まさかねえ、きみ、いくら科学でもそこまでは進歩していないよ」

「そうですか。それは残念です」

「しかし、脳の器質障碍や意識の変化なんかはわかるんだ。その人が生きてるかどうかなんてのは一番よくわかる。さっきのイエスの復活の話をきいていて、もしそれが現代の話だったらトマスはきっとイエスの脳波を調べたろうと思ったよ」

「先生もトマスみたいですね」

「ああ、ぼくは原則としてこの目で見たもの、自分が体験したものしか信じないんだ。きみの説によればこういう人間は奇蹟を一度見ればもっとも熱心な信者になるわけだろうねえ。ところで……」

「いいえ、先生、わたしはイエスじゃありませんから、脳波は御遠慮申しあげます」

「うまく逃げたなあ。でもいずれは精査したいな」

「たぶんもうその時間はないですよ。わたしには予感で伝わってくるのです。この発作はおむかえの前触れでございましてね」

「まあきみ」近木は一瞬顔を曇らせ、陽気に言った。「また来ますよ。では元気でね」

「ありがとうございます」

近木はこの房に住みついた囚人のように要領よく手をのばすと報知機の釦《ボタン》を押した。彼が外に去ったとき、他家雄は硬い枕の上で頭を三度バウンドさせて呟いた。

「悪人であるということは疲れる」

第三章　悪について

付箋

このノートは私の死後焼却して下さい。
それはこの世における発表を目論《もくろ》んで書かれたものではないからです。

楠本他家雄。

1

私は父を知らない。子供の頃、アルバムの写真で何度か見た筈だがその顔付をよくは覚えていない。戦災でそのアルバムは焼失してしまったため記憶はさらに朧《おぼ》ろとなった。しかし一枚の写真だけは割合鮮かに思い出される。眼鏡をかけ、白衣を着た小肥りの男が建物の前に立っている。そこはどこかの異国らしく、傍を歩く女は白人の目鼻立だし、建物は古風な石造りである。とりわけてこの一枚をよく覚えているのは男が着ている奇妙な白衣のせいである。肉屋のするような前掛をかけ、肩には黒い外套をかけていた。その写真がどこで撮られたかを誰も説明してはくれなかった。しかし私は、パリのパスツール研究所の門前で撮られたと、信じている。

父は私が生れて五ヵ月後に心臓麻痺で急死した。何でも、肩が凝って按摩《あんま》を呼び、揉《もみ》療治がおわったところで心地が重くなり、そのまま意識を失ったという。享年四十歳、すなわち今の私の年齢と近かった。小さい時から私はどことなく容貌が父に似ていたといわれてきたが、齢が父の晩年に接近するにつれて益々似てきたらしく、この前も面会に来た母が涙ぐんだほどだ。最初、内科医であった父は、途中から細菌学の研究に精出し、日本で二、三の研究所や大学を転々としたのち渡米し、ボストンのハーヴァード大学で数年研鑽《けんさん》してから、パリのパスツール研究所におもむいた。昭和のはじめに帰国し、母は私をみごもった。たぶん父が母と別れてながらく海外生活を送ったせいであろう、私は兄たちと年が離れている。長兄の幾久雄とは十一、次兄の真季雄とは九つも離れている。私は彼らを兄というより、叔父か何かのように世代の違う男たちと感じていた。

母は三田の私立女学校の国語教師をして三人の息子を養った。昼間出校している彼女は家事を女中にまかせていた。父の死後も私たち一家は天神の森に続く古い家に住んでいた。それは新宿の繁華街が遠くに見える斜面にあって、ごく普通の、中級のサラリーマンが住む類《たぐい》の手狭な二階屋であった。二階は二人の兄が占領し、私は母と下に住んだ。台所脇の三畳間には女中が寝泊りしていた。私が小学校の高学年になった頃、真季雄は駒場《こまば》の高等学校で寮生活をしていたため時々しか来なかった。大学生の制服を着た幾久雄は二階に籠っていてめったに私の前に姿を見せなかった。学校から帰ってみると家の中はいつも無人のように静まり返っていた。

私の行動範囲は階下に限られ、上の兄たちの部屋に入ることは何となく憚《はばか》られた。階段から一歩でも上は柱や壁の佇《たたずま》いや空気の匂いまで違う兄たちの王国であった。そこへ無断で入れば侵入罪で裁かれる気がした。もっとも幾久雄が外出し、玄関から足音が消えると私はそっと二階にあがってみることがあった。もと父の書斎であった洋間は幾久雄が使っていた。片隅に父の用いたマホガニーの典雅な本箱があり、山羊革《ゴート》で装幀《そうてい》された医学書がいまなお褪《あ》せぬ金文字を輝かしていた。母ははじめこの本箱を下の寝室に置こうとしたが、大きすぎるのと和室には不釣合だというので幾久雄の部屋に置くことにした。抽出の中には古い絵葉書や印鑑や貨幣が詰まっていた。すべて父の遺品であった。幾久雄の書棚は樫《かし》の木の質朴なものであったが、専門の建築学の本がぎっちりと並んでいた。前を揃えた整然とした配置で、この潔癖さはベッドの覆いや机上の文房具にも及んでいた。いちど女中が机を拭うため文鎮の向きを変えて幾久雄からこっぴどく叱られたことがある。以来この部屋だけは女中が手をつけぬことになった。

隣は真季雄の部屋であった。一見して乱雑で、本箱からはみだした大小の本が畳に散らばっていた。それは蔵書が多かったせいもある。彼は大の読書家で、しきりと小説に読み耽《ふけ》り、将来小説家として立ちたいなどと言っていた。ときたま来て泊ったあとなど、寝巻や靴下が所構わず置かれ、いたるところに煙草の灰がこぼれていた。

母は夕方、しばしば暗くなってから帰ってきた。母の着替えを待って女中が夕飯を運んできた。私は母とお膳《ぜん》に向き合った。幾久雄は「勉強が忙しいから」という理由で食事を二階に運ばせたので、私は母と二人きりが常であった。考えてみると私には一家揃って食卓を囲んだという記憶がない。父がいないのは別として、私が物心ついた時に幾久雄はすでに高校の寮にいた。大学に入った彼が家に戻ってきた頃には真季雄が入寮した。しかも戻った幾久雄は私たちとは一緒になりたがらなかった。

夕餉《ゆうげ》のあいだ母はほとんど黙っていた。私はまた、母に話しかけられた場合だけ答えをするほど無口な質《たち》であったから、喫飯は無言の行に近かった。私は一刻も早く食べおえて隣の自室に逃れることだけを考えていた。

自室といってもそこは母との共用の八畳間であり、夜は二人の寝床が敷かれた。私は蒲団の傍にある腰掛机で本を読むのが楽しみであった。母は茶の間の文机《ふづくえ》に向っておそくまで調べ物をしていた。いつの頃からか境界の唐紙を閉める習慣ができた。

家の中があまりに静かなので私はよく外の物音に聞入った。隣家ではラジオをつけはなしであった。相撲の実況放送や落語や軽音楽に、表通りを通るオートバイの爆音が混った。電車が坂道を下っていく時の車輪と鉄路の密着した、安定した響きを私は好んだ。それは、雑多な無数の響きが都会の地を這《は》っていることを想像させた。

おりふし父を想った。私にとって父は物語の主人公であった。この年頃の少年らしく、数々の物語の主人公が未知の広い世界のどこかに実在していると感じていた私は父もどこかで生きているような気がした。時には父の死は母が創り出した虚構であり、何かの拍子に父がひょっくり姿を現わすのだとも思った。眼鏡をかけて微笑した父は私の手をひき、美しい異国へ連れていってくれる。欲しいものは何でも買ってくれ、食べたい御馳走は惜しみなくおごってくれる。異国として私が想ったのはフランスであった。写真で見たような古風な石造りの家のある幻想の都会であった。

或る日、門前に男が一人立っていた。表札を見上げているその人を私は父だと信じた。顔と眼鏡が写真の父にそっくりだった。しかし、喜びのあまり叫びそうな私を残して、その人は足早に去り、つと横丁へ曲った。私は一心に駆けた。が、人気ない道が青黒く伸びているだけであった。このことを母に言おうかと思ったが笑われそうでやめた。そのかわり質問してみた。

「お父さんてどんな人だったの」

「いい方だったよ。やさしくて秀才でね」

「兄さんたちとぼくとどっちに似てる」

「そうだね」母は、その特徴である二重の大きな目を開いて私を見た。「お前に似てるよ。お前みたいにおとなしくって勉強がよく出来る方だったよ」

私は得意であった。が、勉強がよくできると言われたのがすこし不満であった。幾久雄も真季雄も学校の成績はよく、二人とも中学四年終了で高等学校へ進んでいた。いま、幾久雄は父と同じT大学に入っている。しかし、この二人の兄を私はどこかで縁遠いものに思っていた。勉強を理由に彼らは母や私を避けているではないか。

「やさしいって、どういうふうに」と私はなおも尋ねた。

「おこらないってことだよ。けっして人に腹を立てたりなさらなかった」母の言葉は私を納得させなかった。私はよく腹を立てたからである。ただそういった面を母や兄たちの前ではめったにみせなかった。幼い時から怒りを凝っと胸の奥に仕舞いこみ、消壺《けしつぼ》で炭火を殺すように耐えることを覚えていた。小さな私が怒っても兄たちは相手にしてくれなかったし、母はより以上強力な怒りで私を圧服させるだけだった。私は家の中で私が最も無力であり、そんな無力な者が怒ってみせても滑稽な情景を作り出すだけだと悟っていた。

小学校四年か五年の頃だったと思う、或る日曜日（それが日曜日だったとわかるのは母も真季雄も昼間から家にいたからだ）、不意に母の甲高い叫びが聞えてきた。二階の、幾久雄の部屋からしかった。階段のとば口から上を見あげた。忍び足で登りかけた私の肩をシズヤがそっとおさえた。千葉の農家の出らしく、分厚い指のこの若い女中は「行かないほうがいいよ」と囁いた。私には様子がさっぱり摑めなかったが、母の相手が幾久雄であるとは聞きとれた。母が大声で叱責する。すると幾久雄は押し殺したような低い声で言訳していた。やがて母はシズヤと真季雄に命じて夫の蔵書を下に運ばせた。ついでマホガニーの本箱が降されてきた。要するに、幾久雄が本箱の父の蔵書を押入に移し、そのあとに自分の大学の教科書を並べたのが母の癇《かん》に障《さわ》ったのだった。私はこっそりと二階へ行き、窓にむいて腕組みしている長兄に近付いた。しかし振向いた兄の形相のすさまじさに飛びのいた。いつもは眼鏡の内側に小さくおさまっている目が張り裂けんばかりに開かれ、赤い血管の網が剝き出しになっていた。私はほとんど転げ落ちるばかりにして逃げた。

同じようなことはまたおこった。彼が父の背広を着て外出したのである。深夜、母の声に目覚めた私が玄関をのぞくと息子を前に母がいきまいていた。幾久雄は脹れっ面で上着とズボンを脱ぎ、それをコンクリートの敲《たた》きに蹴落した。階段をのぼる足付はたよりなく、酔っぱらいを思わせたが、私にはなぜかそれが空酔と見て取れた。

母が夫の遺品一切合財を茶の間に隣接する納戸《なんど》に集めだしたのはそれからすぐのことであったろう。マホガニーの本箱をはじめ、洋服簞笥《だんす》、帽子、ネクタイ、腕時計、カフス釦など、あちこちに分散してあった品が次々に運びこまれた。押入、物置、箪笥のすべてを開いて探索をするので家中は引越しのように騒立《さわだ》った。そんなさなかを幾久雄が横切っていった。学生服姿の彼は制帽を目深《まぶか》にしていたため表情は見えなかったけれども畳を蹴立てる足取に不機嫌を表わしていた。息子が玄関の格子戸を荒々しく閉めて去るのを待ち、母は書斎にあがり、押入の奥から木箱を引摺り出した。それには夫の留守時代の日記やノート類が納めてあった。箱の埃を払い、それを母とシズヤが持ち上げたところに幾久雄が戻ってきた。さすがに母はばつが悪く、一言二言弁解すると、息子は箱を出すために除《よ》けた書物を元の順番どおりに戻してくれと、いつになく大声で言った。肥えた真季雄とちがい、痩せて肩の薄い幾久雄は、日頃から声が低く、聞きとりにくかったけれども、こうした大声は意外な鋭さをそなえ、細い鞭《むち》のように母を打った。

納戸を夫の遺品で充填《じゆうてん》すると母はこれ見よがしの大きい南京錠《ナンキンじよう》を戸につけた。戸の前に、箪笥や鏡台や書棚や文机を並べ、まるで守衛のようにして坐った。そんな母を、芥箱《ごみばこ》に巣くうおぞましい動物のように私は見た。いずれ何かよからぬことが起る予感がした。そして或る夜、不意に、それは起った。

冬の夜であった。寝床に入った私は頭から掻巻《かいまき》をかぶって夢想を楽しんでいた。闇は柔かく暖かにひろがっていた。いつものように父が現われたがその夜は鎧兜《よろいかぶと》に身を固めた戦国の武将であった。父は私にも小さな鎧を与えた。父が腹当てを締めつけてくれたとき、私は奇怪な快感にかられ、もっともっと息が出来ぬくらい強く締めつけて欲しいとたのんだ。大きな鍬形《くわがた》の兜を頭にのせられると重みで圧《お》し付けられ立っているのがやっとである。父は笑いながら私を抱いて馬に乗せてくれた。父と私はこれから合戦に出掛けて死ぬ。まず私が傷つき父に介抱され、私の死をみとどけて父は自刃《じじん》する。いや、私は父に介錯《かいしやく》されたい。父の鞘巻《さやまき》で喉を貫かれたい。それはどんなにか甘美な死であろうか。と、私の夢想は中断された。古い家全体が軋み、どこかで物が倒れ、悲鳴が聞える。庭では犬が盛んに吠えている。私はパジャマのまま立上った。母の蒲団は空であった。茶の間の文机には本とノートが開かれたままだ。不吉に思えたのは、インク壺が倒れ、机の端からインクが黒い糸となって畳まで垂れていたことである。一刻前まで母がそこにいたことは明かであった。廊下に来たとき、再び悲鳴がおこった。母が二階で叫んでいた。「痛い、いたい、イタイ」物の倒れる音は繰返された。倒れているのは母の肉体で、幾久雄が母を投げとばしているらしかった。まず私が思ったのは母への憐みではなく、こういった家庭内の醜態が近所の人々に知られることへの羞恥であった。驚きの念は少なく、予期していたことがついに始まったと思う方が強かった。

襖《ふすま》が倒れ、硝子が破れ、ついで階段から色々なものが投げおろされた。文鎮や鋏や本が落ちるたんびに、私は次は母だろうかと待っていた。

「坊っちゃん、お母さんの命があぶない。どうしましょう」とシズヤが言った。

そういわれて、はじめて兄が母を殺すかも知れぬと思った。しかし、母の死を思っても私はきわめて平静であった。それは木挽《こびき》が木を倒したあと視界が開けてくるような気持である。その気持には打算が明瞭に含まれていた。母が死ぬ、長兄は殺人犯として牢屋に入る、残った次兄と私がこの家の主になる、やがて私はひそかに次兄を殺す、私が、私一人がこの家の支配者になる。次々に木が倒れ、明るい青空と遠い山脈を見渡すような未来を私は眺めていた。

二階の物音は一層激しくなった。母は意味不明の言葉を吐き、幾久雄は牙《きば》を鳴らす獣のように唸っている。シズヤは交番へ駆けだそうとした。勝手口で追い付いた私は咄嗟《とっさ》に庖丁をつかみ、きっぱりとした口調で言った。「だめだよ。お巡《まわ》りさんなんか呼んだら、ぼくシズヤを殺しちゃうからね」

シズヤは上框《あがりかまち》にへたりこんだ。庖丁の切先に首をつつかれ、恐がって震えていた。私は自分の力を自覚するとともに相手の屈服に快感を覚えた。「シズヤ、もうねなさい。そこの鍵をちゃんと締めて」と命じてから私は庖丁を流しの上に放りあげた。

その時、母が階段を降りてきた。私は軽い失望を覚えたと同時に矛盾したことに思わず走り寄っていた。しかし母は私を邪険に払うとびっこをひきながら茶の間に行き、俯せに倒れた。

右の手首から血が畳に滴り落ちていた。それを見たとき、傷を手当せねばならぬという判断が母が生きていることへの失望を追いのけたのだと思う。私は救急箱としていたせんべいの缶を持ち出してき、オキシフルで傷を洗いメンソレタムを塗って繃帯をした。こういった傷の治療にかけては私は中々器用だった。私の為《な》すにまかせていた母はやがて起きあがり、破れた寝巻を脱いで体中の傷を調べ始めた。私は、肩や腕や乳房を絆創膏や繃帯だらけにした。いま、私はよく反省してみるのだが、私がそうしたのは愛情のためだったというより、何か冷静な科学的精神を充足させるためであったように思う。私は見ず知らずの他人を治療する医者の気持であった。相手への同情よりも技術の完成のほうが喜びであった。そして母のほうも患者の態度に終始した。感謝の表出ひとつなく、そうされるのが当然だというように無言で通した。

夜ごとに幾久雄の暴行が繰返された。私が床に入ってしばらくすると彼は茶の間に侵入し、彼女を二階へ拉致しては殴ったり投げとばしたりした。或る晩、ついに彼は茶の間で暴れ狂った。唐紙を倒して母が転げこんで来たとき私にはすべてが眺められた。私は掻巻をひっかぶって安全な態勢をつくると前をすこしあけてすべてを熱心に観察した。彼は鏡台を割り、文机の脚を折り、本箱を倒し、南京錠をひきちぎると納戸を開いた。そうはさせじと彼女がむしゃぶりつくのに肘鉄《ひじてつ》をくわせ蹴倒す。ついに彼は彼女を縛ることを思いついた。

そうすることをその時偶然に彼が思いついたかは、実のところ、疑わしい。前もって用意してあったかのように腰帯や兵児帯《へこおび》を手にした彼は、彼女を後手に縛り、続いて足首や膝を縛り、さいごに手と足を力一杯に繋いだ。彼女は何か入念に包装された荷物のようにそこに置かれた。彼は、店員が紙包の出来ばえを直すように、彼女の着物の乱れを直した。私の印象にいまでも残っているのは、そうされている彼女が苦痛に身をよじりながらも何かうっとりとした表情を示したことである。彼女は私の母というより、楠本みどりという女になっていた。そうして縛られている女の感覚を想像したとき私の内側から歓喜が湧き起ってきた。熱いときめきが胸を充たし、私の部分は硬く張り裂けんばかりになった。

彼は父の遺品のうちめぼしい物を二階へ運び去った。本箱をはじめ、かつて彼女が運び出したすべての物を自室に取返し、父の背広を着、ネクタイをしめた。それについて彼女は何の抗議もなしえなかった。一応父の遺品を手中に収めたにかかわらず、彼の攻撃は数日休むとまた再開され、あとは執拗に繰返された。障子の桟は折れ、簞笥の抽出は消え、家の中は急速に荒廃していった。破壊された家具をシズヤは庭の隅に積みあげたがその山が高くなるだけ家の中は寒々と空洞化していった。

もっとも彼は、真季雄や私の持物には手を触れなかった。或る夜、彼女の蒲団にバケツで水をかけた時も、隣に敷いてあった私の蒲団は注意深く避けて濡らしはしなかった。それどころか以前よりもずっと彼は私に対してやさしくなった。といって別に親しく語りかけたり、何かを買ってくれたわけではなく、まるでペットの仔犬《こいぬ》のように私を散歩の供として連れ出すのであった。父のセーターや上着を着た彼について歩くことが、私には父と一緒にいるような錯覚を抱かせた。それが錯覚であることを私の冷徹な意識は知っていた。卑屈な従者が、権力者に可愛がられて晴がましい振りをしながら、本当は権力者を憎んでいるように、私は父親ぶる彼を軽蔑していた。

家の隣の天神は西向き天神と呼ばれ、文字通り西側の斜面にあって新宿の繁華街を向いていた。境内には公孫樹《いちょう》、欅《けやき》、桜などの落葉樹が多く、冬は吹き曝しの高台となった。拝殿の前へ進むと彼は一銭銅貨を私に与え、自分も賽銭箱《さいせんばこ》に投げ入れると柏手をうった。拝殿の隣に赤い鳥居が数柱あり、小さな神社と一光院稲荷大明神と白く染め抜かれた赤い幟が立っていた。そこでも同じようにして賽銭を捧げた。この二つの義務を果すために彼はポケットにいつも小銭を蓄えていた。たまたまそれを忘れた場合には何か神の祟《たた》りを恐れるように早々に退散するのであった。

彼には奇妙な癖が沢山あった。家の門を出るときには左足から、入るときには右足からでなくてはならず、歩度を誤って逆になるともう一度歩き直さねばならなかった。天神脇の石段を降りながら石段の数を数えねばならず、下の道まで達するのにえらく時間がかかった。小学校の前へくると必ず正面の時計と自分の腕時計とを見較べ、一致した時はまっすぐ、自分のが進んでいるときは右へ曲り、おくれているときは左に曲った。極端に猫を嫌い、遠くに姿を見ただけで顔を顰め、道で行き会おうものなら出来るだけ脇に避け、唾を何度も吐いた。まるで猫から伝染病の黴菌《ばいきん》が舞上ってきたかのようなあわてぶりであった。

散歩には私を誘うくせに家では見向きもしなかった。相変らず二階に私が行くのをいやがり、私が階段の下に佇む気配をみせただけで、「他家雄、むこうへいってろ」と怒声が降ってきた。おそらく息子の暴行を避けるためだろう、母はおそく帰宅するようになった。深夜、二階の兄が寝た頃にそっと玄関の戸を開き、抜き足で入ってくることが度重なった。たしかにそのような晩には彼の襲撃はなかった。しかし私は夕餉の膳に一人で坐らねばならなかった。シズヤが給仕してくれるのが気詰りで私は女中部屋で彼女と一緒に食べることもあった。二階で幾久雄が汁や飯のオカワリを命令する。するとシズヤは急いで立って勤めを果した。

異変を察したのか、ときどきは帰って一泊していた真季雄は帰宅が間遠となり、ついには姿を見せなくなった。真季雄がいるときは母に手出しをしなかった幾久雄は、そのため全く自由に、自分の好む時に彼女を責めさいなむことが出来た。彼女が帰ってきて茶の間に入るとすぐ彼は二階から駆け降りてきた。最初幾分の興味をもって見ていた私もこの頃はうんざりしてきた。私は二階の真季雄の部屋に避難することにした。そこには蒲団もあったし、私が読みたいと思っていた数々の小説本もあった。次第にそこに寝泊りする習慣ができた。

或る夜、不意に真季雄が帰ってきた。彼の蒲団で寝ていた私は驚いて弾ね起きた。こっぴどく叱られると思っている私に彼は笑いながら、寝ててよいからと言い、その時ひとしお高まった母の悲鳴と兄の怒声を聞いて溜息をついた。「いったい、どうしたんだろうねえ。何とかならないのかねえ」

それこそ私が言いたかった科白《せりふ》だ。私は願った。

「ちい兄さん。おお兄さんをとめてよ。ちい兄さんならそれが出来ると思うけどな」

彼は弱々しく頭を振り、ちびた煙草に火を点けた。その指先は脂《やに》で褐色に染っていた。「お前にはわからんだろうけどな。これにはザイサンがからんでるんだ。お袋は親父のヨキンを全部にぎって離さない。それが兄貴には不満なんだ」

ザイサンが何を意味するのか小学生の私にはよく理解できなかった。私は自分に理解しうる概念に事柄を翻訳してみた。

「つまりさ、お父さんの取り合いでしょ」

「そうだ」と彼は笑い、それからあざけるように言った。「家にはザイサンなんか何もないんだよ。兄貴だって知ってる筈だがな。おかしな兄貴だよ」

結局彼は兄がなぜ母を苛めるのか不可解だと言った。私は思った通りの解釈を口にした。

「おお兄さんはお母さんが好きなんじゃない」

真季雄は兄弟中で唯一人だけ浅黒い、しかも明かに母親似の丸顔を奇妙に歪めた。
「お前、それどういう意味なんだ」
私には意味など分りはしなかった。「ううん、ただ、そんな気がするの」私は縛られ、さいなまれた母のうっとりとした顔を思いだしていた。その時「いたい、いたい」と母が叫んだ。女の歓喜の声だとそれを聞いたとたん私の中で肉がうずき始めた。そしてそんな具合に女を喜ばしている幾久雄を妬《ねた》ましく思った。

十歳にして私は醜い大人たちの争いを見てしまった。しかし彼らに見た醜さを次第に私は自分にも認めねばならなかった。私は何もかも正直に書いてしまおう。私は誰か読者を当てにしているわけではなく、ひたすら自分自身に向って自分を告知させるために、これを書くのだから。私が、私自身の、たったひとりの、証人であり裁判官である。そして裁判官を動かしているのは法である。

私が最初に盗んだのはその頃である。その頃、小学校の生徒は毎日ジェリー状の肝油と牛乳一本を飲まされていたが、あるとき月々母に請求していた代金を貰えなかった。母は毎晩おそく帰り、朝は早く家を出て、顔を見る機会もなかった。幾久雄にねだるのはいやだったし、シズヤに言うのは私の誇りが許さなかった。母の隠し金を探し出すことにした。納戸の中の父の洋服箪笥の新聞紙の下に、小さくたたんだ十円紙幣を十数枚発見した。その一枚を盗んだ。両替ということを知らなかったので本を買って小銭を作り、肝油と牛乳の代金を袋に入れると、余った金をポケットに新宿へ出た。家から六分も歩けばそこはもう繁華街であった。小学生がデパートに一人で入ることは学校で禁じられていたから真っ直駅へ行き、省線電車に乗った。偶然乗りこんだのが山手線の内廻りで、上野へ来たとき急に動物園が見たくなった。動物園をまだ見たことがなかったのである。が、公園の中で迷い、動物園に着いたときはすでに門は閉っていた。暗くなって家へ戻ると、母はまだ帰らず、シズヤは居眠りしていた。台所で冷飯に汁をかけて頬張った。金はマヨネーズの空瓶につめ、庭の土中に匿《かく》した。自分が大金を森に埋めているジャン・ヴァルジャンになったつもりであった。結局母は盗難に気付かなかった。

この成功に気をよくして、次に真季雄の金を盗んだ。本のページにはさまれた五円紙幣を抜き取ったのをはじめ、机の抽出にあった十銭白銅を数枚頂戴した。が、あといくら探しても彼のところには獲物は見付からなかった。

幾久雄を窺うのは躊躇された。常に室内を整頓し、机上においた本や文鎮の方向が机の縁と平行でなくては気がすまぬような彼の持物を盗るのは難しかった。一度彼の不在を機会に抽出を調べてみたことがある。どの抽出も触れればただちに見破られるように几帳面に整理してあった。あきらめたものの、しかし、行為の困難がかえって私を誘惑し、幾久雄が大学の授業にでかける午後にすこしずつ探索する計画を実行した。机、本箱、押入、天袋と順序だてて調査するうち鍵のかかった鉄の小箱を発見した。その中があやしいと思い、散々苦労して鍵を探しだして開けると紙の玉がきっしり詰っていた。あとで考えるとそれはコンフェッティで、おそらく父が外国のカーニバルか何かの記念に持帰ったものであろう。

或る日のことマホガニーの本箱を調べていると背後に人の気配がした。シズヤであった。咎《とが》めるような目付で押黙っていた。私は構わず抽出の中に手を入れ続け、いっかな立去らぬ彼女に不機嫌に言った。「何か用なの」「いいえ」「じゃ、あっちへ行っててよ」彼女は、漬物の臭に似た特有な体臭を残して去った。私は急に落着かず、作業を中断した。

彼女が幾久雄に告げ口をするかも知れぬと考えた。それは充分にありうることだった。シズヤは彼に忠実であった。が、彼女は母にも真季雄にも私にも忠実であった。家の中が荒廃しだしてからも彼女だけは以前と変らず、黙々と家事を切り盛りしていた。風呂場で盥《たらい》に洗濯板を立てて石鹸を泡立てている彼女の赤い、太い指が思い出される。その太い指で犬の蚤《のみ》を丹念に潰していたことも。

そう。私が下に降りてみると、シズヤは庭で犬に芸をさせていた。棒をなげ、しばらくして「いけ」と命じると犬は棒をくわえてくる。犬は茶の雑種で、犬好きの真季雄が飼っていたのを、高校の寮に入るとき私に託していった。頭が鈍くて芸の覚えは悪く、しかも大食で食事時になるとやたらと吠えるものだから、最初シズヤは嫌っていたのに、いつしか憑《つ》かれたように可愛がるようになった。散歩に連れ出すのは私の役目だったが、蚤とりは彼女で、また彼女でないとうまくとれなかった。

「シズヤ、さっきのこと黙っててね」と私は頼んだ。

「わかりましたよ」と彼女は頷いた。「犬はいいわ。何も知らんで幸福だわ」

「ああ」と私は溜息をついた。自分は知りすぎているために不幸だと思った。私は犬の喉を掻いてやり、手を舐めるにまかせた。その暖い軽石に似た感触が快かった。

服装を正しくするという校長の方針で小学校の玄関を入ったところに大きな姿見があった。そこに自分の姿を写して見るのが私は大嫌いだった。兄のお古の洗い晒《ざら》しのイートン服はカラーがよれよれで、継接《つぎはぎ》だらけのズボン、それに靴下は毳立《けばだ》っていた。蒼白い、肺病病みのような出目金の顔は、自分で見ても気味が悪かった。

背が低かったため教室では前の方の席に坐らせられた。後からの視線が自分に冷たくまつわる感覚が不愉快で、早く背が伸びてもっと後の席に移りたいとばかり願っていた。

受持の教師は吉田といい、鬚の剃《そ》り跡のいやに黒い若い男だった。面長なところと肌の白いところが、どことなく幾久雄に似ていて、何かにつけて癇癪《かんしやく》をおこし、竹刀《しない》が割れるほどに机をたたいた。「非国民」「戦地の兵隊さんに申し訳ないぞ」が口癖であった。

彼は私に対してはやさしかった。私が勉強の出来る、従順な子であったことが理由らしい。

怒声も竹刀も私の頭上を通り越して他の子に向った。

「楠本。教員室へいって、先生の机の上から万年筆を持ってこい。ついでに、右の一番上の抽出から煙草を、そう封の切ってあるやつのほうだ、持ってこい」

「はい」

私はにっこりして軍隊式に一礼すると、駆け足で用を果した。無人の教員室に自由に出入りできるのが嬉しかったし、何よりも大勢の学友の中で自分が選ばれていることが得意であった。しかし、自席に戻るや前にも増してみんなの冷ややかな視線に苦しんだ。先生に阿《おもね》る嫌なやつと言われている気がした。

紀元二千六百年を奉祝する旗行列がおこなわれた時、私はおそくまで学校に残って日の丸の小旗を作った。夕食時でみなが帰ったとき、私は吉田に言った。「お母さんが、きょうはおそくなってもいいから、先生を手伝ってあげなさいって言ってました」「そうか、楠本のお母さんはえらいな。軍国の母だな」彼は頼もしげに私を見た。それから励ますように付加えた。「兄さん二人も立派な学校に入ってるしな。お前も頑張れ」

「母」という題で綴方《つづりかた》を書かされたことがある。父なき家庭にあって三人の息子を育てた婦人の姿を私は描いた。しかし、彼女と長男との争いについては、一切記さなかった。貧しいけれども平和な家庭、息子たちの教育に熱心な国語教師、軍国の母。

小学校に入学した頃より、いつも戦争が続いていたため、六年生の暮、大きな戦争が始ったときも特別に変った事件とは思えなかった。ただ、吉田がますます張切り、冬の朝に裸で乾布摩擦をやらせたり、西向き天神から抜弁天《ぬけべんてん》へかけての坂道をやたらと走らせたりするのが目新しかった。

日曜日に陸軍病院の慰問に行ったことがある。一人三十銭の金を出して買物をしたのだが、それを私は母から盗んだ金で払った。煙草と花を持ち、先生に引率された一同は墓参りでもするような様子で門を入った。両眼を失って尺八を吹いていた一等兵の前に私は慰問品を差出した。彼は煙草を喫い、花の香りを嗅ぎ、将来何になるのかと尋ねた。私が兵隊だけには絶対になりたくないと答えると、一等兵は妙な子だとつぶやいた。私が、兵隊以外のものなら何になってもいいというと、彼は、坊やは大人みたいなことを言うねと笑った。

私は友達と群れ集って遊ぶことを嫌った。放課後、模型飛行機作りや自転車乗りに集る級友たちは何か特殊な本能に動かされている奇態な動物のように見えた。学校が退けると一応は家に帰るが、ランドセルを投げ出してすぐ犬を散歩に連れ出すのが私の日課だった。なるべく遠くへ、顔見知りの学友たちのいない場所へと歩いていく。電車通りを越えた向う、だんだら坂を下ったあたりの、町家や工場や棟割長屋がガラクタ市のようにひしめいている街が私には気に入っていた。そこは幾久雄が好む天神丘の屋敷町とまるで違い、私ひとりのための猥雑《わいざつ》で心安まる散歩道であった。

仄暗《ほのぐら》いなかで顔色の悪い工員たちが赤い粉でレンズを磨いている工場の裏手に、屑屋《くずや》の松川の家があった。柱が折れているのか、屋根が傾き瓦が半ば剝がれ落ちて、家というより納屋に近く、中に入ると新聞紙や電線や鍋釜《なべかま》が天井近くまで積みあげてあった。学校では劣等生で、工員が着るような油染みた作業服とそこから立ち上る何かが腐ったような悪臭のため「コジキ」と馬鹿にされていた松川は、そこでは王子のように振舞っていた。その無尽蔵の材料から電動モーターや小型ポンプをえらび出し、組合せて独得の装置を作るのが趣味である。スイッチをいれると天井や壁に豆電球がついたり、入口のカーテンが開いたり、遠くでベルが鳴ったりした。時々父親がリヤカーに廃品を山積みにして帰ってきた。母親は大抵中庭で屑物の選別をしており、ラジオの部品とか電気モーターが出ると松川に与えた。彼女は息子を大事にしており、その様子が私には珍しくうらやましかった。

関西から転校してきた松川は、訛《なまり》があって聞きとりにくく、それを意識して言葉を重ねるものだから、話が冗長でまとまりを欠いたけれども、話振りには魅力があった。垢がこびりついているのか生来の色なのか、不思議に赤黒い肌をして、前歯が二本欠けた顔は、或る種の齧歯《げっし》類《るい》を思わせた。スケッチブックには将来自分の発明すべき物の空想図が、巧みな鉛筆画で描かれていた。地底に潜って地球のむこう側の敵を攻める戦車とか、金星の大温室とかはおそらく何日もかかったと思われるほど細密に描けていた。学友たちの模型飛行機熱を嘲笑し「あんなものは子供だましやわ」としきりと繰返した。しかし今になってみると、彼には模型飛行機の製作こそ最もやりたかったことであったと思われる。もし彼に部品を買う資力があればクラス一の立派な飛行機を作りあげたことだろう。

彼と付合い始めたのは或る事件がきっかけであった。或る日、教室で走ってきた友達を避けた私は肘で窓硝子を割ってしまった。そこへ偶然入ってきた吉田は、勘違いして松川にいきなり平手打をくれた。その勢いに私は黙っていた。しかし松川が犯人は自分ではないと申し出れば私は進み出る覚悟はしていたのだ。が、松川は唇を嚙みしめただけだった。吉田が去ると私は自分の卑怯を恥じた。松川は私に片目をつぶってみせ「吉田の阿呆野郎が。あわてくさってよ」と笑った。

松川と共謀して、学校の工作室から新品の大工道具一式を盗みだしたことがある。私のランドセルに松川の教科書やノートを移し、松川のには盗品を詰め、難なく校門を出た。この件はかなりの騒ぎになり、生徒の犯行らしいというので、クラスごとに詮議《せんぎ》され、私のクラスでは松川が疑われたけれども証拠がなかった。松川と私が通じ合う仲だとは誰も知らなかったろう。

私たちは学校ではお互に離れて坐っていたし、めったに話もしなかった。

なぜあんなに盗みを働いたのか自分でも不可解である。必要のためという動機付けは出来るだろう。私は肝油代を母から盗み、松川は自分の趣味に役立つ道具を学校から盗んだ。が、二つの場合ともに盗まなくてすむ方法もあったのだ。盗みという行為を選択したのは、それが相手の承諾をえない一方的行為だったからかも知れぬ。

何の目的も理由もなしに悪を欲するということが確かに人間にはある。梨《なし》の実を盗んだアウグスチヌスは、それが、ただ全く、盗むためであったと告白している。人間には盗むのを楽しみ、滅びゆくのを好み、傷つくのを望む暗黒の衝動が備わっているらしい。そしてもしかすると、憎しみのためではなくて、殺すのを愛するために殺すこともあるのだ。

私が中学生となった頃、幾久雄は大学を出て建築会社に勤め、真季雄は高等学校を卒業してT大仏文科の学生で、シズヤはすでに国に帰って嫁いでいた。戦争のため女中難で、母は仕方なく朝晩の炊事をやり始めた。幾久雄の暴行は依然として続いていたけれども、悪が快楽だとすれば快楽には飽きが来るのだろう、彼の行為は前ほどの激しさを欠き、間遠となり、言ってみれば権力を誇示するための儀式めいたものになっていた。

掃除と洗濯は各自の分担だったため家事の混乱は倍加された。幾久雄はきっかり自分の部屋だけしか掃除せず、真季雄は室内の清潔には一切無頓着だったし、母は気の向いた時襷掛《たすきがけ》で階下だけを綺麗にした。屋根の上の物干場ではひんぴんと場所争いがおこなわれた。自分のシャツを母が片寄せたと幾久雄は呶鳴り、自分のパンツを干す場がないと真季雄が文句を言った。

以前との顕著な差は真季雄が自分の力を増大させたことだ。彼は兄から母を護《まも》るためには何もしなかったが、母の悲鳴で自分の勉強が邪魔された時には兄に手心を加えるように頼んだ。背が高いが肉付の悪い幾久雄は、柔道部に所属しめっきり体に厚味のできてきた真季雄を、無視できなかった。もし真季雄が本気になって兄を諌《いさ》めれば事態は好転しただろう。私がそのような望みを彼に伝えたとき彼は頭を振った。

「おれはな、ちっぽけな家の中のことなんかどうでもいいんだ。それよりも現今未曾有《みぞう》の国難に当面してるわが大日本帝国を救わなくちゃならないよ。下手すりゃ日本は亡《ほろ》びるよ。日本が亡びりゃ、家なんか消し飛んじまうんだぜ」

彼はその年の暮に学徒兵として入隊した。そして戦争が終って陸軍少尉《しょうい》として復員するまで家にいなかった。

母も兄たちも相談に乗ってくれず、私は自分のことは自分でするより仕方がなかった。さすが国語教師だけあって母は進学については助言し、当時海兵や陸士に大量の合格者を出していた府立の或る中学校を受験しろと薦め、彼女としては初めてのことながら小学校の受持に会って相談もしてくれた。しかし願書の提出、受験、合格発表見は、すべて私がひとりでした。どこでも大勢の父兄に付添われた受験生がいて私を心細がらせた。母に合格を伝えると、「そう、よかったね」と笑顔をみせた。本当に久方振の喜びようで私も嬉しかった。しかし兄たちは知らぬ顔をしていたし、入学式に母は来てくれなかった。

秋口のこと、学校で急に下腹に激痛を覚えた。医務室で痛みどめの頓服《とんぷく》を飲まされたけれど、一向におさまらず、看護婦は正式に医師の診察を受けたほうがよい、家族に連絡してあげようと言った。母は勤先の女学校から、帰って寝ているようにと指示してきた。私は会社にいる幾久雄にも電話で相談しようとしたが思い直し、家まで歩いて帰ることにした。途中で何度も嘔き気がおこり、道端にうずくまった。学校から家までの間に繁華街を横切っていかねばならぬ。人々が私の奇妙な歩き方に注目しているのが分った。不意に便意をもよおし、人混みのただなかで尻をひろげる羽目になった。便は出なかったが痛みは耐え難くなり、倒れ伏したまま起き上れなかった。周囲で大人たちが騒いでいた。坊や、どうしたのよ、と女の声がした。結局私は三、四人の人にかつぎあげられて病院に行った。医者は盲腸炎だから即刻手術が必要だと診断した。おそらく私の身分証明書を見て学校へ電話し、学校から母へ連絡をとったのであろう、医者はお母さんの許可が出たからと言い、私は手術室に運ばれた。

いったいに体が丈夫だった私は病院を知らない。白いタイルの床、マスクをした医者や看護婦、大きな目映《まばゆ》い電燈、鉄製器具の触れ合う音、何もかもが恐かった。医者は腹を切り開くという。痛くないよと慰められても、信用する気になれなかった。最初から彼らは横暴であった。私を素裸にし腹や背中の皮を濡れタオルで拭った看護婦は垢が出るのに驚き、ついに吹きだした。「坊や、お風呂に入ったことないの」

医者はしきりと時計を見上げた。私の苦痛を長びかすためと邪推したこの仕種は、あとで考えれば母の来院を待っていたのだ。母は現われなかった。で、いきなり手術が強行された。それは強行されたとしか言いようがない。医者の脇にいた若い屈強な男がいきなり私の項《うなじ》と両脚をかかえこんだ。蝦《えび》のように丸められた背中に激しい痛みがした。手術を中止するよう哀願したにかかわらず彼らは私の手足を台に縛りつけた。力一杯に暴れてみたがすでに両脚が痺《しび》れてきた。

麻酔がよく効かなかったのだろう。メスが突立てられた瞬間から痛みが続いた。医者は、痛いはずがない、と断言した。私の学校の名を言い、きみの学校なら軍人になるんだろう、軍人になるならば少しぐらいの痛みは我慢しろと叱咤した。私は軍人なんかにならぬと思ったが医者が私を励ましていることが分ったので口を噤んだ。どんなに苦しくても母の名は叫ぶまいと決心した。腸が引っ張りだされ強烈な悪心《おしん》が襲ってきたとき小さく「お父さん」と呼んでみた。その晩母は来てくれなかった。兄たちも来はしなかった。麻酔が醒めて痛みが激しくなってきた。看護婦は中々来てくれず、かえって隣に寝ていた男からうるさいと怒られた。私は泣いた。涙の量が多いと痛みが減少する気がして、歯をくいしばって泣いた。やっと来て鎮痛剤を射った看護婦は、家族の付添もなしに少年が入院しているのが余程不審だったらしく、「坊や、お母さんいないの」と言った。その夜彼女は何度もかったるい足をもんでくれ、入院中もずっと親切にしてくれた。

母が見舞に来てくれたのは三日目の午後で、手術による苦痛があらかた去った頃だった。私の顔を見るなり、「わりに元気じゃないかね」と言い、「まったくねえ、電話がかかってきたときゃ、お前、死んじまうような騒ぎだったじゃないか」と笑った。それは何と薄気味の悪い笑であったろう。この女、楠本みどりはすべてを冗談にしたがっていた。しかし、一人の少年の体験したことは冗談ではなかった、断じて。

西日のあたる暑い部屋で私は遺書を書いた。「ぼくは死にます。さようなら」とたった一行書いた。宛名を誰にしようかと考えて、宛名は無しとした。そのノートの切れっ端を封筒に入れようとして封筒が見当らず、矢文の形に折って母の文机に置いた。

銀行や百貨店のビルの上から太陽が粘っこい光を送ってきた。それは嗤っている眼のようだった。私の決意はすこし挫《くじ》かれた。私が死のうが生きようが相変らず太陽は嗤っていることだろう。とすれば私の死などこの世に何の変化も与えぬ些事だと思うと悲しかった。蟬の声が執拗に鼓膜を押えつけていた。私が何か考えると蟬の声が潰してしまう。私は何も考えられなくなった。

とにかくもう一度周囲を見回した。柱は傾き、唐紙は破れ、畳の縁はささくれだち、頽落《たいらく》の徴《しるし》は明かであった。幼い頃、すでに古びた家だったのが、近頃はいまにも朽壊《くちこわ》れそうに荒れ果てていた。私の心は定まった。この家を出ようと思った。

すでに何度も死のうと志していたがその実現方法が決らなかった。首を吊るのも高所から飛び降りるのも理想的解決ではない。醜い屍体があとに残るのがいやだったし、痛みも恐かった。手術を受けた際のような痛みは二度と御免だった。結論は毒薬を飲むことだった。それを幾久雄の百科辞典から探し出してきた。即効あるものは青酸カリ、苦しまないものはクロロフォルム。

坂上に抜弁天と呼ばれる小さな神社があった。電車通りから横丁を入ると右が弁天様の小さな境内、左が商店街である。その一軒に薬屋があった。ポケットの中の金を汗ばむ掌の中に握りしめて中に入った。時々ここで買うので爺さんとは顔見知りである。私はクロロフォルムと言った。

「そんなもの何にするんだね」爺さんは眼鏡の上から、私の顔をまじまじと見詰めた。

「野犬が迷いこんで困ってるの」私はあらかじめ用意した言葉を言った。

「それだったらお巡りさんに言いなさい」

「でも、お母さんが買ってこいというんだ」

「じゃ、聞くけど、どうやってそのクロロフォルムを犬に飲ませるんだね。そいつは臭くって、犬なんか飲みやしないよ」

「じゃ、どんな薬がいいの」

私の問に、爺さんは壺口《つぼくち》をつくり、眼鏡の上からじろりと見、野犬用の毒饅頭《どくまんじゅう》ならあるが子供には売れない、お母さんに自分で来るように言いなさい、と答えた。

私は引返し、大通りで考えこんだ。薬の入手が不可能だとなると計画をもう一度考え直さねばならぬ。電車が来た。思わず乗ってから、これで新宿駅まで行き、どこか遠くへ行こうと決心した。電車は、ちまちました屋並を流しながら下っていった。ふと丘の上に天神の森とわが家の二階が見えた。遺言を母が見て笑いやしないかと気になり、次の停留場で降りた。いつのまにか死ぬ気持を失っていた。


戦争がひどくなるに従って私は元気を恢復していったように思う。戦争は私にとって救いであった。それは私の家の事情を変え、私の嫌悪する大人たちの秩序を毀し、労せずして死を恵んでくれる偉大な力であった。

真季雄が学徒出陣した翌年の春には幾久雄が大阪へ転勤したので、私は母と二人暮しとなった。幾久雄の暴力がない、母の悲鳴が聞えない、それはここ数年間の生活で忘れていた平安であった。母は急速に笑顔をとりもどし、今までよりもずっと早く帰宅するようになった。

学校の授業は、農耕作業のために頻《しき》りに中断され、私たちは郊外にある学校農園で働かされた。時折付近の農家の田植を手伝ったり、草取りに狩出されたりした。友達の中には、学校の授業がおくれるため、海兵や陸士への受験勉強がろくに出来ぬとなげく者も多かったけれども、私は農耕作業を喜んでいた。軍人になる気はなく、といってはっきりと将来の目標も立たずに退屈な授業を受けるより、今までと違う天地で肉体を使役したほうがよいと考えた。痩せっぽちで肺病病みのようだった私の肉体は、この頃、急に発達してきて、使えば使うほど目に見えて肉付いてきた。友人の中でも背は高いほうになり、一列縦隊に並ぶと後から数人目となっていた。

やたらと空腹であった。どこの家庭も食糧は不足がちな時代で、わが家も配給だけでは足りなかった。私は学校農園や農家から芋や野菜を持帰ったり、千葉のシズヤの家へ買出しに行った。シズヤの夫は瓦職人であったが、田畑をかなり持ち、そのほうは妻にまかせていた。シズヤは、成人した坊っちゃんをなつかしがり、リュック一杯に食糧を充たしてくれた。買出しから帰った日には母があきれるほどに私はむさぼり食べた。空腹は心の空虚と違って充たされるだけよいものであった。

母は、以前の幾久雄との抗争については話さぬようにし、それがなかったかのように生活していた。しかし幾久雄は上京の都度、必ず姿を現わし泊っていった。彼がいると母は無表情に返り、家の中は突然陰鬱《いんうつ》な気配に変った。

或る夜、幾久雄は父の財産について母に尋ねた。私はまた始まったかと思いながら聞いていた。母は財産などないと言い張った。幾久雄は、顔を顰めながら、とにかくこの家の財産は長男のおれの財産なのだから疎開だけはしておいてくれと言った。十一月になってからB29の来襲があって下町方面に被害が出始めていた。疎開の荷物を荷車やリヤカーに乗せて駅へ向う人々の列が連日みられた。

「とにかく、お前、財産なんか無いんだよ」

「嘘だ」幾久雄は拳をかためて卓袱台《ちやぶだい》を打った。茶碗や皿が飛びあがった。一度怒りが湧くととめどもなくなる彼は、鍋を畳に突き落した。私が買い集めた鶏肉や野菜がこぼれ散った。幾久雄が母の腕をつかんだとき私は言った。

「兄さん、やめなよ」

幾久雄は聞き慣れぬ私の大声に「なにを」と言いながら、一刻怯《ひる》んで腕を離した。今までは母への暴行が始まると私は別室に姿を消すのが常であったし、まして彼に抗弁することなど無かったのだ。

「きさま、生意気になりやがったな」幾久雄は私の肩を小突いた。当り所が悪かったのか手の先まで痛みが貫いた。

私は叫び、体中に溢れてきた怒りを両手にこめると彼に飛びついた。意外にもろく彼は仰向けに引っ繰り返った。私は彼の眼鏡を引きむしり、顔を三、四回殴ったすえ、首を両手で締めつけた。両の頸《けい》動脈に親指をくいこませ、力一杯に押すやりかたは、昔、松川に教わったのである。もっとも私は、体力において勝る兄が私をはねかえし、反対に打ちのめされるものと思っていた。しかし兄は力弱く体をゆすっただけで私の手を払いのけることも出来なかった。紫色に変り、驚愕と苦痛で歪んだ醜い顔を見、指先でぬめる筋肉の感覚を嫌悪するうち、私はこの男を殺してやろうと決心した。それまで私は何度も自殺しようとした。が、何とその考えは間違っていたことだろう。なによりもまずこの男を殺すべきだったのだ。熱い融鉄のように胸を咽喉を腕を焦がすものがあった。自分には一人の人間を殺せるだけの体力も憎悪も勇気も備わっているという自覚が殺意を強めた。

「この野郎、死んじまえ、死んじまえ」と私は叫んだ。

「おやめ、他家雄、おやめったら」と母が言うのが聞えた。母は私にむしゃぶりつき、やっとのことで幾久雄より引離すことに成功した。私は殺人者には、まだ、なれなかった。

2

冬になって農耕作業が不如意《ふにょい》となると私たち中学生は方々の工場に動員された。私のクラスは防毒マスクの部分を作る工場に派遣された。防空頭巾を肩から提げ、脚絆《きゃはん》を巻き、弁当包を片手に持つ、そんな出立《いでたち》で私は蒲田《かまた》の工場まで通った。

そこは町中の小工場で、木造の建物はすがれ、工員には老人が多く、全体として生気が乏しい、工場というより古物倉庫か何かのような施設だった。排水溝《こう》は詰って溢れ、黒い油を浮べた汚水が裏の空地に流れこんでいた。朝、工場長と引率の教師の点呼を受けたあと、私たちは製品を箱詰にしたり、倉庫へ運搬する仕事にかかった。しかし次第に空地でキャッチボールをしたり日なたぼっこをすることが多くなった。資材が不足気味で、工場の活動が鈍くなったためである。

工員寮の入口に、空いた舎監室があり、私はよくそこに入りこんで読書をした。ストーヴ一つなく、寒かったが、ともかくも一人になれることが嬉しかった。こうして真季雄の蔵書を持出しては片端から読んだ。漱石や龍之介をはじめバルザックやゴーチェやユゴーなどの名を私はそこで知った。

防火要員として数人ずつ工員寮に当直を命ぜられた。六畳一間に詰めこまれて、蚤と南京虫《ナンキンむし》に苦しめられたけれども、みんなこの当直を喜んだ。親元を離れて外泊するということだけで素敵な冒険と思えた。

或る夜、警戒警報が発令され、京浜方面に来そうだというので一同は靴をはき脚絆を巻いた姿で待機していた。すでに蒲田方面にも何回か空襲があり、私たちは慣れっこになっていた。工場から三百メートルの所にある圧延工場に爆弾が落ちたり、遠くで時限爆弾が炸裂する音を聞いたりした。空が焔で赤く照らされるのを何度か見もしていた。

不意に停電になった。ラジオが沈黙すると同時にどこかで空襲警報のサイレンが鳴った。この時のサイレンの断続音の晴れやかな音と、それを景気づけるような半鐘の乱打音を私はいまでも鮮やかに記憶している。するとそんな地上の騒ぎを嘲《あざけ》るかのように空全体が低い力強い喊《かん》声《せい》をあげた。敵機の大群が近いぞと思った時は庭のむこうにいくつかの火柱が立ち工場が焼けだしていた。防空壕《ごう》に退避せよと一人が喚《わめ》き、みんなは駆けた。待て、消火が先だ、と別な人が叫んだが誰も立止らない。目の前の建物が仕掛花火のように次々と火を噴きあげた。ふと私は足を止めた。自分が、いま、この刹那、かつて見たことも想像したこともない情景に取囲まれている、そしてこのような情景は生涯に二度と経験できないという強い思いが身内に充ちてきた。

工員たち、学友たちは逃げ去り、あたりには誰の姿も見えず、中庭は青黒い池のように空虚である。周囲では何もかもが燃えていた、家も、工場も、いま出てきた工員寮も。街が燃えている。都会が燃えている。私が生れ育った日本の国が燃えている。何という喜ばしい破壊であろう。私はほむら明りの空の下を泳ぎまわる数々の飛行機を、何か全能の怪魚たちのように仰ぎ見た。ずっとあとで聖書のヨナ書を読んだとき私が連想したのはこの怪魚の一頭であった。それは黒く大きく圧倒的な力を持って迫ってきた。

滝のような音がして幾十本の赤い光の糸が、雄大な幕となって垂れてくる。それは地上に触れると、そのあたりの焔を一層盛んに育てあげた。その時、すぐ前、一メートルほどの所に鉄柱が立ち、端から青い火花を噴き出すかと見ると、一挙に赤い焔の塊となった。もし直撃を受ければ私は死んでいただろう。がその時私には恐怖はかけらもなく、むしろ何か熱い喜びに体が燃えたった。焔を励ますように叫ぶ。燃えろ、燃えろ、みんな死んじまえ。

道へ出た。左右の家が強風に燃えさかっている。二階屋が水泳選手が飛込むように勢いよく倒れて道を真赤に染めた。傍の防火用水に飛びこみ頭から水を被《かぶ》ると、一気に火の中央を走り抜けた。広い道へ出ると群衆が犇《ひしめ》いていた。火事嵐が吹き荒れ、頭上を畳やトタン板が魔法のように飛んでいく。自分が御伽話《おとぎばなし》の世界に入りこんだ気がして私は目を見張った。大人たちが私を囲み、小突き、押した。いつのまにか開けた場所に出た。そこは河原で、見渡すかぎりを避難した人々が醬蝦《あみ》の佃煮《つくだに》のように埋めていた。堤の斜面にわずかな空隙《くうげき》を見付け私は横になった。寒い苦痛よりも睡気の誘惑のほうが強かった。目を覚すと夜が明けており、白煙のむこうに血餅《けつぺい》さながらの太陽が染み出していた。その下に、街はさっぱりと消えていた。曲った鉄骨やビルの残骸が、まだくすぶっている焦げ茶色の大地に点在するのみである。空腹で疲れていたにかかわらず、私は躍るような気持で歩いた。頭を垂れ、打拉《うちひし》がれた大人どもの群を、胸を張り大股に、追い越していった。

昨日まで、そこに堅固な様相で立並び、永遠に継続すると思われた街が、何もかも消失したことが物珍しい。瓦や瓶や電線や鉄格子や、家々の残したものはほんの僅かであった。大人たちが長年月の間に集積した物でも実にあっけなく無に帰する、そのことが何か爽快であった。警防団員が焼跡の整理を始めていた。道端に黒いものを並べている。それがあまりに人間の形と懸け隔っていたため黒焦げの屍体と見分けるのに近くに寄らねばならなかった。先へ行くにつれ、屍体の数が増えた。体中の皮膚が赤く生きているかのようなの、火ぶくれして皮膚が剝がれたの、真っ黒な塊から白骨がのぞいているの、赤ん坊、子供、老人と、様々な屍体に出会った。未整理で路上にころがっているのを人々はまるで馬糞のように跨いでいった。はじめ屍体を気味悪く感じた私はすぐ平気になった。人間が死ぬと要するに醜悪な物質の塊になるだけだと思い、なぜそれが醜悪にしか見えぬのか変だと考えたりした。

家を焼かれた人々への同情、死者を悼《いた》む気持が私に皆無だったわけではない。ある街角で、髪の毛が焼け落ちて泣きじゃくる少女を慰めている母親の姿に、私はやはり胸に染む悲しみを覚えたし、焼けた小学校の庭に急設された救護所に群がる怪我人や呻く重傷者を気の毒には思った。しかし、それ以上に、昨日までの世界が一変したことへの興味と喜びのほうが強かった。大地震のあと、毀れた鉄橋を恰好の遊び場として利用する子供の気持が私にはあった。十五歳の私はまだまだ子供であった。

工場へ戻ってみたが赤茶に焼けた機械が並ぶのみであとは何もなかった。防空壕の中も焼けていた。野球をした空地には六角の弾筒がいくつも突き刺っていた。数えるときっちり二十あった。昭和二十年だから二十だなと思ったので今でも数を記憶している。工員寮の焼跡に数人の工員と担任の教師がいた。教師は私を見て無事だったかと喜んでくれた。彼らの顔が一様に煤《すす》で黒く、目と歯が変に白く見えたが、気がついてみれば私自身もそうであった。注意されて頭に手をやってみると戦闘帽に覆われてなかった部分の毛はほとんど焼けて無くなっていた。教師は、学友たちは全員無事だった、当分自宅待機だ、お前もすぐ家に帰れといい、帰りの電車賃をくれた。駅へ行った。ホームも駅前も罹災者《りさいしや》で溢れていた。電車はいっかな出ず、私は決心して線路づたいに歩いた。人々も歩いていた。行けども行けども左右は等質の焼跡ばかりだった。三時間ぐらいは歩いたろう。昼近くなって、やっと動きだした電車に乗ることができた。

新宿駅に着いたときは午後になっていた。繁華街はまだ無事であり、そのことが信じられぬことと思えた。まるでここでは戦争がおこなわれていないようで、昨夜の空襲は非現実での出来事としか思えなかった。いまでもはっきり覚えていることは、天神丘の家が焼けもせず、昔のままの古びた姿で残っていたのを見たときの失望感である。玄関の格子戸を開けたとき、薄暗い芥箱の中に落ちたような不快があった。私が敲きにへたりこんだのは必ずしも疲労のためばかりではない。

母は私の姿を見て驚いた様子だった。しかし怪我はなかったかと尋ねたのみで別に慰めの言葉一つ洩らしはしなかった。そんな母の態度に私は慣れてはいたが何か物足りなくも思った。で道々考えていたように、昨夜の空襲の状況をあれこれ話すという気を無くした。制服は裾が焼失し、戦闘帽の廂は黒く焼け縮んでいた。耳たぶや鼻や頰に火傷があった。私は鏡を見ながら自分で手当をした。

戦争はますます激しさを加えてきた。下町に大空襲があった頃から、山の手方面も散発的に襲われるようになった。丘の上から見渡すと、夜ごと祭の合図のように火の手があがった。わが家もおっつけ危いとは思った。しかし、空襲への備えはほとんどしていなかった。前の年の暮に隣組長のすすめもあり、庭の隅に防空壕を掘ったのみである。深さ一メートルちょっと、二メートル四方の穴を掘り、丸太と雨戸で蓋をし土を盛って掩蓋《えんがい》とした。しかし、四月中旬のこと、雨のあとに水がたまり、側壁がくずれてきて、水をかい出し、板や杙《くい》を打付けねば役に立たなくなった。

唐突に幾久雄が現われたのは私が泥まみれになって防空壕の補修をしている時だった。彼は、大阪の下宿が焼けて持物の一切を失ったので必要品を取りに来たと弁解すると一転して空襲の恐しさを母と私に説き、金目のものを一刻も早く千葉のシズヤのところに疎開すべきだと主張し、すでにその諒解《りようかい》は得てあると言い、率先して梱包を始めた。まず父の遺品のうち時計、アルバム、ネクタイ・ピン、カフス釦など思い出の品が一括され、山羊皮装の書物が数個の紙包にまとめられた。ついで物々交換用として貴重な家族の衣類、掛軸、彫像、銀細工などが包まれた。梱包を終るのに三人でまる一日かかった。かつて幾久雄があれほど破壊したのに、なお古い家の中にはかなりの物が蔵されていた。幾久雄が借りてきた大八車に荷物を山積みにし、三人で新宿の貨物駅まで運んでいった。駅には疎開荷物の大群が集り、荷車、リヤカー、トラックの長い列ができていた。発送品を受付けてもらうのに一日ほどかかった。「こうしておけば安心だよ」とほくそ笑むと、その晩、幾久雄は大阪へ戻っていった。むこうでは今後、会社のビルに寝泊りするという。

幾久雄が去った夜に空襲があった。十時半すぎに警戒警報、しばらくして空襲警報のサイレンが鳴った。飛行機の轟音がいつになく喧《やかま》しく、蒲田での経験からごく間近に迫ってきたと分る。よく見極めようと屋根の上の物干台に上った。指に唾をつけてひんやりした方角を確めると南風だ。サーチライトが交錯し鈍い高射砲音が響くさなかに敵機の腹が、意外に長く大きく見えた。魚が産卵したように赤い点がとびだし、一つ、二つ、四つと倍々で増え、私にはすでにお馴染みの赤い雄大な幕に完成すると地上に赤い裾を弾《は》ねあげる。近くの三光町から角筈《つのはず》にかけて一斉に火柱が立ち始めた。はじめ炬火のように孤立していた火は次第に融合しついには街全体が熾《おき》と化したように赤く輝く。と、つい近くの西大久保にも焔があがり、角筈方面の火の河に対してまるで向い火のように並んだ。聞きなれた滝の音そっくりの音がする。この水を連想させる焼夷弾《しょういだん》の落下音と火の河の輝きとが異様な調和を示している。敵機の姿が視野一杯に通りすぎる。まるで目の前の人ほどの感じで翼の震動やプロペラの廻転までがよく見えた。すぐ近く、天神下に並ぶ家々に青白いともしびが十数個点《とも》ったかと見ると、赤々と燃え始めた。母に呼ばれて下におりた。防空壕に入らぬと直撃弾でやられるわよと叫んでいる。私はあの程度の壕の掩蓋では、直撃を避けきれぬと答えた。母は興奮し切ったのか様子がおかしく、防火用水からバケツで水を汲んで塀にぶちまけるかと思うと、火叩《ひたた》きを持って庭を走り回る。「お母さん、どうせきょうは家は焼けちまうよ」と私は言った。蒲田の工場で体得したところでは実際に弾が落ちた場合、どんな防護法をしても無駄なのだと私は思った。まだ水の溜っている防空壕の中に鍋釜や蒲団やレコードを手当り次第に投げこみ、蓋をして土をかけた。組長がメガホンで退避をよびかけている。炒米《いりごめ》や乾パンや鮭缶など当座の食料品をいれた非常袋を背負うと私は母をうながして家を出た。彼女はすっかり呆けており私が何を言っても鸚鵡返《おうむがえし》に答えるのみだ。――「忘れ物はないの」「忘れ物はない」「これで家も最後だね」「最後だ」「ほら足元に気をつけて」「気をつけるよ」――。天神の境内には近隣の人々が集っていた。目の下は一面の火で熱い。強風が梢《こずえ》をゆさぶりつつ吹き抜けていく。富士山をかたどった人工の岩山の陰に身をかがめた。誰かがここは燃えやすい木が多いし高台だから焔をまともに受けて危い、もっと風上に逃げようと提案し、人々が動き始めた。私は母を励まし天神裏から墓地に入りこんだ。振返って、赤い空を背景に立つわが家の二階をもう一度眺め、これですべてが終ったと思った。

朝になった。とにかく焼跡だけでも見ておこうと二人で家まで帰ると、なんと、わが家はまだそっくりとあるではないか。道のむこう側は何もかも焼け果てたのにこちら側二十戸ほどが完全な家並で残っている。母は急に元気になり、まだ熱気のこもる塀や羽目や幅木に水をかけてまわった。「ほらごらん、こうやって水をかけておいたからよかったんだよ」彼女は誇らしげに言い、白い煙の燻《くすぶ》り立つ他人の焼跡をさも憐れむように眺め渡した。

こうして家は焼け残った。いくら考えても奇蹟としか思えない。私なりに科学的な解析をすれば天神の森の北側、つまり風下が助かったと言えるが、一度火災がおこると風は気ままな方向から吹き荒れるのが常だから、そうとも言いきれぬ。この家は不吉な思い出に染みている。それが残っていることは何か不安な未来を予感させた。私の予感は的中した。疎開のため駅に運んだ荷物は、実のところその時の空襲で焼失していた。駅の構内に山積みにされた夥しい荷物にあちこちから火がつき、その全部は巨大な焚火《たきび》となって湮滅《いんめつ》した。母が誇らしげに白煙の立ちのぼる他人の焼野原を眺めていたとき、その果てにはわが家の疎開品が燃えていたのである。

これが四月の中旬で、五月の下旬には母の勤先の三田の女学校が焼けた。その後片付に通ったあと彼女は家に留るようになった。工場焼失後ずっと自宅待機の私は所在ないまま近所の焼跡を整理して畑に変えようとせっせと外で働いた。

空襲と機銃掃射のため電車の便が悪くなりシズヤの所へは行き難く、たとえ行き着いても彼女は以前のように気前よく米や野菜を売ってはくれなかった。物々交換用の衣類をあらかた焼いてしまった私たちには彼女の歓心を買う手立がもはやなかった。或る日、何とか米の一升でも売ってもらおうと頼む私に瓦職人の夫は当りちらした。「おらんとこだってよ、食べるものはねえべや。おめえらなんかにくれる米なんてねえど」さすがシズヤは気の毒そうに慰めた。

「坊っちゃん、しょうないでしょ。ほんとにしょうないでしょ」

配給の食糧はひどいものになってきた。米はまず望めず、薩摩芋《さつまいも》や小麦粉があれば上の部で、芋の蔓《つる》や麩《ふすま》や得体の知れぬ粉が配られた。この粉は海藻と樫《かし》の実とを混ぜた滋養物だと説明されたが、団子にしても水トンにしても苦くて食えなかった。

私が畑仕事に精出したのはたしかに食糧生産という実際的目的のためであった。しかしそれ以上に焼跡が好きなせいもあった。街がないこと、今まで土地を細かく区切って所有権を言い張っていた大人どもがおらず、どこでも自由に入りこめること、何よりも自然な地形が望め、見晴しのよいこと。

いままで繁華街に遮られていた所は平原で、緩かな登り斜面へと続き、丘の頂きに新宿駅の残骸が見えた。百貨店や銀行のビルを除くとあとは何もなく、太陽は平原の果てにたたなわる山脈に埋没し、夕焼雲は広い空を存分に使って全貌を横たえた。

焼跡を開墾するのは容易ではない。なるべく平な庭をえらぶのだが、瓦礫をどけてみると庭木の根が張っていたり、砂利や硝子のくいこんだ土地であったりした。私の鍬の刃は、瓦や石や硝子ですぐなまった。とにかく辛抱強い努力のすえ、玉蜀黍《とうもろこし》、薩摩芋、茄子、葱などを植えた。それらの芽が出る頃、いやその前に雑草が芽生えてきた。あの高熱に焼かれたあと、どうして種が生き残ったかと感心しているほどに、草どもは背高に繁茂していく。草との戦争が続いた。私にとっての敵は草であった。

五月の大空襲のあと敵機は全くやって来なかった。遠くでときたま車の音がする以外、焼跡に物音は絶えていた。天神の森の鳥の声で目覚め、鍬をかついで畑におりる、そんな私を余所《よそ》目《め》に母は家に籠っていた。貴重な家財を失ってから彼女は目に見えて老けこんできた。まだ五十代半ばなのに髪は半白となり、坐ったままでいるため腰がすこし曲ってきた。気晴しに散歩や農耕をすすめても反応はなく、ラジオを聞くか、ぼんやりと縁側から外を見ているかであった。

長梅雨の間、私はすこしは勉強をしようと思い立った。が、防空壕に投げこんで水びたしになった教科書は台無しだったし、といって参考書もなかった。試しに学校へ出てみたが、一、二年生がいるのみで、私の四年生は動員されて誰もいなかった。掲示板で私のクラスが武蔵境の発動機工場に行かされていると知ったけれども、出掛ける気はしなかった。門の脇に貼り出された明治天皇御製に雨が染みて、三分の一が褐色に変っていた。日本は確実に敗けるだろうと思った。

いったいに私は戦争のことを正面切って考えたことがなかった。二歳のとき満洲事変がおきてからずっと戦争の中に大きくなり、丁度一つの家に生れ育った私が木造二階建の家のことをとくに意識はしなかったように、戦争もとりたてて意識はしなかった。しかし、いよいよ家が焼けると思った一刻、振返って家を見たと同じ心持だろうか、日本が敗けると思いだしてから戦争のことが気になりだした。教師たちは勝つという。本土決戦だという。皇軍は何百万の温存勢力があり、秘密兵器もあるし神風も吹くという。だから空襲でどんなに国土がやられてもそれは作戦通りだという。クラス担任は歴史の教師で、工場の空地で点呼の時、ナポレオン戦争の話をした。モスクワが炎上したからナポレオンは敗けた。アメリカが空襲で帝都を焼くのは、要するに敗けるためにやっているという。豊橋の部隊にいる真季雄は七月中旬ひょっこりと少尉の軍服姿で来たが、日本は確実に勝つ、フィリピンや沖縄の戦は敵を消耗させるための既定の戦略なのだと力説して帰った。彼は朝、小雨降る庭先で軍人勅諭を大声で読みあげて私を驚かした。大阪にいる幾久雄が何を考えているか私には想像もつかなかった。上京したときも彼はおよそ戦局の話などしたことがなかった。そして母は……そう、或る雨の夜、あちこちの雨漏りを洗面器や鍋で受けながら私は尋ねたことがある。

「日本は敗けるんじゃない」

「そんなことは絶対ないよ」

「だって、イタリアもドイツも敗けたんでしょ」

「日本は敗けないよ。ルーズベルトだって死んじゃったろう。アメリカだってもう力つきてるんだよ」

この頃、母はまた元気を取戻していた。何でも大崎の工場に教え子が女子挺身隊《ていしんたい》として出ることになったといい、筒袖《つつそで》にモンペの姿で早朝から家を出ていった。

雨があがると私は畑に出た。湿った雑草を抜いてまわり、すこしずつ畑を大きくする作業に打込んだ。焼け残った家の人たちも疎開してしまい、どこも空家となっていた。農耕に飽きると散歩に出た。廃墟は限りもなく続き、道でしのばれる過去の町並はひどく小さく見え、丘は青空を背に地肌を露呈していた。

或るとき、陸軍病院跡から幼年学校跡まで続く高台に足をのばした。かつて厳《いか》めしい兵隊たちが銃を構え部外者を拒絶していた秘境も、いまはただ夏草の茂る野原にすぎなかった。黒焦《くろこ》げの防火壁や赤錆《あかさ》びた鉄骨が、古代の廃墟のように不可解な姿を日に曝していた。小高い丘があって私を誘った。道は八重葎《やえむぐら》や名も知らぬ草にとざされ、藪蚊《やぶか》が群がりのぼった。私の侵入を誰かに警告するように数匹の油蟬《あぶらぜみ》がなきしきった。頂上は草深く荒れてはいたが眺望台がしつらえてあった。周囲の地形が一望できた。古代の猟人が見たのは、このような裸の大地だったかと推された。所々の焼け残りの家々がむしろ目障りなくらい、広闊《こうかつ》な平野が地平まで続き、その上を雲の影がゆっくりと移動していった。支配者がおのが領地を眺め渡して悦に入るように、私は、長い間、そこに立ち尽していた。

敗戦を告知する放送があった日も畑に出ていた。何か特殊な放送があるとは知っていたし、聴くつもりもあったのが、その時刻になったら帰宅が面倒になり、開墾を続けていた。鍬が硬いものにあたり、私はもう一度深く振り降すと柄をこいだ。硝子の小瓶や瀬戸物の人形の首や皿の破片が一塊になって出てきた。それらを屑《くず》の山に捨てようとして、ふと小瓶の中に小さくたたんだ紙片があることに気がついた。蓋は錆びついていて動かない。瓶を石に砕くと紙は転がり出た。赤い千代紙の裏に「さらば、我幸福なりし幼年時代、新子」と、鉛筆で書いてあった。私は新子という女の子がこのあたりに住んでいたかどうか思い出そうと努めているうち、ふと自分が書いた遺書を思い出した。「ぼくは死にます。さようなら」あれは三年前の夏のことだった。

昼食に帰ると母が日本は敗けたと伝えた。彼女は朝から茶の間のラジオにすがりついていた。敗けたのはくやしいけど戦争が終ったのは嬉しいよという彼女の顔の中では笑が優《まさ》っていた。

「もういやな空襲はなくなるし、お前も学校で勉強ができるしさ」

私は、視野の端で、縁側の外の眩しい日光と暗い家の中を見較べながら彼女を睨んだ。

「ばかだねえ、お母さん。兄さんたちが帰ってくるんだよ」

会社のビル暮しに飽きた幾久雄は東京の家で暮したがっていた。それに大阪の支店を閉鎖する話もおきているという。豊橋の部隊にいる真季雄も確実に帰ってくるだろう。四人が一つ屋根のもとに集る、以前と同じ暮しが再開される、それを思うと私は気が滅入った。

八月末に真季雄が復員してきた。母と私が朝食中、玄関に声があった。毛布を巻いて載せた背嚢《はいのう》を脇に、彼が汗の染みた背を向けて腰掛けていた。襟章《えりしよう》も軍刀もなくて、まず将校とは見えない。復員列車は満員で予科練や飛行兵や兵隊と一緒に詰めこまれて疲れたといい、あがるとすぐ横になって眠った。午後、目を覚ますとまるで酔ったような饒舌《じようぜつ》で陸軍の最後を物語った。昨日は復員式で、部隊全員が整列する前で御紋章、御真影、御勅諭を奉焼した、あれほどくやしかったことはないという。そんな話をしながら、だしぬけに庭に走り出、低空で示威を繰返す米軍機の編隊を見上げて役者が見えを切るように、首を据えて拳を振りあげた。

米軍の進駐が始ると、将校は全員逮捕されると恐れ、しかしやがて何事もないと分ると今度は頻繁に外出するようになった。が、二、三週経ち、大学の研究室に出入りしだしてからは、新聞を熱心に読み、これからは民主主義の世だとか、天皇なんてひどい野郎だと言いだした。つい二ヵ月ほど前、雨の庭で軍人勅諭を読んでいた男の急変ぶりを見て、私は、大人とは実に簡単に変るものだと知った。

九月末か十月の初めに、幾久雄が帰ってきた。会社は東京本社を充実させて再建にかかることになったという。彼は二階の書斎に寝起きしていた真季雄を隣室へ追い出して、そこを居室にした。建築家らしく、家の傷み具合を調べ、一度徹底的に改築せねばなるまいと言った。大阪でさらに痩せた彼は、針金細工を思わせたが、すこぶる勤勉で、朝はきちんと出社し、夜おそくに帰宅した。以前のように母への暴行はなく、その点が私には意外であった。

母と二人暮しの間、二階を占領していた私は下に追いやられ、結局女中部屋を自室に選んだ。台所と風呂場にはさまれて騒がしく、日陰の、暗い小部屋ではあったけれども、ともかく自分一人が籠れる避難所ではあった。畑の収穫がおわった秋から、私はモグラのように自室に入りこんで兄や母から身を隠そうとした。夜は机の下に足を差入れて寝た。

或る晩、母は息子たちに言い渡した。朝食と夕食だけは自分がつくる、後片付と洗濯と掃除は各自がおこなえ、幾久雄は食費の一部を負担せよと。

幾久雄は別に反対はしなかった。しかし条件をつけた。自分が結婚したら、みんなはこの家を出ていって欲しいというのである。

「結婚て、お前、相手がいるのかい」と母が尋ねても、幾久雄は顔を顰めたのみで答えなかった。

「まあ、兄さんがそうなった場合には、みんなでよく考えようよ」と真季雄が仲裁めいた発言をした。

「いや駄目だ」幾久雄はしゅうねく言った。「おれの条件をいま、みんなに納得してほしい。そのかわり、みんなの経済的面倒はお母さんとおれがみる。真季雄はもう一度大学に戻って勉強してるそうだが、そのための学費、他家雄が大学を卒業するまでの学費もお母さんと折半しよう。しかし、この家とこの土地はおれがもらいたい」

「だけどねえ、兄さん」真季雄が反駁《はんばく》した。何でも不動産については自分にも権利があると主張したのだと思う。兄に逆ったことのない彼にしては珍しく激しい言い振りだった。幾久雄は弟の攻撃を避けて母に向い、例によって父の遺産の明細を要求しだした。母は、疎開さえしなかったら荷物は無事だった、お前の差出口で大切な財産が焼失したのだと応酬し、三巴《みつどもえ》の争となり、私は圏外に取残された。ついに幾久雄と真季雄が立上り、拳を構えて向き合った。まともに格闘すれば軍隊帰りの真季雄に分があることは確かであった。私は彼が持前の膂力《りょりょく》で兄を制圧してくれることを望んで見守った。が、幾久雄は腰のあたりに隠していた登山ナイフを出すと鞘《さや》を払って身構えた。それは父の愛用品で、刃渡十五センチ、鹿革《しかがわ》の鞘が付き腰に下げるように出来ていた。真季雄は後ずさりし、卓袱台に足をとられてよろめいた。浅黒い上に日焼した顔に血がのぼり、赤銅の擬宝珠《ぎぼうし》のようであった。幾久雄が実際にナイフを突き出せば、母が悲鳴をあげて止めると私は思った。が、母は冷然と坐ったままだった。それからあとの幾久雄の動きはひどくゆっくりとしたように見えた。彼はナイフを相手の裸の左肩に突き立て、そこから血が二つの条《すじ》に分れて落ち、血まみれの太った体が転がり逃げるのを更にもう一突きし、それが逸れて脇腹をかすめ、相手は縁側から庭へと脱出した。

幾久雄の眉宇《びう》には明瞭な殺意があった。もし背中を突き損じさえしなければ相手を殺したに違いない、そんな並み外れた決意が残る目で彼は母を、私を順に睨《ね》めつけ、「生意気は許さん」と権柄尽《けんぺいず》くに叫んだ。そして私にはナイフを突きつけ「あっち行ってろ」と命令した。

その夜、私は病院まで真季雄に付添っていった。焼跡を散々探したあげく、繁華街の端に焼け残った医院を見付けたのだ。医者はかつて私を手術した人で、兄が受けた傷の原因についてこっそり真相を聞きたがった。兄は闇市の不良に言い掛りをつけられたと言うが本当かと尋ねるから、本当だと答えた。傷はさして深くはなかったが、それでも三針縫い、肩と首とに大《おお》形《ぎょう》な繃帯がまかれた。帰り道に私は、幾久雄の気が狂ってるのではないかという恐れを真季雄に伝えた。

「そうとは思えんなあ」と彼は言った。「兄貴はあれでなかなか正気なんだ」

「でもこわいなあ、あんなことがまたあると」

「大丈夫だ、おれだって用心するからな」

「でもどうしてあんなに乱暴するんだろう」

真季雄は大きく息をつき、怒りを吐きつけるように言った。

「兄貴をあんなにしたのはお袋さ。お袋なんか殺されりゃいいんだよ」

私は理由を聞かなかったが、前からぼんやり思っていたことが大胆に言い表わされた気がした。少くとも幾久雄への嫌悪がかなり軽減され、そのかわりに母への嫌悪が増大した感じがした。

考えてみれば母は、ずっと以前から、事態を解決するために何の手も打たなかった。息子に連日乱暴をされながら、ただ悲鳴をあげるだけで、非難するでなく、和解するでなく、相手の為すがままになっていた。私に傷の手当をしてもらっても礼も言わず黙りこくっていた。そうして、いま、息子たちの血の争いを目前にして表情一つ変えずに坐っていた。

「どうしたらいいの。ちい兄さん」

真季雄はしばらく黙っていた。二人の下駄の音が街燈のない暗い焼跡に吸いこまれていった。

「おれはな、いずれは家を出る。お前も一緒に出るか」

「ああ、それはいいや。ぼくも連れてって」私は声を張りあげた。いままで何故そんな簡単な解決法を考え付かなかったのかが訝しかった。

授業は十月の一日に再開される、或る日中学校に出てみたらそう掲示してあった。その日、行ってみると戦災で四散した者、疎開地から戻らぬ者もいて、級友は半分に減っていた。幼年学校帰りが一人いて、軍服姿で目立った。一時間目、担任の歴史の教師が出席をとった。彼は変に四角張った顔と凧《たこ》のようにとがった肩を持つ男であった。鼻の先が赤く、寒くなると赤味が増して赤インクをつけたようになった。誰がつけたか綽名は伍長で、いつも威張りくさってはいるけれども威厳が備わらぬ特性をうまく表現していた。伍長は私に、どうして武蔵境の工場動員を無断で休んだのかと尋ねた。蒲田の工場が焼けたとき自宅待機といわれたからだと答えた。彼は学校から葉書が行った筈だと不審がったが私はそんなものを受取っていなかった。押問答のすえ、戦災にもあわず疎開もせず自宅にいたことを白状させられた。いくらでも嘘がつけたが、自宅で農耕作業をしていたことで非難されるいわれはないと信じ、本当のことを答えたのだ。伍長は赤っ鼻を振り、お前は不真面目だ、自宅待機が長びいた場合は学校に問い合わせるのが筋だ、となじった。私は、一度学校へ来て掲示板でクラスの動員先を見たが、別にそこへ来いとは書いてなかったし、どうせ敗けるならば工場で働いても仕方がなかったと幾分語気鋭く言い返した。伍長は何か言いたげに言葉を探したが結局それ以上私を叱る理由を見出せず、ほかの生徒の名を呼び出した。

窓硝子には爆風よけの紙テープが貼られ、火叩き、防火用砂などが並び、まだ戦争の気配のある教室で授業がはじめられた。冠水した私の教科書は使い物にならず、神田の古本屋を探し歩き、やっと英語と日本歴史を見つけた。が、あとは友人から借りてノートに写すより仕方がなかった。しかし教室で勉強できるということが有難く、学校へは熱心に通った。来年の春には何とか高等学校の入学試験に受かりたい、そうすれば寮に入り、家を出られるというのが私の希望であった。

学校の雰囲気は戦争中と変ってきた。朝礼のとき宮城遥拝《ようはい》、伊勢神宮遙拝、新宿御苑遥拝、と三回最敬礼をしていたのがいつのまにか廃止された。門の脇にあった明治天皇御製も或る日、無くなった。校長は、依然として毎朝十分ほどの精神訓話をしていたが、その内容が少しずつずれていくのがよく分った。最初は、日本は敗けたが国体は護持され陛下は御安泰だ、これからは大御心《おおみこころ》を体し米国に復讐すべく勉学にいそしめと強調していたのが、これからの時代には平和愛好の精神が大切だと長々と力説したり、人間には権利を守るということがあると突然妙な話を始めた。年が明けて、天皇が自分が人間だと発表したときの彼のあわてぶりはひどかった。壇上で、あれはマッカーサーの陰謀で、陛下は実は神であらせられることを日本人は忘れてはならぬ。しかし民主主義ということも陛下が言われる以上この世では必要で、これからは諸子も民主主義を勉強してほしいと言った。

もっとはっきりと自分の態度を表明していた教師もいた。たとえば伍長だ。或る日、彼は、日本歴史の教科書の好ましくない箇所を墨で抹殺させ、こんな教科書は軍部の命令で作らせられた嘘っ八だ。大東亜戦争は日本の軍部がおこした犯罪だと語った。しかし、私が苦心して古本屋で探し出し、伍長の指示で墨だらけになった教科書は、あとでGHQの命令で回収されてしまった。

要するに教師たちは、戦争中と正反対のことを言いだしたのだ。私に理解できたことは、天皇のかわりにマッカーサーが、軍国主義のかわりに民主主義が、戦争のかわりに平和が、となえられ出したということである。米英撃滅を叫んでいた校長が平和愛好を言い、八紘一宇《はっこういちう》と聖戦を口にしていた伍長が軍部を悪罵《あくば》し戦争は犯罪だと解説しだしたのだ。すでに真季雄の変りぶりを見ていた私は、教師たちの豹変に驚きはしなかった。ただ何かというと軍部に騙されていたと弁解する教師たちの言葉を信じられなかった。

幼年学校から復員してきた少年は軍服を着ていたし、動作にどこか軍隊調のしゃちこばりが見られた。教師が入室して週番の号令で起立、礼をするとき、まるで飛び出しナイフのように突っ立ち、バネ仕掛の板のように礼をする。肩を怒らせ胸を張って前の者を押除けるように歩く。或る日、彼の動作がおかしいと数人が蔭口をたたいていた。「何だ、あいつは戦犯じゃないか」「戦争中散々得をしやがったくせに大きな顔で帰ってきてよ、いばりくさってさ」「あいつは、天ちゃんが神様だって思ってるぜ」

数日経って彼らは幼年学校帰りを取囲んだ。

「おい、お前、天皇陛下てのどう思う」「どう思うって……」「神様だと思うかよ」「まあ神様みたいな方だ」「へえ、神様みたいな方がどうして子供をつくるんだよ」「そんなこと知らない」「お前、軍隊にいて、戦争に協力したんだろう」「みんな、協力したじゃないか。国があぶなかったんだ……」「ところが軍人が騙したんじゃねえか。お前軍人だったんだろう。つまり戦犯と同じじゃねえか」「おれは、国のためにと思って……」「大日本帝国のためにかよ。そんなもんどこにある。戦争中さ、たらふくくっていい目をしたかったんだろう。おれたちなんか、なあ、工場で、腹空かして、こきつかわれたんだからなあ」「…………」「みろ、純毛の軍服なんか着やがって。おれたちなんかスフのぺらぺらだもんなあ」

少年は大勢を相手に喧嘩もできず、小突かれていた。彼の涙のにじむ目がこちらを向いた時私は目をそらした。彼をなぶっている彼らも、黙っている私も要するに卑怯者にすぎなかった。

高等学校は、兄たちと同じ駒場を避けて、目黒の文科を選んだ。兄たち、とくに幾久雄を知っている教師がいたら煩わしいと考えたせいである。夏に試験があり秋に入学という変則の事態であった。合格の発表を見たとき、これで寮に入れ、家を出られると思うと、中学に合格した際よりはるかに嬉しかった。受かったよと母に伝えても相変らず反応はなかった。幾久雄は、約束どおり学費と寮費は母と折半で出すが書籍代までは面倒がみられぬから奨学資金をもらうよう手続をとれと言った。真季雄は入学祝に蚤と虱《しらみ》をよけるDDTの一缶をくれた。

自分の部屋を整理し、小中学校時代の作品や日記を庭で焼いた。母は、なにも日記まで焼かなくてもと呟いた。私としては二度とこの家に帰る気はなく、私の痕跡は何もかも消してしまいたかった。

小さなボストンバッグを提げて家を出るとき、つくつく法師が私の門出を祝福するように鳴いていた。

目黒の高等学校は私鉄の駅から坂を登った左手にあった。門を入ると中学一年生ぐらいの少年たちが群れたわむれていて案外に思った。彼らは尋常科の生徒で、迂闊《うかつ》にも私はこの学校が七年制の高等学校であったとその時に知ったのである。さらに予想外だったのは入寮者が、ごくわずかで大方は通学者であったことだ。私のように都内に住みながら入寮する者はおらず、入寮者は地方から来た者と決っていた。寮は、門脇の平屋で、元々教室であったものを改造した、居室としては窓の大きすぎる部屋で、板の間に数人が雑魚寝《ざこね》だし、校庭での物音は中に遠慮なくとびこむし、便所は不潔で、食事は量が少なくまずかったけれども、ここには兄の怒号も母の悲鳴もない、私はそれだけで満足で、陰湿な洞窟《どうくつ》から輝かしい外光に躍り出た気がしていた。

私は強いて孤独であろうとしたわけではない。しかし、教室では無口で目立たぬ生徒であり、従って友人もなかなか出来なかった。丁度幼い時、搔巻をかぶって外を覗き見たように、私は不透明な膜に包まれて周囲を眺めていた。

授業には精出して出席したし、クラスのコンパなどには律義に参加した。当時の高校生らしくマントに朴歯《ほおば》の常套の服装もし、読みもしないドイツ観念論の哲学を論じたり、教師に綽名をつけ、道で行きあった少女を恋人に見立てて語ったりした。が、それらは私の外側で、丁度明るく照明された舞台を暗所からこっそり見るようにして、おこったにすぎなかった。舞台で何がおころうが結局私とは関係がない。それは幾久雄がナイフを私に突き付けた時のような体の奥に沁み込むような現実感を持っていなかった。

こう言ってもいい。洞窟から出た男は、明るい外光の中でも心に洞窟を持ち続けたのだと。自分は外にいながら、私は相変らず穴から外を遠く見るような気持がしていた。

放課後、私は校庭の端にある小公園で文庫本を読んでいた。そこは犬槇《いぬまき》の生垣に囲まれ、桜や楠《くすのき》の木立を配した別天地で、読書にはうってつけの静かな場所であった。私は芝生に腹這《はらば》いになり、秋のオレンジ色の斜陽を頬に受けて、ページからページへと読み進んだ。その本が何であったかは忘れてしまったが、多分当時の高校生に人気があったシュトルムかヘッセの翻訳小説であったろう。ふと足音に顔をあげると尋常科の少年が一人、楠の根元の草叢《くさむら》で転がりこんだボールを探している様子だった。少年はいかにも栄養たっぷりに伸びた長い脚で植込みの間を縫い、やがてボールを発見すると、汗ばんだ美しい顔をこちらに向けてにっと笑った。その幸福そうな笑顔が私を打った。上等な詰襟服を着て、ズボンには正確な筋がつき、育ちのよさが全身に表われていた。自分があのくらいの年頃の時、ほとんど幸福な笑を知らなかったことを思った。と同時に、私は少年の幸福を破壊することを夢見た。彼が私のすぐ近くに来る。私は彼の首を締めて殺す、この想像に自分で驚き、読みさしの本を閉じて荒い息をついた。しかし、その一刻、私は不意に目が覚めたように全知覚が鋭敏になり、自分のまわりを包んでいた膜が破れ、重力で体が大地にがっしり吸い寄せられていた。そして少年から奪い取った幸福が私を充たすように、幸福を、と言って悪ければこの世に生きていることをまざまざと感じることができた。

何か私の内側で圧力を高め、爆発して外へ拡散したがっている衝動があった。それを生命力と呼ぶべきか悪と呼ぶべきか私はいまだにわからない。それは、ちょうど不断は肉体の奥深くに隠れていて、異性があらわれると意外な強さで浮上し拡大してくる性欲に似ていた。自分の肉体のどこかに潜み、事あるごとに飛び出してきて精神に不意打を加える何かを私は恐れ、また愛していた。

私は上辺は従順で模範的な生徒であった。席だけはいつも最後列にとっていたが、講義のノートは熱心にとったし、語学などの予習も充分にしていた。しかし、時折、授業中、万年筆を握る指から腕へ、やがて体中に何とも不快な感覚が拡がっていき、叫びたくなるのだった。それは「チクショウ」とか「バカヤロ」とかいう罵言や教師の綽名などで、抑えれば抑えるほど声帯のあたりがむずがゆくなり、どうにも我慢がならなくなる。そしてついに叫んでしまう。

ただし、叫ぶ瞬間、私は咳込んだ真似をするので、人々は私が風邪でもひいていると思ったかも知れない。

この衝動は、それをしてはならぬ厳粛な場で一層つのった。いちど期末試験の時にそれが起った。世界史の試験で、解答のフランスの王たちの名前を大声で口にしてしまったのである。教室中がざわめき、監督の教師が呆気《あっけ》にとられたが、私の発音があまりに明瞭だったため悪気のないいたずらと見做《みな》して叱りはしなかった。それでよかったのだ。もし教師が私をとがめたなら、私は次々と問題の解答を言ってしまったかも知れない。

もう一度、教会でそれがおきた。学校の近くにプロテスタントの教会があり、級友に誘われて日曜日ごとに通いだした矢先のこと、牧師がイエスに祈りを捧げた瞬間に、私は「悪魔」と大声で言ってしまった。むろん二度とその教会に行く勇気は出なかった。

私の奇行は級友の間に知れ渡ったけれども、かえってそのために私は友人の人気を得ることになった。冗談好きのユーモラスな男と思われたのである。そうなると私は、そういう男を演じ始めた。私は何かというと軽薄な駄洒落《だじやれ》を言ってみんなを笑わせたが内側ではいつも沈重な心を保っていた。演技すること自体は私にはそう難しいことではなかった。従順な弟、母おもいの息子、優等生と今までだって私は立派に演技を続けてきたのだ。

翌年の春、私は学年委員に選挙され、秋には学園祭を主催することになった。数多くの打合せ会議や展示品の製作指導で連日忙しかった。寮の私の部屋にはたえず誰彼が出入りし、ポスター、紙テープ、泥絵具、張ぼてなどが散乱していた。寝る場所を失った同室の者たちは教室へ行って机を並べ、それをベッド代りに休んだ。利害や趣味の入組んだ人々の複雑な動きを統御することに私は、難しいパズルを解くような面白味を見出した。私の頭の中には、色分けされた多くの人物が描かれ、彼らが幾重もの線で結ばれている概念図があった。この概念図は、実際に文句を言い要求を突きつけてくる人々よりも、私にとって大切なものであった。相手を説得しようとするより、心の概念図を護るために私は誰彼に話した。気の立っている人々は私の概念図が理解できず、煙にまかれてしまった。私は物に動ぜぬ犀利《さいり》な男と買い被られた。

学園祭は、展示、模擬店、講演会、映画会、ファイアストームとお定りの経過で順調に進行した。が、それが終りに近付くにつれて言い知れぬ不安が私の胸を、何か針金でも巻くように締めつけた。人々が私の指図で張抜や紙屑を校庭に積みあげているあいだ、私は近付く闇の力に誘われたように校庭の端まで行って夕陽を眺めた。あの頃、首都の空気は澄んでいて、夕陽はそれほど赤くならず、黄色味の勝った新鮮な姿で地平に落ちていた。学友たちは黄金色の光に射抜かれ、黒い影の糸で操られるように動いていた。ふと中学生の時、自殺しようとした折の、嗤う眼のような太陽を思い出した。同じ太陽が相変らず嗤っていた。自分も学友たちも学園祭も学校もいっさいが莫迦げて思えてきた。いっさいは幕が降りれば消えてしまう芝居にすぎないではないか。

内ポケットには学園祭費の余りがいくばくかあった。私は級友を呼び集め、近所のガソリンスタンドでガソリンを二十缶ほど買うと積みあげた廃物の山に注がせた。全員を遠巻きにさせたうえで私は火を点けた。一挙に壮烈な焔の塔がそそり立った。続いて、空にした筈の石油缶に引火し次々に爆発した。私はすばやく逃げたつもりだったが、肩と脇腹に火が付き、芝生に転がってようやく消し止めた。火傷の痛みが肩と腕とにくいこむのを我慢しながら焔を見上げた。その切り裂かれた肉のような赤い色を限りもなく美しいと思った。あの空襲のとき、工場の炎上を前に覚えた熱い喜びが復活した。私は力強く勃起《ぼっき》していた。そしてあやうく射精するところだった。

誰かが通報したのだろう。消防自動車が来て、近所の人々も駆けつけてきた。続いて警察が乗込んできて私は責任者として調書をとられた。翌日校長から高校生らしい無鉄砲ないたずらとして注意をうけたが別に罰せられることはなかった。

しかし高校での私のめざましい活躍はこの時が最後である。私は学年委員をやめ、再び自分自身の中に閉じ籠った。無口で、陰気で、目立たぬ生徒に返った。学友たちは当初私の変化を冗談ととったらしく、いろいろとからかったりした。しかし、二、三ヵ月すると私の変化を受入れ、遠ざかっていった。その時、私は入学以来誰一人として親しい友人がなかったことを悟った。

正月も春休も私は家に戻らなかった。寮と学校との狭い世界に私は甘んじ、せっせと勉強と読書に励んだ。図書館が、放課後の私の溜り場となった。或る日、真季雄から手紙がきた。こんど葉山に土地を買って家を作るから、母と一緒に来て住まないかという誘いである。彼は大学を卒業して或る貿易商社に勤めていた。新入社員の彼がどうして家を建てることができたか私は不思議に思ったが、後できけば土地は父の遺産で家の建築費は、その土地を担保に銀行から借りた由《よし》である。母はそんな遺産があったことを誰にも秘していて、真季雄が就職すると、そこに家を建てることを条件に彼に打明けたのだ。私は寮生活にも飽きていたし、幾久雄と別れて暮せるならばと承諾の返事を書いた。高校三年の春から私は新築された葉山の家に移った。

それは南北を山に限られた谷間にあり、海は見えなかったが海岸までは歩いて十分足らずでいけた。天神丘の家より狭かったけれども、私は東の端の六畳の洋間をもらえた。母は西の離れに住み、真季雄は二階の八畳間を占領した。赤いトタン屋根にベニヤ戸の玄関は、いかにも安普請《やすぶしん》という外観だった。目の前には田圃がひろがり、蛙が鳴いていた。

母は三田の女学校へ、真季雄は丸の内の商社へ、私は目黒の高校へと通うため、朝は早起きし、一緒に食事をとった。そして夕食も大体揃って食べた。一家が食卓を囲む、このような家庭的な日常風景は、本当に久し振りであった。私は夕食に間にあうように家へ直行し、母も兄もそう努めているようだった。しかし、そのような状態が保たれたのはほんの半月ほどであったろう。真季雄がまず会社の用でおそくなり、母の帰宅も不規則になった。私が帰っても食事がなく、やむをえず外食することが多くなった。家の付近にはレストラン一つないためバスで三つ四つ先の停留所まで行かねばならなかった。

しかし、ともかくも平穏な生活ではあった。日曜日には三人が連れだって浜に出た。天皇の別邸に沿った坂道を下っていくと、不意に海が開け、潮風が耳を擦《こす》った。母は風に脹らむスカートを押え押えして歩き、真季雄と私は渚で平な油石を拾い水切を競った。季節はずれで人影の無い浜は、私たち一家のためだけに、波を寄こしては崩していた。

浜の端に磯が沖へと伸びる場所があり、その突先までいくと腰を下した。母は昔話をした。まだ私がほんの赤ん坊で、幾久雄と真季雄が小学生の頃、一夏をこの浜辺で過したことがあるというのだ。真季雄は母にあわせ、宿にしていた漁師の一家のことや蚊の群がる夜のことを話したが私はまったく記憶がなかった。海というものを目の前にし、その波に手を触れるのは私にとってその時が初めての経験だったのである。私には、一家揃ってどこかへ行ったという思い出がなかった。小学校時代、日曜日も夏休も、天神丘の古家にいて時間を潰すだけだった。楽しみにしていた小学六年の修学旅行は戦争で取止めになった。中学になったら休日も休暇も農耕作業と動員で使用されるのみであった。海を知らなかったどころではない、私は東京以外の場所をほとんど見ていなかった。京都も奈良も教科書の写真で見たにすぎない。十九歳のその年まで、旅らしい旅というものをしたことがなかった。

「どこかへ行きたいな」と私はつぶやいた。

「どこへ行きたい」と真季雄が尋ねた。彼の二重の目と浅黒い丸顔はまったく母に似ていた。

「ああ、京都だとかフランスだとか、行きたいとこばかりだな。兄さん、旅費だしてくれる」

「さあね」彼は曖昧に笑い、もしかすると自分はフランスに行くことになるかも知れぬと言った。フランス語の出来る社員というのでパリの新設支店員に抜擢されるらしいという。

「いいな。パスツール研究所を見てきてよ」

「パスツール、なぜ」驚いたことに彼は父がパスツール研究所にいたことを知らず、母の昔話風の説明を興深げにきいていた。いったいに彼の知識は大雑把で、父が医者であるとは知っていても、どこの研究所で何をしていたかという細部は洩らしていた。

水平線上を大きな白い船が通った。船の目差す異国を想うと幼い頃から想像していた異国の風物があれこれと脳裡に浮んだ。父が生きていたらという切実な願いが強くなり、そう願うときの常として浜辺のどこかから父が現われて来るような気がした。偶然、男が一人シェパードを連れて波打際に影を落していた。私は父の四十歳の時の子供だから、父がいま生きていれば五十九歳になると考えた。しかし近付いてきた男はまだ三十代の若い顔付であった。

この時であったか別な時であったか、とにかく海岸で、真季雄が私に将来何になるのかと尋ねたことがある。この問題を私はまだ解決していなかったので、答に詰まった。高校の文科に入ったのは理科よりも入学試験が容易だというだけの打算的理由からだった。高校生として人並に文学や哲学を読み漁っていたにしても、それらに格別の興味があったからではない。時々理科に転科し、父と同じく医学をやろうかとも思っているうち年月が過ぎてしまった。

「法学部に入れよ」と真季雄は薦めた。父は医者、幾久雄は建築家、自分は商社員だから一人ぐらい毛色の変った職業、たとえば裁判官にでもなれというのだ。

「裁判官か。面白いかも知れないね」と、のちに裁判官に断罪される身とも知らず私は軽く言った。結局何も私には打込んでやりたい職業がない。何になってもいいのなら、裁判官だって牧師だって会社員だって同じことだと考えた。


（中巻に続く）

P+D BOOKS ラインアップ

神の汚れた手（上） 曽野綾子 ●産婦人科医に交錯する〝生〟と〝正〟の重み

神の汚れた手（下） 曽野綾子 ●壮大に奏でられる〝人間の誕生と死のドラマ〟

虚構の家 曽野綾子 ●〝家族の断絶〟を鮮やかに描いた筆者の問題作

地を潤すもの 曽野綾子 ●刑死した弟の足跡に生と死の意味を問う一作

岸辺のアルバム 山田太一 ●〝家族崩壊〟を描いた名作ドラマの原作小説

マリリン・モンロー・ノー・リターン 野坂昭如 ●多面的な世界観に満ちたオリジナル短編集

P+D BOOKS ラインアップ

帰郷	大佛次郎	●異邦人・守屋の眼に映る敗戦後日本の姿とは
辻音楽師の唄	長部日出雄	●同郷の後輩作家が綴る太宰治の青春時代
宣告（上）	加賀乙彦	●死刑囚の実態に迫る現代の〝死の家の記録〟
宣告（中）	加賀乙彦	●死刑確定後独房で過ごす青年の魂の劇を描く
宣告（下）	加賀乙彦	●遂に〝その日〟を迎えた青年の精神の軌跡
金環食の影飾り	赤江 瀑	●現代の物語と新作歌舞伎〝二重構造〟の悲話

P+D BOOKS ラインアップ

ソクラテスの妻　佐藤愛子　●若き妻と夫の哀歓を描く筆者初期作3篇収録

女優万里子　佐藤愛子　●母の波乱に富んだ人生を鮮やかに描く一作

黄昏の橋　高橋和巳　●全共闘世代を牽引した作家〝最期〟の作品

堕落　高橋和巳　●突然の凶行に走った男の〝心の曠野〟とは

生々流転　岡本かの子　●波乱万丈な女性の生涯を描く耽美妖艶な長篇

長い道・同級会　柏原兵三　●映画「少年時代」の原作〝疎開文学〟の傑作

P+D BOOKS ラインアップ

居酒屋兆治　山口 瞳　●高倉健主演映画原作。居酒屋に集う人間愛憎劇

血族　山口 瞳　●亡き母が隠し続けた私の「出生秘密」

家族　山口 瞳　●父の実像を凝視する『血族』の続編的長編

単純な生活　阿部 昭　●静かに淡々と綴られる〝自然と人生〟の日々

青い山脈　石坂洋次郎　●戦後ベストセラーの先駆け傑作〝青春文学〟

夢の浮橋　倉橋由美子　●両親たちの夫婦交換遊戯を知った二人は…

P+D BOOKS ラインアップ

城の中の城　倉橋由美子　●シリーズ第2弾は家庭内〝宗教戦争〟がテーマ

交歓　倉橋由美子　●秘密クラブで展開される華麗な「交歓」を描く

アマノン国往還記　倉橋由美子　●女だけの国で奮闘する宣教師の「革命」とは

遠いアメリカ　常盤新平　●アメリカに憧れた恋人達の青春群像を描く

山中鹿之助　松本清張　●松本清張、幻の作品が初単行本化！

花筐　檀一雄　●大林監督が映画化、青春の記念碑作「花筐」

P+D BOOKS ラインアップ

人間滅亡の唄　深沢七郎　● "異彩"の作家が「独自の生」を語るエッセイ集

アニの夢 私のイノチ　津島佑子　● 中上健次の盟友が模索し続けた"文学の可能性"

楊梅の熟れる頃　宮尾登美子　● 土佐の13人の女たちから紡いだ13の物語

記憶の断片　宮尾登美子　● 作家生活の機微や日常を綴った珠玉の随筆集

幼児狩り・蟹　河野多惠子　● 芥川賞受賞作「蟹」など初期短篇6作収録

ウホッホ探険隊　干刈あがた　● 離婚を機に始まる家族の優しく切ない物語

P+D BOOKS ラインアップ

海市　福永武彦　●親友の妻に溺れる画家の退廃と絶望を描く

風土　福永武彦　●芸術家の苦悩を描いた著者の処女長編作

夜の三部作　福永武彦　●人間の〝暗黒意識〟を主題に描く三部作

夢見る少年の昼と夜　福永武彦　●〝ロマネスクな短篇〟14作を収録

加田伶太郎 作品集　福永武彦　●福永武彦〝加田伶太郎名〟珠玉の探偵小説集

廃市　福永武彦　●退廃的な田舎町で過ごす青年のひと夏を描く

P+D BOOKS ラインアップ

罪喰い　赤江 瀑
●〝夢幻が彷徨い時空を超える〟初期代表短編集

春喪祭　赤江 瀑
●長谷寺に咲く牡丹の香りと〝妖かしの世界〟

おバカさん　遠藤周作
●純なナポレオンの末裔が珍事を巻き起こす

宿敵 上巻　遠藤周作
●加藤清正と小西行長 相容れぬ同士の死闘

宿敵 下巻　遠藤周作
●無益な戦。秀吉に面従腹背で臨む行長

銃と十字架　遠藤周作
●初めて司祭となった日本人の生涯を描く

P+D BOOKS ラインアップ

ヘチマくん	遠藤周作	●太閤秀吉の末裔が巻き込まれた事件とは？
フランスの大学生	遠藤周作	●仏留学生活を若々しい感受性で描いた処女作品
春の道標	黒井千次	●筆者が自身になぞって描く傑作〝青春小説〟
黄金の樹	黒井千次	●揺れ動く青春群像。「春の道標」の後日譚
快楽（上）	武田泰淳	●若き仏教僧の懊悩を描いた筆者の自伝的巨編
快楽（下）	武田泰淳	●教団活動と左翼運動の境界に身をおく主人公

（お断り）

本書は２００３年に新潮社より発刊された文庫を底本としております。
あきらかに間違いと思われるものについては訂正いたしましたが、
基本的には底本にしたがっております。
また、底本にある人種・身分・職業・身体等に関する表現で、現在からみれば、
不当、不適切と思われる箇所がありますが、著者に差別的意図のないこと、
時代背景と作品価値とを鑑み、原文のままにしております。

加賀乙彦（かが おとひこ）
1929年（昭和４年）４月22日生まれ。東京都出身。本名は小木貞孝（こぎ さだたか）。主な作品に『帰らざる夏』（第９回谷崎潤一郎賞）『錨のない船』『永遠の都』などがある。

宣告（上）

２０１９年２月12日　初版第１刷発行
２０２３年２月22日　第２刷発行

著者　加賀乙彦
発行人　飯田昌宏
発行所　株式会社　小学館
〒１０１−８００１
東京都千代田区一ツ橋２−３−１
電話　編集　０３−３２３０−９３５５
　　　販売　０３−５２８１−３５５５
印刷所　大日本印刷株式会社
製本所　大日本印刷株式会社
装丁　おおうちおさむ（ナノナノグラフィックス）

ISBN978-4-09-352357-8

P+D BOOKS